中國古典文學基本叢書

杜詩詳注

第八册

〔唐〕杜　甫撰
〔清〕仇兆鰲注

中華書局

杜詩詳注卷之二十三

湖中一作南送敬十使君適廣陵

鶴注：當是大曆四年潭州作。《唐書》：揚州廣陵郡，屬淮南道。公《追酬高蜀州人日詩序》有昭州敬使君超先，當即其人。

相見各頭白，其如離別何。幾年一會面㊀，今日復扶又切悲歌。首叙送別之情。

㊀《後漢書》范丹別王奂曰：「今子遠適千里，會面無期。」

少去聲壯樂音洛難得，歲寒心匪他湯河切㊀。氣纏霜匣滿㊁，冰置玉壺多㊂。遭亂實漂泊，濟時曾音層琢磨。形容吾較老，膽力爾誰過。此叙彼此心緒。歲寒句，承各頭白。霜匣、玉壺，比敬之氣豪而識精。遭亂、濟時，言己之歷世而才練。皆所謂心匪他也。下二，亦用分承。

㊀盧諶詩：綢繆委心，自同匪他。

㊁《西京雜記》：高帝斬蛇劍，琉璃爲匣，十二年一磨瑩，刃上常如霜雪，開匣拔鞘，光彩射人。

㊂樂府：清如玉壺冰。

秋晚嶽增翠，風高湖湧波㊀。鶱騰訪知己，淮海莫蹉跎。末叙送别景事。上二湖南秋景，下二廣陵之事。《杜臆》：本言淮海訪知己，鶱騰莫蹉跎，只互换兩字，不惟調協，亦且句新。此章，首尾各四句，中間八句。

㊀《浮淮賦》：驚風泛，湧波駭。

晚秋長沙蔡五侍御飲筵送殷六參軍歸澧音里，一作灃，誤覲省

鶴注：當是大曆四年冬作。澧州屬岳州府。

佳士欣相識，慈顔望遠遊㊀。甘從投轄飲㊁，肯作致從《杜臆》，舊作置書郵㊂。高鳥黄雲暮㊃，寒蟬碧樹秋㊄。湖南冬不雪，吾病得淹留㊅。首二殷六省覲，三四蔡筵送行，五六别時秋景，七八别後旅情。黄生注：公前有《送侍御四舅之澧朗》詩，疑即致書於此人。五羡殷，六悲己，景中却有寓意。

㊀潘岳《閑居賦》：壽觴舉，慈顔和。望遠遊，謂親望子歸，用《論語》「遠遊」字。

㊁前漢陳孟公嗜酒，每大飲，賓客滿座，輒關門，取客車轄投井中，雖有急不得去。

㊂《世説》：殷羡爲豫章太守，將附書百許函，悉擲水中曰：「沉者自沉，浮者自浮，殷洪喬不能作致書郵。」

㊃古樂府：黄雲暮四合，高鳥各分飛。寄語遠遊子，月圓胡不歸？

㊄潘岳《秋興賦》：庭樹摵以灑落兮，勁風戾而吹衣。蟬嘒嘒而寒吟兮，雁飄飄而南飛。江淹詩：碧樹先秋落。杜詩此二句乃叙送别時深秋景物，亦惜賓形主。晚唐人《送别》詩云：「一樽酒盡青山暮，千里書回碧樹秋。」本脱胎杜句而慇勤惜别之情，眷戀懷思之意，皆在於中，風流藴藉。三復謳吟，意趣正自無窮也。

㊅得淹留，聊避寒也。《楚辭·九辯》：蹇淹留而無成。

新安黄生白山曰：公欲託殷寄書，詩故歸重於殷，蔡侍御則安頓在投轄句中，與他筵送客詳主略賓者不同。此古文叙事輕重法也。

别張十三建封

鶴注：當是大曆四年潭州作。《舊唐書》：大曆初，道州刺史裴虬薦建封於湖南觀察使韋之晉，辟署參謀，授左清道兵曹參軍，不樂職，輒去，後爲徐泗濠節度使。《杜臆》觀詩意張蓋應韋之辟，不樂就職而去，公與之别也。

嘗讀唐實録㈠，國家草昧初㈡。劉裴首建議㈢，龍見音現尚躊躇㈣。秦王撥亂姿㈤，一劍總兵符㈥。汾晉爲豐沛㈦，暴隋竟滌除㈧。首叙開國勳臣，爲下文張本。此以裴爲賓，劉爲主。

㈠《前漢·司馬遷傳贊》：善序事理，辯而不華，質而不俚，其文直，其事核，不虚美，不隱惡，故曰實録。《唐·藝文志》：《高祖實録》二十卷，敬播撰，房玄齡監修。《太宗實録》二十卷，敬播、顔胤撰，房玄齡監修。

㈡《易》：天造草昧。謂草雜暗昧之初。

㈢《劉文静傳》：大業末爲晉陽令，與晉陽宫監裴寂善，文静見太宗，謂寂曰：「唐公子非常人也。」因與定議起兵。《通鑑》：大業中，高祖鎮太原，時劉文静爲晉陽令，裴寂爲晉陽宫監，見天下盗起，知隋必亡，首建議舉大事，帝猶未允，賴秦王贊之，遂起兵汾晉。

㈣蔡邕《光武清陽宫碑》：龍見白水。　躊躇，高祖志未決也。

㈤《漢·高帝紀》：撥亂世反之正。

㈥又：持三尺劍取天下。《晉書》：雷焕送一劍於張華，一劍自佩。《史記·魏公子傳》：兵符常在王卧内。

㈦汾晉爲唐公故鄉，猶漢之豐沛。

㈧《漢·武帝紀》：滌除與之更始。

宗臣則廟食，後祀何疏蕪。彭城英雄種上聲㈠，宜膺將去聲相去聲圖。爾惟外曾孫，倜儻汗

血駒㈡**。**次記張氏淵源，見毓種有自。此以劉爲賓，張爲主。

㈠《劉文静傳》：文静自言系出彭城，世居京兆武功，父韶仕隋戰死，贈儀同三司。

㈡《漢·東方朔傳贊》：倜儻博物。

眼中萬少去聲**年，用意盡崎嶇。相逢長沙亭，乍問緒業餘**㈠**。乃吾故人子，童丱聯居諸**㈡**。**此遡往日交情。少年崎嶇，言不如舊交款洽。緒業，謂世緒家業。朱注：公父閑爲兖州司馬，當是趨庭之日，與張玠同遊，而建封相從也。故人指玠，童丱指建封。建封以貞元十六年終，年六十有六。公開元末遊兖，是時建封纔六七歲耳。舊注謂公幼時與建封友善，謬矣。

㈠《舊唐書》：建封，兖州人。父玠，少豪俠，安禄山反，令僞將李庭偉率蕃兵脅下城邑，玠率鄉豪集兵殺之，太守韓擇木方遣吏奏聞，玠蕩江南，不言其功。《司馬遷傳》：賴先人緒業。

㈡《詩》：日居月諸。昌黎詩：爲爾惜居諸。亦將虚字作實用。

揮手灑衰淚，仰看八尺軀。内外名家流㈠**，風神蕩江湖**㈡**。范雲堪結友**一作晚交㈢**，嵇紹自不孤**㈣**。**此喜知己可憑。内家，爲玠之子，外家，爲文靖外孫，皆名流也。《杜臆》：范雲、嵇紹一聯，既欲託身，又欲託子，非真重其人，必不作此語。

㈠《儀禮注》：姑之子，外兄弟也。舅之子，内兄弟也。魏袁準《正論》中外之親，近於同姓。《後漢·方術傳》：餘亦斑斑名家焉。

㈡劉孝威詩：風神灑落，容止汪洋。

㊂《梁書》：范雲好節尚奇，專趣人之急，少時與領軍長史王畡善，畡亡於官舍，貧無居宅，雲乃迎喪還家，躬營唅殯。《南史》：何遜弱冠舉秀才，范雲見其對策，大相稱賞，結爲忘年友。

㊃《晉書》：嵇康與山濤結神交，康臨誅，謂其子紹曰：「巨源在，汝不孤矣。」

擇材征南幕㊀，**潮**一作湖**落回鯨魚**。**載感賈生慟**㊁，**復**扶又切**聞樂毅書**㊂。**主憂急盜賊，師老荒京都**。**舊丘豈**一作復**税駕，大厦傾宜扶**。此送其辭幕歸京。擇材征南，昔在韋之晉幕中。潮落鯨回，韋卒而張北歸也。賈生慟，有慨時事。樂毅書，不忘舊帥。主憂、師老，指吐蕃屢寇，此時豈可息駕舊丘，宜思扶危定傾也。

㊀晉杜預爲征南大將軍。

㊁賈誼《治安策》：可爲痛哭流涕。

㊂《史記》：樂毅降趙，燕惠王遺毅書，且謝之，毅亦作書報焉。夏侯湛見其書，以爲知幾合道，以禮終始。

君臣各有分音問，**管葛本時須**。**雖當霰雪嚴，未覺栝柏枯**。**高議**一作義**在雲臺，嘶鳴望天衢**。**羽人掃**舊作掃，當作歸，義明而聲協**碧海**㊀，**功業竟何如**。末則勉其憂國濟時也。才如管葛，皆待時而出，今歲寒正可有爲矣。將來振起朝堂，功業上追文靜，何必效羽人之入海乎？朱注：史言建封不樂吏職，疑其人蓋有志神仙者，故諷之云：彼羽人掃跡海外，以視功業濟世者，竟何如耶。掃碧海，趙氏以爲澄清天下之比，就指功業言，與朱注不同。此章，前後三段各八句；中間三段各六句。

㊀趙注：《楚辭》：仰羽人於丹丘。言仙人飛騰，如有羽毛焉。

盧世㴶曰：送魏佑、王砅、張建封，乃滿肚國史實録，無處發付，特借彼題目寫我文章，即與本人分上，頗覺迂遠，亦不暇顧。要之建封自奇士，只「風神蕩江湖」，誰能當此五字耶。

送盧十四弟侍御護韋尚書靈櫬歸上都二十四韻

鶴注：當是大曆四年冬潭州作。韋尚書，即之晉。公之祖母盧氏，十四其表弟也。

素幕度江遠，朱幡登陸微㊀。悲鳴駟馬顧㊁，失涕萬人揮㊂。參佐哭辭畢㊃，門闌誰送歸。從公伏事久，之子俊才稀。長路更執紼，此心猶倒衣㊄。感恩義不小，懷舊禮無違。墓待龍驤詔，臺迎獬豸威㊆。深衷一作哀見士則㊇，雅論在兵機㊈。叙侍御送韋，見死生不替之情。上四韋公靈櫬，中八盧公護喪，下四結上起下。龍驤承韋，言歿後贈典。獬豸承盧，言宿望還都。深衷，指送喪。論兵，感世亂。

㊀韋櫬從水程而往，故素幕之涉江者遠，朱幡之登陸者少也。趙次公以朱幡爲丹旐，本於《文選》注，旐，引柩幡也。王原叔引朱幡兩輪，幡與幡異。黄鶴引《衛青傳》注，每軍一校，則别爲幡，謂部曲候送之旗幡。

㊁四皓歌：駟馬高蓋。
㊂陸機詩：揮淚廣川陰。
㊃參佐，謂佐吏參軍。
㊄《詩》：顛倒衣裳。
㊅晉王濬爲龍驤將軍，卒，葬柏谷中，大營塋域。
㊆獬豸，獸名，知人曲直而觸不直者。《舊書·輿服志》：法冠，一名獬豸冠，以鐵爲柱，其上施珠兩枚，爲獬豸之形，左右御史臺服之。
㊇何遜詩：深衷外有規。《世説》：陳仲舉言爲士則，行爲世範。
㊈李乂詩：河塞有兵機。

戎狄乘妖氣，塵沙落禁闈。往年朝音潮謁斷，他日掃去聲除非㈠。但促一作整銅壺箭㈡，休添玉帳旂。動詢黃閣老，肯慮白登圍㈢。萬姓瘡痍合，群兇刊作雄嗜慾肥㈣。刺規多諫諍，端拱自光輝。儉約前王體，風流後代希朱本誤作稀㈤。對敭同揚期特達㈥，衰朽再芳菲。此慨嘆時事，望侍御歸朝入告。戎狄乘，謂吐蕃陷京。落禁闈，謂侵犯宫闕。朝謁斷，指代宗幸陝。掃除非，謂禦戎無策。銅壺二句，言天子當早朝勤政，毋事添兵苑中。黃閣二句，言大臣多苟且尸位，不以主辱爲憂。瘡痍，謂生民困於兵賦。嗜慾，謂降將恣爲驕侈。刺規以下，勉侍御面折廷諍，以圖治安，而儉約愛民，尤爲當今切務。故當抗章特達，不可委靡，令我衰朽之人，亦與有榮施也。

朱注：休添玉帳旂，即公詩「由來貔虎士，不滿鳳凰城」意。今按：儉約前王體，即公詩「不過行儉德，威加四海深」意。

㊀《後漢·陳蕃傳》：大丈夫處世，當掃除天下。

㊁司馬彪《續漢書》：孔壺爲漏，浮箭爲刻。陸倕《漏刻銘》：銅史司刻，金徒抱箭。

㊂《漢書》：高帝至平城，冒頓縱精兵三十萬，圍帝於白登七日。

㊃孔融書：群兇破殄。趙壹《疾邪賦》：肆嗜欲於目前。

㊄希，言當希法前王。

㊅《書》：對揚天子之休命。《世説》：王導謂顧和曰：「此子圭璋特達，機警有鋒。」

空裏愁書字，山中疾采薇。撥杯要平聲**忽罷**㊀**，抱被宿何依？眼冷看**平聲**征蓋，兒扶立釣磯。清霜洞庭葉，故就别時飛。**末叙送别之情。把杯同宿，不可復得，從此征蓋遠行，惟立磯遥望而已。霜凋木葉，對秋增悲也。此章，前二段各十六句，後段八句收。

㊀《杜臆》：撥杯，拋杯不飲也，有「撥棄潭州酒」可證。

蘇大侍御訪江浦賦八韻記異

鶴注：當是大曆四年潭州作。原題乃詩之序，合題曰「蘇大侍御訪江浦賦八韻記異」。詩止七韻，而題云八韻，用韻取耦，不取奇也。

蘇大侍御渙，静者也，旅於江側，一本有凡是二字，或作乃是，俱羡。不交州府之客，人事都絶久矣。肩輿江浦，忽訪老夫舟檝，已而閻若璩曰：當作已而，誤刊而已。茶酒内，余請誦近詩，肯吟數首，才力素壯，辭句動人。接對明日，憶其湧思雷出，書篋几杖之外殷殷留金石聲，賦八韻記異，亦見老夫傾倒於蘇至矣。《杜臆》：渙本盜俠，讀其變律詩，自推作家，肩輿忽訪，能具隻眼，故就此一節取之，而隱衷則微見於記異二字，言其出於意外也。《南部新書》：渙有變律詩十九首，上廣帥李公。唐人謂渙詩長於諷刺，得陳拾遺一鱗半甲。

龐公不浪出㊀，蘇氏今有之。再聞誦新作，突過黄初詩。乾坤幾一作泊反覆荒服切，揚馬宜同時。今晨清鏡中，白間生一作添黑絲㊁。此句舊在却變下。余髮喜却變，勝食齋房芝㊂。此句舊在鏡中下。昨一作永夜舟火滅黄作天接，一作接天，湘娥簾外悲㊃。百靈未敢一作永夜散，風破一作浪，一作波寒江遲㊄。詩題「記異」，意凡四層：閉門不出，一異也；詩過前人，二異也；喜變顔色，三異也；感動神靈，四異也。黄初七子，魏文帝時詩人。乾坤幾反覆，言兩漢至魏，世凡幾變。揚馬宜同時，蓋以蘇匹己也。食芝可以返老，誦詩而變黑髮，是勝於茹芝矣。舊本清鏡下便接齋房芝，解者取其倒插，不如結食芝於下句，意味較長。《杜臆》：本言其詩泣鬼神，却説到湘娥悲、百靈集、江風遲，如海市蜃樓，恍惚中變怪百出，知杜老胸中真神靈窟宅也。

㈠後漢龐德公，居峴山之南，未嘗入城府。

㈡謝朓詩：清鏡悲曉髮。　古詩《長歌行》：髮白復變黑。

㈢漢武帝元封二年，芝生甘泉。《齋房歌》：齋房産草，九莖蓮葉。

㈣曹植樂府：湘娥拊琴瑟。

㈤《宋書》：宗慤曰：「願乘長風破萬里浪。」

盧世漼曰：杜先請蘇涣誦詩，又賦詩贈涣，真傾倒於蘇至矣。及考蘇之爲人，起手結局，幾於龍蛇起陸，又慨然作變律詩，想見其無聊無忌，子美既目爲静者，又目爲白起，繩尺原自井井然。其不交州府，而獨肩輿訪杜，其人固卓詭而具心眼者，子美所以記異也。

洪容齋《隨筆》曰：子美贈蘇涣詩序云：「涣，静者也，吟詩殷殷留金石聲。」詩中云：「再聞誦新作，突過黄初詩。」又有一篇寄裴道州寄呈蘇涣云：「附書與裴因示蘇，此生已愧須人扶。致君堯舜付公等，早據要路思捐軀。」其褒重之如此。《唐·藝文志》有涣詩一卷，云涣少喜剽盗，善用白弩，巴蜀商人苦之，稱白跖，以比莊蹻。後折節讀書，進士及第，湖南崔瓘辟從事，繼走交廣，與哥舒晃反，伏誅。然則非所謂静隱者也。涣在廣州，作變律詩十九首上廣帥，其一曰：養蠶爲素絲，葉盡蠶亦老。傾筐對空牀，此意向誰道。一女不得織，萬夫受其寒。一夫不得意，四海行路難。禍亦不在太，福亦不在先。世路險孟門，吾儕當勉旃。其二曰：毒蜂一成窠，高挂惡木枝。行人百步外，目斷魂爲飛。長安大道邊，挾彈誰家兒。手持黄金丸，引滿無所疑。一中紛下來，勢若風雨隨。身如萬箭攢，宛轉迷所之。徒有疾惡心，奈何不知幾。讀此二詩，可以知其人矣。杜贈涣詩，名爲記異，語意不與他等，厥有旨哉。

暮秋枉裴道州手札率爾遣興去聲寄遞呈蘇涣侍御

鶴注：此當是大曆四年潭州作，時公與蘇同在潭州也。

久客多枉友朋書㈠，素書一月凡一束㈡。虚名但蒙寒暄一作温問㈢，泛愛不救溝壑辱。齒落未是無心人㈣，舌存恥作窮途哭㈤。道州手札適復扶又切至，紙長要自三過平聲讀㈥。盈把那須滄海珠㈦，入懷本倚崑山玉㈧。撥棄潭州百斛酒㈨，蕪没瀟一作湘岸千株菊。使我晝立煩兒孫，令平聲我夜坐費燈燭。從道州手札叙起。上六借形，下八指裴。朱注：道州之書，寶如珠玉，故無心飲酒對菊，而讀之晝夜忘倦。煩兒孫，立久須扶也。

㈠古詩：中有尺素書。

㈡梅福書：賜以一束之帛。

㈢《晉書》：王獻之嘗與兄徽之、操之詣謝安，二兄多言俗事，獻之寒温而已。既出，安曰：「吉人辭寡。」

㈣王符《自叙》：髮白齒落，日月逾邁。

㈤《史記》：張儀爲楚相笞掠，謂其妻曰：「視吾舌尚在否？」妻笑曰：「在。」儀曰：「足矣。」

㈥《王筠傳》：筠於書三過五抄。

㈦《狄仁傑傳》：閻立本謂曰：「君可謂滄海遺珠矣。」

㈧古詩：置書懷袖中，三歲字不滅。《世説》：毛曾與夏侯玄並坐，時人謂蒹葭倚玉樹。崑山片玉，用晉郄詵語。

㈨《世説》：阮步兵厨中貯酒數百斛。《荆州記》：長沙郡酃縣，有酃湖，周迴三里，取湖水爲酒，極甘美。《元和郡縣志》：晉武帝平吴，薦酃酒於太廟。

憶子初尉永嘉去㈠，紅顔白面花映肉。軍符侯印取豈遲，紫燕騄耳行甚速㈡。聖朝音潮尚飛戰鬭塵，濟世宜引英俊人。黎元愁痛會蘇息，戎狄跋扈徒逡巡。授鉞築壇聞意旨㈢，頽綱漏網期彌綸㈣。郭欽上時掌切書見大計㈤，劉毅答詔驚群臣㈥。他日更平聲僕語不淺㈦，明公論平聲兵氣益振平聲㈧。此歷叙裴公位望。上四憶其既往，下十冀其將來。軍符侯印，乃刺史所用者。紫燕騄耳，喻其得位之速。提綱而息黎元，見文足經邦。授鉞而驅戎狄，見武能戡亂。郭欽上書，爲吐蕃寇邊而發。劉毅答詔，爲代宗好貨而發。末二句，用倒結，謂聽其平日語言長於論兵，故知之也。

㈠公前有《送裴二尉永嘉》詩。

㈡紫燕，漢文帝良馬。騄耳，周穆王八駿之一。

㈢《晉書》：漢魏故事，遣將出征，符節郎授節鉞於明堂。　築壇，見《韓信傳》。　《賈誼傳》：皆聞意旨。

㈣陸機《諸侯論》：六臣犯其弱綱，七子衝其漏網。　《易傳》：故能彌綸天地之道。

㈤《晉書》：侍御史郭欽上疏曰：「戎狄强獷，歷世爲患，宜及平吴之威，漸徙内郡雜虜於邊地，峻四夷出入之防，明先王荒服之制。」

㈥又：武帝嘗問劉毅曰：「朕可方漢何主？」對曰：「桓靈。」帝曰：「何至於此？」對曰：「桓靈賣官，錢入官庫；陛下賣官，錢入私門。以此言之，殆不如也。」帝大笑曰：「桓靈之世，不聞此言。」

㈦《記・儒行》：孔子對魯哀公曰：「遽數之不能終其物，悉數之乃留更僕未可終也。」注：僕，太僕也，君燕朝則正位，掌儐相。更之者，爲久將倦，故使之更代也。

㈧《後漢書》：皇甫嵩答董卓曰：「昔與明公，俱爲鴻鵠。」　左思詩：酒酣氣益振。

傾壺簫管動荆作動，一作理，一作黑白髮，儛劍霜雪吹青春㈠。宴筵曾音層語蘇季子，後來傑出雲孫比㈡。茅齋定王城郭門，藥物楚老漁商市㈢。市北肩輿每聯袂㈣，郭南抱甕亦隱去聲几㈤。無數將軍西第成㈥，早作丞相去聲東山起㈦。烏雀苦肥秋粟菽，蛟龍欲蟄寒沙水。天下鼓角何時休，陣前部曲終日死。　此記蘇涣情事。　上八，述其客潭之迹。　下六，惜其抱才不用。　傾壺儛劍，指前此湘江之宴，此時蘇蓋在坐，而曾與接語也。　盧注：蘇卜齋定王郭門，公賣藥魚商市上。　蘇訪公於市北，則肩輿頻至；公訪蘇於郭南，則隱几蕭然。　此叙彼此往來之誼也。　公昔

《進三大禮賦表》中有「賣藥都市」句，知此處藥物楚老，當屬自謂。　西第東山，指當時濫叨將相者。張遠注：鳥雀苦肥，蛟龍欲蟄，即所謂侏儒飽欲死，臣朔飢欲死也。　鼓角未休，部曲死戰，見多事之秋，非鳥雀庸才所能勝任，而蛟龍奮起，必不終困寒沙也。　趙注將此二句作起下之詞，據上段更僕論兵二語，已結裴公；則此段鼓角部曲二語，宜結蘇君。

㊀霜雪，指劍光。

㊁《徐稺傳》：角立傑出。《爾雅》：七世曰雲孫。

㊂定王城、漁商市，皆在潭州。　謝靈運詩：楚老惜蘭芳。　又：漁商豈安流。

㊃《楚國先賢傳》：諸阮居市北而富，每出，肩輿數十，連袂牽裾，飲酣自若。

㊄抱甕，見前「汲井歲搰搰」。

㊅《後漢·馬融傳》：融爲《大將軍西第頌》，頗爲正直所羞。

㊆《謝安傳》：高崧戲之曰：「卿累違朝旨，高卧東山。」

附書與裴因示蘇㊀，此生已愧須人扶㊁。致君堯舜付公等㊂，早據要路思捐軀㊃。　末段，交勉裴蘇，結出寄呈之意。　《杜臆》：裴本端人，借此引蘇，欲使亂世奸雄，轉爲治世能臣也。　必致身方能致君，故以捐軀告之。　未幾，蘇以附叛見誅，有負公之明訓矣。　此章，前三段各十四句，末段四句結。

㊀上二段分叙裴蘇，故此處一語雙關，但直云與裴并示蘇，似詩注，不是詩句，頗嫌直率。

㊁須人扶，謂扶持國家。

㊂《平原君傳》：公等碌碌。

㊃曹植表：憂國忘家，捐軀濟難。

此詩用韻錯綜，有換意不換韻處，有換韻不換意處。公長篇古風，往往變化莫測。

奉贈李八丈曛判官

鶴注：當是大曆四年秋在潭州作。

我丈特一作時英特㊀，宗枝神堯後㊁。珊瑚市則無㊂，騄驥人得有㊃。早年見標格，秀氣衝一作通星一作牛斗。事業富清機㊄，官曹貞一作正獨守。首段，稱美李丈，是贈言。珊瑚、騄驥，比其貴重難得。標格、秀氣，言其才品不凡。清機、獨守，贊其有爲有守。

㊀《魏志》：司馬懿少聰達，多大略，崔琰謂其兄朗曰：「君弟聰亮明允，剛斷英特，非子所及。」

㊁神堯，唐高祖也。

㊂《述異記》：鬱林郡有珊瑚市，海客市珊瑚處也。

㊃騄耳、騏驥，穆天子駿馬。

㊄曹攄詩：精義測神奧，清機發妙理。

頃來樹佳一作嘉政，皆已傳衆口。艱難體貴安，冗長去聲吾敢取此苟切㊀。區區猶歷試，烱烱更持久㊁。此承官曹貞獨守。艱難之時，安静而無繁冗，此言其識治體。區區一判，歷試而心久持，此言其有定力。

㊀陸機《文賦》：固無取乎冗長。趙曰：凡物之剩者爲冗長。

㊁東方朔《答客難》：曠日持久。

討論平聲實解頤㊀，操割紛應手㊁。篋書積諷諫，宫闕限奔走㊂。入幕未展材一作懷㊃，秉鈞孰爲偶㊄。此承清機富事業。解頤，謂博通典故。應手，謂練達時務。志存諷諫，而身屈幕僚，惜其大才小用也。

㊀《匡衡傳》：匡説詩，解人頤。

㊁《左傳》：未能操刀而使割也。《莊子》：得之于心，應之于手。

㊂《詩》：予曰有奔走。

㊃《世説》：郄公可謂入幕之賓。

㊄《詩》：秉國之鈞。

所親問淹泊，泛愛惜衰朽㊀。垂白辭吴作辭，《英華》作慕，一作亂南翁㊁，委身希北叟㊂。真成窮轍鮒㊃，或似喪去聲家狗㊄。秋枯洞庭石㊅，風颯長沙柳。高興去聲激荆衡，知音爲去聲回首㊆。末叙贈李之意。　所親指李，泛愛概言。　辭南、希北，公將北歸。　窮轍二句，自傷淹泊。　秋枯二句，借比衰朽。　高歌聲激即指此詩。　此章，八句起，十句結，中二段各六句。

㊀趙注：泛愛，出《論語》。殷仲文詩：廣筵散泛愛。　遂以爲朋友之呼矣。

㊁《史記》：南公曰：「楚雖三户，亡秦必楚。」《真隱傳》：南公爲楚人而居國南鄙，因公爲號，著書言陰陽事。

㊂委身，謂脱身。　《馬融傳》：得北叟之後福。　趙注：班固《通幽賦》：北叟頗識其倚伏。　指塞上之翁爲北叟也。　錢箋：高允《塞上公亭詩序》曰：延和二年，余赴京師，北行失道，夜宿代之快馬亭。其俗云：古塞上公所遺之邑也。　公有良馬，因以命之。　代人云：塞上公，姓李，代之李氏，並其後也。

㊃隋煬帝詩：真成遭箇春。　窮轍鮒，見《莊子》。

㊄《孔子世家》：累累如喪家狗。

㊅趙注：水落石出，所以爲枯。

㊆魏文帝《與吴質書》：伯牙絶絃於鍾期，痛知音之難遇。

奉送魏六丈佑少去聲府之交廣

黄鶴編在大曆三年岳州，今從朱氏編入四年冬潭州詩内。《舊唐書》：武德五年，改隋交趾郡爲交州總管府，後改安南都護府。武德四年，置廣州總管府，後改中都督府。

賢豪贊經綸，功成空名一作名空**垂**㊀**。子孫不振耀**一云没不振**，歷代皆有之。鄭公四葉孫**㊁**，長大常苦饑**㊂**。衆中見毛骨**㊃**，猶是麒麟兒**㊄**。磊落貞觀**去聲**事，致君樸直詞**㊅**。家聲蓋六合**㊆**，行色何其微**㊇**。**從魏氏先世叙起。上四，感盛衰靡常。下八，憐鄭公之後。

㊀《老子》：功成名遂。
㊁《魏徵傳》：貞觀七年，進左光禄大夫、鄭國公。
㊂《易林》：長大成就。
㊃《世説》：王右軍道祖士少，風領毛骨，恐没世不復見如此人。
㊄麒麟兒，注見十卷。
㊅《新唐書》：徵犯顔正諫，議者謂雖賁育不能過。
㊆《莊子》：六合之内，論而不議。梁元帝《纂要》：天地四方曰六合。

㈧《莊子》：車馬有行色。

遇我蒼梧陰一作野㈠，**忽驚會面稀**㈡。**議論有餘地**㈢，**公侯來未遲**㈣。**虛思黃金遺**去聲。一作貴，**自笑青雲期**㈤。**長子兩切卿久病渴，武帝元同時**㈥。**季子黑貂敝，得無妻嫂欺**㈦。**尚爲諸侯客，獨屈州縣卑**。**南游炎海甸，浩蕩從此辭**。**窮途仗神道**㈧，**世亂輕土宜**㈨。**解帆歲云暮，可與春風歸**。

此承上行色微。上十，傷其懷才落魄。下八，憐其冒險出遊。議論有餘，可以上繼直詞。公侯未遲，可以重振家聲。乃長卿不遇，是青雲無期矣；季子空囊，是黃金莫遺矣。且卑官作客，中路又復蕭條，仗神以庇，輕去土鄉，亦不得已而南遊耳。冬往春歸，蓋暫行而非宦迹也。　消渴貂敝，諸侯賓客，他章皆自謂，此則指魏佑。舊注誤涉自己，於上下文氣不接，得朱注正之。

㈠鶴注：蒼梧山在道州。蒼梧陰，則潭岳也。

㈡古詩：主稱會面難。

㈢《莊子》：其於游刃爲有餘地。

㈣《魏志》：王粲曰：「人人欲爲公侯。」

㈤《解嘲》：當塗者升青雲。

㈥《司馬相如傳》：武帝讀《子虛賦》善之，曰：「朕獨不得與此人同時哉！」

㈦《國策》：蘇秦說秦王不行，黑貂之裘敝，大困而歸。至家，妻不下機，嫂不爲炊。

㈧《後漢・隗囂傳》：方望曰：「所謂神道設教，求助人神者也。」

㈨《吴越春秋》：相五土之宜。

出入朱門家㈠，華屋刻蛟螭㈡。玉食亞王者㈢，樂張遊子悲㈣。侍婢艷傾城㈤，綃綺輕一作烟霧霏㈥。掌郭作堂中琥珀鍾㈦，行酒雙逶迤㈧。新歡繼明燭㈨，梁棟星辰飛㈩。兩情顧盼合⑪，珠碧贈于斯。上貴見去聲肝膽⑫，下貴不相一作見疑。心事披寫間⑬，氣酣達一作遠所爲。錯揮鐵如意，莫避珊瑚枝⑭。此承上遊炎海。上十，廣南宴會之盛。下八，少府意氣之豪。　宫室飲食，聲樂服飾，寶器珍玩，備言貴族之奢華。張綖云：交廣遠於中國，故其風俗如此，自陸賈使南粤時已然矣。　見肝膽，則衷情盡露。不相疑，乃形迹無間。兩者微有深淺，故分上下。達所爲，一發其胸中磊落之氣也。　《杜臆》：上文言思黄金，笑青雲，可見此行所望於地主者不小，故縱談其所想望，而終致規諷焉。

㈠《十洲記》：藏養生而待朱門。

㈡《世説》：司馬德操曰：「坐則華屋，行則肥馬。」

㈢《書》：維辟玉食。

㈣《莊子》：黄帝張咸池之樂。

㈤古詩：一笑傾人城。

㈥《洛神賦》：曳霧綃之輕裾。

㊆陳藏器曰：琥珀出罽賓國。

㊇《漢書注》：佐酒，助行酒也。　雙逶迤，指送酒佳人。

㊈謝惠連《雪賦》：燎薰爐兮炳明燭。

㊉星辰，指梁上之燈。

⑾古詩：顧盼生光輝。

⑿《蔡邕傳》：輸寫肝膽。

⒀謝朓詩：心事俱已矣。

⒁《晉・石崇傳》：武帝嘗以珊瑚樹賜王愷，高二尺許，世所罕比。愷示崇，崇便以鐵如意擊之，應手而碎。愷既惋惜，崇曰：「不足恨。」乃命左右悉取珊瑚樹高三四尺者六七株。　碧珠、珊瑚，皆交廣所出。

始兼一作無**逸邁興**去聲，**終慎賓主儀**㈠。**戎馬闇天宇，嗚呼生別離**㈡。末復丁寧致戒，殷勤惜別之情，並見於斯矣。　趙注：擊碎珊瑚，雖興之豪邁，然賓主威儀，不可不慎，此又勗之以義。　盧注：魏此行，將有新知之樂。公送時，則懷生別之悲耳。　此章，十二句起，四句結，中間二段各十八句。

㈠《詩》：敬慎威儀。

㈡《楚辭》：悲莫悲兮生別離。

北風

黄鶴編在大曆三年，今從朱氏編在四年秋潭州作。　趙注：自天寶十五年至此已十二年矣，此云十年，舉其大數耳。

北風破南極，朱鳳日威一作低垂㈠。**洞庭秋欲雪，鴻雁將安歸。十年殺氣盛，六合人烟稀**㈡。**吾慕漢初老，時清猶茹芝。**　上四比興，下四叙情。　朱鳳低垂，鴻雁無歸，喻己之流離失所。此因亂離所致，故有殺盛人稀之感。　四皓採芝，時清猶隱，今亂後將焉適耶，語意緊與上截相應。

《杜臆》：此係古風，故不用沈韻。

㈠劉楨詩：鳳凰集南嶽。　公《朱鳳行》：瀟湘之山衡山高，山巔朱鳳聲嗷嗷。　趙汸注：威垂，無氣象也。

㈡《司馬相如傳》：六合之内。　注：天地四方，謂之六合。

胡應麟曰：此詩首尾，俱四支韻，中間兩用五微，蓋古體通用，非出韻也。　律詩出韻者，《玉山》詩出芹字，《雨晴》詩出農字，排律出韻者，《贈王侍御契》出勤字，蓋檢點少疏，即作家或未能免耳。

幽人

朱注：詩末有五湖浩蕩語，必居湖南時作，草堂本編入潭州詩内，今從之。《易》：幽人貞吉。陸機詩：幽人在空谷。

孤雲亦群游㈠，神物有一作識所歸㈡。靈蔡作靈，一作麟鳳在赤霄㈢，何當一作嘗一來儀㈣。

首段託物比興，起下二段。朱注：雲得龍而自歸，況幽人之類聚；鳳翔霄而不下，況幽人之高舉。孤雲乃初起者，群游則四集矣。雲歸神物，即《易》雲從龍之義。

㈠陶潛詩：孤雲獨無依。蔡邕《書勢》：象鴻鵠群游。

㈡《易》：天生神物。

㈢朱注：趙次公引《南史》：竇誌見徐陵曰：「此天上石麒麟。」則麟亦可言在赤霄，然不可云來儀，當依夢弼作靈鳳爲是。毛萇《詩傳》：凰，靈鳥，仁瑞也。《抱朴子》：靈鳳卷翮以幽戢。張協《七命》：掛歸翮於赤霄之表。

㈣《書》：鳳凰來儀。

往與惠詢一作荀輩，中年滄洲期。天高無消息，棄我忽若遺㈠。内懼非道流㈡，幽人見一作在瑕疵㊂。此想幽人而不可見，應上靈鳳何來儀。有期約而未果，豈真人昇天，遂棄我乎，祇恐身非有道，不免見摘於幽人耳。朱注：公有《送惠二過東溪》詩云「空谷滯斯人」，又云「黄綺未稱臣」，與此詩「中年滄洲期」句合，詢或其名也。《杜臆》：惠詢必非惠遠、許詢，惠詢亦不相配也。

㊀《詩》：將安將樂，棄予如遺。郭泰機詩：衣工秉刀尺，棄我忽若遺。

㊁《北山移文》：覈元元於道流。

㊂《左傳》：不有瑕疵。

洪濤隱笑語從樊本，一作語笑㊀，鼓枻蓬萊池㊁。崔嵬扶桑日㊂，照曜珊瑚枝㊃。風帆倚翠蓋一作巘㊄，暮把東皇衣㊅。此寫幽人遊仙之樂，應上神物有所歸。涉洪濤，泛蓬萊，至扶桑，翠蓋之下，手把仙衣，幽人意者在是耶？

㊀曹植詩：汎舟越洪濤。《謝安傳》：笑語移日。

㊁孫楚賦：舟人鼓枻而揚波。張揖曰：枻，舵也。音洩。

㊂《山海經》：大荒之中，暘谷上有扶桑，十日所浴，九日居下枝，一日居上枝，皆載烏。

㊃梁元帝詩：照曜珊瑚鞭。

㊄韋誕《景福殿賦》：龍舟兮翳翠蓋。

㊅屈平《九歌》有《東皇太一》。

嚥漱元和津㊀，所思烟霞一作霧微。知名未足稱，局趣音促商山芝㊁。五湖復扶又切浩蕩，歲暮有餘悲㊂。末嘆不得與之爲侶也。　欲效漱津之法，託迹烟霞，但爲知名所誤，故望商山而局促耳。今者歲暮湖濱，能無念幽人而悲感乎？　此章，四句起，下三段各六句。

㊀《黄庭經》：口爲玉池太和官，漱嚥靈液災不干。注：口中液水爲玉津。《中黄經》：但服元和除五穀，必獲寥天得真籙。注：服元和，謂嚥津液。

㊁漢武帝曰：局促效轅下駒。

㊂張協詩：歲暮懷百憂。

鍾惺曰：此絕妙遊仙詩，非唯無丹藥瓢笠氣，亦并無雲霞山澤氣，覺太白語出之猶濫而易。

盧元昌曰：此章大意是寓言，起口四句，況己如孤雲，寡偶少徒，又如靈鳳，出非其時也。「天高無消息」，君門九重也。「棄予忽如遺」，退若墜淵也。「内懼非道流，幽人見瑕疵」，信見疑、忠見謗也。「洪濤隱笑語，鼓枻蓬萊池」，憂讒畏譏，思與人共濟也。「崔嵬扶桑日，照曜珊瑚枝」，遊神於蓬萊宫闕、青瑣朝班也。「風帆倚翠蓋，暮把東皇衣」，猶望翠華重遇，美人一晤也。「嚥嗽元和津，所思烟霞微」，若將屏一切，凝萬慮，冀閶闔之或通也。「知名未足稱，局促商山芝」，自悼修名不立，進不能離尤，退不能修初服也。公爲扈從臣，亦商山羽翼之流。「五湖復浩蕩，歲暮有餘悲」，既不能爲採芝四皓，又不能爲泛湖少伯，曰「有餘悲」，情見乎詞矣。《留青日札》詮「蓬萊如可到，衰白問群仙」，謂公戀戀不忘朝廷，冀衰老而猶得見君，今於此篇亦然。

補注：詩以「幽人」命題，蓋公年已老不能用世，欲託高人以遯迹，當從伯敬、長孺之説。盧氏注與詩意不合。

江漢

舊編在夔州，今依蔡氏入在湖南詩内，與下首「江漢山重阻」爲同時之作，蓋大曆四年秋也。

江漢思歸客㈠，乾坤一腐儒㈡。片雲天共遠，永夜月同孤。落日心猶壯㈢，秋風病欲蘇一作疏。古來存老馬㈣，不必取長途㈤。此身滯江漢而有感也。上四言所處之窮，下四言才猶可用。思歸之旅客，乃當世一腐儒，自嘲亦復自負。天共遠，承江漢客。月同孤，承一腐儒。心壯病蘇，見腐儒之智可用，故以老馬自方。周甸曰：不必取長途，取其智而不取其力。遠注：全首是「老驥伏櫪，志在千里，烈士暮年，壯心未已」意。

㈠《易林》：久客無林，思歸故鄉。

㈡《史記·黥布傳》，高帝謂隨何爲腐儒，「爲天下安用腐儒？」黄生注：世不見用，而心常憂國，乾坤之内，此腐儒能有幾人？

㈢《杜臆》：楚丘先生對孟嘗君曰：「泱嫌疑，定猶豫，吾始壯矣，何老之有？」即所云日暮而心猶壯也。

㈣老馬之智可用，出《韓非子》，注已别見。

㈤陸冲詩：命駕尊長途。

趙汸曰：中四句，情景混合入化。雲天夜月，落日秋風，景也。與天共遠，與月同孤，心視落日而猶壯，病遇秋風而欲蘇，情也。他詩多以景對景，情對情，其以情對景者已鮮，若此之虚實一貫，不可分别，效之者尤鮮。近惟汪古逸有句云「年争飛鳥疾，雲共此生浮」，近此四句意。

按：東坡自嶺外歸，次江晦叔詩云：「浮雲時事改，孤月此心明。」語意高妙，亦是善摹杜句者。詩家作法雖多，要在摹情寫景，各極其勝。杜詩五律有景到之語，如「落雁浮寒水，飢烏集戍樓」，「星垂平野闊，月涌大江流」，是也。有情到之語，如「勝絶驚身老，情忘發興奇」，「一時今夕會，萬里故鄉情」，是也。有景中含情者，如「感時花濺淚，恨别鳥驚心」，「岸花飛送客，檣燕語留人」，是也。有情中寓景者，如「影著啼猿樹，魂飄結蜃樓」，「正愁聞塞笛，獨立見江船」，是也。有情景相融，不能區别者，如「水流心不競，雲在意俱遲」，「片雲天共遠，永夜月同孤」，是也。有一句説景，一句説情者，如「悠悠照邊塞，悄悄憶京華」，是也。有一句説情，一句説景者，如「白首多年病，秋天昨夜凉」，是也。有一景一情，兩層叠叙者，如「野寺江天豁，山扉花竹幽。詩應有神助，吾得及春遊。徑石相縈帶，川雲自去留。禪枝宿衆鳥，漂轉暮歸愁」，是也。其雋語名句，不勝枚舉，名家詩集中，未有如此之獨盛者。

《古今詩話》云：楊大年不喜杜詩，謂之村夫子，有鄉人以杜詩强大年，大年不服，因曰：公試爲我續「江漢思歸客」一句，大年亦爲屬對，鄉人曰：「乾坤一腐儒。」大年似少屈。張溍曰：「大年所屈，尚非杜佳句。」

黄生曰：前輩有病此詩日月並見者，不知落日乃借喻暮齒，本屬詠懷，何病之有。

地隅

詩云「年年非故物」，蓋大曆三年出峽，四年又往潭衡也。又云「處處是窮途」，即《水宿遣興》詩所謂「異縣驚虚往」也。蔡氏編入湖南詩中，近之。

江漢山重平聲**阻**㊀**，風雲地一隅**㊁**。年年非故物，處處是窮途**㊂**。喪**去聲**亂秦公子**㊃**，悲涼**一作秋**楚大夫**㊄**。平生心已折，行路日荒蕪。**此亦羈留江漢而作也。上四客遊之迹，下四漂泊之情。山重阻，家不可見。地一隅，身不能歸。非故物，遷流無定。是窮途，生計日艱。此因喪亂之餘，以致悲涼若此。心折，傷已往。荒蕪，慨將來也。

㊀《鸚鵡賦》：崎嶇重阻。

㊁古詩：各在天一隅。

㊂荀悦《漢論》：郡國豪傑，處處皆有。

㊃謝靈運《擬魏公子鄴中詩序》：王粲家本秦川貴公子孫，遭亂流寓，自傷情多。

㊄顔延之詩：原隰多悲涼。　屈原爲三閭大夫。

杜詩用江漢有二處，未出峽以前所謂江漢者，乃西漢之水，注於涪江，如「江漢忽同流」，「無由出江漢」，是也。既出峽以後，所謂江漢者，乃東漢之水，入於長江，如「江漢思歸客」，「江漢山重阻」，是也。楊慎《丹鉛録》引祝穆云：天下之大川，以漢名者二，班固謂之西漢、東漢，而黎州之漢水源於飛越嶺者不與焉。固之所謂東漢，則《禹貢》之「導漾入江」者是也。西漢則蘇代所謂漢中之甲，輕舟出於巴，乘夏水下漢，四日而至五渚者。其源出於西和州徼外，逕階沔與嘉陵水合，俗謂之西漢，又逕大安利劍果合，與涪水合入於江是也。

舟中夜雪有懷盧十四侍御弟

鶴注：當是大曆四年冬作，蓋盧送韋大夫歸葬，公對雪而懷之也。

朔風吹桂水，大一作朔雪夜紛紛㊀。暗度南樓月㊁，寒深北渚雲㊂。燭斜初近見，舟重竟無聞㊃。不識山陰道，聽平聲雞更憶君㊄。黄生注：此詩對雪懷人，以雪起，以人終。　首紀地，次點題；三四遠景，言岸上；五六近景，切舟中。山陰應雪，聽雞應夜，全詩句句入細。　月之暗，雪暗之也。雲之寒，雪寒之也。燭斜初見，在坐時。舟重無聞，在卧時。

㊀《詩》：北風其涼，雨雪其雱。謝太傅聯句：白雪紛紛何所似，撒鹽空中差可擬。

㊁邵注謂南樓在武昌。顧注謂南樓在岳陽。盧注據柳子厚《長沙驛前南樓感舊》詩爲證，是南樓即在潭州。

㊂《楚辭》：帝子降兮北渚。乃湘江之北渚，亦屬潭州。

㊃舟重，雪厚也。

㊄郭璞詩：夜夢江山遠，聞雞更憶君。更憶，還憶也。　黄生注：七用王子猷訪戴事，八取《鄭風》雞鳴風雨意，而皆反之。用事忌熟，惟翻案則無不可用之事矣。

黄生曰：三四不摹雪之狀，而寫雪之神，如《初月》則曰「河漢不改色，關山空自寒」，《喜雨》則曰「野徑雲俱黑，江船火獨明」，此皆意到筆隨，詩來神助者也。

今按：詠雪則云「燭斜初近見，舟重竟無聞」，咏雨則云「隨風潛入夜，潤物細無聲」，此畫工所不能繪，直是化工之筆。

葉夢得《詩話》：詩禁體物語，此學詩者類能言之。歐陽文忠公守汝陰，嘗與客賦雪於聚星堂，舉此令，往往皆閣筆不能下。然此亦定法，若能者則出入縱横，何可拘礙。鄭谷詩「亂飄僧舍茶烟濕，密灑歌樓酒力微」，非不去體物語，而氣格如此其卑。蘇子瞻云「凍合玉樓寒起粟，光摇銀海眩生花」，超然飛動，何害其言玉樓銀海。韓退之兩篇，力欲去此弊，雖冥搜奇譎，亦不免有縞帶銀杯之句。杜子美「暗度南樓月，寒生北渚雲」，初不避雲月字，若「隨風且間葉，帶雨不成花」，則退之兩篇，工殆無以愈也。

對雪

此當與上章先後作，詩曰長沙，則在潭州矣。

北雪犯長沙㈠，胡雲冷萬家。隨風且閒去聲，一作開葉，帶雨不成花。金錯囊垂一作從，一作徒罄㈡，銀壺酒易音異賒㈢。無人竭浮蟻㈣，有待至昏鴉㈤。上四雪中景，下四雪中情。南方少雪，故遠自北方而來。雪飛葉落，隨風雜舞，故曰閒。雪有六花，帶雨而濕，故不成。有酒無朋，此對雪淒涼之況。

㈠鮑照詩：胡風吹朔雪，千里度龍山。

㈡《藝苑雌黃》云：張衡《四愁詩》：美人贈我金錯刀。金錯刀，王莽所鑄錢名。莽變漢制，以周錢有子母相權，於是更造大錢，徑寸二分，重十二銖，文曰大錢五十。又造契刀，其環如大錢，身形如刀，長二寸，文曰契刀五百。錯刀，以黃金錯其文曰一刀直五千。與五銖錢凡四品並行。杜詩「金錯囊徒罄，銀壺酒易賒」，韓退之詩「聞道松醪賤，何須吝錯刀」，皆謂是也。

㈢《後漢·劉盆子傳》：呂母釀醇酒，少來酤者皆賒與之。又《高祖紀》「貰酒」注：賒酒也。

㈣庾信詩：浮蟻對春開。

㊄朱注：舊本公自注：何遜詩：「城陰度塹黑，昏鴉接翅歸。」按：二語今《何記室集》不載，公《復愁》詩「釣艇收緡盡，昏鴉接翅歸」，不應直用成句。且昏鴉亦常語，何獨於此釋之，必出後人假託。今流俗本所云公自注者，多此類也。

冬晚送長子兩切孫漸舍人歸州

梁權道編在大曆四年之冬。

參卿休坐幄㊀，蕩子不歸一作還鄉㊁。南客瀟湘外，西戎鄠杜旁㊂。從自叙説起。西戎屢寇，故南客未還。

㊀《晉書》：孫楚爲石苞驃騎參軍，初至，長揖曰：「天子命我參卿軍事。」因此嫌隙遂成。公初爲參謀，今已罷去，故曰「休坐幄」。

㊁古詩云：蕩子行不歸，空牀難獨守。

㊂《漢宣帝紀》：尤樂鄠杜之間。顔注：鄠屬扶風，杜屬京兆。

衰年傾蓋晚㊀，費日繫音計舟長。會面思來札，銷魂逐去檣㊁。雲晴鷗更舞㊂，風逆雁無行音杭㊃。匣裏雌雄劍，吹毛任選將㊄。此叙送别情事。來札，期後日。去檣，惜臨岐。鷗雁，自傷孤踪流落。選劍，欲舍人及鋒而試也。　此章，上四句，下八句。

㊀《鄱陽傳》：傾蓋如故。

㊁《别賦》：黯然銷魂。

㊂《列子》：鷗鳥舞而不下。

㊃《詩》：兩驂鴈行。

㊄吹毛可斷，言劍鋒之利。將者，佩之而行也。

暮冬送蘇四郎徯兵曹適桂州

鶴注：大曆四年十二月，桂州人朱濟反，當是此時作。　鶴注：《通典》漢司隸屬官有兵曹從事，蓋有軍事則置。唐三都督府、上中下州皆有之。

飄飄蘇季子，六印佩何遲㊀。早作諸侯客，兼工古體詩。爾賢埋照久㊁，余病長年悲。此惜蘇之遇蹇。　賢而久埋，與己之病棄者同悲矣。

㊀《史記》：蘇秦爲從約長，佩六國相印。　蔡邕《釋誨》：連衡者六印磊落。

㊁顔延之詩：沉醉似埋照。

盧綰須征日㊀，樓蘭要斬時㊁。歲陽初盛動㊂，王化久磷緇。爲入蒼梧廟㊃，看平聲雲哭九疑。望其平桂州之亂也。盧綰，比叛將。樓蘭，比諸蠻。磷緇，歎朝令不行。哭廟，傷聖王不作。此章，上下各六句。

㊀《漢書》：高祖使使徵盧綰，綰稱病不行，上怒曰：「綰果反。」使樊噲擊之。

㊁斬樓蘭，注見七卷。

㊂趙注：十二月，二陽生而盛矣。

㊃有苗來格，此舜平定南方之事，故末及蒼梧廟。

盧元昌曰：蘇季子歷説諸侯，合從伐秦，佩六國相印。公欲兵曹連結諸經略節度并力討賊，如季子合從，故起有六印句。其後容管使王翃、藤州刺史李曉庭、義州刺史陳仁璀結盟討賊，賊遂平。

客從

鶴注：當是大曆四年作。《唐史》：是年三月，遣御史税商錢，詩故託珠以諷，見徵斂及於商賈也。

客從南溟來㊀，遺去聲我泉客珠㊁。珠中有隱字㊂，欲辨不成書。緘之篋笥久，以俟公家須。開視化爲血，哀今徵斂去聲無。此詩爲當時民困徵斂而作，通首寓言，末句露意。師氏曰：

此寓意公家苛斂，而索其無有之物，《詩》云「俾出童羖」是也。　趙注：必用泉客珠，言其珠從眼泣所出。　《杜臆》：珠中隱字，比民隱莫知。　上之所征，皆小民之血，今併無之，痛不忍言矣。

㊀古詩：客從南方來，遺我雙鯉魚。　南溟，見《莊子》。

㊁《博物志》：南海外有鮫人，水居如魚，不廢織績，其眼能泣珠。《述異記》：鮫人，即泉先也，又名泉客。《吴都賦》劉淵林注：俗傳鮫人從水中出，曾寄寓人家，積日賣綃，臨去從主人索器，泣而出珠滿盤，以與主人。

㊂《酉陽雜俎》：摩尼珠中有金字偈。

盧世㴶曰：《留花門》、《塞蘆子》、三吏、三别、二歎暨「客從南溟來」、「白馬東北來」，紆慮老謀，補偏救弊，其情酸味厚，歌短泣長，而一唱三歎，藴藉優柔，三百篇、十九首、蘇、李、曹植、陶潛，上下同流，先後一揆矣。

蠶穀行

大曆三年，商州兵馬使劉洽反，幽州兵馬使朱希彩反，四年，廣州人馮崇道、桂州人朱濟時反，又連年吐蕃入寇，所謂「無有一城無甲兵」也。　今依朱氏編在四年爲是。

天下郡國向萬城，無有一城無甲兵。　焉于虔切得鑄甲作農器，一寸荒田牛得耕㊀。　牛盡耕一有田字，蠶亦成。不勞烈士淚滂沱，男穀女絲行復扶又切歌。當時賦役繁而農桑廢，此《蠶穀行》所爲作也，然必銷兵之後，民始復業，末云烈士，見當時征戍之士即農民耳。《杜臆》：上言甲兵，下文變鑄兵爲鑄甲，此用字錯綜處。題兼蠶穀，篇中只帶言蠶亦成，此序事詳略法。

㊀《黄庭經》：寸田尺宅可治生。劉庭芝詩：荒田古逕多。

白鳧行

此詩黄鶴編在大曆二年夔州作，以詩言「終日忍饑西復東」，謂自瀼西遷東屯也。其説西東固泥，且是秋方有收穫，安得云忍饑。今按詩云「天寒歲暮波濤中」，應是四年潭州作。若三年秋冬，尚在公安山館也，從朱氏編次爲是。

君不見黄鵠高于五尺童，化爲白鳧似一作象老翁。《爾雅》釋：鳧，水鳥也。李巡曰：野曰鳧，家曰鶩。故畦遺穗已蕩盡，天寒歲一作日暮波濤中。鱗介腥膻素不食，終日忍饑西復扶又切東。魯門鶢鶋亦蹭蹬㊀，聞道去聲于一作如今猶避風。《白鳧行》，自傷遲暮漂流也。黄童化爲老叟，此黄鵠白鳧之喻也。遺穗蕩盡，陸無糧矣。腥膻不食，水又饑矣。此自蜀至楚之喻。鶢鶋避風，傷北歸亦無安身之地也。

㊀《國語》：海鳥曰鶢鶋，止於魯東門之外三日，展禽曰：「今兹海其有災乎？夫廣川之鳥獸常知而

避其災也。」是歲海多大風。

董斯張曰：屈原《卜居》：「將泛泛若水中之鳧乎？將與黄鵠比翼乎？」公借以自況，言作賦摩空，猶昔之黄鵠也。今且行踪飄蕩，泛泛若鳧，而素心了不爲變，任其波濤歲暮，腥膻者終不可以食我也。落句魯門爰居，隱然有不饗太牢、不樂鐘鼓之態，此老倔强，百折不回矣。

朱鳳行

朱氏編在大曆四年潭州作，今玩此詩詞意，與《白鳧行》相似，蓋同時之作無疑。

君不見瀟湘之山衡山高，山巔一作巖朱鳳聲一作鳴嗷嗷。側身長顧求其曹從《英華》，一作群，翅垂口噤心勞勞一作甚勞㊀。下愍百鳥在羅網，黄雀最小猶難逃。願分竹實及螻蟻，盡盡音儘，一作忍使鴟梟相怒號平聲。《朱鳳行》，自傷孤棲失志也。師氏曰：鳳喻君子，公困於荆衡，不得其志，欲引同志以進，澤及下民，恐爲小人所疾也。朱鳳求曹，呼引同志也。翅垂口噤，欲言不敢也。百鳥羅網，民困誅求也。黄雀難逃，無一得所也。願分螻蟻，愛物之意無窮。鴟梟怒號，欲去小人之爲害者。

㊀樂府《飛鵠行》：吾欲銜汝去，口噤不能言。

朱鶴齡曰：劉楨詩：「鳳凰集南嶽，徘徊孤竹根。豈不長辛苦，差與黄雀群。」公詩似取其意而反之。羞群黄雀者，鳳采之高翔。下愍黄雀者，鳳德之廣覆也。所食竹實，願分之以及螻蟻。而鴟鴞則一聽其怒號，此即「驅出六合梟鸞分」章也。詩旨包藴甚廣，黄鶴云爲衡州刺史陽濟討臧玠而作，以側身求曹爲連合三州刺史，謬矣。

追酬故高蜀州人日見寄并序

開文書帙中，檢所遺忘，因得故高常侍適往居在成都時高任蜀州刺史《人日相憶》見寄詩，淚灑行音杭間，讀終篇末，自枉詩已十餘年，莫記存没又六七年矣。老病懷舊，生意可知。今海内忘形故人，獨漢中王樊作郡王瑀與昭州敬使去聲君超先在，愛而不見，情見乎辭。大曆五年正月二十一日却追酬高公此作，因寄王及敬弟。《舊唐書》：昭州樂平郡，屬嶺南道，以昭岡潭爲名。

自蒙一作枉蜀州人日作，不意清詩久零落。今晨散帙眼忽開一作明㈠，迸淚幽吟事如昨㈡。

首記開帙得詩。

㈠謝靈運詩：散帙問所知。

㈡《搜神記》：獨坐愁苦，兩淚迸灑。又駱賓王詩：迸淚下雙流。何遜詩：念別猶如昨。

嗚呼壯士多慷慨，合沓高名動寥廓㈠。歎我悽悽求友篇㈡，感君鬱鬱匡時他本作君略㈢。此叙蜀州生前。多慷慨，素負氣節。動寥廓，名震天壤。求友篇，公向以詩寄高。匡時略，適嘗策永王無成，及上疏論三城戍，皆是。君我二字，起下一段。

㈠賈誼《旱雲賦》：遂積聚而合沓兮，相紛薄而慷慨。

㈡《楚辭》：上寥廓而無天。

㈢《詩》：相彼鳥矣，猶求友聲。唐太宗詩：提劍鬱匡時。

錦里春光空爛熳，瑶墀侍臣已冥寞。瀟湘水國傍去聲黿鼉，鄠音扈杜秋天失鵰鶚㈠。此憶蜀州亡後。適寄詩在草堂，故云錦里。後入爲常侍，故曰侍臣。瀟湘，公泊潭州。鄠杜，高殞長安。《杜臆》：鄠杜二縣相連，在長安城南，適好直言，故方之鵰鶚。公前詩嘗云「蒼隼出風塵」。

㈠《列子》：周宣王牧正有役人梁鴦者，能養野禽獸，雖虎狼鵰鶚之類，無不馴柔者。

東西南北更誰論平聲㈠，白首扁舟病獨存。遥一作猶拱北辰纏寇盜㈡，欲傾東海洗乾坤。邊塞西羌一作猶最充斥㈢，衣冠南渡多崩奔㈣。此追酬高詩而兼慨身世。高詩東西南北一語，公衍爲四句，以該當時亂離之事。寇盜指叛將外夷，西羌謂羌戎吐蕃，衣冠南渡，雖用晉元帝渡江事，然《唐書》謂至德之後，中原多故，襄鄧百姓，兩京衣冠，盡投江湖，荆南井邑十倍於初，亦指實事言矣。

㈠東西南北四語，本《楚辭・招魂》章法。
㈡晉王濬疏：兵纏不解。
㈢《左傳》：寇盗充斥。
㈣《晉書》：時海内大亂，獨江東差安，中國士民避亂者多南渡。謝靈運詩：垠岸屢崩奔。此言避亂涉險，經山崩水奔之處也。

鼓瑟至今悲帝子㈠，**曳裾何處覓王門**。**文章曹植波瀾闊**㈡，**服食劉安德業尊**㈢。**長笛鄰家**一作誰能**亂愁思**去聲㈣，**昭州詞翰與招魂**㈤。末寄漢中王及敬使君也。悲帝子，身在湘潭。覓王門，與王遠隔。曹植、劉安，皆借帝胄以比之。又言己之思蜀州，如向秀之思嵇紹；今欲得敬詩以招蜀州，如宋玉之招屈原也。此章，前三段各四句，後二段各六句。

㈠《楚辭》：使湘靈鼓瑟兮，令海若舞馮夷。
㈡《魏志・曹植傳》：出言爲論，下筆成章，楊修稱其操筆造作，若成誦在心，借書於手。
㈢《古今注》：淮南子服食求仙，遍禮方士。樂府《淮南王》篇：淮南王，自言尊。
㈣向秀《思舊賦序》：鄰人有吹笛者，發聲寥亮，追思曩昔遊宴之好，感音而嘆，故作賦云。
㈤王儉《褚淵碑》：蔞蔞辭翰。與招，與之同招也。

洪容齋《隨筆》曰：古人酬和詩，非若今人爲次韻所局也。高詩云「愧爾東西南北人」，杜則云「東西南北更堪論」。適前詩又云「草玄今已畢，此外更何言」，杜則云「草玄吾豈敢，賦或似相如」。鐘磬在簧，叩之則應，往來反覆有餘味。

人日寄杜二拾遺 附高適詩

趙注：肅宗時，適爲李輔國所短，下除太子詹事，未幾蜀亂，出爲彭州刺史，又遷蜀州。鶴注：上元元年人日，杜公未有草堂，殆是二年人日所寄也。

人日題詩寄草堂㊀，遥憐故人思故鄉。柳條弄色不忍見㊁，梅花滿枝堪一作空斷腸㊂。身在南一作遠蕃無所預㊃，心懷百憂復扶又切千慮㊄。今年人日空相憶㊅，明年此一作人日知何處。一卧東山三一作二十春㊆，豈知書劍老一作與風塵㊇。龍鍾還一作遠忝二千石㊈，愧爾東西南北人㊉。

首二總提，次四思故鄉，下六憐故人。梅柳，人日之景。南蕃，蜀在西南。憂慮，長安經亂。卧東山，以謝安比杜。二千石，高時爲刺史也。七八意轉而韻不轉，九十韻轉而意不轉，杜集多用此法，高詩亦然。

㊀董勛《問禮俗》：正月七日爲人日。梁元帝詩：故人懷故鄉。

㊁《燕歌行》：柳條拂地數千條。

㊂蔡琰《胡笳》：不得相隨兮空斷腸。

㈣晉滕並表：握戎馬之要，委南蕃之重。

㈤《詩》：逢此百憂。　《史記》：廣武君曰：「智者千慮。」

㈥蕭子顯詩：誰能對此空相憶。

㈦《晉書》：謝安高卧東山。

㈧《史記・項籍紀》：學書不成，去學劍。　劉孝標論：亭亭高竦，不雜風塵。

㈨《新序》：孫卿曰：「觸之者隴種而退耳。」　《漢書・百官表》：郡守，秦官，秩二千石。揚雄《解嘲》：起家至二千石。

㈩漢昭帝詩：愧爾嘉祥。　《記》：孔子曰：「丘也東西南北之人也。」杜嘗自言「甫也東西南北人」。

送重平聲表姪王砅力制切，一作殊評事使去聲南海

據《舊書・李勉傳》，其爲嶺南節度在四年，則評事之南海，應在次年之春。　朱注編在五年爲是。　重表，蓋有兩重表親也。　慈水姜氏曰：南北朝最重表親，盧懷仁撰《中表實録》二十卷，高諒造《表親譜録》四十卷，此風至唐猶存。　楊德周曰：水深至心曰砅，即《詩》「深則厲」厲字也。

我之曾老一作祖**姑，爾之高祖母。爾祖未顯時，歸爲尚書婦**㈠。此詩前後各十九韻，前叙王氏

淵源，後叙評事親誼。首四，遡兩家重表之由。未顯，記其前。尚書，要其後。鍾惺曰：此志傳序事體，入詩奇，作起語尤奇。

㈠《新書》：王珪爲禮部尚書兼魏王泰師，在貞觀十一年。舊注謂十七年者，誤。十三年珪已卒矣。

隋朝音潮**大業末，房杜俱交友**㈠。**長**子兩切**者來在門，荒年自餬口**㈡。**家貧無供給，客位但箕箒**㈢。**俄頃羞頗珍**一作頗羞珍，**寂寥人散後。入怪鬢髮空，吁嗟爲之久。自陳剪髻鬟，市鬻充杯**一作沽**酒**㈣。此叙君臣遇合之緣。《復齋漫録》：房杜舊不與太宗相識，太宗起兵，玄齡仗策謁軍門，乃薦如晦。珪則建成亡後，始得見召。以史傳參考，詩爲誤也。自高祖起兵，至代宗大曆五年，其一百六十餘年。公祖審言，仕武后中宗之世，其曾祖姑應生於太宗季年，不應生於隋文之代。以年數世次考之，則杜爲珪妻，尚疑太早。此條記事，斷屬差誤。

㈠《唐書》：珪母李嘗語珪曰：「而必貴，但不知所與遊者何如人，而試與偕來。」會玄齡、如晦過其家，李窺大驚，敕具酒食，歡盡日，喜曰：「二客公輔才，汝貴不疑。」珪隱居時，與房玄齡、杜如晦善。　大業十三年隋亡。

㈡《左傳》：餬其口於四方。

㈢《沈約集》：結褵以紆箕箒。

㈣《晉書·陶侃傳》：侃早孤貧，爲縣吏，鄱陽孝廉范逵嘗過侃，侃時倉卒無以待賓，其母乃截髮，得雙髮以易酒餚，樂飲極歡，雖僕從亦過所望。　按：范逵偶過，故侃母可截髮以供酒食，若太原公子及房杜並至，豈剪髮所能供客乎？此特借用，恐非實事。

上云天下亂㊀，宜與英俊厚㊁。向竊窺數公，經綸亦俱有。次問最少去聲年，虬髯十八九㊂。子等成大名，皆因此人手。下云風雲合，龍虎一吟吼㊃。願展丈夫雄，得辭兒女醜。此記夫人先見之明。　卜良相，識真主，建功業，只在此數言決之。　太宗虬髯，恐非十八九歲所有，此亦傳訛也。

㊀上云、下云，本古詩上言、下言。

㊁《後漢·馮異傳》：今英俊雲集。

㊂《唐書》：太宗起義兵時，年十八。

㊃王褒頌：虎嘯而風生，龍興而致雲。

秦王時在坐，真氣驚户牖㊀。及乎貞觀去聲初，尚平聲書踐台斗㊁。夫人常肩輿㊂，上上聲殿稱萬壽。六宮師柔順㊃，法則化妃后㊄。至尊均嫂叔㊅，盛事垂不朽。此記朝廷恩眷之隆。

《杜臆》：秦王在座兩語，乃上文「最少年」注脚。

㊀《馬援傳》：始知帝王，自有真也。　許彦周曰：太宗，相工見之，謂其龍鳳之姿，天日之表。此云「真氣驚户牖」，可謂工而盡矣。　真氣，謂真人氣象。　庾信詩：朱陵真氣來。

㊁《唐書》：貞觀四年二月，珪以黄門侍郎遷侍中，參預朝政。

㊂洙曰：夫人以命婦預朝會也。　鶴注：唐命婦之制，文武官一品國公母妻爲國夫人，三品以上妻爲

郡夫人。王珪貞觀中爲侍中正二品，則其妻爲郡夫人也。《唐會要》：命婦謁並不得乘擔子，其尊屬年高，特敕賜擔子者不在此例。

㊃《周禮》：王后以陰禮教六宮。注：前一後五，五者，后一宮，三夫人一宮，九嬪一宮，二十七世婦一宮，八十一御妾一宮，凡百三十人。晉《中宮歌》：含章體柔順，率禮蹈謙祇。

㊄鶴注：唐因隋制，皇后之下，有貴妃、淑妃、德妃、賢妃。

㊅《記》：嫂叔不通問。

鳳雛無凡毛㊀，五色非爾曹㊁。往者胡作逆㊂，乾坤沸嗷嗷。吾客左一作在**馮**音憑**翊，爾家同遁逃。爭奪至徒步，塊獨委蓬蒿㊃。逗留熱爾腸，十里却呼號**平聲**。自下**去聲**所騎馬，右持腰間刀。左牽紫遊韁㊄，飛走使我高㊅。苟活到今日，寸心銘佩牢。**此評事患難相顧之情。鳳雛二句，從高母説至砅身，乃全篇轉捩處。朱注：馮翊，同州也。天寶末，公避寇至同州。《杜臆》：避亂逃生，而捨己之馬以活四世表叔，且前走十里，乃退却而呼號之，尤爲難事。王砅高行，固應拈出。

㊀《南史》：帝謂謝莊曰：「超宗殊有鳳毛。」《山海經》：南禺之山，有鳳凰鵷雛。又云：丹穴之山，有鳥五色而文，名曰鳳。

㊁非爾曹，言鳳種非爾輩而誰。

㊂作逆，謂禄山陷京。

㊃《楚辭》：塊獨守此無澤兮。

㊄《古詩爲焦仲卿妻》：左手持刀尺，右手執綾羅。　鄴中童謡：青青御路楊，白馬紫遊韁。

㊅高字拈韻，或疑句稚，不知此正寫真處，公方徒步蓬蒿，欲行不前，忽飛馬高騎可以脱險，故不勝喜幸。

亂離又聚散，宿昔恨滔滔。水花笑白首，春草隨青袍㊀。**廷評近要津**㊁，**節制收英髦**㊂。**北驅漢陽傳**去聲㊃，**南泛上**上聲**瀧**鄭音雙**舠**音刀㊄。**家聲肯墜地**㊅，**利器當秋毫**㊆。**番**鋪官切**禺**元俱切**親賢領**㊇，**籌運神功操**㊈。**大夫出盧宋**樊作宗，非，**寶貝休脂膏。洞主降**户江切**接武，海胡舶千艘**㊉。此評事往使南海之事。又聚散，方遇旋别也。白首，自謂。青袍，謂王。廷評、節制，王李並提。北驅四句，言王砅，承上廷評。番禺六句，言李勉，承上節制。自漢陽上瀧，評事自北而南也。李勉乃宗室，故曰親賢。前以京兆尹兼御史大夫，故曰大夫。接武，言洞蠻頻降。千艘，言海估湊集。

㊀古詩：青袍似春草。

㊁趙注：漢宣帝地節三年，初于廷尉置左右評員四人，後漢光武省右評，惟有左評。

㊂唐天寶中，緣邊禦寇之地置八節度使，得以專制軍事，節制之名始此。朱注：節制，謂廣南節度使。

㊃《漢書》：乘傳詣洛陽。顔注：古者以車，謂之傳車。其後置馬，謂之驛騎。

㊄《水經注》：武溪水又南入重山，謂之瀧中，懸湍回注，崩浪震天，謂之瀧水。瀧水又南出峽，謂之瀧口。又南經曲江縣東。韓昌黎《瀧吏》詩：南行逾六旬，始下昌樂瀧。《釋名》：船三百斛曰舠。

㊅太史公書：李陵既生降，頽其家聲。家聲，承王珪。

㊆後漢虞詡曰：「不逢錯節盤根，何以別利器。」當秋毫，言能應機立斷。

㊇如淳《漢書注》：番禺，尉佗所都。顔師古曰：即今之廣州。《舊唐書》：南海縣，即漢番禺縣地，以番山禺山得名。

㊈《漢書》：運籌帷幄之中。

㊉錢箋：《舊書》本傳：大曆四年，李勉除廣州刺史，兼嶺南節度、觀察使，番禺賊帥馮崇道、桂州叛將朱濟時阻洞爲亂，勉遣將招討，悉斬之，五嶺平。先是西域舶泛海至者，歲纔四五，勉性廉潔，舶來都不撿閲，末年至者四十餘。代歸至石門，停舟，悉搜家人所貯南貨犀象之物，投之江中，耆老以爲可繼宋璟、盧奐、李朝隱之後。黄鶴以親賢大夫並指李勉，是也。蔡夢弼謂指王評事，誤矣。出盧宋，言出於其上。《舊書》：自開元四十年，廣府節度使清白者四，裴伷先、李朝隱、宋璟、盧奐。又曰：奐爲南海太守，南海利兼水陸，瓌寶山積，劉巨鱗、彭杲相繼爲太守，五府節度皆坐贓死，乃授奐任，貪吏斂跡，人用安之。《海賦》：積太顛之寶貝。《東觀漢記》：孔奮守姑臧七年，治有絶跡，或嘲其處脂膏中不能自潤，而奮不改其操。廣南有溪洞蠻，其長曰洞

主。《記》：堂上接武。舶，大船也。艘，總數。《國史補》：南國船，外國船也，每歲至安南廣州。師子國船最大，梯而上下，皆積寶貨，有蕃長爲主領。《市船録》：劉向曰：舶深五十餘肘。西域以肘爲度。

我欲就丹砂，跋涉覺身勞。安能陷糞土㈠，有志乘鯨鼇。或驂鸞騰天㈡，聊樊作不**作鶴鳴皋**㈢。此公有志南海之遊也。丹砂，交廣所出，不能乘鼇驂鸞，但作鳴鶴以吐意耳。此章，四句起，六句收，前二段各十二句，後二段各十六句，中段十句相間。

㈠司馬遷書：隱忍苟活，函糞土之中。

㈡《別賦》：駕鶴上漢，驂鸞騰天。

㈢《詩》：鶴鳴于九皋，聲聞于天。《杜臆》：鳴皋，謂贈詩。

洪邁《容齋隨筆》曰：蔡絛《詩話》引《唐·列女傳》：「珪母盧氏，識房杜必貴。」質之此詩，則珪母乃杜氏也。《洞江詩話》：不特不姓盧，乃珪之妻，非母也。予按：《唐·列女傳》元無此事，珪傳末只云，始隱居時與房玄齡、杜如晦善，三人過其家，母李窺之，知其必貴。蔡説妄云有傳，又誤以李爲盧，皆不足辯。但唐高祖在位日，太子建成與秦王不睦，以權相傾，珪爲太子中允，説建成曰：「秦王功蓋天下，中外歸心，殿下但以長年，位居東宮，無大功以鎮服海内。今劉黑闥散亡之餘，宜自收之以取功名。」建成乃請行。其後楊文幹之事起，高祖責以兄弟不睦，歸罪珪等而流之。太宗即位，乃召用之。一日，宴近臣於丹霄殿，長孫無忌曰：「王珪、魏徵，昔爲仇讐，不謂今日，得同此宴。」上曰：「珪、徵盡心所事，吾故用之。」然則珪與太宗非素交明矣。《唐書》載李氏事，亦采之小説，恐未必然。而杜公稱其祖姑事，不應不實，且太宗時宰相別無姓王者，真不可曉也。

葛常之曰：詩云「爾祖未顯時，歸爲尚書婦」，珪嘗爲禮部尚書，則尚書婦乃珪之妻，非珪母也。詩又云「及乎貞觀初，尚書踐台斗。夫人嘗肩輿，上殿稱萬壽」，皆謂珪妻也。人徒見詩中用剪髻事，有同陶母，故謂珪母耳。審爾，豈不與尚書婦句相牴牾哉。

今按：此詩所載事迹，明與《唐書》紀傳不合，蔡氏欲據此以爲詩史，未免信杜太過矣。大抵人情好爲誇大，每有子孫而自誣其祖宗者，此詩亦據王氏傳聞之説，一時沿訛失考耳。

鍾惺曰：前段不過叙中表戚耳，忽具一部開國大掌故。自往者以下，祇是亂離相依，飲食僕馬細故，却無端委轉折可尋，胸中潦倒，筆下淋漓，非獨詩法之奇，即作一篇極奇文字看，亦可。

申涵光曰：此詩，似傳似記，聲律中有此奇觀，更足空人眼界。

黄生曰：送行詩，前半篇寬叙一大段，似乎頭重，但因題中重表侄二字，追叙其由，且以一婦人具如許眼力，塵埃中辨出天子宰相，古今所罕，特借此詩傳之。意中實以此事爲主，送行之意反輕，所以章法如此。

今按：此夔州以後之詩，揮灑任意而出之者，如「寂寥人散後，入怪鬢髮空」，乃隔句呼應，「右持腰間刀，左牽紫遊韁」，乃隔聯斜對，與秦蜀諸詩謹嚴融洽者，固不同也。

清明

鶴注：詩言長沙及湘西寺，當是大曆五年春在潭州作。

著涉略切處繁華一作花矜從《正異》，一作務是日㊀，長沙千人萬人出。渡頭翠柳艷明眉㊁，争道朱蹄驕齧膝㊂。此都好去聲遊湘西寺㊃，諸將去聲亦一作遠，一作方自軍中至㊄。馬援征行在眼前㊅，葛强親近同心事㊆。

《杜臆》：此記節日遊人之盛，而諷諸將之逍遥者。柳映眉，指遊女。馬齧膝，指遊人，所謂繁華也。《杜臆》：亦自軍中至，見其不應至也。諸將出征在邇，正宜同心戮力，乃佚遊如此，不以軍國爲念矣。馬援比大將，葛强比部將。

㊀曹植詩：繁華將茂，秋霜瘁之。

㊁梁元帝詩：柳葉生眉上，珠璫摇鬢垂。唐太宗《柳》詩：半翠幾眉開。

㊂《霍光傳》：後兩家奴争道。《莊子》：乘駁馬而偏朱蹄。注：偏者，一蹄偏赤也。王褒頌：及至駕齧膝，驂乘旦。應劭曰：馬怒有餘氣，常齧膝而行也。孟康曰：良馬低頭口至膝，故曰齧膝。張晏曰：齧膝乘旦，皆良馬名。此詩以朱蹄齧膝並言，正謂駿馬各争道也。

㊃湘西寺，即岳麓、道林二寺。

㊄《史記·高帝紀》：諸將過此者多。

㊅《魏志》：曹真每征行，與士卒同勞苦。

㊆葛强，山簡愛將。

金鐙都磴切下去聲山紅日蔡云一作粉，非晚㊀，牙檣捩音列柁青樓遠㊁。古時喪去聲亂皆可知，人世悲歡暫相遣。弟姪雖存不得書，干戈未息苦離一作難居。逢迎少去聲壯非吾道，況乃今朝更祓除㊂。　此記遊人晚歸之景，而慨身世之亂離也。　遊者從寺下山，向青樓而遠去，因歎古來喪亂，其故可知，皆因人臣以國事爲戲耳。　若人世歡娛，暫遣悲愁，一過而淒涼如故矣。　上句應諸將，下句應繁華。　今弟姪飄零，干戈阻絶，此皆喪亂所致，而老非少壯，時際祓除，又未免悲歡錯出矣。　少壯，指當日同遊之輩，祓除不祥，非可行樂也。　此章，二段各八句。

㊀鐙，馬鞁踏。《廣韻》：鞍鐙也。

㊁檣在舟前，柁在舟後。《埤蒼》云：檣，帆柱也。　檣，尾鋭如牙。　師氏曰：轉柁曰捩。　青樓，乃祓除之處。《齊書》：武帝興光樓上施青漆，謂之青樓。　古樂府：大路起青樓。

㊂《周禮》：女巫，掌歲時祓除盥浴。　鄭注：如今三月三日上巳往水上之類。《韓詩外傳》：鄭國上巳，於溱洧二水上祓除不祥。《晉書》：武帝嘗同摯虞三日曲水之義，虞對曰：「漢章帝時，平原徐肇以三月初生三女，至三日俱亡，村人爲怪，乃招攜之水濱洗祓，遂因水以泛觴，其義起此。」帝曰：「必如所談，便非好事。」晳進曰：「虞小臣，不足以知。　昔周公城洛邑，因流水以汎酒，故逸詩

云『羽觴隨波』。又秦昭王以三日置酒河曲，見金人奉水心之劍曰：『令君制有西夏。』乃霸諸侯。因此立爲曲水。二漢相緣，皆爲盛集。」《杜臆》：此詩主摯虞之説，而不取束晳。趙曰：以唐史氣朔考之，大曆五年三月三日清明，則清明正值上巳，故有今朝是祓除句。

風雨看舟前落花戲爲新句

鶴注：公在潭只船居，觀蘇涣肩輿忽訪老夫舟檝語可驗。其看舟前落花，乃是大曆五年潭州作。

江上人家桃樹一作李枝，春寒郭作風細雨出疏籬。影遭碧水潛勾引㊀，風妬紅花却倒吹。

此詩依韻分爲三段，首詠風雨落花。《杜臆》：春寒細雨出疏籬，便是畫景。

㊀常理《薄命篇》：艷花勾引落。

吹花困懶一作癲傍去聲舟檝，水光風力俱相怯㊀。赤憎輕薄遮之奢切入一作人懷㊁，珍重分明不來接一作折㊂。

次看舟前落花。傍舟委落，有似憎平日之輕薄遮懷，而珍重不肯近人者，此摹寫困懶情態也。公詩曾以留連屬細草，悵望屬殘花，知赤憎、珍重，亦當就花説。

㊀江淹詩：階前水光裂。《莊子》：風之積也不厚，則其負大翼也無力。《淮南子》：風力壯猛。

㈡鶴注：公嘗云「生憎柳絮白於綿」，赤憎猶云生憎，皆方言也。梁武帝《春歌》：階上香入懷。

㈢《薛宣傳》：得爲公分明之。

濕久飛遲半欲一作日**高，縈沙惹草細於毛。蜜蜂蝴蝶生情性**一作住㈠**，偷眼蜻蜓避伯勞**㈡。

末對落花而有感。蜂蝶素戀花香，今見墮於沙草，則性情頓覺生疏。蜻蜓偶過花間，有似偷眼旁觀者，一遇伯勞，却又倉卒避去，以見花當零落之餘，終爲物情所棄。此舉目前所見，而詞寓感慨。此章，三段各四句。

㈠生情性，乃生熟之生。謝朓詩：遠樹曖芊芊，生烟紛漠漠。謝靈運《撰征賦》：披宿莽以迷徑，覩生烟而知墟。此可互證。

㈡《爾雅》：鵙，伯勞也。《物理論》：伯勞惡鳥，故衆鳥畏之，性好獨。《杜臆》：伯勞即鶗鴂，鳴則衆芳歇。

王嗣奭曰：此詩摹寫物情，一一從舟中静看得之，都是虚景，都是設想，都是巧語，本大家所不屑爲者，故云戲爲新句。而纖濃綺麗，遂爲後來詞曲之祖。

按：此詩戲爲新句。皆從無情中看出有情，詩思之幻，當與昌黎《毛穎傳》參觀。

盧世㴶曰：句不新則詩朽，句徒新則詩亡，苟非有日新之學問，日新之識見，而惟務新其皮膚，反致面目青黄，此又與於陳腐之甚者。題中下一戲字，有無限防閑在。

楊德周曰：杜云「石出倒聽楓葉下」，包何云「波影倒江楓」，杜云「黄門飛鞚不動塵」，而東坡云「走馬來看不動塵」，杜云「影遭碧水潛勾引」，而孟郊云「南浦花飛亞水紅」，得諸家闡明，益見杜詩之妙。

奉贈蕭十二使去聲君

鶴注：當是大曆五年春作，詩云「迴雁五湖春」，可見。　玩詩意，蕭蓋先爲郎官，後出爲縣令，在嚴武幕中復爲郎官，後在湖南又爲刺史矣。

昔在嚴公幕，俱爲蜀使去聲**臣。艱危參大府，前後間**去聲**清塵**㈠**。起草鳴先路，乘槎動要津。王鳧聊暫出，蕭雉只相馴**㈡**。**首憶幕府往事。　嚴武兩鎮蜀，必蕭先在幕而公繼入，是前後相間也。起草應幕府，乘槎應使臣。　王鳧用縣令事，蕭雉用郎官事，蕭蓋先爲郎而後貶爲令也。　朱注：次公引《唐志》，凡詔令皆舍人起草，固是，然此詩所云起草，則以郎官言之。

㈠盧諶《贈劉琨》詩：自奉清塵，於今五載。

㈡錢箋：蕭廣濟《孝子傳》：蕭芝至孝，除尚書郎，有雉數十頭飲啄宿止，當上直，送至歧路，下直入門，飛鳴車側。

終始任平聲**安義**㈠**，荒蕪孟母鄰。聯翩匍匐禮**㈡**，意氣死生親**㈢**。張老存家事**㈣**，嵇康有故人**㈤**。食恩慚鹵莽，鏤骨抱酸辛**㈥**。**此記蕭君古誼。　任安，比使君。孟母，比嚴母。聯翩匍匐，謂經紀兩喪。意氣死生，謂存亡一視。張老之於趙武，嵇康之託山濤，稱蕭能保家而恤孤。食恩二句，公自謙不如也。　原注：嚴公既没，老母在堂，使君温清之問，甘脆之禮，名數若己之庭闈焉。及太夫人頃逝，喪事又首諸孫，主典撫孤之情，不減骨肉，則膠漆之契可知矣。

㈠《漢書》：霍去病爲驃騎將軍，禄秩與大將軍衛青等。青故人門下多去事去病，輒得官爵，唯任安不去。

㈡《詩》：凡民有喪，匍匐救之。

㈢蔡邕《陳留太守碑》：意氣精朗。　翟公云：一死一生，乃見交情。

㈣《晉語》：趙文子冠，見張老而語之。注：張老，晉大夫張孟。　《左傳》：楚子問趙孟曰：「范武子之德何如？」對曰：「夫子之家事治。」

㈤嵇康故人，注見本卷前。

㈥阮嗣宗詩：悽愴抱酸辛。　鏤骨，猶言刺骨。

巢許山林志，夔龍廊廟珍㈠。鵬圖仍矯翼㈡，熊軾且移輪㈢。磊落衣冠地，蒼茫土木身㈣。

記彼此出處之殊。　夔龍，謂蕭能濟世，起下鵬圖、熊軾。　巢許，謂已終隱遯，起下蒼茫土木。

㈠《書》：夔典樂，龍納言。

㈡《莊子》：北溟有魚，化而爲鳥，其名曰鵬，海運則將徙於南溟。

㈢趙注：蕭爲太守，故憑熊軾以移輪。

㈣《晉書》：嵇康土木形骸。

塤箎鳴自合㈠**，金石瑩**去聲**逾新**㈡**。重**平聲**憶羅江外**㈢**，同遊錦水濱。結歡隨過隙**㈣**，懷舊益霑巾**㈤**。** 記彼此交契之久。 塤箎，言聲氣初投，起下羅江錦水。 金石，言信義益堅，起下結歡懷舊。

㈠《詩》：伯氏吹塤，仲氏吹箎。《廣絶交論》：志婉孌於塤箎。

㈡阮籍詩：如何金石友，一旦更離傷。

㈢《舊書》：羅江縣屬綿州。

㈣任昉詩：結歡三十載，生死一交情。 《莊子》：人生一世，如白駒過隙。

㈤潘岳《懷舊賦》：涕泣流而霑巾。

曠絶含香舍，稽留伏枕辰㈠**。停驂雙闕早**㈡**，迴雁五湖春。不達長**子兩切**卿病，從來原憲貧。監**平聲**河受貸粟，一起轍中鱗**㈢**。** 末乃自叙，有望於蕭也。 停驂尚早，承曠絶。 迴雁當春，承稽留。 四句，寫出貧病之狀，使君倘能貸粟窮途，庶涸鱗得以頓起也。 不達，謂蕭君未之知耳。 注家謂因不顯達而致病，對下句不合。 此章，前後三段各八句，中二段各六句。

㈠含香、伏枕，注皆别見。

㈡謝朓詩：停驂我悵望。

㈢《莊子》：莊周家貧，往貸粟於監河侯曰：「昨周來，有中道而呼者，顧視車轍中，有鮒魚焉，周問之，曰：『我東海之波臣也，君豈有升斗之水而活我哉？』」

王嗣奭曰：此詩以排律叙事，融化古今，條達流利，所謂不煩繩削而自合者。

奉送二十三舅録事崔偉之攝郴丑森切州

鶴注：當是大曆五年春作。　邵注：唐制，諸州設録事參軍，掌正違失、涖符印。　郴州，今隸湖廣道。

賢良歸盛族㊀，吾舅盡知名。徐庶高交當作交高友㊁，劉牢出外甥㊂。泥塗豈珠玉㊃，環堵但柴荆㊄。衰老悲人世，驅馳厭甲兵。此稱舅氏而兼自傷。　盡知名，崔族多才。　出外甥，感恩在舅。　下四歎窮老亂離，陳訴甚悲。

㊀《周禮》：以三德教國子，二曰友行，以尊賢良。

㊁舊注：徐庶字元直，其所交者諸葛孔明、龐士元、司馬德操諸公。《蜀志》：徐庶與崔州平友善。

㊂《晉書》：桓玄曰：「何無忌，劉牢之之甥，酷似其舅。」

㊃《世説》：王武子，衛玠之舅，見玠輒歎曰：「珠玉在側，覺我形穢。」

㊄《記》：儒有環堵之室。

氣春江上別㊀，淚血渭陽情。丹一作舟鷁排風影，林烏反哺聲㊁。永嘉多北至㊂，勾漏且南征㊃。必見公侯復㊄，終聞盜賊平。此因送別而作慰辭。江上，指湘江。排風，謂風帆。烏反哺，崔有母也。北至南征，記其行迹。公侯必復，言當終貴。盜賊，指嶺南之寇，舊注誤云臧玠之亂，春時玠尚未反也。

㊀謝朓詩：江上徒離憂。

㊁束晳《補亡詩》：嗷嗷林烏，受哺於子。

㊂《晉書》：永嘉之亂，元帝渡江，衣冠多自北至。

㊃勾漏，引葛洪相方。《楚辭》：汨吾南征。

㊄《左傳》：公侯之子孫，必復其始。

郴州頗凉冷，橘井尚淒清㊀。從事一作役何蠻貊㊁，居官志在行㊂。此往攝郴州，勉其盡職也。遠注：橘井不特切郴州，兼切奉母同行之意。此章，前二段各八句，後段四句收。

㊀《神仙傳》：蘇耽於山下鑿井種橘，救鄉里之疾病者。橘井在郴州城東，蘇耽之故宅，今爲觀。希曰：井水每酌則有金星，云丹影如是。嘗在郴州目覩其實。

㊁《論語》：雖蠻貊之邦行矣。

㊂《左傳》：當官而行，何强之有。《通鑑》：晉司隸校尉李喜，亢志在公，當官而行，可謂邦之司直。

送魏二十四司直充嶺南掌選崔郎中判官兼寄韋韶州

鶴注：前韋迢《湘潭寄杜員外》詩云「湘潭一葉黄」，蓋大曆四年秋矣。此詩云「爲報韶州牧，新詩時寄將」，當是五年春作。《唐書》：高宗上元三年，以嶺南五管黔中都督府得任土人，而官或非才，乃選郎中御史爲選補使，謂之南選。《唐會要》：開元八年八月，移嶺南選補使於桂州。

選去聲**曹分五嶺**㈠**，使**去聲**者歷三湘**㈡**。才美膺推薦，君行佐紀綱**㈢**。佳聲斯**一作期**共**，樊作**不遠，雅節在周防**㈣**。明白山濤鑒**㈤**，嫌疑陸賈裝**㈥**。**魏往嶺南，稱其才品。選曹使者，謂崔郎中。才美紀綱，謂魏判官。山濤鑒，承佳聲，頌崔也。陸賈裝，承雅節，規魏也。

㈠《北史·周·宇文深傳》：深在選曹，頗有時譽。五嶺，注見前。
㈡《寰宇記》：湘潭、湘鄉、湘源，是爲三湘。顔延之詩：三湘淪洞庭。
㈢《左傳》：紀綱之僕。
㈣杜預《左傳序》：包周身之防。
㈤《晉書》：山濤典選十餘年，甄拔人物，各爲題目，時稱山公啟事。

㊅《記》：決嫌疑。《漢書》：高祖使陸賈賜尉佗印爲南越王，佗賜賈橐中裝，直千金，他送亦千金。

故人湖外少，春日嶺南長。憑報韶州牧，新詩昨寄一作夜將㊀。此送魏而兼寄韋也。此章，上八句，下四句。

㊀將，送也。《詩》：遠于將之。

送趙十七明府之縣

詩有南翁句，故黄鶴編在大曆五年湖南詩内。

連城爲寶重㊀，茂宰得才新㊁。山雉迎舟楫㊂，江花報邑人㊃。論平聲交翻恨晚，卧病却愁春。惠愛南翁悦，餘波及老身㊄。上四送趙之縣，下四叙述交情。

㊀《史記》：趙惠王得楚和氏璧，秦昭王請以十五城易之，是重在寶也。此借趙事以方趙令。盧諶詩：連城既僞往，荆玉亦虚還。

㊁謝朓《和伏武昌》詩：雄圖悵若兹，茂宰深遐睠。

㊂漢魯恭爲中牟令，童子化之，雉有雛不忍捕。

㊃晉潘岳爲河陽令，植桃李花，人號曰河陽一縣花。

㊄朱注：趙必官衡潭間，故有落句。

同豆盧峰貽主客李員外賢子棐知字韻

舊次在大曆五年潭州作。遠注：豆盧峰有貽李員外子詩，公和之而作。同，和也。《唐書·世系表》：豆盧姓慕容氏，北人謂歸義爲豆盧，因賜爲氏，居昌黎棘城。《唐志》：主客郎中、員外郎各一人，掌二王後諸藩朝見之事，屬禮部。

煉一作鍊金歐冶子㊀，噴玉大宛平聲兒㊁。符彩高無敵㊂，聰明達所爲。夢蘭他日應㊃，折桂早年知㊄。爛熳通經術，光芒刷羽儀㊅。此稱美員外父子。煉金、噴玉，唯員外能有此子。符彩、聰明，言棐負才智。夢蘭、折桂，言生質不凡。經術、羽儀，言學堪用世。

㊀《吴越春秋》：干將與歐冶子採五山之精，合六金之英，煉而爲劍。

㊁杜定功曰：穆天子東遊黄澤，使宫樂謡曰「黄之澤，其馬噴玉，皇人壽穀。」歕、噴同。大宛兒，大宛馬駒，即汗血馬也。

㊂曹植《七啟》：符采照燭。符采，猶云光彩。左思《蜀都賦》：符采彪炳。傅玄《輿馬賦》：符采

橫發。

㈣《左傳》：鄭文公有賤妾曰燕姞，夢天使與己蘭。既而文公見之，與之蘭而御之。辭曰：「妾不才，幸而有子，將不信，敢徵蘭乎？」公曰：「諾。」生穆公，名之曰蘭。

㈤晉郄詵學博多才，武帝問曰：「卿才何如？」對曰：「猶桂林一枝，崑山片玉。」

㈥沈約詩：刷羽同搖漾。《易》：鴻漸于陸，其羽可用爲儀，吉。

謝庭瞻不遠㈠，潘省會于斯㈡。唱和去聲**將雛曲㈢，田翁號鹿皮㈣。**此結出和詩，賓主四人俱見。吴論：謝庭，指李員外。潘省，指豆盧家。倡和，峰作詩而公和之。將雛，謂員外攜子而來。鹿皮，公自比遯世老人。此章，上八句，下四句。

㈠玉樹生於庭除，引謝玄語，詳見二卷。

㈡潘岳《秋興賦序》：余以太尉掾寓直於散騎之省。

㈢《晉書·樂志》：吴歌雜曲，一名《鳳將雛》。朱注：此曲自漢至梁有歌，今不傳。

㈣鹿皮翁，注見二十卷。

歸雁二首

鶴注：當是大曆五年潭州作。

萬里衡陽雁，今年又北歸㈠。雙雙瞻客上上聲，一一背音佩人飛㈡。雲裏相呼疾，沙邊自宿稀。繫音計書元俗本作無浪語㈢，愁寂一作絶故山薇㈣。首章，見歸雁而切故鄉之思。衡雁又歸在潭兩春矣，雁去既不能留，而繫書又不可得，所以有故山之慨。黄希曰：公在南而雁北歸，故曰背人。

㈠蔡曰：衡陽有回雁峰，雁至此不過，遇春而回。應瑒詩：言我塞門來，將就衡陽棲。《會稽典録》：虞國少有孝行，爲日南太守，嘗有雙雁宿止廳上，每出行縣，輒飛逐車。

㈡江淹《横吹賦》：河中之雁，一一而學飛。李少卿詩：雙鳧相背飛。

㈢顧注：《蘇武傳》：匈奴詐言武死，常惠教漢使者詭言，漢天子射雁上林得武帛書，乃歸武。則雁足繫書，後人承訛襲謬耳。

㈣謝靈運詩：故山日已遠，風波豈還時。

其二

欲雪違胡地，先花別楚雲㈠。却過清渭影，高起洞庭群。塞北春陰暮，江南日色薰從《杜臆》，舊作曛。傷弓流落羽㈡，行斷不堪聞。次章，傷歸雁而興飄泊之感。違胡地，去秋雁來。別楚雲，今春雁去。過清渭，來時所經。起洞庭，去時所歷。塞北、江南，承上起下，言當此春日，而猶有傷弓落羽，行斷聲哀者，皆窮途旅客所不忍聞也。

㈠謝靈運詩：季秋邊朔苦，旅雁違霜雪。《月令》：八九月，鴻雁來。正月，候雁北。

㈡更羸引弓虛發而下雁，出《國策》，詳見十三卷。史：引虛弓而雁落，人問之，曰：「此雁傷弓也。」

江南逢李龜年

朱注：題曰江南，必潭州作也。舊編在大曆三年荆南詩内，非是。錢箋：《史記》：王翦定荆江南地。又：項羽徙義帝於江南。《楚詞章句》：襄王遷屈原於江南，在湘潭之間。龜年方流落江潭，故曰江南。《雲溪友議》：明皇幸岷山，百官皆竄辱，李龜年奔泊江潭，杜甫以詩贈之。

岐王宅裏尋常見㈠，崔九堂前幾度聞㈡。正是《友議》作值**江南好風景㈢，落花時節又逢君。**

此詩撫今思昔，世境之離亂，人情之聚散，皆寓於其中。

㈠《明皇雜録》：天寶中，上命宫中女子數百人爲梨園弟子，皆居宜春院北，上素曉音律，時有馬仙期、李龜年、賀懷智，皆洞知律度。安禄山亦獻白玉簫管數百事，皆陳於梨園。自是音響殆不類人間，而龜年特承恩遇。其後流落江南，每遇良辰勝景，常爲人歌數闋，座上聞之，莫不掩泣罷酒。蔡曰：《雲溪友議》：李龜年奔江潭，曾於湖南採訪使筵上唱：「紅豆生南國，秋來發幾枝。贈公多採摘，此物最相思。」又云：「清風明月苦相思，蕩子從戎十載餘。征人去日殷勤囑，歸雁來時數附書。」此詞皆王維所作也。《舊唐書》：岐王範，睿宗子，好學工書，雅愛文章之士。開元十四年病薨。

㈡原注：崔九，即殿中監崔滌，中書令湜之弟。《舊書》：崔湜弟滌，與玄宗款密，用爲秘書監，出入禁中，後賜名澄，開元十四年卒。

㈢《世説》：過江諸人，新亭飲宴，周顗中座而歎曰：「風景不殊，正自有山河之異。」

黄鶴云：開元十四年，公止十五歲，其時未有梨園弟子。公見李龜年，必在天寶十載後，詩云岐王，當指嗣岐王珍。據此，則所云崔九堂前者，亦當指崔氏舊堂耳，不然，岐王、崔九並卒於開元十四年，安得與龜年同遊耶？

黄生曰：此詩與《劍器行》同意，今昔盛衰之感，言外黯然欲絶。見風韻於行間，寓感慨於字裏，即使龍標、供奉操筆，亦無以過。乃知公於此體，非不能爲正聲，直不屑耳。有目公七言絶句爲别調者，亦可持此解嘲矣。

小寒食舟中作

鶴注：公在潭率舟居，此當是大曆五年作。《杜臆》：小寒食，注謂寒食前一日，誤，蓋寒食次日也。《歲時記》：冬至後一百五日爲寒食。據曆在清明前二日。廣義注：禁火三日謂至後一百四日、五日、六日，乃知小寒食是六日，總在三日内，故云佳辰。次日清明，始有新火，故食猶寒；禁火則酒亦寒，故云强飲。詩意甚明。舊注引小至爲證，不知小至亦至之次日，添線飛灰，舒柳放梅，皆至後景物也。

佳辰强豈兩切**飲**一作飯**食猶寒，隱**去聲**几蕭條戴鶡冠**㈠。**春水船如天上坐，老年花似霧中看**平聲㈡。**娟娟戲蝶過**平聲**閒**一作開，非**幔**㈢，**片片輕鷗下**去聲**急湍**㈣。**雲白山青萬餘里**㈤，**愁看**平聲**直**一作西**北是長安。**上四寒食舟景，下四即景感懷。朱瀚曰：頷聯分承上二。時逢寒食，故春水盈江。老景蕭條，故看花目暗。須於了無蹊徑處，尋其草蛇灰線之妙。腹聯興起下二。戲蝶輕鷗，往來自在，而雲山萬里空望長安，所以對景而生愁也。首尾又暗相照應，與「幾年逢熟食，萬里逼清明」參看。篇中看字兩見，亦無他字可代。

㈠《莊子》：南郭子綦隱几而坐。趙注：鶡冠，隱者之冠。袁淑《真隱傳》有鶡冠子。舊注引虎賁武騎之鶡冠，誤矣。此以首二句領起全局，春水春花，寒食時景。天上坐，水漲浮空，霧中看，花前遥望。二句皆承上佳辰。戲蝶、輕鷗，亦舟中所見者。過閒幔，興己之飄零。下急湍，傷己之淹泊。語意緊注在萬里長安。愁看二字，正言隱几蕭條之故，遥應次句作結。朱瀚以三四分承一二，認脈未真。

㈡孫權《與曹操牋》：春水方生，公宜速去。陳釋惠標詩：舟如空裏汎，人似鏡中行。沈約詩：落花雰似霧。何遜詩：新月霧中生。

㈢鮑照詩：娟娟似娥眉。注：娟娟，明媚貌。梁元帝詩：戲蝶時飄粉。五六以閒對急，本不可易。朱瀚曰：公父名閑，故注家改閑爲開，畢竟未妥。閑閒同音異字，何必避忌。《大學》閒居，《孟子》閒暇，《曲禮》少閒，與閑無犯。

㈣《枯樹賦》：片片真花。鮑照《野鵝賦》：翔海澤之輕鷗。摯虞《觀魚賦》：忽浪達於急湍。

㈤蔡琰《胡笳》：雲山萬重兮歸路遐。古詩：相去萬餘里。

黄魯直曰：「船如天上坐，人似鏡中行」，「船如天上坐，魚似鏡中懸」，此沈雲卿詩也。雲卿得意於此，故屢用之。老杜「春水船如天上坐」，乃祖述佺期語，繼之以「老年花似霧中看」，蓋觸類而長之也。苕溪胡元任曰：沈雲卿之詩，原於王逸少《鏡湖》詩所謂「山陰路上行，如在鏡中遊」之句。然李太白《入青溪山》詩云「人行明鏡中，鳥度屏風裏」，雖有所襲，語益工也。林時對曰：春水二句，非襲用前人句也，此用前人句，而以己意損益之也。又有全用前人一句，而以己意貼之者，如沈雲卿詩「雲白山青千萬里，幾時重謁聖明君」，杜云「雲白山青萬餘里，愁看直北是長安」，是也。范元實謂老杜不免蹈襲，斯言過矣。

燕子來舟中作

鶴注：大曆四年正月，公自岳陽之潭州。五年春猶在潭州，時率舟居，故於舟中兩見燕子。《杜臆》：出峽已三春，而客湖南則兩春也。朱瀚曰：孤舟漂泊，惟有燕來，命題感慨。

湖南爲客動經春，燕子銜泥兩度新㊀。舊入故園嘗一作常識主，如今社日遠看平聲人㊁。可憐處處巢居一作君室㊂，何異飄飄託此身㊃。暫語船檣還起去，穿花貼范德機云：善本作貼，一作落水益霑巾㊄。上四客舟逢燕，下四對燕自傷。　顧注：識主、看人，世不憐公，而燕獨相憐。巢室託身，公方憐燕，而旋復自憐矣。　暫語還去，燕若辭人，穿花貼水，仍不忍別，對此霑淚，傷人情之不如也。

㊀古詩：思爲雙飛燕，銜泥巢君室。

㊁《文昌雜録》：燕以春社來，秋社去，謂之社燕。　朱瀚曰：拈一新字，便生下舊今兩字。

㊂君室雖有所本，但此處當從居室爲順。　傅咸詩：長驅及居室。　沈炯詩：處處此傷情。

㊃陸機詩：苦哉遠征人，飄飄窮四遐。

㊄何遜詩：燕戲還簷際，花飛落枕前。　楊萬里詩：燕子無端貼水飛。　本於杜句。

盧世㴶曰：此子美晚歲客湖南時作。　七言律詩以此收卷，五十六字内，比物連類，似複似繁，茫茫有身世無窮之感，却又一字不説出，讀之但覺滿紙是淚，世之相後也，一千歲矣，而其詩能動人如此。

朱瀚曰：《毛詩》：「燕燕于飛，下上其音。」「瞻望弗及，佇立以泣。」爲送別而作也。　玆則對燕傷心，形影相弔，至於泣下霑巾，又何其蒼茫歷亂耶！　篇中曰銜、曰巢、曰起、曰去，俱就燕言，曰識、曰看、曰語、曰貼，皆與自己相關。　分合錯綜，無不匠心入妙。

盧元昌曰：公詠雁則云傷弓落羽，詠燕則云穿花落水，流落飄零之感，俱情見乎詞。

贈韋七贊善

詩云「洞庭春色」，當是大曆五年在潭州作。　鶴注：唐東宫官有左右贊善大夫各五人，掌傳令、諷過失、贊禮儀。　韋贊善，必韋見素之後。　見素位至宰相，贈司空，故詩云「爾家最近魁三象」。　見素與公皆京兆人，故又云「鄉里衣冠不乏賢」，若韋思謙父子，乃鄭州人。

鄉里衣冠不乏賢㈠，**杜陵韋曲未央前**㈡。**爾家最近魁三象**㈢，**時論同歸**一作因**侵尺五天**㈣。**北走關山**一作河**開雨雪**㈤，**南遊花柳塞**悉則切**雲**一作風**烟**㈥。**洞庭春色悲公子**㈦，**蝦**吳作鮭**菜忘歸范蠡**一作萬里**船**㈧。　上四叙韋杜家世，下則送韋而自慨也。　魁三象，韋世爲三公。　尺五天，杜同在帝京，衣冠舊契如此。　今南北去留不同，故臨别傷心。　悲公子，韋北還而不得見。　范蠡船，公在南而不得歸也。　用開塞二字，景象便有慘舒之别。

㈠《後漢·郭泰傳》：林宗名震京師，後歸鄉里，衣冠諸儒送至河上。

㈡朱瀚曰：《唐·宰相世系表》：杜氏宰相十一人：如晦、淹、元穎、審權、讓能、黄裳、佑、悰、正倫、鴻漸、暹。　韋氏宰相十四人：保衡、弘敏、方質、貫之、處厚、待價、巨源、見素、温、執誼、思謙、嗣立、貽範、昭度。　餘見史傳者不具載，可見其盛。　洙曰：漢未央殿基在長安。

㊂原注：斗魁下兩兩相比爲三台。

㊃俚語曰：城南韋杜，去天尺五。

㊄《燕城賦》：南馳蒼梧漲海，北走紫塞雁門。　陳子昂詩：雨雪關山啼。

㊅薛道衡詩：城闕生雲烟。

㊆錢箋：此謂楚之洞庭也。張華曰：陶朱公家在南郡華容縣，故知非吴之洞庭。《演義》：春色，指花柳。《楚辭》：思公子兮未敢言。

㊇馬永卿《懶真子》曰：嘗見浙人呼海錯爲蝦菜，每食不可缺。公詩「風俗富園蔬」，即此意也。杜預《水災疏》：當時魚菜螺蜯。《述異記》：洞庭湖中有釣舟，昔范蠡乘扁舟至此，遇風釣於洲上，刻石記焉。有一陂，陂有范蠡魚。

奉酬寇十侍御錫見寄四韻復寄寇

鶴注：詩云「故泊洞庭船」，當是大曆五年潭州作，其云「春深把臂前」，蓋指去年之春。

往別郇瑕地㊀，**于今四十年**。**來簪御府筆**㊁，**故泊洞庭船**。**詩憶傷心處**㊂，**春深把臂前**㊃。**南瞻按百越**㊄，**黄帽待君偏**㊅。上四，散而復聚，喜洞庭相見。下四，聚而復散，傷百越遠行。　詩憶，指寇君所寄者。黄帽，指舟人，謂相候於水邊也。

㈠顧注：郇瑕，晉地，在平陽府猗氏縣。《詩》云「郇伯勞之」，蓋其國也。

㈡《魏略》：殿中侍御史，簪白筆，側陛而坐，帝問左右此何官，辛毗曰：「此謂御史，舊時簪筆，以奏不法，今直備位，但珥筆耳。」《漢書注》：簪筆者，插筆於首。　邵注：御史所居之署，謂之御史府。

㈢《楚辭》：目極千里傷春心。

㈣《廣絶交論》：自昔把臂之英，金蘭之友。

㈤漢百越地，即今廣東廣西。

㈥趙曰：《漢書》：鄧通以濯船人爲黄頭郎。注云：土勝水，故刺船之人皆著黄帽。顧氏以黄帽爲公自稱，引前《發劉郎浦》詩「黄帽青鞋歸去來」爲證，謂待其再至也。今按：公在湖南急於北歸，豈能久留以待其再來。黄常明《詩話》：南方人謂水爲黄帽，謂雲爲砲車，非遐征遠涉，不能知也。此又一説。

朱鶴齡曰：公《哭韋之晉》詩云：「悽愴郇瑕邑，差池弱冠年。」此詩云：「往别郇瑕地，于今四十年。」則公十八九歲時嘗至晉州，而年譜俱失書。黄鶴謂公適郇瑕在遊齊趙時，大謬。

入衡州

鶴注：大曆四年春公自岳陽至潭州，如衡州，以畏熱復歸潭。五年夏，臧玠兵亂，故再入衡州。盧注：公避亂入衡，且欲由衡過郴，以舅氏崔偉攝郴州也。《舊書》：大曆四年七月，以澧州刺史崔瓘爲潭州刺史、湖南都團練觀察使。五年四月，瓘爲兵馬使臧玠所殺，據潭爲亂，湖南將王國良因之而反。

兵革自久遠，興衰看帝王。漢儀甚照耀㈠，胡馬何猖狂。老將去聲一失律㈡，清邊生戰場。君臣忍瑕垢㈢，河岳空金湯。重鎮如割據，輕權絶紀綱㈣。軍州體不一㈤，寬猛性所將。

此嘆天寶亂後，叛將接踵。興衰之運，亦視帝王舉動何如耳。此呼起下二句。漢儀，言唐法。胡馬，言安史。失律，謂潼關不守。清邊，謂四方俱擾。忍瑕垢，謂主憂臣辱。空金湯，謂兩京俱陷。重鎮，指河北叛將。輕權，慨制御無術。體不一，各自爲政。性所將，不禀朝命也。

㈠《漢・光武紀》：復見漢官威儀。

㈡《易・師卦》：失律，凶。

㈢《左傳》：瑾瑜匿瑕，國君含垢。

㈣《國策》：權輕於鴻毛。

㈤軍州，大州之地，必有統軍。

嗟彼苦節士㈠，素於圓鑿方㈡。寡妻從爲郡㈢，兀者安堵一作短牆㈣。凋弊惜邦本㈤，哀矜存事常㈥。旌麾非其任，府庫實過防㈦。恕刊作怒己獨在此㈧，多憂增内傷。偏裨限酒肉，卒伍單衣裳。元惡迷是似，聚謀一作諜洩康莊㈨。竟流帳下血，大降湖南殃。烈火發中夜一作中夜發，高烟燋上蒼。至今分粟帛，殺氣吹沅湘⑩。福善理顛倒⑪，明徵天莽茫⑫。此慨崔瓘之賢，死於兵亂。上十二記崔瓘，下十句刺臧玠。趙注：若節指崔，元惡指臧。圓鑿方謂其知經而不知權。寡妻四句，見崔能愛民。旌麾六句，言不能恤軍。寡妻從郡，謂瓘無姬妾之好。兀者安堵，能使殘疾者得所。此言其約己裕民。防府庫，謂吝賜予。恕己而不量人，致將卒洶洶，故崔以此爲憂。迷是似，借缺餉以惑衆聽。洩康莊，洩憤於衢路也。顛倒，謂崔不應死。莽茫，謂玠不應存。

㈠《舊唐書》：瓘以士行聞，莅職清謹，遷潭州刺史，政在簡肅，恭守禮法，將吏自經時艱，久不奉法，多不便之。五年四月，會月給糧儲，兵馬使臧玠與判官達奚覯忿争。覯曰：「今幸無事。」玠曰：「有事何逃！」厲色而去。是夜玠遂搆亂，犯州城，以殺覯爲名，瓘遑遽走，逢玠兵至，遂遇害。《易·節卦》：苦節不可貞。

②《楚辭》：圓鑿而方枘兮，吾固知其鉏鋙而難入。

③趙注：自崔爲郡之後，寡婦亦得其所。如兀足者安於堵牆之下，不復驚動也。此另一解。按：寡妻有兩説。《詩》「刑于寡妻」，此在位之妻。潘岳詩「夫行妻寡」，此民間寡婦。

④《莊子》：王駘，兀者也。兀，刖足。《漢・高帝紀》：吏民皆安堵如故。

⑤《書》：民惟邦本。

⑥哀矜，見《論語》。

⑦《易》：弗過防之。

⑧《三略》：良將之統軍也，恕己而治人。

⑨《爾雅》：五達謂之康，六達謂之莊。

⑩《九歌》：令沅湘兮無波。

⑪劉峻《辯命論》：福善禍淫，徒虛語耳。

⑫《書》：聖有謨訓，明徵定保。

銷魂避飛鏑，累上聲足穿豺狼①。隱忍枳棘刺②，遷延胝張尼切研吉典切瘡③。遠歸兒侍側，猶乳女在旁。久客幸脱免，暮年慚激昂④。蕭條向水陸，汩没隨漁商⑤。報主身已老，入朝音潮病見妨。悠悠委薄俗，鬱鬱回剛腸⑥。參錯走洲渚⑦，春容轉林篁。片帆左一作在郴丑林切岸⑧，通郭前衡陽⑨。華表雲鳥陣蔡作陳，舊作埤，郭弭切⑩，名園花草香。旗

亭壯邑屋㈡，**烽櫓蟠**杜田作卧**城隍**㈢。此叙倉卒避亂再入衡州也。上十句，脱亂軍而入舟次。下十二，阻北歸而往衡陽。《杜臆》：逃難而兼攜妻孥，尤見其苦，而以得免爲幸。曰慚激昂，恨不討賊。曰回剛腸，含憤而行。華表以下，遥望衡州之風景、人民、甲兵、城郭也。郴岸、衡陽二句，又伏下兩段。

㈠《漢書》：累足脅息。
㈡《司馬遷傳》：隱忍苟活。《丘陵歌》：枳棘充路。
㈢張衡賦：翺遥遷延，蹴躃蹁蹮。
㈣《王章傳》：今疾病困阸，不自激昂。
㈤宋之問詩：漁商汗成雨。
㈥嵇康《絶交書》：剛腸疾惡。
㈦謝靈運詩：臨圻阻參錯。
㈧《九域志》：郴州西北至衡州界一百三十七里，則郴在衡之東南，故云「左郴岸」。
㈨《唐書》：衡州倚郭爲衡陽縣。
㈩《説文》：亭郵表。徐曰：表，雙立爲桓，今郵亭立木交於其端，或謂之華表。朱注：《韻會》：埤，增也，厚也。於雲鳥難通。公詩「共説總戎雲鳥陣」，作陣字是。言華表之旁，皆列雲鳥之陣。
㈡《西京賦》：旗亭五里，俯察百隧。注：旗亭市樓。沈佺期詩：邑屋遺民在。

㊂遠注：櫓，城上守望樓。

中有古刺史，盛才冠去聲巖廊㊀。扶顛待柱石㊁，獨坐飛風霜㊂。昨者問去聲瓊樹㊃，高談隨羽觴㊄。無論再繾綣，已是安蒼黄。劇孟七國畏㊅，馬卿四賦良㊆。門闌蘇生在㊇，勇鋭白起强㊈。問罪富形勢㊉，凱歌懸否音鄙臧㊀。氛埃期必掃，蚊蚋焉於虔切能當。此記衡州刺史，而并及蘇涣，喜禦寇得人也。上四，叙陽濟才望。昨者四句，叙到衡情事。劇孟四句，叙蘇涣才幹。下四，欲連兵以討賊。朱注：陽濟爲衡州刺史兼御史中丞，故以獨坐稱之，次公謂崔侍御漼者，非。問瓊樹，公與刺史閒坐也。蘇涣少喜剽盗，善用白弩，巴蜀號爲白跖，故以劇孟、白起比之。又公稱其詩云「再聞誦新作，突過黄初時」，故以馬卿四賦比之。舊注以劇孟、馬卿比刺史，非也。陽濟身爲重臣，可云劇孟乎？時涣亦自潭州奔衡，公望當事收而用之，及陽濟不能用，故又走交廣而罷罪耳。朱注：《唐書》：時澧州刺史楊子琳、道州刺史裴虬、衡州刺史陽濟，各出兵討玠，故曰「問罪富形勢」。楊慎曰：「問罪富形勢，凱歌懸否臧」二語，當一部兵志。

㊀漢武帝制曰：舜遊巖廊之上。文穎注：殿下小屋也。《演繁露》：舜遊巖廊。李試義訓曰：屋垂謂之宇，宇下謂之廡，步檐謂之廊，峻廊謂之巖廊。

㊁《漢·霍光傳》：將軍爲國柱石。師古曰：柱者，梁下之柱。石，承柱之礎。言大臣負國重任，如屋之柱及石也。

㊂光武改御史長史復爲中丞，與尚書令司隸校尉，朝位皆專席而坐，京師號三獨坐。趙注：風

霜，御史之任。

㈣古詩：安得瓊樹枝，以解長渴饑。

㈤孔融詩：高談滿四座。　《束晢傳》：周公成洛邑，因流水泛酒，故逸詩云「羽觴隨波」。余注：羽觴之輕，如鳥羽之飛也。

㈥《漢書》：劇孟以俠顯，七國反時，條侯乘傳東，將至河南，得之隱若一敵國。

㈦《司馬相如傳》載《子虛》、《上林》、《哀二世》及《大人》四賦。

㈧《史記》：張儀願爲門闌之厮。

㈨《史記》：白起者，郿人也，善用兵，事秦昭王，攻楚拔郢，遷爲武安君，坑趙降卒四十萬人。

㈩《管子》：形勢器械，具四者備治矣。

⑪《易》：師出以律，否臧凶。此言臧否懸絶，故知能奏凱也。

橘一作繘井舊地宅，仙山引舟航㈠。此行怨一作厭暑雨㈡，厥土聞清涼。諸舅剖符近㈢，開緘書札光㈣。頻繁黄作蘋蘩命屢及，磊落字百行户杠切。江總外家養㈤，謝安乘興去聲長㈥。下流匪珠玉㈦，擇木羞鸞凰㈧。我師嵇叔夜㈨，世賢張子房。原注：彼掾張勸㈩。柴荆寄樂音洛土，鵬路覲翱翔⑪。此思郴州舅氏而并及張勸，欲往依親友也。上四，想郴州風土。諸舅句四，謂崔偉見招。江總四句，感崔而傷己。末四則兼美張崔。　厥土，指郴州。剖符近，崔攝州也。外家養，感舅德也。垂興長，將赴郴也。下流，謂身居卑賤。擇木，愧不能見幾。嵇叔夜，自言疏放。張子房，比勸多才。鵬路翱翔，崔張將有事功矣。　遠注：末句舊指衡州守，非是。衡州守，前段已結，不應再言。　此詩是五排，亦似五古，公集中每有此種，蓋亦倣齊梁人體也。　此章，首段十二句，中二段各二十二句，後二段各十六句。

〔一〕《後漢·地志》注：郴縣南數里有馬嶺山，山有仙人蘇躭壇。《元和郡縣志》：馬嶺山，在縣東北五里。　蘇躭舊宅在郴州東半里，餘迹猶存。

〔二〕《書》：暑雨而怨咨。

〔三〕《詩》：以速諸舅。　公有《送二十三舅録事偉攝郴州》詩。　蔡邕表：牧守宣藩，剖符數郡。

〔四〕庾信詩：故人倘書札。

〔五〕《陳書》：江總七歲而孤，依於外氏，聰敏有至性。　舅吴平侯蕭勱名重當時，尤所鍾愛。

〔六〕《晉書》：謝安寓居會稽，出則漁弋山水，入則言詠屬文，無處世意。

〔七〕《司馬遷傳》：貧下未易居，下流多謗議。

〔八〕《楚辭》：鸞凰孔鳳。

〔九〕《晉書》：嵇康性懶疏放，有不堪者七。

〔一〇〕《通鑑》：德宗建中中，以張勸爲陝虢節度使。

〔一一〕王逸《九思》：鵾鵬開路兮。　《上林賦》：翱翔往來。

許彦昭曰：杜詩「悠悠委薄俗，鬱鬱回剛腸」，此語甚悲。　昔蒯通讀《樂毅傳》而涕泣，後之人亦當有味此而泣下者。

逃難

末云「涕盡湘江岸」，當是避臧玠之亂而作。《後漢・劉平傳》：奔走逃難。

五十白頭翁，南北逃世難去聲㊀。疏布纏枯骨，奔走苦不暖。叶去聲。此憶從前之難。

㊀《杜臆》：上元二年，公年五十，時東川節度使段子璋反，花敬定斬之，兵不戢而大掠。公率妻子以逃，始則自京逃蜀，既而在蜀又逃，故曰「南北逃世難」。

已衰病方入，四海一塗炭。乾坤萬里内，莫見容身畔。妻孥復扶又切隨我，回首共悲歎。此記目前之難。大曆五年，公年五十九，臧玠殺崔瓘，據州爲亂。此暮年衰病，又挈妻子而逃也。曰四海，曰萬里，見隨地皆亂矣。回首悲歎，起下故國鄰里。

故國莽丘墟㊀，鄰里各分散。歸路從此迷，涕盡湘江岸。此爲無家可歸而嘆也。此章，首尾各四句，中間六句。

㊀班彪《北征賦》：舊室滅以丘墟兮。

白馬

朱注編在大曆五年，爲臧玠之亂而作也。

白馬東北來，空鞍貫雙箭。可憐馬上郎，意氣今誰見。近時主將去聲戮，中夜傷一作商於戰。喪去聲亂死多門，嗚呼淚如霰㈠。此爲潭州之亂死於戰鬭者，記其事以哀之。馬帶箭而來，則馬上者見害矣。蔡興宗曰：主將謂崔瓘，時爲臧玠所殺也。「喪亂死多門」語極慘，或死於寇賊，或死於官兵，或死於賦役，或死於饑餓，或死於奔竄流離，或死於寒暑暴露。唯身歷患難始知其情狀。

㈠《楚辭·九歌》：涕淫淫其如霰。

黄鶴曰：商於，即張儀欺楚之地，唐爲商州上洛郡。史云大曆三年三月，商州兵馬使劉洽殺防禦使殷仲卿。此爲仲卿而作。

朱鶴齡云：鶴説似有據，但三年春，公自峽之江陵，商於在江陵西北，不當云「白馬東北來」。考《九域志》，衡州北至潭州三百九十里，公自潭如衡，則所見之白馬爲自東北來明矣。臧玠與達奚觀忿争，是夜以兵殺瓘，所謂「中夜傷於戰」也。夢弼、次公皆主此説。

舟中苦熱遣懷奉呈陽中丞通簡臺省諸公

鶴注：此亦避亂之衡州時作。中丞即陽濟，時爲衡州刺史。臺省諸公，兼言裴虯、楊子琳、李勉。

愧爲湖外客，看此戎馬亂。中夜混黎甿，脱身亦奔竄。平生方寸心㈠，反當從《正異》，舊作**掌帳下難**去聲㈡。**嗚呼殺賢良，不叱白刃散**㈢。**吾非丈夫**一作人**特，没齒埋冰炭**㈣。此潭州逃難而爲憤亂之詞。湖外客，衡在洞庭之外。戎馬亂，指臧玠之兵。方寸心，謂疾惡之念。帳下難，禍起於部將。賢良，指崔瓘。冰炭，喻不平之氣。

㈠《蜀志》：徐庶曰：「方寸亂矣。」

㈡《後漢書》：韓遂爲其帳下所殺。

㈢相如《喻巴蜀檄》：觸白刃，冒流矢。

㈣《漢書·蕭望之傳》注：没齒，終身也。《淮南子》：膠漆相賊，冰炭相息。何承天詩：冰炭結六府，憂虞纏胸中。

恥以風病辭㈠，胡然泊湘岸。入舟雖苦熱，垢膩可溉灌。痛彼道邊人，形骸改昏旦。此舟中苦熱而爲自遣之語。恥風疾，不如姜肱遠遯也。道邊人，指夜中見殺者。

㊀《姜肱傳》：桓帝嘗徵不至，乃下彭城，使畫工圖其形狀，肱卧於幽闇，以被韜面，言感眩疾，不欲出風，工竟不得見之。私告其友曰：「今政在閹竪，夫何爲哉！」遠遁海濱，賣卜給食。

中丞連帥職㊀，**封内權得按**㊁。**身當問罪先**㊂，**縣實諸侯半。士卒既輯睦**㊃，**啟行促精悍**㊄。此嘉陽中丞興師討罪也。權重足以按罪，縣大足以出兵，輯睦精悍，又足以殲敵制勝，言此舉在所必克矣。

㊀《記》：十國以爲連，連有帥。

㊁淮南王安書：古者封内甸服，封外侯服。

㊂庾信《平鄴表》：入商郊而問罪。

㊃《左傳》：卒乘輯睦，事不奸矣。

㊄《詩》：爰方啟行。

似聞上游兵㊀，**稍逼長沙館。鄰好**去聲**彼克修**，**天機自明斷**丁亂切㊁。**南圖卷雲水**，**北拱戴**一作載**霄漢。美名光史臣**，**長策何壯觀**去聲。此喜裴道州助兵會討也。道州在潭之西南，乃湘水上流。鄰好，稱裴之義。明斷，稱裴之勇。南圖、北拱，言南靖湖湘，北尊天子也。

㊀《項羽傳》：古之帝王，地方千里，必居上游。

㊁傅咸樂府：聰鑒盡下情，明明綜天機。《世説》：王大將軍稱楊朗曰：「世彦器識理致，才隱明斷。」

驅馳數公子㈠，咸願同伐叛㈡。聲節哀有餘㈢，夫平聲何激衰懦奴亂切㈣。偏裨表三上時掌切，鹵莽同一貫㈤。始謀誰其間去聲㈥，回首增憤惋㈦。此惜楊澧州黨惡而沮兵也。驅馳，謂中丞遣使連兵。數公子，指裴虯、李勉、楊子琳。上游敘地，端公敘姓，於楊則隱諱其詞，而歸罪於偏裨。然曰「鹵莽同一貫」，則楊當並分其過矣。曰「始謀誰其間」，則當時縱惡之罪，楊亦無所逃矣。錢箋：唐時藩鎮有事，俱用偏裨將上表，假衆論以脅制朝廷。《通鑑》謂楊子琳起兵討玠，取賂而還。此咎其信偏裨之説，釋兵不問也。

㈠戰國有四公子，能連兵救難，故用數公子。
㈡劉琨《勸進表》：伐叛以刑。
㈢《文心雕龍》：聲節哀急。
㈣激衰懦，言懦夫猶當激動。
㈤任昉表：毁譽一貫。
㈥錢箋以始謀誰間爲追咎杜鴻漸，誤。
㈦《吴越春秋》：情憤惋兮誰識。

宗英李端公㈠，守職甚昭焕㈡。變通迫脅地㈢，謀畫焉於虔切得算。王室不肯微，凶徒略無憚㈣。此流須卒子聿切斬㈤，神器資强幹㈥。扣寂豁煩襟㈦，皇天照嗟歎㈧。終以靖亂之事，望諸李端公也。守土之臣，爲偏裨迫脅，事每牽制。李公官方素著，必能變通出奇，其所謀畫，豈同凡算，斷不使王室終微，賊徒恣横也。《杜臆》：勉本宗室，故有資强幹之語。盧注：扣寂賦詩，一豁煩襟，長歎之詞，皇天實鑒臨之，蓋呼天以誅賊也。此章，首尾各十句，前二段各六句，後二段各八句，自中丞以下，四人各爲一段，舊注未見分明。

㈠《漢書》叙贊：河間爲漢宗英。梁邵陵王表：臣進非民譽，退異宗英。李端公，舊注皆云李勉，時在廣州招討馮崇道、朱濟時之亂，遣兵赴難，史不及書。朱云：考史，勉鎮嶺南，已兼御史大夫，不當更稱端公。

㈡優孟歌：奉法守職。

㈢《抱朴子》：識變通於常事之外。《楚辭》：外迫脅於機臂兮。陳琳檄：時人迫脅。

㈣梁武帝《孝思賦》：凶徒疑駭，相引離散。

㈤《詩》：國既卒斬。

㈥《道德經》：天下神器，不可爲也。《西都賦》：强幹弱枝，隆上都而觀萬國。

㈦《文賦》：叩寂寞而求音。

㈧《周書》：皇天無親，惟德是輔。《詩序》：長言之不足，故嗟歎之。

江閣對雨有懷行營裴二端公

鶴注：當是大曆五年初夏衡州作，裴時爲道州刺史，與討臧玠之亂，故有行營。邵注：《通典》：

唐侍御史凡四員，内供二員號爲臺端，他人稱曰端公。

南紀一作極**風濤壯**㈠，**陰晴屢不分**㈡。**野流行地日，江入度山雲。層閣憑雷殷**上聲㈢，**長空面水**一作水面**文**一作紋㈣。**雨來銅柱北，應**平聲，一作意**洗伏波軍**㈤。首聯爲江雨發端。行地之日，流光在野，陰忽晴矣。度山之雲，飄入江中，晴復陰矣。憑閣而隱隱雷動，面空而點點波文，陰且雨矣。末用伏波軍，乃借形語，此銅柱在衡陽，不在交阯也。

㈠田氏曰：南紀，分野名。《廣天文志》：循嶺徼達甌閩中，是謂南紀，所以限蠻彝也。舊引《毛詩》「南國之紀」，非。顔延之詩：春江壯風濤。

㈡唐太宗詩：陰晴衆壑殊。

㈢釋惠標詩：丹霞拂層閣，碧水泛蓬萊。《詩》：殷其雷。言雷聲隱隱也。

㈣曹植《霖潦賦》：聽長空之淋淋。梁元帝詩：風送水文長。

㈤洗兵雨，出《説苑》，注見六卷。

胡夏客曰：篇中言江閣，言對雨，言懷裴，言行營，凡題所當發者，詩皆一一拈出，可想詩家作法。

黄生曰：詩眼貴亮，而用線貴藏，如《何氏山林》之五，滄江、碣石、風笋、雨梅、銀甲、金魚，皆散錢也，而以一興字穿之，是線在結也。如秦州《遣懷》：霜露、菊花、斷柳、清笳、水樓、山日、歸鳥、棲鴉，亦散錢也，而以愁眼二字聯之，是線在起也。此詩，地日、山雲、雷殷、水文，亦散錢也，而以陰晴二字冠之，雨來二字收之，是線在起結也。

楊萬里曰：杜句有偶似古人者，亦有述古人語者，如《武侯廟》詩「映階碧草自春色，隔葉黄鸝空好音」，此本何遜《行孫氏陵》「山鶯空樹響，壠月自秋暉」也。杜云「薄雲巖際宿，孤月浪中翻」，此本何遜「白雲巖際出，清月波中上」也，比出上二字，勝矣。杜云「月明垂葉露，雲逐度溪風」，又云「水流行地日，江入度山雲」，此一聯更勝。庾信云「永韜三尺劍，長卷一戎衣」，杜云「風塵三尺劍，社稷一戎衣」，亦勝於庾矣。

題衡山縣文宣王廟新學堂呈陸宰

鶴注：當是大曆五年之衡山時作。《唐書·禮樂志》：貞觀四年詔州縣學皆作孔子廟，開元二十七年謚文宣王。

旄頭彗紫微㊀，無復扶又切俎豆事㊁。金甲相排蕩，青衿一憔悴㊂。嗚呼已十年，儒服敝於地㊃。征夫不遑息㊄，學者淪素志。從學校荒廢叙起。《杜臆》：自安史亂後，人皆棄文就武，公詩嘗云「壯士恥爲儒」，又云「儒衣山鳥怪」，此云「儒服敝於地」，儒之賤已極矣。

㊀《晉·天文志》：昴七星，天之耳目也。又爲旄頭星。旄頭，妖星。紫微，帝宫。彗，掃也。

㊁俎豆事，出《論語》。

㊂《詩序》：青青子衿，刺學校廢也。

㊃《記・儒行》：哀公問於孔子曰：「夫子之服，其儒服與？」

㊄《詩》：征夫遑止。

我行洞庭野，欻得文翁肆㊀。侁侁胄子行户郎切㊁，若舞風雩至㊂。周室宜中竹仲切興，孔門未應平聲棄㊃。是以資雅才㊄，焕一作涣，非然立新意。衡山雖小邑，首唱恢大義㊅。因見縣尹心，根源舊官閟㊆。記衡山孔廟而歸功陸宰。上四言樂育人才，中四言有關國運，下四言留意斯文。文翁指宰，周室比唐。恢大義，謂恢廓文廟。根源舊宫，謂宰從宫牆而出，能追念本源也。

㊀謝朓詩：行道儒肆。

㊁《招魂》：往來侁侁。注：侁侁，衆多貌。《書疏》：胄子，天子元子以下至卿大夫子。

㊂《論語疏》：雩者，祈雨祭名，使童男女舞之，因謂其處爲舞雩。舞雩之處，有壇墠樹木，可以休息，故曰風乎舞雩。

㊃《北史・文苑傳》：高視當世，連衡孔門。

㊄《前漢書》：杜鄴子林，清静好古，有雅才。

㊅劉歆《移太常書》：夫子没而微言絶，七十子終而大義乖。此詩正指建學爲大義。傅亮表：首倡大義，興復王室。此特借用之。朱注以討臧玠爲唱義，非也。若果如其説，則當大書特書，不應

只一語輕點。

㊆《詩》：閟宮有侐。注：閟，閉也，言無事而閉。

講堂非曩構㊀，大屋加塗墍㊁。下可容萬一作百**人，牆隅亦深邃。何必三千徒㊂，始壓戎馬氣。林木在庭户，密幹疊蒼翠㊃。有井朱夏時，轆轤凍階戺**音士**㊄。耳聞讀書聲㊅，殺伐災髣髴**方未切**㊆。**

記新修學堂，而化被諸生。上六見堂宇寬深，下六見堂前幽勝。三千徒，與讀書聲相應，言文德宜足銷亂，而聲帶殺伐者，時經臧玠之亂也。《杜臆》：下二句，暗用子路鼓瑟，有北鄙殺伐之旨。

㊀後漢翟酺疏：光武初興，起太學博士舍內外講堂。《水經注》：文翁爲蜀守立講堂作石室於南城，永平後，學堂遇火，後守更增二石室。

㊁《書》：唯其塗墍茨。注：塗墍，泥飾也。

㊂《書序》：三千之徒，並受其義。

㊃江淹賦：繚繞蒼翠。

㊄《廣韻》：轆轤，圓轉木，用以汲水。梁簡文帝詩：銀牀繫轆轤。《顧命》：夾兩階戺。

㊅《論衡》：子路聞誦讀之聲。

㊆子路鼓瑟，出《家語》。孔子曰：「亢厲微末，以象殺伐之氣。」盧注：髣髴，謂在若有若無之間。《長楊賦》：從者髣髴骫屬而還。

故國延歸望，衰顔減愁思去聲。南紀改一作改波瀾，西河共風味㈠。采詩倦跋涉㈡，載筆尚可記一作嘗紀異，一云紀奇異㈢。高歌激宇宙，凡百慎失墜㈣。此題詩以誌盛事。延歸望，國學難見。減愁思，州學新成。改波瀾，遠於潭亂。共風味，親挹講壇也。吴論：采詩雖無其人，而載筆尚堪記事，欲勸後人之修舉不墜耳。舊注謂備國史失墜，非也。此章，首尾各八句，中二段各十二句。

㈠《史記》：子夏居西河教授，爲魏文侯師。《索隱》：西河，在河東郡之西界，蓋近龍門。《世説》：王尚之西河之風不墜。晉劉遺民書：企懷風味，鏡心象迹。

㈡《前漢·藝文志》：古有采詩之官。

㈢《記》：史載筆，士載言。楊德周曰：此句隱然有文獻之思，即詩史二字之始。

㈣《詩》：凡百君子，敬而聽之。

聶耒陽以僕阻水書致酒肉療饑荒江詩得代懷興去聲盡本韻至縣呈聶令陸路去方田驛四十里舟行一日時屬音祝江漲泊於方田

《唐書》：耒陽縣屬衡州。《元和郡縣志》：因耒水在縣東爲名，西北至衡州一百六十八里。

鶴注：郴州與耒陽皆在衡州東南，衡至郴四百餘里，郴水入衡，公初欲往郴依舅氏，卒不遂。其至方田也，蓋泝郴水而上，故詩云「方行郴岸静」。

耒陽馳尺素㈠**，見訪荒江渺**一作眇。**義士烈女家，風流吾賢紹。昨見狄相**去聲**孫**㈡**，許公人倫表**㈢**。前朝**音潮。蔡作朝，一作期**翰林後**㈣**，屈跡縣邑小。**此接聶令書，稱其家世才望。

㈠陸機《文賦》：承綿邈於尺素。《史記·刺客傳》：聶政殺韓相俠累而自死，其姊嬰伏尸哭極哀，死政之傍。晉楚齊衛聞之，皆曰：「非獨政能也，乃其姊亦烈女也。」

㈡狄相孫，謂人傑孫兼謩。

㈢《南史》：孔休源人倫儀表，當師事之。

㈣趙注：聶之祖父，必嘗任翰林之職，故有前朝句。

知我礙湍濤，半旬獲浩溔《玉篇》以沼切㈠。**孤舟增鬱鬱**㈡**，僻路殊悄悄**㈢**。側驚猿猱捷**㈣**，仰羨鸛鶴矯**㈤**。禮過宰肥羊**㈥**，愁當置清醥**普沼切㈦。此阻水泊舟，感其酒肉餽遺。知我二字，貫下五句。

㈠《上林賦》：浩溔潢漾。注：皆水無際貌。

㈡張衡詩：鬱鬱不得志。

㈢《詩》：憂心悄悄。

㈣《蜀都賦》：猿狖騰希而競捷。

㊄矯，矯翼而飛也。

㊅過于宰羊，則知舊傳致牛肉白酒者爲是。　曹植詩：烹羊宰肥牛。

㊆酒清曰醥。曹植《酒賦》：其味有宜城醪醴，蒼梧醥清。《七啟》：乃有春清醥酒，康狄所營。

麾下殺元戎，湖邊有飛旐。二句舊在浩漾之下。方行郴岸静，未話長沙擾。二句舊在坑趙之下。人非西諭蜀㊀，興去聲在北坑趙㊁。崔師乞已至，澧音里卒用矜少㊂。問罪消息真，開顔憩亭沼。此以討賊除亂，遣懷作結。湖邊旐，崔瓘之喪。長沙擾，臧玠未平。朱注：臧玠之徒，非可檄諭，必盡坑之乃快耳。時楊子琳已受臧玠之賂，故其卒矜少。憩舟亭畔，待捷音也。亭沼，指方田驛。　此章，上二段各八句，末段十句結。

㊀《漢書》：唐蒙通夜郎，徵發巴蜀吏卒，因軍興法誅其渠帥，巴蜀大驚。上使相如作檄以責唐蒙，因喻巴蜀人，非上本意也。

㊁《史記》：秦白起破趙，坑其降卒四十萬人。

㊂原注：聞崔侍御潩乞師於洪府，師已至袁州北，楊中丞琳問罪將士，自澧上達長沙。　矜少，矜惜而兵少。

胡夏客曰：詩云「湖邊有飛旐」，此語遂成詩讖。公大曆五年殁於耒陽，四十年後，公之孫嗣業能自豫至楚，迎櫬歸偃師首陽山前，求宰相元稹爲墓誌，此其家不衰，校李白僅二孫女爲農家婦者，愈矣。

《新唐書》本傳：甫遊沿湘流，游衡山，寓居耒陽嘗游岳廟，爲暴水所阻，旬日不得食，耒陽聶令知之，自棹舟迎甫而還。《明皇雜録》：杜甫客耒陽，游岳祠，大水遽至，涉旬不得食，縣令具舟迎之，令嘗饋牛炙白酒。後漂寓湘潭間，羈旅憔悴於衡州耒陽縣，頗爲令長所厭。甫投詩於宰，宰遂致牛炙白酒以遺甫，甫飲過多，一夕而卒，集中猶有贈聶耒陽詩也。

王彦輔《塵史》：世言子美卒於衡之耒陽。《寰宇記》亦載其墳在縣北二里。《唐書》稱耒陽令遺白酒黄牛，一夕而死。予觀子美僑寄巴峽三歲，大曆三年二月始下峽，流寓荆南，徙泊公安，久之，方次岳陽，即四年冬末也。既過洞庭，入長沙，乃五年之春。四月，遇臧玠之亂，倉皇往衡陽，至耒陽，舟中伏枕，又畏瘴，復沿湘而下，故有《回櫂》之作。又《登舟將適漢陽》云「秋帆催客歸」，蓋回櫂在夏末，此篇已入秋矣。又繼之以《暮秋將歸秦留别湖南幕府親友》詩，則子美北還之迹，見此三篇，安得卒於耒陽耶？以元微之《墓誌》及吕汲公《詩譜》考之，其卒當在潭岳之交、秋冬之際。但《詩譜》云是年夏卒，則非也。鶴曰：謝聶令詩云興盡本韻，又且宿留驛亭，若果以飫死，豈能爲是長篇，又復游憩山亭。以詩證之，其誣明矣。

《舊書》本傳：甫遊衡山，寓居耒陽。永泰二年，啗牛肉白酒，一夕而卒。元稹《墓誌》：扁舟下荆楚間，竟以寓卒，旅殯岳陽。錢箋兼採傳誌，謂公卒於耒陽，而殯於岳陽，遂力掃吕汲公、王得臣、魯訔、黄鶴之説。今按：新舊二書，雜採傳聞，於本傳誤書二事：謂嚴武欲殺公，以母命往救而免，此《新史》誣之於生前也；謂啖牛肉白酒，飽飫而卒耒陽，此《舊史》誣之於殁後也。錢氏箋杜，引洪容齋之論，其於欲殺之疑，能剖白生前，獨耒陽一案，乃偏信《舊史》，聽其誣枉於死後，可乎？况公卒於大曆五年，而史謂永泰二年，年次既屬差訛，則記事安得真確。今即以公詩證之，《長沙送李銜》云「與子避地西康州，洞庭相逢十二秋」，自乾元二年，同谷逢李，至大曆五年之秋，爲十二秋。又《風疾舟中伏枕》云「十暑岷山葛，三霜楚户砧」，自大曆三年春杪，出峽赴湖南，至大曆五年之秋，凡歷三霜。據此，則耒陽之後，深秋尚存，安得謂歿於夏時乎？今不信親筆之詩詞，而信史家之聞見，此亦讀書不具眼之過也。

又唐人李觀作《杜傳補遺》，謂公往耒陽，聶令不禮，一日過江上洲中，醉宿酒家，是夕江水暴漲，爲驚湍漂没，其尸不知落於何處。洎玄宗還南内，思子美，詔天下求之，聶令乃積空土於江上曰：「子美爲牛肉白酒，脹飫而死，葬於此矣。」此欲雪牛酒飫死之冤，而反加以水淹身溺之慘，子美何不幸罹此奇禍。且考泰陵升遐，以及少陵逝世，其間相去十載。《補傳》顛倒先後，是全不見杜詩年次者。元賓博雅人，豈肯爲此不根之説乎？此必後人僞託耳。

黄生曰：耒陽一案，聚訟紛紜。錢箋獨謂卒於耒陽，殯於岳陽。按耒陽之卒，出新、舊《唐史》；岳陽之殯，出元稹《墓誌》。錢氏乃兩存其説，而又謂《明皇雜録》亦與史合，遂盡抹諸家辯證之説，其實非也。耒岳兩地懸絶，更隔洞庭一湖，卒此殯彼，理不可信，徒作騎牆之見耳。且史文所書牛酒飫死之説，實採之《雜録》。録叙此事，而終之云：「今集中猶有贈耒陽詩。」此正因詩題「致酒肉療飢荒江」之語，文飾而成其事，小説家伎倆畢露。今顧謂録與史合，豈知史正承録謬耶！夫本傳既難憑信，猶賴元誌中載「旅殯岳陽」四字，足爲《回棹》、《登舟》、《發潭》、《過湖》諸詩佐證。而錢氏必爲耒陽爭一杜公遺蜕，其智不反出宋人下哉。

迴棹

此詩舊編在大曆五年，黄鶴疑詩中不言臧玠之亂，當是四年至衡州，畏熱將迴棹欲歸襄陽，不果而竟留於潭也。今按：杜詩凡紀行之作，其次第皆歷然分明，不當以欲行未果之事載之詩集。考臧玠之亂在四月，公往衡山過耒陽俱在夏日，此云火雲垢膩，殆耒陽迴棹而作。詞不及憂亂者，前後諸詩已詳，不必每章疊見也。還依舊編爲當。

宿昔試一作世**安命**㈠，**自私猶畏天。勞生繫一物，爲客費多年。衡岳江湖大，蒸池疫癘偏**㈡。**散才嬰薄**一作舊**俗，有跡負前賢。巾拂那關眼**㈢，**瓶罍易**去聲**滿船**㈣。**火雲滋垢膩**㈤，**凍**音東**雨裛沉**一作塵**綿**㈥。**强**其兩切**飯蓴添滑，端居茗續煎**㈦。此厭衡山之熱，而欲迴棹也。

上四作自咎語，平時安命，雖專己自私，猶知畏天，今以謀生之故而頻作客遊，深愧不能安命矣。且衡岳間，地氣人情如是，皆前賢所絶跡不至者，乃浪迹於此，是負前賢矣。無几案，故巾拂不用。多飲酒，故瓶罍滿船。火雲、凍雨，晴雨皆帶鬱蒸。蓴羹性寒，續茗解熱也。前《咏懷》詩云「衣食相拘閡」，即所云「勞生繫一物」。趙注謂勞生之人，不免繫着一物，是也。錢箋云繫一物，言此生猶一物耳。於下句不相接。

㈠試，嘗也。

㈡《漢・地理志》：承陽縣屬長沙國，在承水之陽，故名。讀若蒸。《元和郡縣志》：衡陽城東傍湘江，北背蒸水。《寰宇記》：衡州衡陽縣蒸水，源出縣西，名蒸水者，其氣如蒸也。

㈢《舞鶴賦》：巾拂兩停，丸劍雙止。

㈣《詩》：瓶之罄矣，維罍之恥。

㈤《淮南子》：旱雲烟火。

㈥《爾雅》：涷雨乃夏日暴雨。　裛，霑也。　沉綿，病也。

㈦薛夢符曰：《茶録》：潭邵之間渠江中有茶鄉，人每年採擷，其色如鐵，芳香異常。　黃希曰：昔嘗官郴，見其風土唯尚煎茶，客至繼以六七，則知茗續煎者，湖南多如此。

清思漢水上，涼憶峴山巔。順浪翻堪倚，迴帆又省牽。吾家碑不昧㈠**，王氏井依然**㈡**。几杖將衰齒，茅茨寄短椽。灌園曾**音層**取適**㈢**，遊寺可終焉**㈣**。遂性同漁父，成名**一作功**異魯連。篙師煩爾送，朱夏及寒泉**㈤**。**　此欲託迹襄陽，終以安命自處也。　清涼之地，可以避暑，且自衡迴潭，舟行下水，故順浪而省牽。　杜碑、王井，皆襄陽遺蹟。　几杖、茅茨，思卜居其地。　灌園四句，甘爲遯世。　篙師二句，結出迴棹。　灌園、遊寺，暗使故事。　漁父、魯連，明用古人。　趙曰：滄浪漁父，隱不求名。　仲連却秦軍，下燕城，雖不受封，猶爲取名者，故云「異魯連」。　此章二段，各十四句。

㈠《晉書》：杜預平吳後，刻二碑紀績，一立萬山之上，一沈萬山下潭中，曰：「焉知此後不爲陵谷乎？」

㈡王粲井，注見九卷。

㈢《高士傳》：陳仲子辭楚相，與其妻逃去，爲人灌園。《晉書》：邵續灌園鬻菜，以供衣食，石勒嘆曰：「此真高人矣。」

㈣《南史》：梁劉慧嘗游匡山，遂有終焉之志，因不仕，居東林寺，於山北構園一所，號離垢園。

㈤《易》：寒泉之食。

過洞庭湖

潘子真《詩話》：元豐中，有人得此詩刻於洞庭湖中，不載名氏，以示山谷，山谷曰：「此子美作也。」今蜀本收入。大曆四年夏，公在潭州，此當是五年夏自衡州回棹，重過洞庭湖而作。今據鄭卬編次爲正。或疑公卒於耒陽，不應又作此詩，不知耒陽之卒，原未可憑，而此詩之精練，非公斷不能作。

蛟室圍青草㈠，**龍堆隱**一作擁**白沙**㈡。**護堤**一作江**盤古木**㈢，**迎櫂**直教切**舞神鴉**㈣。**破浪南風正，回檣**一作收帆，或作歸舟**畏日斜**㈤。**湖光與天遠，直欲泛仙槎。**一作：雲山千萬疊，低處上星槎。　上四洞庭之景，下四舟過湖中。　青草湖、白沙驛，皆地名。　青草包於蛟室之外，故曰圍。龍堆藏於白沙之中，故曰隱。　吴論：護堤承沙，迎櫂承湖。　夏則南風司令，而日色可畏。　天遠無涯，乘風之興未已也。

㊀《洞庭記》：楊子洲常苦蛟患，昔佽飛入水斬蛟而去。《名勝志》：洞庭君山有八景，一曰射蛟浦，相傳漢武帝登是射蛟，因名。

㊁《一統志》：金沙洲在洞庭湖中，一名龍堆，延袤數里。　白沙驛，注見前。

㊂君山多古木，少草。　字書：櫂，舟傍撥水者，短曰檝，長曰櫂。

㊃《岳陽風土記》：巴陵鴉甚多，土人謂之神鴉，無敢弋者。　唐張裕《送韋整尉長沙》詩：風帆彭蠡疾，雲水洞庭寬。　木客提蔬束，江烏接飯丸。　可見神烏接丸，非特宫亭湖也。　熊孺登《董監廟》詩：神烏慣得商人食，飛趁征帆過蠡湖。　吴江周篆曰：神烏在岳州南三十里，群烏飛舞舟上，或擲以碎肉，或擲以荳粒，食葷者接肉，食素者接荳，無不巧中。　如不投以食，則隨舟數十里，衆烏以翼沾泥水污船而去，此其神也。

㊄《左傳》：趙衰冬日之日，趙盾夏日之日。　注：夏日可畏，冬日可愛。

詩言破浪回檣，已是放舟湖中矣，故落句云「湖光天共遠，直欲泛仙槎」，言水闊無際也。　若云「雲山千萬疊，低處上星槎」，句雖雄壯，却似初下船語，與上文氣不接。　新安黄白山却以後語爲佳也。

登舟將適漢陽

此詩，王彦輔、鄭卬、魯訔皆謂作於大曆五年之秋。黄鶴謂四年之秋，欲登舟而不果行者，無據。《元和郡縣志》：武德四年分沔陽郡，於漢陽縣置沔州及漢陽縣。

春宅棄汝去，秋帆催客歸。庭蔬尚在眼，浦浪已吹衣。首叙登舟景事。春宅、秋帆，就潭州言。庭蔬承宅，浦浪承帆。

生理飄蕩叶他郎切**拙，有心遲暮違。中原戎馬盛，遠道素書稀**㈠**。塞雁與時集，檣烏終歲飛。鹿門自此往**㈡**，永息漢陰機**㈢**。**不能北歸而思漢陽也。公寓宅潭州，欲歸兩京，鹿門在襄陽，漢陰近漢陽，蓋將自潭州至漢陽，轉襄陽，度洛陽而返西京也。此章，上四句，下八句。

㈠古詩：中有尺素書。

㈡鹿門，龐公隱居處。

㈢《莊子》：漢陰丈人曰：「有機事者，必有機心。」息機，忘機也。《寰宇記》：漢陰城，在穀城縣北。

暮秋將歸秦留别湖南幕府親友

朱注：此詩，王彦輔、黄鶴皆以爲作於五年，故有公卒於潭岳間之説。

水闊蒼梧野樊作晚㊀，天高白帝秋。途窮那免哭㊁，身老不禁平聲愁。大府才能會㊂，諸公德業優㊃。北歸衝雨雪㊄，誰一作俱憫敝貂裘。上四暮秋將歸，下四留别親友。黄生注：一見地，二見時，三四輕接起聯，五六直趨尾聯，故俱不甚用力。用力在一起一結，極其精猛。顧注：舊解謂蒼梧、白帝，皆公經歷之地，公實未嘗至蒼梧也。此言湘江之水甚闊，直接蒼梧。《潭州圖經》謂其地有舜之遺風。白帝司秋，蓋言暮秋時令，如《望嶽》詩云「高尋白帝問真源」。黄生注：途窮在水闊之處，身老如暮秋之景，二句亦用暗承。有才如少陵，使其窮老江湖，雨雪敝裘，落落寡偶，大府諸公亦不得辭其責矣，然語却含蓄藴藉。

㊀謝脁詩：雲去蒼梧野，水還江漢流。

㊁顔延之詩：途窮能無慟。

㊂《酷吏傳》：郅都郡中不拾遺，旁十餘郡守畏都如大府。師古曰：言猶如統屬之也。《通鑑注》：唐時巡屬諸州，以節度使府爲大府，亦謂之會府。班固《奏記》：才能絶倫。

㈣《晉書・文立傳》：程瓊雅有德業。

㈤《詩》：雨雪霏霏。

長沙送李十一 銜

此詩，黃鶴編在大曆五年。西康州，即同谷縣。公以乾元二年冬寓同谷，至大曆五年爲十二秋，此亦五年秋自衡歸潭之一證也。

與讀平聲子避地西康州，洞庭相逢十二秋。遠讀於員切愧尚方曾音層賜履㈠，竟非吾土倦登樓㈡。久讀堅溪切存膠漆應平聲難並㈢，一讀伊真切辱泥塗遂晚收㈣。李杜齊名真忝竊㈤，朔雲寒菊倍離憂㈥。上四敘別後情事，下乃感李而惜別也。郎官遥受，不如賜履入朝。南楚浪遊，有似登樓寄慨。此十二年來行迹也。膠漆難並，謂氣誼過人。泥塗晚收，謂窮老莫振。二句賓主對舉，故下用李杜雙承。　朱瀚曰：雲菊離憂，別景別情，一語盡之。

㈠尚方賜履，用王喬事，詳見四卷。

㈡王粲《登樓賦》：雖信美而非吾土兮，曾何足以少留。

㈢後漢陳重、雷義交誼至篤，時人語曰：「膠漆雖堅，不如雷陳。」

㈣《左傳》：趙孟謝絳縣老人曰：「使吾子辱在泥塗久矣。」　顧注：晚收，謂從此收拾也。

㈤《後漢·黨錮傳》：杜密與李膺俱坐，而名行相次，故時人亦稱李杜焉。　注：前有李固、杜喬，故言亦也。　荀勗表：非臣駑闇，所宜忝竊。

㈥《赭白馬賦》：望朔雲而蹀足。　庾信詩：菊寒花正合。　謝爕詩：望望空離憂。　離憂，離別生憂也。

洪容齋《隨筆》：漢太尉李固、杜喬，皆以爲相守正，爲梁冀所殺，故掾楊生上書，乞李杜二公骸骨使得歸葬。　梁冀之誅，權歸宦官，白馬令李雲上書，有帝欲不諦之語，桓帝震怒，逮雲下獄。　弘農五官掾杜衆上書救，願與同死。　帝愈怒，下廷尉，皆死獄中。　其後襄楷上言，亦稱爲李杜。　又李膺、杜密，范滂母謂滂曰：「汝得與李杜齊名。」又李白、杜甫，韓文公稱曰「李杜文章在，光芒萬丈長」。　凡四李杜云。

胡應麟曰：李白、杜甫外，杜審言、李嶠結友前朝，李商隱、杜牧之齊名晚季，咸稱李杜，是唐有三李杜也。　又杜贈李銜有「李杜齊名真忝竊」之句，銜亦當能詩耶？

律詩忌平頭，謂各句第一二字不宜同聲相犯，須平仄間用，方合於法。　此詩八句皆用仄聲字起，亦犯平頭，但思少陵詩家之祖，應無此病，及考古韻，與、遠、久、一四字，俱可叶平聲，則八句中，亦錯見四平四仄矣，作家固有變通也。

風疾舟中伏枕書懷三十六韻奉呈湖南親友

此當是大曆五年冬作。按：本傳及年譜，但云公卒於耒陽，而不載其時月。今以是詩考之，蓋卒於五年之冬矣。觀此詩歲陰冬炎語可見。《詩譜》謂公卒於夏，減却少陵半年之壽，爲可恨也。

軒轅休製律㈠，**虞舜罷彈琴**㈡。**尚錯雄鳴管，猶傷半死心**㈢。從風疾叙起。身疾而氣失調，故難製律彈琴。錯管承律，傷心承琴。

㈠《漢・律曆志》：黄帝使伶倫取竹於嶰谷，斷兩節間而吹之，以爲黄鍾之宫。製十二筩以聽鳳鳴，其雄鳴六，雌鳴亦六，比黄鍾之宫，而皆可以生之，是爲律本。至治之世，天地之氣合以生風，天地之風氣正，十二律定。

㈡《記》：舜作五弦之琴，以歌南風之詩，而天下治。桓譚《新論》：神農始削桐爲琴。

㈢《七發》：龍門之桐，高百尺而無枝，其根半死半生。半死心，借琴以喻己。

聖賢名古邈音莫，**羈旅病年侵**㈠。**舟泊常依震**㈡，**湖平早**一作半**見參**㈢。**如聞馬融笛**㈣，**若倚仲宣襟**㈤。**故國悲寒望，群雲慘歲陰**㈥。**水鄉霾白屋**一作蜃㈦，**楓岸疊**一作壘**青岑。鬱**

鬱冬炎瘴㈧，濛濛雨滯淫㈨。鼓迎非一作方祭鬼㈩，彈去聲落似鴞禽⑾。以下四段，皆伏枕書懷，此記湖中景物。　聖賢承軒虞，羈旅起舟泊。依震，欲向東北。見參，東方將明也。馬融、王粲，皆異地思鄉者。寒望、歲陰，言冬令。水鄉、楓岸，言山水。炎瘴、滯淫，言氣候之殊。祭鬼、落鴞，言土俗之異。

㈠陸機詩：後途隨年侵。

㈡《杜臆》：漢陽在潭岳東北，公將適漢陽，故瞻依在震。震，東北方之卦也。舊指震澤，於洞庭遠隔矣。

㈢鮑照詩：曉星正參落。

㈣《杜臆》：馬融《長笛賦序》：有洛客舍逆旅吹笛，融去京師踰年，暫聞甚悲。公去京師久，故云。

㈤王粲《登樓賦》：憑軒檻以遥望兮，向北風而開襟。公病畏熱，故用其語。

㈥顔延之詩：故國多喬木，空城凝寒雲。　謝惠連《雪賦》：歲將暮，時既昏，寒風積，愁雲繁。

㈦賀徹詩：岧嶤擅水鄉。

㈧陶潛詩：鬱鬱荒山秀。　《岳陽風土記》：岳州地極熱，十月猶單衣，或摇扇，震雷暴雨，如中州六七月間。

㈨何遜詩：濛濛秋雨駛。　張載詩：初爲三載别，於今久滯淫。

㈩《風土記》：荆湖民俗，歲時會集，或禱祠，多擊鼓，令男女踏歌，謂之歌場。

㉓《莊子》：見彈而思鴞炙。

興去聲盡纔無悶㉑，愁來遽不禁平聲。生涯相汩没，時物正一作自蕭森㉒。疑惑樽中弩㉓，淹留冠上簪㉔。牽裾驚魏帝㉕，投閣爲去聲劉歆㉖。狂走終奚適㉗，微才謝所欽㉘。吾安藜不糝㉙，汝刊作女貴玉爲琛㉚。烏几重重平聲縛㉛，鶉衣寸寸針㉜。此因漂泊而遡往事也。興盡，又承上。愁來，又起下。樽中弩，身多病。冠上簪，帶官職也。牽裾、投閣，指救房琯事，此公奔走竄逐之由。所欽，謂湖南親友。汝貴，承所欽，見其榮顯。吾安，起几衣，自叙旅窮也。

㉑《世説》：王子猷興盡而返。《易》：遯世無悶。

㉒又：唯其時物也。張協詩：荒林鬱蕭森。

㉓《風俗通》：應彬爲汲令，請主簿杜宣飲酒，北壁上掛赤弩，照於杯中，影如蛇，宣惡之，及飲，得疾。後彬知之，延宣於舊處設酒，因謂宣曰：「此乃弩影耳。」宣病遂瘳。與樂廣同。

㉔冠上簪，謂朝簪。

㉕牽裾，用魏辛毗事，注見九卷。

㉖子雲被收，本爲劉歆子棻獄辭連及，今云爲劉歆，借用以趁韻耳。

㉗《易林》：狂走蹶足。

㉘陸機《贈兄》詩：寤寐靡安豫，願言思所欽。

㉙《莊子》：孔子藜羹不糝。

〔一〇〕《晉書》：太守馬岌造宋纖，不得見，銘於壁曰：「其人如玉，爲國之琛。」

〔一一〕烏几，注見十三卷。

〔一二〕《孫卿子》：子夏貧，常懸鶉衣於壁。

哀傷同庾信〔一〕，述作異陳琳〔二〕。十暑岷山葛，三霜楚户砧〔三〕。叨陪錦帳坐〔四〕，久放上聲**白頭吟。反樸時難遇**一作過，非〔五〕，**忘機陸易**音異**沉**〔六〕。**應**平聲**過**平聲**數粒食**〔七〕，**得近四知金**〔八〕。

此蜀楚浪遊之迹。　同庾信，謂均遭喪亂。　異陳琳，謂不草書檄。　十暑、三霜，通計行踪。　錦帳，郎官所坐。　放吟，倣古而吟。　時清難遇，隱似陸沉，歎身世也。　分米贈金，蓋親友所惠者。

〔一〕庾信《哀江南賦序》：信年始二毛，即逢喪亂，藐是流離，至於暮齒。　賦云：天意人事，可爲悽愴傷心者矣。

〔二〕魏文帝《與吴質書》：斐然有述作意。　《魏志》：曹公疾發，卧讀陳琳所作，翕然而起曰：「此愈我病。」

〔三〕沈佺期詩：三霜弄溟島。　《史記》：楚雖三户。

〔四〕洙曰：郎官有錦帳，見《漢·百官志》。

〔五〕《淮南子》：已雕已琢，還反於樸。

〔六〕《莊子》：與世違而心不屑與之俱，是陸沉者也。　《史記》：東方朔坐席中，酒酣，據地歌曰：「陸沉於俗。」

㈦《鷦鷯賦》：上林不過一枝，每食不過數粒。

㈧後漢王密懷金遺楊震曰：「暮夜無知者。」震曰：「天知、地知、子知、我知，何謂無知。」遂不受。四知金，言金之廉潔。

春草封歸恨㈠，源花費獨尋。轉蓬憂悄悄，行藥病涔涔㈡。瘞音異**夭追潘岳㈢，持危覓鄧林㈣。蹉跎翻學步㈤，感激在知音㈥。却假蘇張舌㈦，高誇周宋鐔**音尋**㈧。**此哀年留滯之感。歸計不能，桃源難訪，唯飄蓬飲藥而已。此應前羈旅病侵。瘞夭，痛兒女之亡。鄧林，謂老行須杖。翻學步，不能隨俗而趨。感知音，窮途幸逢親友也。蘇張二句，謂諸公謬加獎譽。

㈠劉安《招隱》：王孫遊兮不歸，春草生兮萋萋。　封，猶增也。

㈡鮑照有《行藥至城東橋》詩，五臣注：因病服藥，行以宣導之。　《漢書·外戚傳》：霍光夫人顯，使女醫淳于衍投毒藥以飲許后，有頃，曰：「我頭涔涔也，藥得無有毒乎？」

㈢潘岳《西征賦》：夭赤子於新安，坎路側而瘞之。　黃鶴以瘞夭爲葬宗文。

㈣《山海經》：夸父與日逐走，道渴死，棄其杖，化爲鄧林。

㈤《莊子》：壽陵餘子學行於邯鄲，失其故步，直匍匐而歸耳。

㈥魏文帝《與吴質書》：伯牙絶絃于鍾期，痛知音之難遇。

㈦《史·蘇秦傳》：今子舍本而事口舌。　《張儀傳》：視吾舌尚在否？

㈧《莊子》：天子之劍，以燕谿石城爲鋒，齊岱爲鍔，晉衛爲脊，周宋爲鐔，韓魏爲鋏。　《説文》：鐔，劍鼻也。

納流迷浩汗㊀，峻趾一作址得嶔音欽崟音吟㊁。城府開清旭，松筠一作篁起碧潯㊂。披顏爭倩倩㊃，逸足競駸駸㊄。朗鑒存愚直㊅，皇天實照臨㊆。此稱美幕府親友也。《杜臆》：納流，言廣而難遍。峻趾，言高而難攀。朱注：城府、松筠，言幕府所在。披顏、逸足，言歸往者多。遠注：朗鑒二句，感親友待己之厚。

㊀《世説》：謝萬經曲阿後湖，曰：「故當淵注渟着，納而不流。」孫楚書：三江五湖，浩汗無涯。

㊁《魏都賦》：藐藐標危，亭亭峻址。《魯靈光殿賦》：嶔崟離樓。《晉·張載傳》：伏死嶔崟之下。

㊂楊師道詩：聯翩度碧潯。

㊃倩倩，笑容。《詩》：巧笑倩兮。

㊄徐幹《中論》：馬雖有逸足而不閑輿，則不爲良駿。《詩》：載驟駸駸。

㊅陸機詩：朗鑒豈虛假，取之在傾冠。存，是存問之存。《論語》：古之愚也直。

㊆《左傳》：皇天后土，實聞此言。《詩》：照臨下土。

公孫仍恃險，侯景未生擒㊀。書信中原闊，干戈北斗深。畏人千里井㊁，問俗九州箴㊂。戰血流依舊，軍聲動至今㊃。此慨歎亂離時事也。公孫、侯景，指當時叛將。中原指洛陽，北斗指長安。畏人問俗，言到處可憂。戰血、軍聲，傷南北兵亂。公孫恃險，應指蜀中事。永泰元年，崔旰殺郭英乂，據成都。大曆四年，楊子琳殺夔州别駕張忠，據其城。侯景未擒，臧玠失討也。

㈠《南史》：侯景與慕容紹宗戰敗渡淮，紹宗追之，景使人謂之曰：「景若就擒，公復何用？」紹宗乃縱之。臧玠殺崔瓘，三州刺史合兵討之，楊子琳受賂而還，與紹宗之縱侯景無異，故云未生擒。

㈡《玉臺新詠》劉勳妻王氏詩：千里不唾井，況乃昔所奉。《金陵記》：南朝計吏止於傳舍，將去，以剉馬草瀉井中，謂無再過之期矣。不久復至，汲水遞飲，遂爲昔時之剉刺喉而死。故後人戒曰：「千里井，不瀉剉。」諺云「千里不反唾」，唾乃剉字之訛。《記》：入國而問俗。

㈢《左傳》：虞人之箴曰：「芒芒禹跡，畫爲九州。」《揚雄傳贊》：箴莫善於虞箴，故作州箴。

㈣《唐書》：大曆四年冬十一月，吐番復寇靈州。又馮崇道、朱濟時反廣南，故有干戈北斗、戰血、軍聲等句。《韓信傳》：兵固有先聲而後實者。

葛洪尸定解㈠，**許靖力難**一作還**任**平聲㈡。**家事丹砂訣**㈢，**無成涕作霖。** 末叙窮老無聊之況。尸定解，將死道路。力難任，不復遠行。丹砂未成，則内顧無策，結語蓋待濟於諸公矣。此章，起結各四句，前兩段各十四句，中兩段各十句，後兩段各八句，排律整齊，集中類然。

㈠《晉中興書》：葛洪止羅浮山中煉丹，在山積年，忽與廣州刺史鄧岱書云：「當欲遠行。」岱得書，狼狽而往，洪已亡，時年八十一，顔色如平生，體亦軟弱，舉屍入棺，其輕如空衣，時咸以爲尸解得仙。《後漢·方技傳》注：尸解者，言將登仙，假託爲尸以解化也。

㈡許靖，汝南人，依吴郡，走交州，後入蜀爲太傅，年踰七十。

㈢丹訣，謂點化黄白之術。《後漢·丁鴻傳》：不以家事廢王事。

此詩作於耒陽阻水之後，其不殞於牛肉白酒明矣，但云「葛洪尸定解」，蓋亦自知不久將歿也。編年者當以此章爲絶筆。

黄鶴曰：元稹《墓誌》云：嗣子宗武，病不克葬，則宗文爲早世矣。考大曆二年熟食日有詩示宗文宗武，是明年出峽，二子尚無恙也。意是年春自潭之衡時，乃喪宗文。公在衡畏熱，舟復回潭，故下句又用渴死事。公與聶令有舊，當是瘞宗文於耒陽，後人遂誤以爲公墳耳。

今按：宗文若卒於湖南，應有哭子詩，集中未嘗見，亦黄氏意擬之詞耳。

考《綿竹縣志》：宗文十代孫準，世居青城，宋皇祐五年爲綿竹令。此據嘉靖辛丑氏族譜所載，近年王御史謙言宰綿竹時採入新志。宗文曾留蜀，是亦一證。此事有關少陵世系，今補録於斯。

注杜，始於己巳歲，迨乙亥還鄉，數經考訂。癸未春日，刊本告竣。甲申冬，仍上金臺，復得數家新注，如前輩吴志伊、閻百史、年友張石虹、同鄉張邇可，各有發明。辛卯，致政南歸，舟次輯成，聊補前書之疏略，時年七十有四矣。

逸　詩

少陵逸詩小序

杜詩零落人間，宋時後先繼出，諸家所採，贋本頗多。附餘四十五章，蔡氏登諸正集，至傳疑未決者，亦名姓兩存焉，如張祜、杜誦、暢當，得《文苑英華辯證》。自此之外，無復遺篇。考公四十以前，有詩一千餘首。其少年之作，所載已稀，而散逸之餘，於今難覯。邇者他書流覽，偶逢片語單章，名係少陵，不忘搜録。在作者雖云刻鵠，但後人自辨續鳧耳。　　壬午春日兆鰲識。

《合璧事類》載杜詩

楊慎《丹鉛録》：此見《合璧》所載，而舊集不收，知今之全集遺逸者多矣。

三月雪連夜，未應傷物華。只緣春欲盡，留著涉略切伴梨花。

五言逸句

寒食少天氣，春風多柳花。見《合璧事類》。

又

小桃知客意，春盡始開花。同前。

又

笛脣揚折柳，衣髮掛流蘇。元人伊世珍《瑯環記》引謝氏《詩源》二句。

《詩源》云：輕雲鬢髮甚長，每梳頭，立于榻上，猶拂地。已綰髻，左右餘髮各粗一指，結束作同心帶，垂于兩肩，以珠翠飾之，謂之流蘇髻。富家女子，多以青絲效其制，亦自可觀。故杜子美贈美人詩曰：「笛脣揚折柳，衣髮掛流蘇。」

七言逸句

朱彝尊曰：此乃宋人鄭獬詩，張氏誤引杜句。

野色更無山隔斷，天光直與水相通。見張子韶《傳心録》。

又

萬事無成虛過日，百年多難未還鄉。中唐戎昱詩，范德機誤引杜句，十訛爲百。按張、范所引律句，皆杜集未載者。據黄伯思校本，凡一千四百四十七首。而今本尚闕八篇，知後世仍有遺逸矣。嚴羽曰：「迎旦東風騎蹇驢」絶句，決非盛唐人氣象，只似白樂天言語。今世俗圖畫以爲少陵詩，漁隱亦辯其非矣，而黄伯思編在杜集，非也。《談苑》載杜句云：「狨擲寒條馬見驚。」亦本集所未見者。

杜公石文詩出《詩話類編》

詩王本在陳芳國，九夜捫之麟篆熟，聲振扶桑享天福。杜甫十餘歲，夢人令採文于康水，覺而問人，此水在二十里外，乃往求之，見峩冠童子告曰：「汝本文星典吏，天使汝下謫爲唐世文章，雲誥已降，可於豆壠下取。」甫依其言，果得一石，有金字文三句云云。後因佩入葱市，歸而飛火入室，有聲曰：「邂逅穢吾，令汝文而不貴。」

《樹萱録》記杜詩

紫領寬袍漉酒巾，江頭蕭散作閒人。秋風有意吹蘆葉，葉落無情下水濱。《淮海集》中乃八句律詩，此删爲絶句矣。

許彦周《詩話》云：元撰作《樹萱録》載，夫差墓中，見白居易、張籍、李賀、杜牧之諸人賦詩，皆能記憶，句法亦各相似。最後老杜亦來賦詩，記其前四句如此。嗟乎！若數君子皆不能脱然高蹈，猶爲鬼耶？殊不可曉矣。若以爲元撰自造此詞，則數公之詩，尚可庶幾，而少陵四句，非元所能題也。洪容齋《隨筆》：秦少游集有《秋興》九首，皆擬唐人，數詩咸在焉。秦詩云：「紫領寬袍漉酒巾，江頭蕭散作閒人。悲風有意吹林葉，落日無情下水濱。車馬憧憧諸道路，市朝衮衮共埃塵。覓錢稚子啼紅頰，不信山翁簁笥貧。」今按後四句頗涉宋人腐句，《樹萱録》删去，却佳。

《百斛明珠》記杜詩

佳城鬱鬱頹寒煙，孤城乳獸號荒阡。夜卧北斗寒挂枕，木落霜野舊刊作拱雁連天。浮雲西去半落日，行客東盡隨長川。乾坤未毀吾尚在，肯與蟪蛄論大年。

《百斛明珠》云：狄遵度自兒童時已能屬文，落筆有奇氣，年十八，一夕，夢杜子美誦平生詩，皆集中所未見者。覺而記兩句，後遂續之。

《洞微志》云：彭城劉景直，雍熙間遊華清宮，因題詩于門屏云：「天子多情寵太真，六宮專幸掌中身。漁陽鼓動長安破，從此香肌委路塵。」是夜夢明皇召去，論當時事，妃子索景直有所贈，立作詩曰：「玉刻水中龍，雲牌揭故宮。霓裳滿天月，粉骨幾春風。眉勢遠山盡，裙腰芳草空。共知千古事，悽恨與誰同。」見岐王至，明皇曰：「來何晚？」王曰：「適杜甫到臣帳中，誦哥舒翰詩，向臣似有德色云：『日月低秦樹，乾坤遶漢宮。』」明皇曰：「常愛伊『夜闌更秉燭，相對如夢寐』之句，李白終無甫之筋骨，至如賈至、崔輔國，亦闕自然之句。張老死，把筆無伊一字。」遂宴飲，忽聞寶雲寺鐘聲，方覺。

《草堂詩話》辯杜詩

昔時曾從漢梁王，濯錦江邊醉幾場。拂石坐來衫袖冷，踏花歸去馬蹄香。當初酒賤寧辭醉，今日愁來不易當。暗想舊遊渾似夢，芙蓉城下水茫茫。

《古今詩話》：蜀人《將進酒》，嘗以爲少陵詩，作《瑞鷓鴣》唱之。相傳或謂杜甫，或謂鬼仙，或謂曲詞，未知孰是。然詳味其言，唐人語也。起首有「曾從漢梁王」之句，決非子美所作。況集中不載，灼可見矣。不知楊曼倩何所據云。

此首中四句，來當兩字犯重，疑是乩壇鬼仙，信手揮成之作。唯三四頗近杜語，餘皆淺淡，絶無似處。

朝陽巖歌

此歌出《零陵總記》，謂杜陵所作，今見《詩話總龜》。

朝陽巖下消水澄，朝陽洞中寒泉清。零陵城郭夾消岸，巖洞幽奇當郡城。荒蕪自古人不見，零陵徒有先賢傳去聲。水石爲娱安可忘，長歌一曲留相勸。

朝陽巖在永州城西南一里餘，唐元結所名也。以東向日先照，故名。今按：杜公遊蹟未嘗至此，且詩義淺薄，恐亦後人所託者。

秋雨吟

屋小茅乾雨聲大，自疑身着簑衣卧。兼是孤舟夜泊時，風吹折葦來相佐。我有愁衿無可那。纔成好夢剛驚破。背壁寒燈不及螢，重挑却向燈前坐。

此詩本集不載，見祝氏《事文類聚》，不知見於何書。今玩其句調語氣，酷似夔州夜歸詩，俟從容詳考也。

杜詩詳注卷之二十四

杜賦詳注

進三大禮賦表

朱注：唐祀南郊，即祠太清宮、太廟，謂之三大禮。　錢箋：吕汲公《年譜》、吕東萊注三賦並據《新書》本傳云，獻賦在十三載。黄鶴曰：《舊書·玄宗紀》：十載正月乙酉朔，壬辰，朝獻太清宫。癸巳，朝享太廟。甲午，有事於南郊。《朝享太廟賦》曰：「壬辰，既格於道祖，乘輿即以是日致齋於九室。」《有事於南郊賦》曰：「二之日，朝廟之禮既畢。」與《舊書》甲子俱合，則爲十載獻賦明矣。趙子櫟《年譜》考《明皇紀》十三載二月，癸酉朝獻太清宫，甲戌親享太廟，未嘗有事南郊，當以《舊書》爲正。朱注：諸書載十三載獻賦，並承《新書》本傳之誤。然獻賦自在大禮告成之後。黄鶴謂九載預獻，則非也。　鰲按：丘濬謂古者有事於郊，必先告祖廟以配天享侑之意。蓋行告祭之禮，非大享也。唐時太清、太廟、南郊三大禮並行，蓋非古矣。

臣甫言：臣生長子兩切陛下淳樸之俗，行四十載上聲矣㊀。與麋鹿同群而處上聲，浪跡於從吴本，别本無於字陛下豐草長林，實自弱冠去聲之年矣㊁。豈九州牧伯，不歲貢豪俊於外㊂；

豈陛下明詔，不仄席思賢於中哉㊃？臣之愚頑，静無所取，以此知分音問，沉埋盛時，不敢依違，不敢激訐一作訴，默一無默字以漁樵之樂音洛自遣而已。頃者，賣藥都市，寄食友朋㊄，從吴本。竊慕堯翁擊壤之謳，適遇國家郊廟之禮，不覺手足蹈舞，形於篇章。漱吮甘液，游泳和氣，聲韻寖廣，卷軸斯存，抑亦古詩之流㊅，希乎述者之意㊆。然詞理野質，終不足以拂天聽之崇高，配史籍以永久，恐倏先狗馬，遺恨九原㊇。臣謹稽首，投延恩匭，獻納上上聲表㊈。進明主《朝音潮獻太清宮》、《朝享太廟》、《有事於南郊》等三賦以聞。臣甫誠惶誠恐，頓首頓首，謹言。

㊀公生於先天元年，至天寶十載爲四十歲。

㊁開元十年，公方二十歲，是年北遊晉地，南遊吴越，故曰浪跡。

㊂《唐·選舉志》：每歲仲冬，州縣館監舉其成者，貢之尚書省。

㊃天寶六年，詔天下有一藝詣輦下。《講德論》：屢下明詔舉賢良。《後漢·逸民傳》：光武側席幽人，求之若不及。

㊄天寶中，公旅食於京華。《神仙傳》：韓康伯休賣藥洛陽市中，口不貳價。《孔叢子》：臣學行不敏，寄食於趙。

㊅《西都賦序》：今之賦者，古詩之流。

㊆《禮記·樂記》：述者之謂明。

㊇《列女傳》：梁寡高行曰：「妾夫早死，先犬馬填溝壑。」

㊈《舊書》：則天臨朝，欲收人望，垂拱初，令鎔銅爲匭，四面置門，各依方色，共爲一室。東面名曰延恩，上賦頌及許求官爵者封表投之。

朝獻太清宮賦

《太真經》：三清之間，各有正位，聖登玉清，真登上清，仙登太清。太清有太極宮殿。《唐會要》：太清宮薦享聖祖玄元皇帝，奏混成紫極之樂。《通鑑》：天寶八載五月，太白山人李渾等上言，見神人言金仙洞有玉板石記，聖主福壽之徵。命御史王珙入仙遊谷，求而獲之。九月，謁太清宮。九載十月，太白山人王玄翼上言，見玄元皇帝言寶仙洞有妙寶真符，命刑部尚書張均等往求得之。時上崇道教，慕長生，故所在争言符瑞，群臣表賀無虛日。十載春正月壬辰，上朝獻太清宮。癸巳，朝享太廟。甲午，合祭天地於南郊。

冬十有去聲一月，天子既納處上聲士之議㊀，承漢繼周㊁，革弊用古㊂，勒崇揚休㊃。明年孟陬㊄，將攄大禮以相籍當作藉㊅，越彝倫而莫儔㊆。歷良辰而戒吉㊇，分祀事而孔修㊈。

營室主夫音扶，下同宗廟⑩，乘去聲輿備乎冕裘⑪。甲子王以昧爽⑫，春寒薄而清浮⑬。虛閶闔⑭，逗蚩尤⑮，張猛馬⑯，出騰虬⑰，捎熒惑⑱，墮旄頭⑲，風伯扶道⑳，雷公挾輈㉑。通天台之雙闕㉒，警溟漲之十洲㉓。浩劫礨砢㉔，萬仙颼飀㉕。欻臻於長樂音洛之舍㉖，嵬入乎崑崙之丘㉗。此叙往朝獻時，路次儀衛之盛。先述舊冬事，乃追原肇祀之由。革弊，罷周隋之後。用古，訪周漢之裔。閶闔，殿門也。蚩尤，旗幟也。猛馬，後騎也。騰虬，御馬也。捎熒惑，向南行。墮旄頭，肅前驅。扶道、挾輈，扈蹕多人。雙闕、十洲，遥望廟景。浩劫，謂階級。萬仙，指從官。長樂、崑崙，比太清宫也。

㊀東方朔《設難》：今之處士。

㊁《通鑑》：天寶九載八月，處士崔昌上言，國家宜承周漢，以土代火，周隋皆閏位，不當以其子孫爲二王後。事下公卿集議，集賢殿學士衛包言，集議之夜，四星聚於尾，天意昭然。上乃命求殷、周、漢後爲三恪，廢韓、介、酅公。注：韓，元魏後。介，周後。酅，隋後。《論語》：其或繼周者。

㊂嵇紹疏：革往弊者則政不爽。

㊃相如《河東賦》：勒崇垂鴻。　《詩》：對揚王休。

㊄梁元帝《纂要》：正月爲孟陬。《記·月令注》：孟春者，日月會於陬訾，斗建寅之辰。

㊅攄，舒也。　《記》：大禮與天地同節。　藉，乃蹈藉之藉。

㊆《書》：彝倫攸叙。此謂親行祭禮也。斯禮最大，故曰莫儔。

〔八〕《楚辭》：吉日兮良辰。

〔九〕《詩》：祀事孔明。

〔一〇〕《爾雅》：營室謂之定。《詩箋》：定昏中而正，於是可以營建宮室，故謂之營室。定昏中而正，謂小雪時。《史·天官書》：營室謂清廟歲星。

〔一一〕蔡邕《獨斷》：天子至尊，不敢渫瀆言之，故託於乘輿也。《東都賦》：損乘輿之服御。《周禮》：王祀昊天上帝，則服大裘而冕。謝朓詩：裘冕類禋郊。

〔一二〕《書》：甲子昧爽。

〔一三〕《漢·成帝紀》：陽朔元年二月，春寒。　陳琳書：凌厲清浮。《抱朴子》：清玄剖而上浮。

〔一四〕《楚辭》：倚閶闔而望余。注：天門也。

〔一五〕《韓非子》：黄帝駕象車，異方並轂，蚩尤居前。《羽獵賦》：蚩尤並轂。按：星有蚩尤旗，故借用之。

〔一六〕劉義恭《白馬賦》：氣猛聲烈。

〔一七〕曹毗《馬射賦》：狀若騰虬而登紫霄。

〔一八〕《春秋緯文耀鈎》：熒惑位南方，禮失則罰出。《羽獵賦》：熒惑司命，天弧發射。

〔一九〕《晉·天文志》：昴七星，天之耳目也。又爲旄頭。昴畢間爲天街。天子出，旄頭罕畢前驅，此其義也。

⑳《韓非子》：黄帝合鬼神於太山之上，風伯進掃，雨師灑道。《楚辭注》：飛廉，風伯也。

㉑《吴越春秋》：歐冶子作劍，雷公擊橐，蛟龍捧爐。《左傳》：潁考叔挾輈以走。注：輈，車轅也。

㉒《天台賦》：雙闕雲竦以夾路。

㉓謝靈運詩：溟漲無端倪。隋虞茂和詩：十洲雲霧起，三山波浪高。東方朔有《十洲記》。

㉔《度人經》：惟有元始浩劫之家，部制我界。《廣韻》：浩劫，宫殿大階級也。杜田云：俗謂塔級爲劫。《説文》：礨砢，衆石貌。《上林賦》：水玉磊砢。《集韻》：磊或作礧，又作礨。

㉕《酉陽雜俎》：仙官二萬四千。《吴都賦》：與風飇颺，颮瀏颼飀。

㉖欻，忽也。《漢武故事》：上起建章、未央、長樂三宫，皆輦道相屬，懸棟飛閣，不由徑路。

㉗《穆天子傳》：天子升於崑崙之丘，以觀黄帝之宫。

太一奉引㈠，庖犧在從《文粹》，一作左右㈡，堯步舜趨，禹馳湯驟㈢。鬱閟宫之嵂音律崒音萃㈣，拆一作坼元氣以經構㈤。斷紫雲而竦牆㈥，撫流沙而承霤㈦。紛隮珠而陷碧恐當作璧㈧，㸌音酷波錦而浪繡㈨。森青冥而欲雨㈩，赩興逆切光炯而初晝⑪。此記將朝獻時，入廟肅雍之象。太乙，導車者。庖犧，視牲也。步趨馳驟，升降合節。閟宫、經構，廟制尊嚴也。紫雲、流沙，想聖祖遺跡。珠碧錦繡，見陳設輝煌。青冥，言宫庭深邃。光炯，言廟宇軒昂。

㈠《漢·郊祀志》：天神貴者曰太一，太一佐曰五帝。崔駰《東巡賦》：駕太一之象車。《前漢·郊祀志》：禮月之夕，奉引復迷。韋昭注：奉引，前導引車。《漢官儀》：大駕則公卿奉引。注：奉引，謂引道者。

㈡《律曆志》：庖犧氏，繼天而王，爲百王先，首德始於木，故爲帝太昊。作網罟以田漁，取犧牲，故天下號曰庖犧氏。

㈢《後漢書》：三五步驟，優劣殊軌。注引緯書云：三皇步，五帝驟，三王馳，五霸騖，七雄僵。

㈣《詩》：閟宮有侐。　相如《子虛賦》：隆崇嵂崒。

㈤《魯靈光殿賦》：含元氣之烟熅。

㈥《史記》：老子出函谷關，關令尹喜，望有紫氣。《漢武故事》：宣帝祠甘泉，紫雲從西北來，散於殿前。《通鑑》：天寶十三載正月，太清宮奏，學士李琪見玄元皇帝乘紫雲，告以國祚延昌。《後漢・李固傳》：舜食則見堯於羹，坐則見堯於牆。竦牆本此。

㈦《列仙傳》：老子爲關令尹喜著書，與俱之流沙之西。《說文》：霤屋，水流也。

㈧束晳集語：採素璧於層山，探圓珠於重泉。

㈨《西都賦》：若摛錦而佈繡。

㈩青冥，見《楚辭》。

⑪《景福殿賦》：菡萏艴翕。注：艴，大赤色也。江淹《神女賦》：日炯炯而舒光。

於是翠蕤俄的㈠，藻藉舒就㈡。祝融擲火以焚香㈢，溪女捧盤而盥漱㈣。群有司之望幸㈤，辯名物之難究㈥。瓊漿自閒去聲於粢盛平聲㈦，羽客先來於介胄㈧。此記在廟時，執事備物之虡。翠蕤二句，天子初臨。祝融以下，官司夙給也。

㈠《南都賦》：望翠華兮葳蕤。《説文》：的，明也。徐鍇曰：其光的然也。

㈡《周禮·典瑞》：王搢大圭，執鎮圭，繅藉五采五就以朝日。注：繅有五采文，所以藉玉。繅讀爲藻率之藻。五就，五匝也，一匝爲一就。《記·雜義》：藻三采六等。注：薦玉者以朱白蒼畫之再行。《左傳注》：藻率以韋爲之，所以藉玉。

㈢《左傳》：顓頊氏有子曰犁，爲祝融。注：犁，明貌，火正也。吕注：祝融，社稷五祀之官。

㈣李賀《緑章封事》：溪女浣花乘白雲。馮班曰：道書有十二溪女，即十二陰神。朱注：道教《靈驗記》陵州天師井有十二玉女，乃地下陰神。豈玉女即溪女耶？今按：吴均《續齊諧記》有青溪神女事。《記》：雞初鳴，咸盥漱。

㈤《史記》：觀名山神祠，所以望幸也。

㈥《周禮·小宗伯》：毛六牲，辯其名物，而頒之於五官。《神女賦》：難以測究。

㈦《楚辭》：華酌既陳，有瓊漿些。《左傳》：潔粢豐盛。

㈧羽客，即《楚辭》羽人。齊袁彖《遊仙》詩：羽客宴瑤宮，旌蓋乍舒設。《月令》：介冑有不可犯之色。

爍聖祖之儲祉㈠，敬雲孫而及此㈡。詔軒轅使合符㈢，敕王喬以視履㈣。積昭感於嗣續㈤，棐一作匪正辭於祝史㈥。若肸蠁而有憑㈦，肅風飈而乍起㈧。揚流蘇於浮柱㈨，金英霏而披靡〔一〇〕。擬雜珮於曾音層巔〔一一〕，芝《文粹》作芝，一作孔蓋皷以颯纚音史〔一二〕。中㵟㵟以回復〔一三〕，外蕭蕭而未已〔一四〕。此乃顒望神靈，有洋洋如在之意。合符視履，盼其至也。昭感正辭，達帝誠也。肸蠁以下，求諸上下前後，冀神之我享也。用一若字，作如許摩擬不盡之詞。

〔一〕吕注：《唐·玄宗紀》：天寶二年，加號玄元皇帝曰大聖祖，改西京玄元宮曰太清宮。八載，朝謁太清宮，加玄元皇帝號曰聖祖大道玄元皇帝。後漢邊讓《章華賦》：承聖祖之洪澤。《封禪文》：上帝垂恩儲祉，將以慶成。

〔二〕《爾雅》：玄孫之子爲來孫，來孫之子爲晜孫，晜孫之子爲仍孫，仍孫之子爲雲孫。敬雲孫，言雲孫致敬也。

〔三〕《帝王世紀》：黄帝姓公孫，名軒轅，北逐葷粥，合符釜山，而邑於涿鹿之阿。

〔四〕王喬飛舄以朝，尚方診視其履，見詩注。

〔五〕後漢梁皇后詔：深思嗣續之福。

〔六〕《書》：天棐忱辭。《左傳》：祝史正辭，信也。

〔七〕《子虛賦》：肸蠁布寫。《蜀都賦》：景福肸蠁之興作。注：肸蠁，濕生蟲蚊類，言大福之興，如此蟲群飛而多也。

〔八〕《北征賦》：風飈發以漂遥兮。《楚辭》：衝飈起兮水揚波。孫英曰：迴風自下而上曰猋。

〔九〕《東京賦》：飛流蘇之騷殺。注：流蘇，五綵毛雜之以爲馬飾而垂之。《續漢書》：駙馬赤珥流蘇。

摯虞《決疑要注》：凡下垂爲蘇。《海録》：流蘇即盤線繪繡之毬。又：析羽爲蘇。《甘泉賦》：抗浮柱之飛榱。

⑩《抱朴子》：咀吸金英。《學道録》：夏禹撰真靈之玄要，集天宫之寶書。封以金英之函，檢以玉都之印。《南都賦》：風靡雲披。《上林賦》：應風披靡。

⑪《詩》：雜佩以贈之。　謝靈運詩：築觀基曾巔。

⑫《西京賦》：驪駕四鹿，芝蓋九葩。注：以芝爲蓋也。阮籍《清思賦》：折丹木以蔽陽，竦芝蓋之三重。《楚辭》：孔蓋兮翠旌。注：司命以孔雀之翅爲車蓋，翡翠之羽爲旌旗。《西都賦》：奮長袖之颯纚。《正字通》：颯纚，言舞袖輕颺也。

⑬《甘泉賦》：風漎漎而扶轄兮。《西京賦》：乃返旆而回復。漢樂歌：玄精之氣，回復此都。

⑭《別賦》：風蕭蕭而異響。《嘯賦》：遺餘玩而未已。

上穆然㈠，注道爲去聲身，覺天傾耳㈡，陳僭號於五代㈢，復戰國於千祀㈣。曰：嗚呼！昔蒼生纏孟德之禍，爲仲達所愚㈤。鑿齒其俗，窫窳其孤㈥。赤烏高飛，不肯止其屋㈦；黄龍哮吼，不肯負其圖㈧。伊神器臬兀㈨，而小人呴喻雲俱切⑩。曆紀大破⑪，創痍未蘇⑫，尚攫挐乃遐切於吴蜀⑬，又顛躓陟利切，一作蹶於羯胡⑭。縱群雄之發憤一作讀⑮，誰一統於亨衢⑯？在拓拔與宇文⑰，豈風塵之不殊一作雜⑱。比必意切聰虎及堅特⑲，渾貔豹而齊驅㊉。愁陰鬼嘯㊁，落日梟呼㊂，各擁兵甲㊃，俱稱國都㊄。且耕且戰㊅，何有何無㊆。此下兩段，代爲玄宗陳意，蓋據祝辭而敷暢之也。此言列朝之亂，禍極生民，見望洽之已久。五代，謂宋、齊、梁、陳、隋。戰國，比南北朝侵伐。自魏晉以詐力取國，故吳蜀方平，五胡競起，十六國紛争，而四百餘年之殺運熾矣。

㊀《甘泉賦》：天子穆然。

㊁《記》：傾耳而聽之。

㊂《漢書·揚雄傳贊》：春秋吴楚之君，僭號稱王。

㊃《孔叢子》：子魚生於戰國之世，長於兵戎之間。　謝瞻詩：惠心奮千祀。

㊄孟德，曹操字。仲達，司馬懿字。

㊅《長楊賦》：昔有强秦，封豕其土，窫窳其民，鑿齒之徒，相與磨牙而争之。李善曰：《淮南子注》：堯之時，窫窳、封豕、鑿齒皆爲人害。窫窳，類貙虎爪，食人。鑿齒，齒長五尺似鑿，亦食人。

㊆《史·周紀》：武王渡河，有火自上復於下，至於王屋，流爲烏，其色赤，其聲魄云。注：王屋，王所居屋。流，行也烏有孝名，武王卒父大業，故烏瑞臻。赤者，周之正色。

㊇孫氏《瑞應圖》：黄帝巡省過洛河，龍負圖出赤文緑字以授帝。帝堯即位，坐河渚之濱，神龍赤色負圖而至。《歸藏》：黄帝作棡鼓之曲，八曰熊羆哮吼。

㊈《老子》：天下神器，不可爲也。《易》：困於葛藟，於臲卼。

㊉王褒頌：是以呴喻受之。應劭曰：呴喻，和悦貌。

㊀《前漢・兒寛傳》：曆紀壞廢。

㊁《季布傳》：創痍未瘳。

㊂揚雄《解嘲》：攫拏者亡，默默者存。《魯靈光殿賦》：奔虎攫拏以梁倚。李注：攫拏，相搏持也。　干寶《晉紀論》：夷吴蜀之壘垣。

㊃《抱朴子》：慮中道之顛躓。《齊國策》：顛蹶之請。　石勒，羯種，并氏、羌、匈奴、鮮卑爲五胡。

㊄《辯亡論》：群雄蜂駭。　《東都賦》：赫然發憤。

㊅漢武帝詔：今中外一統。《公羊傳》：何言乎王正月，大一統也。　《易》：何天之衢，亨。

㊆《北史》：後魏拓跋氏，祚傳十六主，分而爲東西魏。後周宇文氏，祚傳五主，禪位於隋。

㊇《答賓戲》：彼皆躡風塵之會，履顛沛之勢。

㊈《晉・載記》：劉聰，字元明，以永嘉四年僭即皇帝位。前燕慕容廆，封燕王，在位四十九年，及雋僭號，僞謚武宣皇帝。前秦苻堅，字永固，以升平元年僭稱大秦天王。蜀李特，字元休，起流人，據蜀，其子雄僭位，追謚景皇帝。

⑳《上林賦》：生貔豹，搏豺狼。

㉑盧羲詩：瀚海愁陰生。　《蕪城賦》：木魅山鬼，風號雨嘯。

㉒《抱朴子》：狐鳴梟呼，世忌其多。

㉓《前漢・楊僕傳》：將軍擁精兵。

㉔《洛陽伽藍記》：隱士趙逸云：自永嘉以來二百年，建國稱王者十有六君，皆遊其都邑，目擊其事。

杜預疏：空其國都。

㉕《吴越春秋》：外修耕戰之備。　魏正始四年，鄧艾令屯田淮南淮北，且田且守。

㉖《詩》：何有何無。

唯累上聲聖之徽典①，恭淑慎以允緝②。茲火土之相生③，非符讖之備及④。煬帝終暴，叔寶初襲，編簡尚新，義旗爰入⑤，既清國難去聲⑥，方覩家給⑦。竊以爲數子自誣，敢正一作貞，一作負乎五行攸執⑧。而觀者潛晤晤與悟通，或喜至於泣《文粹》有矧字。鱗介以之鳴虡⑨，昆蚑音岐以之振蟄⑩。感而遂通⑪，罔不具集⑫，仡神光而甝音酣闞許下切⑬，羅詭異以戢昋音習⑭。地軸傾而融洩一作曳⑮，洞官儀以嶷音逆岌音及⑯。九天之雲下垂⑰，四海之水皆立⑱。鳳凰威遲而不去⑲，鯨魚屈矯以相吸⑳。掃太始之含靈㉑，卷殊形而可挹㉒。此言唐興致治，畢集禎符，見神靈之宜降。　徽典，謂開創美政。　允緝，謂繼起諸君。　唐以土德繼火，取其相生，不取相勝，此符讖家所未及言者。　乃陳隋以淫暴而亡，唐能以仁義而興，彼符讖又安足信乎？　自鄒衍倡始終五德之説，厥後張蒼、賈誼、劉向諸子，各執五行同異以自誣。　今一旦起而矯正之，如修大衍曆，定開元禮，而觀者喜見太平矣。　且又製爲雅樂，象鱗介於鐘簴，效雷奮以振蟄，一時和氣所感，神光見象而異物頻生，推之天地山川，飛潛靈異，無不昭應，凡向之含靈未洩者，至此則殊形已疊見也。

㈠北魏段承根詩：累塑疊曜。《書》：慎徽五典。

㈡《詩》：淑慎其儀。

㈢《歷代紀運圖》：隋以火德王，唐以土德王。

㈣《後漢·光武紀》：帝以赤伏符即位，由是信用讖文。曹魏李伏上表：當合符讖，以應天人之位。

㈤陳後主名叔寶，襲位未久，而隋文伐之。斯時編簡尚新，乃煬帝暴虐，唐高又起而伐之矣。《光武紀》注：策書，編簡也，稱皇帝以命諸侯王王公。劉峻書：青簡尚新。《唐本紀》：高祖起兵太原，傳檄諸郡，號爲義兵。駱賓王檄文：爰舉義旗。

㈥國難，指建成、元吉之事。《忠經》：忠而能勇，則國難清。

㈦《前漢·禮樂志》：四夷賓服，百姓家給。唐太宗嘗曰：「使天下乂安，家給人足。」

㈧《前漢書》贊：張蒼據水德，公孫臣、賈誼更以爲土德，兒寬、司馬遷從之，謂五德之傳，從所不勝，秦水德，故漢據土而克之。劉向父子謂以母傳子，終而復始，自神農、黄帝下歷唐、虞、三代，而漢得火焉。按：此可證數子自誣之説。《左傳》：魏獻子曰：「五行之官。」《史記》：天有五星，地有五行。

㈨《記》：鱗介之屬。《説文》：虡，鐘鼓之柎，飾爲猛獸，亦作簴。《考工記》：羸者、羽者、鱗者，以爲筍簴。

⑩《説文》：蚑，無足虫也。《史・匈奴傳》：蚑行喙息。張載《七命》：昆蚑感惠。《記》：仲春之月，蟄虫咸動。　朱注：《周禮》：凡六樂者，一變而致羽物，再變而致羸物，三變而致鱗物，四變而致毛物，五變而致介物，六變而致象物。此故云鳴簴、振蟄也。

⑪《易・大傳》：寂然不勤，感而遂通，天下之故。

⑫《東都賦》：罔不具集。

⑬《漢・宣帝紀》：薦鬯之夕，神光交錯。《上林賦》：「甜呀豁閉。」閉與閜同。《廣韻》：閜，大裂也。

⑭《西京賦》：閈庭詭異。繁欽箴：僉曰詭異。注：詭，變也。《魯靈光殿賦》：芝栭攢羅以戢孴。善曰：《蒼頡篇》：戢孴，衆貌。《韻會》：《詩》：螽斯羽，揖揖兮。《增韻》：或作孴，義與集同。

⑮《江賦》：地軸挺拔以争迴。《景福殿賦》：緜蠻䰕霸，隨雲融泄。薛綜曰：融泄，動貌。泄、洩通。

⑯《真誥》：厚載之中，有洞天三十六所，八海中諸山，亦有洞宮，或方千里五百里，五岳名山皆有洞宮，或三十里並三千里。《魯靈光殿賦》：岑崟嶬嶷。《西京賦》：狀巍峩以岌嶪。嶷岌，高峻貌。

⑰《楚辭》：指九天以爲正。注：八方中央爲九天。《莊子》：其大若垂天之雲。

⑱水立，謂潮水拱向。班固《終南山賦》：立泉落落。此言水立更奇。

⑲顏延之詩：行路正威遲。毛萇《詩傳》：倭遲，歷遠貌。此處言鳳威遲，乃從容迴翔之意。

⑳《異物志》：鯨魚大者數十里，小者數十丈。雄曰鯨，雌曰鯢。《河東賦》：萬騎屈矯。顏注：屈矯，壯健貌。

㉑《記》：掃而更之。《列子》：太始者，形之始。《春秋元命苞》：含靈壯盛。《頭陀寺碑》：含靈萬族。

㉒班固《西都賦》：殊形詭制，每各異觀。

則有虹蜺爲鈎帶者㈠，入自於東㈡，揭莽蒼㈢，履崆峒㈣。素髮漠漠㈤，至精濃濃㈥。條弛張於巨細㈦，覬披寫於心胸㈧。蓋修竿無隙㈨，而仄席已容㈩。裂手中之黑簿⑪，睨堂下之金鐘⑫。得非擬斯人於壽域⑬，明返樸於玄蹤⑭。忽翳日而翻萬象⑮，却浮雲《文粹》作空而留六龍⑯。咸讋跖而壯茲應⑰，終蒼黃而昧所從⑱。上猶色若不足⑲，處上聲之彌恭⑳。此言神祖來格，有愾聞僾見之狀。蜺帶，駕蜺而來。自東，初春之令。莽蒼，天上。崆峒，仙界。漠漠，神容。濃濃，神意。張弛，陳治道。披寫，傳心法。修竿，神乘氣。仄席，神依位。裂簿，思度人。睨鐘，將警世。壽域、玄蹤，見聖心仁愛。翳日、却雲，言仙跡卷舒。讋跖、蒼黃，從官惕息。容色彌恭，天子致敬也。

㈠《羽獵賦》：虹蜺爲環。　鈎帶，圓曲之狀。阮籍詩：子母相鈎帶。

㈡《詩》：我來自東。

㈢《莊子》：適莽蒼者，三餐而反。

㈣又：黄帝聞廣成子在於崆峒之上。

㈤薛道衡《老氏碑》：龍德在躬，鶴髮垂首。潘岳《秋興賦》：素髮颯以垂領。　謝朓詩：漠漠輕雲晚。

㈥《道德經》：窈兮冥兮，其中有精。《莊子》：至精無形。　《詩》：零露濃濃。

㈦《記》：一張一弛，文武之道也。　左思《吴都賦》：共世而論巨細。

㈧桓玄書：披寫事實。　《天台賦》：疏煩想於心胸。

㈨相如《大人賦》：建格澤之修竿兮。張揖曰：建此氣爲長竿也。詳見《西岳賦》。

㈩《吴越春秋》：側席而坐，安心無容。

⑪《西陽雜俎》：罪簿有黑緑白簿，赤丹編簡。《真仙通鑑》：老君授張道陵以玉函素書三卷，題曰：三八謝罪滅黑簿，超度玄祖章真人。再拜受之。《葛仙公傳》有七品齋法，一曰八節齋。謝玄祖及己身之罪，滅黑簿之法也。

⑫張衡《西京賦》：遷延邪睨。　《書》：下管鼗鼓，笙鏞以間。注：下，堂下之樂。鏞，大鐘也。

⑬董仲舒策：驅一世之民，躋之仁壽之域。

⑭《淮南子》：既雕既琢，還返於樸。《天台賦》：躡二老之玄蹤。
⑮王粲《浮淮賦》：旌麾翳日。《天台賦》：渾萬象以冥觀。
⑯息夫躬詞：浮雲爲我陰。嵇康詩：乘雲駕六龍。
⑰揚雄《河東賦》：秦神下讋，跖魂負沴。師古曰：跖，蹈也。沴，渚也。言此神怖讋，下入水中，自蹈其魂，而負沴渚，戚懼之甚也。
⑱《前漢·郊祀志》：或如虹氣蒼黃。
⑲《莊子》：盛德若不足。
⑳漢獻帝詔：守之以彌恭。

天師張道陵等①，洎左玄君者②，前千二百官吏，謁而進曰：今王巨唐③，帝之苗裔④，坤之紀綱⑤。土一作上配君服⑥，官尊臣商⑦。起數一作數起得統⑧，特立中央⑨。且大樂在懸⑩，黃鐘冠去聲八音之首⑪，太昊斯啟⑫，青陸獻千春之祥⑬。曠哉勤力耳目⑭，宜乎大帶斧裳⑮。故風后孔甲充其佐，山稽岐伯翼其旁⑯。至於易制取法，足以朝登五帝，夕宿三皇⑰。信周武之多幸，存漢祖之自强⑱。且近朝音潮之濫吹⑲，仍改卜乎祠堂⑳。初降朱音户郎切，吕音絳素車，終勤恤其後；有客白馬，固漂淪不忘㉑。伊庶人得議㉒，實邦家之光㉓。臣道陵等，試本之於青簡㉔，探之於縹囊㉕。列聖有差音雌㉖，夫子聞斯於老氏㉗；

好上聲問自久㉘，宰我同科於季康㉙。取一作敢撥亂反正㉚，乃此其所長㉛。此設爲道官答頌之辭，嘉帝能釐止祀典也。天師、玄君，指法官道士。大樂，感以聲。太昊，祭以時。曠哉四句，言與祭諸臣，不愧古人。周漢以下，言二王之後，得來助祭。夫子聞老氏，見聖祖當尊。宰我問帝德，見歷代宜辯。撥亂反正，指祭祀之禮言，即所云易制取法也。

㈠《真誥》：張陵字輔漢，沛國豐人，學長生之道，得九鼎丹經，聞蜀中多名山，乃入鳴鵠山，著道書二十篇，仙去。《正一經》：陵學道於鶴鳴山，感太上老君降，授正一明威法，始分人鬼，置二十四治，有戒鬼壇見在。

㈡《雲笈七籤》：朝真儀：左玄真人在左，右玄真人在右。

㈢《海賦》：昔在帝嬀巨唐之代。

㈣帝，指玄元皇帝。班彪《王命論》：帝堯之苗裔。

㈤《淮南子》：紀綱八極。

㈥《漢·律曆志》：黄者，中之色，君之服也。

㈦《史·樂書》：宫爲君，商爲臣，角爲民，徵爲事，羽爲物。

㈧《律曆志》：數從統首日起算，又以閏法乘日法，得統法。

㈨《魯靈光殿賦》：屹然特立。《律曆志》：中央者，陰陽之内，四方之中。

㈩《記》：大樂與天地同和。

⑪《史・律書》：黄鐘長八寸七分一宮。《索隱》曰：黄鐘爲曆之首，宮爲五音之長，十一月以黄鐘爲宮，則聲得其正。《律曆志》：十一月，乾之初九，陽伏地，故黄鐘爲天統。

⑫《前漢・魏相傳》：太昊乘震，執規司春。張協《雜詩》：太昊啟東節。

⑬《律曆志》：日行東陸謂之春。春爲青陽，故曰青陸。謝朓《酬德賦》：度千春之可並。

⑭江淹詩：曠哉宇宙惠。《史記》：勞勤心力耳目。

⑮《周禮疏》：大帶，大夫以上用素，士用練，即紳也。革帶，所以佩玉帶劍。《左傳注》：鞶，紳帶也，一曰大帶。《書・顧命》：王麻冕黼裳。注：古黼斧通。斧裳，裳繡斧形，取其斷。

⑯呂注：《逸史》：風后孔甲充其位，山稽岐伯翼其傍。《抱朴子》：黄帝精推步則訪山稽、力牧，講占候則詢風后，著體診則受岐雷。《帝王世紀》：力牧、常先、封胡、孔甲等，或以爲師，或以爲將。《七略》：盤盂書者，其傳言孔甲爲之。孔甲，黄帝之史也。《淮南子》：黄帝治天下，力牧、太山稽輔之。《世紀》：黄帝命雷公岐伯論經脈爲難經，教製九針。

⑰《羽獵賦》：歷五帝之寥廓，涉三皇之登閎。

⑱《唐書》：玄宗下詔，以唐承漢，黜隋以前帝王，廢介、酅公，尊周漢二王後，京城起周武王、漢光武廟。《左傳》：民之多幸。《西征賦》：觀夫漢祖之興也。又云：勗自强而不息。

⑲《韓非子》：韓昭侯曰：「吹竽者衆，吾無以知其善者。」田嚴對曰：「一一聽之，乃知濫也。」江淹詩：濫吹乖名實。

㉚《左傳》：改卜牛。　《前漢·循吏傳》：文翁終於蜀，吏民爲立祠堂，歲時祭祀不絕。

㉛初降四句，吕注引《郊特牲》：素車之乘，尊其樸也，所以交於神明也。又引《周頌》：有客有客，亦白其馬。序以爲微子來見祖廟之詩。朱注引《秦本紀》：子嬰白馬素車降軹道旁。隋恭帝傳位於唐，故用子嬰事。今按：初降素車，用子嬰降漢以比隋後。有客白馬，用微子入周以比周漢之後。如此方與上文改卜祠堂意相合。《通鑑》：天寶十二載夏五月，復以魏、周、隋後爲三恪。

㉜庶人得議，謂處士崔昌。《論語》：庶人不議。　《國語》：祭公謀父曰：「勤恤民隱，而除其患也。」阮籍詩：精魂自漂淪。

㉝《詩》：樂只君子，邦家之光。

㉞《後漢·吴祐傳》：殺青簡以寫書。

㉟昭明太子序：詞人才子，名溢於縹囊。

㊱《魏都賦》：列聖之遺塵。　《越絶書》：大小有差。

㊲《記·曾子問》：孔子曰：「祫祭於祖，則祝迎四廟之主，主出廟入廟必蹕，吾聞諸老聃云。」　《歸田賦》：感老氏之遺誡。

㊳《書》：好問則裕。

㊴《史·仲尼弟子列傳》：宰我問五帝之德，子曰：「予非其人也。」　《家語》：季康子問於孔子曰：「舊聞五帝之名，而不知其實，請問何謂五帝？」　漢成帝詔：令與兄弟同科。

〔三〇〕《公羊傳》：撥亂世反諸正，莫近於《春秋》。
〔三一〕《國策》：子思謂衛侯曰：「取其所長。」

萬神開〔一〕，八駿回〔二〕，旗掩月〔三〕，車奮雷〔四〕，騫七曜〔五〕，燭九垓〔六〕。能事穎脱〔七〕，清光大來〔八〕。或曰：今太平之人〔九〕，莫不優游以自得〔一〇〕。況是蹴魏踏晉、批音披周抶朱作抶，恥栗切。一作抶隋之後〔一一〕，與夫一作乎更音庚始者哉〔一二〕！末言唐之世德，流慶弘長，不必求之遠代也。神散鑾回，祭祀已畢，神其降祥矣。「或曰」以下，另作轉語，言當此太平之世，民皆食福，況乎開創繼起，賢聖代興，則吉祥亦人主所自致耳，非關神降也。穎脱，謂精誠上通。大來，謂嘉祥洊至。蹴魏句，高祖、太宗之功。更始句，帝平韋后之亂。玩後字與字，便見分別。

〔一〕成公綏《天地賦》：奉萬神於五帝。
〔二〕八駿，周穆王所乘馬。
〔三〕《釋名》：九旗日月爲常，畫日月於其端，天子所建。
〔四〕相如《長門賦》：雷隱隱而響起兮。象君之車音。《易》：雷出地奮。
〔五〕《何承天集》有既往七曜曆。《通志》：日、月、歲星、熒惑、填星、太白、辰星也。
〔六〕《爾雅》：九天之外，次曰九垓。
〔七〕劉孝威詩：能事畢春官。《史記》：毛遂曰：「使遂得早處囊中，直脱穎而出耳。」
〔八〕《海賦》：三光既清，天地融朗。《易》：吉大來也。

⑲董仲舒策：此太平之致也。

⑳何晏《景福殿賦》：莫不優游以自得。

㉑蹴，足蹙物也。《記》：以足蹴路馬芻，有誅。　踏，踐也。古樂府有《踏歌行》。　批，手擊物也。《左傳》：宋萬遇仇牧於門，批而殺之。　《埤蒼》：抶，笞擊也。《左傳》：一抶女庸何傷。《羽獵賦》：神抶電擊。

㉒《史記》：武王修周政，與天下更始。

鰲按：當時尊奉道祖，帝號崇祀，本屬不經。此賦，前言戡亂致治，而不及神仙杳冥之事；後言釐正祀典，而不及符應報錫之文；末復推美於更始，見帝能上承祖德，則慶祥皆其自致也。諷諭隱然，蓋賦體之有典則者。

嚴有翼《藝苑雌黄》云：秦少游嘗言，人才各有分限，杜子美詩冠古今，而無韻者殆不可讀；曾子固以文名天下，而有韻者輒不工。此未易以理推也。余比觀《西清詩話》，乃不然其説。杜少陵文自古奥，所舉數語，出《朝享太清宫賦》，誠磊落驚人，此不謂之有韻之作，可乎？竊意少游所謂無韻不可讀者，不過《伐木詩序》之類而已。

洪邁《容齋隨筆》曰：東坡《有美堂會客》詩云：「天外黑風吹海立，浙東飛雨過江來。」讀者疑海不能立，黄魯直曰：此本老杜《朝享太清宫賦》「九天之雲下垂，四海之水皆立」。二者皆句語雄峻，前無古人。坡又《和陶停雲》詩有「雲屯九河，雪立三江」之句，亦用此也。

朝享太廟賦

初高祖太宗之櫛風沐雨㈠，勞身焦思去聲㈡，用黃鉞白旗《文粹》作旄者五年㈢，而天下始一叶固利切。歷三朝音潮而戮力㈣，今庶績之大備㈤，上方采厖俗之謡㈥，稽正統之類㈦，蓋王者盛事㈧。臣聞之於里曰：昔武德已前㈨，黔黎蕭條㈩，無復扶又切生意⑪，遭鯨鯢之蕩汩音聿，水傍從曰，與汩不同，汩從日音骨⑫。荒歲月而沸渭⑬，衮服紛紛⑭，朝廷多閏者⑮，仍亘乎晉魏。臣竊以自赤精之衰歇⑯，曠千歲而無真人⑰，及黃圖之經綸⑱，息五行而歸厚地⑲，則知至數不可以久缺⑳，凡材不可以長寄㉑。故高下相形㉒，而尊卑各一作必異，惟神斷丁亂切繫之於是㉓，本先帝取之以義㉔。首叙祖功宗德，爲朝享之本。魏晉以來，國皆閏位，惟唐繼漢，得統斯正。神斷義取，指伐隋之舉。

㈠《淮南子》：禹沐淫雨，櫛疾風。

㈡《吳越春秋》：禹勞心焦思以行。

㈢《書·牧誓》：王左杖黃鉞，右秉白旄以麾。《史記》：武王持太白旗以麾諸侯。《前漢·異姓王表》：五載而成帝業。

㊃三朝，指高宗、中宗、睿宗。《書》：聿求元聖，與之戮力。
㊄又：庶績其凝。
㊅《左傳》：民生敦厖。厖，厚也
㊆班固《典引》：膺當天之正統。
㊇魏文帝《典論》：不朽之盛事。
㊈武德，唐高祖年號。
㊉《西征賦》：顧黔黎其誰聽。《西都賦》：原野蕭條。
⑪《枯樹賦》：生意盡矣。
⑫《左傳》：古者明王伐不敬，取其鯨鯢而封之，以爲大戮。注：鯨鯢，大魚名，以喻不義之人吞食小國。　陳子昂詩：海雲終蕩潏。與蕩汩同義。
⑬《長楊賦》：乃命驃衛，汾沄沸渭。
⑭《東都賦》：修衮龍之法服。
⑮《王莽傳贊》：餘分閏位。注云：莽不得正王之位，如歲月之餘分爲閏也。
⑯《王命論》：唐據火德而漢紹之，故曰赤精。《魯靈光殿賦》：紹伊唐之炎精。
⑰《南都賦》：真人革命之秋。注：真人，光武也。《光武紀》：王莽惡劉氏，以錢文有金刀，改爲貨泉，或以貨泉字文爲白水真人。

⑱江總賦：覽黃圖之棟宇。《易》：君子以經綸。

⑲《書·洪範》：初一曰五行。息，生息也。　唐以土德王，故云歸厚地。《詩》：謂地蓋厚。

⑳《東方朔傳》：非至數也。

㉑《世説》：桓温曰：「萬石撓弱凡才。」

㉒曹植表：高下相懸。

㉓干寶《晉論》：神略獨斷。

㉔昔澹臺滅明渡江投璧曰：「君子可以義取。」

壬辰，既格於道祖㊀，乘去聲輿即以是日致齋於九室㊁，所以昭達孝之誠㊂，所以明繼天之質㊃。具禮有素，六官咸秩㊄。大輅每出㊅，或黎元不知㊆；豐年則多㊇，而筐筥甚實㊈。既而太尉參乘㊉，司僕扈蹕⑪，望重平聲闈以肅恭⑫，順法駕之徐疾⑬。公卿淳古，士卒精一。黕耽上聲，黑貌宗廟之愈深⑭，抵職司之所密⑮。宿翠華於外户⑯，曙黃屋於通術⑰。氣淒淒於前旒⑱。光靡靡於嘉粟⑲。階有賓阼⑳，帳有甲乙㉑。升降之際㉒，見玉柱生芝㉓；擊拊之初㉔，覺鈞天合律㉕。此言鑾輿初出，虔宿齋官也。達孝、繼天，享親享帝，一理也。太尉，指丞相。司僕，主車駕者。公卿、士卒，文武從官，即下文玄甲鳴佩者。廟深，殿宇森嚴。職密，執事誠恪，儀仗外停，徐步而入也。氣淒、光靡，望之如在也。玉柱生芝，前此昭感。鈞天合律，聲樂始奏也。

㈠唐祖玄元皇帝，故稱道祖，又稱玄祖。

㈡《記》：致齋於内。《大戴禮·盛德篇》：明堂九室，室有四户八窗。

㈢達孝，見《中庸》。

㈣《穀梁傳》：繼天者，君也。

㈤漢哀帝詔：禮官具禮儀。《周禮》有六官。《書》：咸秩無文。王肅曰：秩，序也。

㈥《記》：大輅者，天子之車也。《漢書》顔注：太輅，玉輅之車。

㈦前漢谷永疏：每奉其禮，助者歡悦。大路所歷，黎元不知。

㈧《詩》：豐年多黍多稌。

㈨又：筐之筥之。

㈩《前漢·百官表》：太尉，秦官，金印紫綬，掌武事。《漢文帝紀》：令宋昌驂乘。顔注：乘車之法，尊者居左，御者居中，又有一人處車之右，以備傾側。驂者，三也，蓋取三人爲名義耳。

⑪上官儀詩：扈蹕頌王遊。

⑫《説文》：闉，城闕重門也。楊炯《渾天賦》：啟閶闔之重闉。《周書》：肅恭神人。

⑬《漢舊儀》：祀天地於甘泉宫，備大駕；祀天，法駕；祀地、五郊、明堂、宗廟，小駕。《小學紺珠》：漢大駕八十一乘，法駕三十六乘，小駕十二乘。《上林賦》：襲朝服，乘法駕。《東都賦》：匪疾

匪徐。

⑭魏文帝《愁霖賦》：玄雲黯其四塞。潘岳《籍田賦》：翠幕黕以雲布。

⑮傅亮表：職司既備。

⑯《上林賦》：建翠華之旗。《記》：外户而不閉。

⑰《漢·高帝紀》：乘王車黄屋左纛。《後漢·輿服志》：黄屋大纛，所以輔其德。李斐《漢書音義》：黄屋之蓋，天子之儀，以黄爲裏。《記》：審端經術。注：經音徑，術音遂。《周禮》：徑上有遂。《説文》：術，邑中道。

⑱湛方生詩：風凄凄兮薄暮。《家語》：天子冕而前旒。

⑲虞騫詩：靡靡露方垂。《左傳》：嘉栗旨酒。服虔曰：穀初熟爲栗。

⑳《周書》：大輅在賓階面，綴輅在阼階面。

㉑《漢·西域傳贊》：武帝作通天之臺，興造甲乙之帳。

㉒《籍田賦》：挈壺掌升降之節。

㉓《漢書》：武帝大興祠祀。元封六年，甘泉宫中産芝，九莖連葉，作《芝房之歌》。《舊唐書》：天寶七載三月，大同殿柱産玉芝。八載六月，又産玉芝。

㉔《書》：擊石拊石。

㉕《史記》：趙簡子寤，語諸大夫曰：「我之帝所甚樂，與百神遊於鈞天廣樂，九奏萬舞，不類三代之

樂，其聲感人心。」荀勗議樂奏：講肆彈擊，必合律吕。

簨簴音巨佗魚乞切以碣磍音轄㊀，干戚宛而婆娑㊁。鞉鼓塤篪爲之主，鐘磬竽瑟以之和㊂。《雲門》《咸池》取之至㊃，空桑孤竹貴之多㊄。八音循一作修，非通㊅，既比乎旭日升而氛埃滅㊆；萬舞淩亂㊇，又似乎春風壯而江海波㊈。鳥不敢飛，而玄甲峍呼交切嵺音聊以岳峙㊉；象不敢去⑪，而鳴佩剡以冉切爚音藥以星羅⑫。此言奏假廟中，薦樂殷盛也。簨簴，張樂器。干戚，陳樂舞。鞉鼓以下，見衆音並宣。八音以下，見聲容大備。岳峙、星羅，言扈從班聯，整肅不懈。

㊀《記·明堂位》：夏后氏之龍簨。注：横曰簨，直曰簴，所以懸鐘磬者。《甘泉賦》：金人佗其承鐘簴兮。濟曰：佗，壯勇貌。《羽獵賦》：建碣磍之簴。孟康注：碣磍之簴，刻猛獸爲之，故其形碣磍而盛怒也。

㊁《樂記》：朱干玉戚。注：戚，斧也。《詩》：市也婆娑。注：婆娑，舞貌。

㊂《記》：聖人作爲鞉、鼓、椌、楬、壎、篪，此六者，德音之音也。然後鐘磬竽瑟以和之，干戚旄翟以舞之，此所以祭先王之廟也。注：六者，皆質素之聲，故云德音既用，質素爲本，然後用鐘磬竽瑟四者華美之音，以贊其和。

㊃《周禮》：大司樂以六舞大合樂，以致鬼神示。注：黄帝曰《雲門》，堯曰《咸池》，舜曰《大韶》，禹曰《大夏》，湯曰《大濩》，武王曰《大武》。

㊄又《大司樂》：孫竹之管，空桑之琴瑟。《記·禮器》：禮有以多爲貴者。
㊅《書》：八音克諧。《尚書大傳》：八風循通。
㊆《詩》：旭日始旦。《馬融傳》：清氛埃。
㊇《詩》：公庭萬舞。鮑照《舞鶴賦》：輕迹凌亂。
㊈顔延之詩：春江壯風濤。《高唐賦》：長風至而波起。
㊉班固《燕山銘》：玄甲曜日。《羽獵賦》：鳥不及飛，獸不得過。峠嵺，當即硶磟，今字書無峠嵺二字。《正字通》：硶磟，本作窙寥。潘岳《虎牢賦》：幽谷豁以窙寥。注：開明貌。何遜詩：硶磟上争險，岞愕下相崩。《晉書·隱逸傳》：玉輝冰潔，川渟嶽峙。
㊁《晉諸公贊》：晉時南越致馴象，帝行則以象車導引。
㊂《記》：君子行則鳴佩玉。焥爚，光耀貌。《楚辭》：皇焥焥其揚靈。《西都賦》：震震爚爚，雷奔電激。《西都賦》：星羅雲布。

已而上上聲乾音干豆以《登歌》，美《成休》之既享㊀。璧玉儲精以稠疊㊁，門闌洞豁而森爽㊂。黑帝歸寒而激昂㊃，蒼靈戒曉而來往㊄。熙事莽而充塞先則切㊅，群心噳音語，一作麌以振蕩上聲㊆。桐花未吐㊇，孫枝之鸞鳳相鮮㊈；雲氣何多㊉，宫井之蛟龍亂上上聲㊁。

此言備物以享，兼寫廟中時景。冬令退而猶寒，故曰激昂。春令新而主事，故曰來往。熙事充塞，百司趨蹌。群心振蕩，千官悚惕。孫枝鸞鳳，謂竹樹交映。宫井蛟龍，謂井轤高峙。

㊀《漢・禮樂志》：乾豆上，奏《登歌》，獨上歌，不以筦絃亂人聲，猶古《清廟》之歌也。《登歌》再終，下奏《休成》之樂，美神明既饗也。注：乾豆，脯羞之屬。《休成》，叔孫通所奏樂。

㊁《通鑑》：太清宫太廟，上所用牲璧，皆侔天地。漢樂歌：璧玉精，垂華光。《甘泉賦》：惟天所以澄心清魄，儲精垂思。　謝靈運詩：巖峭嶺稠疊。

㊂《續漢志》：門闌部署，街里走卒，各有程品。《西征賦》：胸中豁其洞開。

㊃《月令》：孟冬之月，其帝顓頊，其神玄冥。注：此黑精之君，水官之臣。又：孟春之月，其帝太皞，其神勾芒。注：此蒼精之君，木官之臣。黑帝謂顓頊，蒼靈謂太皞。《前漢・王章傳》：不自激昂。

㊄顔延之《曲水詩序》：春官聯事，蒼靈奉塗。　陳琳《武庫車賦》：啟明戒旦。

㊅《漢書》：《房中歌》：熙事備成。

㊆《詩》：麀鹿噳噳。注：噳噳，口相聚也。《洛神賦》：心振蕩而不怡。

㊇沈約《桐賦》：暄密葉於鳳晨，宿高枝於鸞暮。薛道衡詩：集鳳桐花散。

㊈孫枝，本言竹。張衡《應問》曰：可剖其孫枝。鄭玄《周禮注》：孫竹，枝根之末生者。白玉蟾詩：「山後山前鳩唤婦，舍南舍北竹生孫。」皆言竹也。獨嵇康《琴賦》云「乃斵孫枝，准量所任」，則桐亦可稱孫枝矣。

⑩郭璞詩：容色更相鮮。《大人賦》：載雲氣而上浮。

㊁戴延之《西征記》：太極殿前有金井欄、金博山、金轆轤，蛟龍負山於井上。

若夫音扶生弘佐命之道㊀，死配貴神之列㊁，則殷劉房魏之勳㊂，是可以中摩伊吕，上冠去聲夔卨㊃契同，代天之工㊄，爲人之傑㊅，丹青滿地㊆，松竹高節㊇。自唐興以來，若此時哲㊈，皆朝有數四㊉，名垂卓絶⑪。向不遇反正撥亂之主⑫，君臣父子之别音必⑬，奕葉文武之雄⑭，注意生靈之切⑮，雖前輩之温良寬大⑯，豪傑果決⑰，曾音層何朱本有足字以措其筋力與韜鈐⑱，載其刀筆與喉舌⑲，使祭則與去聲、食則血⑳，若斯之盛而已。此言配享功臣，見崇報之遠。卓絶以上，言臣能佐主。不遇以下，言君能任人。佐命，輔真主。貴神，爲列星。哉禍亂，比伊吕。興文治，比夔卨。丹青，謂凌煙圖畫。松竹，指閣前景物。撥亂反正，言濟世之才。君臣父子，言皇綱之振。奕葉文武，兩朝開創之勞。注意生靈，伐暴救民之志。前輩，即指殷、劉、房、魏。

㊀李陵《答蘇武書》：佐命立功之士。《後漢書》論：稱爲佐命，亦各志能之士也。

㊁《家語》：生爲上公，死爲貴神。《漢·郊祀志》：天神貴者泰一，泰一佐曰五帝。《周禮·司勳》：凡有功者，銘書於王之太常，祭於大蒸，司勳詔之。丘濬曰：生則書於王旌，死則祭於王烝。

㊂《唐書》：殷開山、劉文静、房玄齡、魏徵，皆配享太宗廟廷。

㊃齊王儉詩：稷契匡虞夏，伊吕翼商周。

㈤《書》：天工人其代之。

㈥《漢書》：高帝曰：「三者皆人傑，吾能用之。」

㈦《蘇武傳》：竹帛所載，丹青所畫。

㈧袁宏《三國名臣贊》：競收杞梓，争採松竹。　《吴都賦》：高節之所興。

㈨鮑照詩：巋然覯時哲。

㈩《後漢》二十八將論：分土不過大縣數四。

⑪班固《典引》：冠德卓絶者，莫崇於陶唐。

⑫《漢書》：高祖撥亂世反之正。

⑬《記》：領君臣父子之節。　班固《東都賦》：建武之元，更造夫婦，肇有父子，君臣初建，人倫實始。

⑭曹植《誄王粲文》：伊昔顯考，奕葉佐時。　《書》：允文允武。

⑮《漢書》：陸賈曰：「天下安，注意相；天下危，注意將。」　晉衛瓘疏：肇自生靈，則有后辟。　劉頌疏：毒流生靈。

⑯《漢書》：兒寬爲人温良。　宣帝詔：公卿大夫，務行寬大。

⑰漢高帝詔：豪傑有功者。　《西征賦》：健子嬰之果決。

⑱曹植詩：思一效筋力，糜軀以報國。　張説詩：禮樂逢明主，韜鈐用老臣。　注：太公兵法有《玄女六韜》及《玉鈐篇》。

⑲《前漢書》贊：蕭何、曹參，皆起刀筆吏。《詩》：出納王命，王之喉舌。

⑳《史記·封禪書》：后稷之祠，至今血食天下。《漢書》顔注：祭者尚血腥，故曰血食。

爾乃直於主，索音色於祊㈠，警幽全之物，散純道之精㈡。蓋我后常用，惟時克貞，膋以蕭合㈢，酌以茅明㈣，嘏以慈告，祝以孝成㈤。故天意張皇㈥，不敢殄其瑞，神姦妥帖㈦，不敢秘其情舊作精，韻重㈧，而撫一作無絶軌㈨，享鴻名者矣㈩。此言祭極其誠，致神靈咸格。上文乾豆璧玉，已叙進獻之儀，此則備舉其始終祇事也。不殄瑞，疊見嘉祥。不秘情，無所變幻矣。

㈠《記·郊特牲》：直祭祝於主，索祭祝於祊。注：直，正也，謂薦熟之時也，以熟爲正。索，求神也，祭於廟門曰祊。

㈡又：毛血，告幽全之物也。告幽全之物者，貴純之道也。

㈢又：取膟膋燔燎升首，報陽也。注：膋，腸間脂也，與蕭合燒之。又：蕭合黍稷，臭陽達於牆屋，故既奠然後焫蕭合羶薌。

㈣又：縮酒用茅，明酌也。

㈤《禮運》：祝以孝告，嘏以慈告，是謂大祥，此禮之大成也。

㈥董仲舒策：王者承天意以從事。《書》：張皇六師。

㈦《左傳》：王孫滿謂楚子曰：「昔夏鑄鼎象物，使人知神姦。」陸機《文賦》：或妥帖而易施。

㈧《易傳》：是故知鬼神之情狀。

㈨《天台賦》：追羲農之絶軌。

㈩司馬相如《封禪文》：永保鴻名。

於以奏《永安》㈠，於以奏《王夏》㈡。福穰穰於絳闕㈢，芳菲菲於玉斝㈣。沛枯骨而破聾盲㈤，施去聲夭胎而逮鰥寡㈥。園陵動色㈦，躍在藻之泉魚㈧；弓劍皆鳴㈨，汗鑄金之風馬㈩。霜露堪吸⑪，禎祥可把⑫。曾同層宮歔欷⑬，陰事儼雅⑭。薄清輝於鼎湖之山一作上⑮，静餘響於蒼梧之野一作下⑯。此言祭畢推恩，而感及人物。絳闕，望禎符。芳斝，飲福酒。枯骨以下，恩施遍逮也。泉魚、金馬，誠能動物。清輝、餘響，神歸陵寢。鼎湖、蒼野，皆屬借言。

㈠《漢·禮樂志》：大祝迎神於廟門，奏《嘉至》，猶古降神之樂也。皇帝入廟，奏《永至》，以爲行步之節，猶古《采薺》、《肆夏》也。皇帝就東廂坐定，奏《永安》之樂，美禮已成也。

㈡《周禮·大司樂》：凡樂事，大祭祀宿縣，遂以聲展之。王出入則令奏《王夏》，尸出入則令奏《肆夏》，牲出入則令奏《昭夏》。注：三夏，皆樂章名。

㈢《詩》：鐘鼓鍠鍠，磬管鏘鏘，降福穰穰。　傅玄《西都賦》：巍巍絳闕。

㈣《楚辭》：芳菲菲兮滿堂。　王元長詩：玉斝挹泉珠。《説文》：斝，玉爵也。一曰斝受六升。《明堂位》：夏后氏以琖，殷以斝，周以爵。

㈤劉向《新序》：周文王作靈臺，掘地得死人骨，王曰：「更葬之。」天下曰：「文王賢矣，澤及枯骨，況於人乎？」　《莊子》：聾者不能自聞，盲者不能自見。又：無中道夭於聾盲。

㈥《漢·禮樂志》：衆庶熙熙，施及夭胎。注：少長曰夭，在孕曰胎。《書》：惠鮮鰥寡。

㈦杜佑《通典》：秦始皇起寢殿於墓側，漢因之，上陵皆有園寢。漢元帝詔：以奉園陵。班固《典引》：君臣動色。

㈧《詩》：魚在在藻，有頒其首。王褒《講德論》：泉魚奮躍。

㈨《漢·郊祀志》：黄帝鑄鼎於荆山下，鼎既成，有龍垂胡髯下迎，帝騎龍上天，餘小臣不得上，乃悉持龍髯，髯拔弓墮。百姓仰望，乃抱其弓與龍髯號，故後世因名其處曰鼎湖，其弓曰烏號。《列仙傳》：黄帝葬橋山，山崩柩空，惟劍舄在焉。

㈩《後漢書》：武帝時善相馬者東門京鑄作銅馬法獻之，詔立馬於魯班門外，更名魯班門曰金馬門。郭璞《南郊賦》：風馬桂林，抗旌琳圃。

⑪《記》：霜露既降。

⑫漢宣帝詔：禎祥咸受。

⑬相如《哀二世賦》：坌層宫之嵳峩。《楚辭》：曾歔欷余鬱悒兮。

⑭崔駰《達旨》：陰事終而水宿藏。《冠禮》：婦順不修，陰事不得。此賦則以祭事爲陰事也。《魯靈光殿賦》：儼雅跽而相對。張載注：言敬恭也。善曰：儼雅，跽貌。跽，長跪也。

⑮謝靈運詩：清暉能娱人。

⑯嵇康《琴賦》：飄餘響於太素。《記》：舜葬於蒼梧之野。

上一本無上字窅然漠漠㈠，惕然兢兢㈡，紛益所慕，若不自勝平聲。瞰牙旗而獨立㈢，吟翠駁伯各切而未乘㈣。五老侍祠而精駭㈤，千官逖聽以一作而思凝㈥。於是二丞相去聲進曰㈦：陛下應道而作㈧，惟天與能㈨。澆訛散，淳樸登㈩，尚猶日慎業業⑪，孝思烝烝⑫，恐一物之失所⑬，懼先王之咎徵⑭。如此之勤恤匪懈⑮，是百姓何以報夫元首，在臣等何以充其股肱⑯！且如周宣之教親不暇⑰，孝武之淫祀相仍⑱，諸侯敢於迫脅⑲，方士奮其威稜⑳。一則以微弱內侮從《英華》、《文粹》作微言勸內㉑，一則以輕舉虛憑㉒。又非陛下恢廓緒業㉓，其瑣細亦曷足稱？此言孝治天下，非前代可方。代丞相陳詞，頌中有規。應道以下，能法祖勤政。周宣以下，當鑒古御今。內侮，如敗績姜戎之類。虛憑，謂信奉神仙之說。

㈠《莊子》：夫道窅然難言之矣。注：窅然，杳深貌。《甘泉賦》：神莫莫而扶傾。

㈡嵇康詩：惕然不喜。《詩》：戰戰兢兢。

㈢《東京賦》：牙旗繽紛。注：天子出，建大牙旗，竿上以象牙飾之。

㈣相如《封禪文》：招翠黃。揚雄《河東賦》：乘翠龍。皆指馬言。杜詩所謂翠駁，又謂翠驎，皆異名而同意。至於駁之爲物，又當有辨。《易傳》所云駁馬，即《爾雅翼》所云六駁如馬，自身黑尾，一角，鋸牙，虎爪，其音如鼓，喜食虎豹者。蓋駁毛物既可觀，又似馬，故馬之色相類者以駁名之。《子虛賦》「楚王乃駕馴駁之駟」是也。

㊄《論語讖》：仲尼曰：「吾聞堯率舜等游首山、觀河渚，有五老飛爲流星，上入昴。」《風俗通》：侍祠，班詔勸農。
㊅《荀子》：天子千官。《封禪書》：逖聽者風聲。《蕪城賦》：凝思寂聽。
㊆朱注：二丞相，時陳希烈、李林甫爲左右丞相。
㊇《漢·律曆志》：順其時氣以應天道。
㊈齊高帝《告天文》：仰協歸運，景屬與能。
㊉《亢倉子》：政省則人淳樸。
⑪《書》：兢兢業業，一日二日萬幾。
⑫《詩》：孝思不匱。《書》：蒸蒸乂不格姦。
⑬後漢魯恭疏：一物不得其所，則天氣爲之舛錯。薛道衡《隋文帝頌》：懼一物之失所。
⑭《書》：咎徵：曰狂，恒雨若；曰僭，恒暘若；曰豫，恒燠若；曰急，恒寒若；曰蒙，恒風若。
⑮又：上下勤恤。《詩》：夙夜匪懈。
⑯《書》：元首明哉，股肱良哉。
⑰吕注：《詩序》：《黄鳥》，刺宣王也。注：刺其以陰禮教親而不至，聯兄弟而不固。
⑱《曲禮》：非其所祭而祭之曰淫祀。《史》本紀：武帝作通天之臺，置祠具其下，招徠神仙之屬。仍，頻也。陸機詩：玄雲互相仍。

⑲《記》：大夫强，諸侯脅。《莊子》：迫脅而棲。

⑳《前漢・郊祀志》：燕齊海上之方士。漢武帝《報李廣書》：威稜憺乎鄰國。

㉑《漢・地理志》：周制微弱，終爲諸侯所喪。《南史・劉裕紀》：阻兵内侮。《漢・藝文志》：古者諸侯卿大夫交接鄰國，以微言相感。勸納，謂勸之納貢，如遣使求金之類。

㉒漢谷永疏：諸言世有仙人，服食不終之藥，遥興輕舉，登遐倒影，皆姧人惑衆，欺罔世主。《龍虎經》：萬象憑虚生。

㉓《後漢・馬援傳》：帝恢廓大度，同符高祖。司馬遷《報任安書》：僕賴先人緒業。

丞相去聲**退，上跼天蹐地**㈠**，授綏登車**㈡**。伊澒**一作鴻**洞槍纍，先出爲儲胥**㈢**。本枝根株乎萬代**㈣**，睿想經緯乎六虚**㈤**。甲午，方有事於采**一作綵**壇紺席**㈥**，宿夫行所**一作在**如初**㈦**。**

末言旋蹕之後，有事於郊壇也。澒洞，空曠之地。槍纍，植木爲栅。儲胥，壇外藩衛也。萬代，謂内祀祖先。六虚，欲外饗天地。

㈠《詩》：謂天蓋高，不敢不跼。謂地蓋厚，不敢不蹐。

㈡《曲禮》：君出就車，則僕並轡授綏。《莊子》：王子搜援綏登車。

㈢《淮南子》：濛鴻澒洞。《長楊賦》：木擁槍纍，以爲儲胥。善曰：木擁栅其外，又以竹槍纍爲外儲胥也。韋昭曰：儲胥，藩落之類。濟曰：擁禽獸使不得出。漢武帝元封二年，因秦林光宫，增通天、迎風、儲胥、露寒，則儲胥乃别宫也。

㊃《詩》：本支百世。《參同契》：正在根株，不失其素。《東都賦》：數期而創萬代。

㊄隋柳䛒詩：睿想良非一。　漢樂歌：經緯天地。又。清思昒昒，經緯冥冥。六虚即六合。《易》：周流六虚。

㊅《記·祭法》：燔柴於泰壇，祭天也。《漢·郊祀志》：紫壇有文章采鏤黼黻之飾。《漢舊儀》：黄帝自行，群臣從，齋皆百日，紫壇帳幄。高皇帝配天，居堂下，西向，紺幄紺席。

㊆《漢·郊祀志》：詣行在所。《西都賦》：行所朝夕。《舜典》：至於西岳如初。

張溍曰：此賦駢麗繁富中有樸茂之致，勝宋人多矣。按是時，林甫當國，公進此賦，須關白宰臣，故篇中兼及丞相，然不肯謬作諛詞。上言生佐命而死配神，見名臣可法也。下言報元首而充股肱，見尸位可憂也。且云諸侯迫脅，方士威稜，見大權不可旁落，君心不宜蠱惑也。既箴於君，又諷其臣，文章品格，卓然千古矣。

少陵作賦，隊伍謹嚴，詞華典贍，不待言矣。中間如「向不遇撥亂反正之主，君臣父子之别，奕葉文武之雄，注意生靈之切」十句，只作一氣旋轉。又如「八音循通，比乎旭日升而氛埃滅；萬舞凌亂，似乎春風壯而江海波」四句，全在空際迴翔，得長句以疏其氣，參逸語以韻其神，殆兼子安、退之之所長矣。

有事於南郊賦

《唐書》：玄宗定《開元禮》。天寶元年，遂合祭天地於南郊。

蓋主上兆於南郊㊀，聿懷多福者舊矣㊁。今茲練時日㊂，就陽位之美，又所以厚祖考㊃，通神明而已㊄。職在宗伯，首崇禋祀㊅。先是，春官修一作條頌祇音祈之書㊆，獻祭天之紀㊇，令泰龜而不昧㊈，俟萬事之將履⑩，掌次閱氈邸之則⑪，封人考壝官之旨⑫，司門轉致乎牲牢之繫⑬，小胥專達乎懸位之使⑭。此叙先期戒飭，執事者恪勤。是時用天地合祭，故禮官先條陳而進獻。掌次，伏下宿設帷宮。封人，伏下馳道長薄。司門，伏下膟膋柴燔。小胥，伏下聲音節奏。

㊀《郊特牲》：兆於南郊，就陽位也。

㊁《詩》：聿懷多福。

㊂漢郊祀歌十九章，一曰《練時日》。

㊃《易》：薦之上帝，以配祖考。《記》：卜郊受命於祖廟，作龜於禰宮，尊祖親考之義也。

㊄《孝經》：孝弟之至，通於神明。《漢·禮樂志》：樂者，聖人之所以感天地，通神明。

㊅《周禮·春官·大宗伯》：以禋祀祀昊天上帝。

㊆《甘泉賦》：集乎禮神之囿，登乎頌祇之堂。晉灼曰：后土歌祭之處也，爲歌頌以祭地祇。

㊇《周禮》：冬至祭天於圜丘。

㊈又：龜人，凡有祭祀，則奉龜以往。《曲禮》：爲日，假爾泰龜有常。

⑩《東方朔傳》：正其本，萬事理。《漢·律曆志》：先王之正時也，履端於始。

(二二)《周禮》：掌次，掌王次之法，以待張事，王大旅上帝，則張氈案，設皇邸。

(二三)又：封人，掌王之社壝，爲畿封而樹之。

(二三)又：司門，祭祀之牛牲繫焉，監門養之。　漢明帝詔：牲牢兼於一奠。

(二四)《周禮》：小胥，正懸樂之位，王宮懸，諸侯軒懸，卿大夫判懸，士特懸，辯其聲。

二之日㈠，朝音潮廟之禮既畢，天子蒼然視於無形㈡，瀈然若有所聽平聲㈢。又齋心於宿設㈣，將旰食而匪寧㈤。旌門坡陀以前騖㈥，轂騎反覆方服切以相經㈦。頓曾同層城之軋軋乙黠切㈧，軼萬户之熒熒㈨。馳道端而如砥(一〇)，浴日上上聲而如萍(一一)。掣一作製翠旄於華蓋之角，彗黄屋於鉤陳之星(一二)。神仙一作山，非戍削以落羽(一三)，魍魎一作鬼魅幽憂以固扃(一四)。戰岐慄華去聲，擺渭掉涇(一五)。地回回而風淅淅(一六)，天泱泱而氣清清一作青青(一七)。甲胄乘陵(一八)，轉迅雷於荆門巫峽(一九)；玉帛清迴(二〇)，霽夕雨於瀟湘洞庭(二一)。　此叙天子齋宿，儀衛之整嚴。　二之日，前兩祭也。　齋心、旰食，天子致誠。　旌門、轂騎，行在扈從也。　軋軋，車聲。　熒熒，火光。　臨馳道而日上，來自太廟，尚屬黎明也。　掣去翠旄，彗除黄屋，停儀仗於外也。　落羽，羽衣下降。　固扃，鬼魅藏跡。　戰岐二句，言山川震悚。　地回二句，言天地豫順。　轉雷，象甲士之行聲。　霽雨，比玉帛之精彩。

㈠二之日，借用《豳風》語。

〔二〕謝朓詩：平楚正蒼然。《曲禮》：視於無形。

〔三〕《莊子》：澹然無爲。《記》：出户而聽，愾然，必有聞乎其歎息之聲。

〔四〕《列子》：黄帝閒居三月，齋心服形。《魏都賦》：置酒文昌，高張宿設。句中有高張二字，故注引《周禮》凡樂宿懸。此云「齋心於宿設」，謂齋宿之處設供也。玩下句「旰食靡寧」，意自明矣。庾信《皇夏歌》：司壇宿設。唐制：諸郡燕犒將士，謂之旬設。然則經宿者謂宿設，經旬者乃旬設也。

〔五〕《左傳》：伍奢曰：「楚君大夫其旰食乎？」

〔六〕《周禮·掌舍》：爲帷宫設旌門。注：王行晝止食息，張帷爲宫，則樹旌以表門也。顔延之序：旌門洞立，延帷接枑。

〔七〕《史·馮唐傳》：彀騎萬三千。注：彀騎，張弓之騎。《楚辭》：文異豹飾，侍陂陁些。注：陂陁，長陛也。

〔八〕《淮南子》：掘崑崙墟以下，地下有層城九重。《世説》：顧長康曰：「遥望層城，丹樓如霞。」賀道慶迴文：抽詞軋軋。軋軋，難進也。

〔九〕《魯靈光殿賦》：千門相似，萬户如一。宋玉賦：煌煌熒熒，奪人目精。《説文》：熒，屋下燈燭光。

〔一〇〕賈山《至言》：樹以青松，爲馳道之麗。《詩》：「周道如砥。」底、砥古通。

〔一一〕《淮南子》：日出暘谷，浴於咸池，拂於扶桑。《家語》：楚王渡江得萍實，大如斗，赤如日。

㉒翠旄，見下文翠旌注。《晉·天文志》：大帝上九星曰華蓋，所以覆庇大帝之座也。紫宫中六星曰鈎陳，鈎陳口中一星曰天皇帝。服虔曰：紫宫外營，鈎陳星也，王者亦法之。《甘泉賦》：伏鈎陳使當兵。《西都賦》：周以鈎陳之位。

㉓《子虚賦》：紛紛裶裶，揚衪戌削。顔曰：揚，舉也。衪，曳也。或舉或曳，則戌削然，見其降殺之美也。李白樂府：巉巖容儀，戌削風骨。《水經注》：上谷王次仲，變蒼頡舊文爲今隸書，始皇三徵不至，令檻車送之。次仲變爲大鳥，落翮於居庸山中。張華《遊獵賦》：何落羽之翻翻。

㉔《左傳注》：魍魎，川澤之神。《淮南子》：狀如三歲小兒，赤黑色，赤目、長耳、美髮。《甘泉賦》：鬼魅不能自逮兮。《莊子》：予適有幽憂之病。《蕪城賦》：觀基扃之固護。《説文》：扃，外閉之關也。

㉕《河東賦》：簸丘蕩巒，踊渭躍涇。

㉖張衡《思玄賦》：焱回回其揚靈。謝惠連詩：析析振條風。

㉗潘岳《射雉賦》：天泱泱以垂雲。葛洪詩：風珮清清。

㉘《書》：惟甲胄起戎。又：善穀乃甲胄。《風賦》：乘凌高城。

㉙《東京賦》：若疾霆轉雷。陸機詩：迅雷中宵激。

㉚《周禮》：肆師之職，凡大祀用玉帛牲栓。《舞鶴賦》：抱清迥之明心。

㉛《高唐賦》：遇天雨之新霽兮。荆門巫峽，川峻急而有聲。瀟湘洞庭，水澄碧而生色。荆巫在

夔州，湘洞在湖南。

於是乘輿霈然乃作，翳夫鸞鳳將至㊀，以冲融寥廓㊁，不可乎一作以彌度音鐸㊂。聲明通乎純粹㊃，溟涬户頂切爲之垠塄㊄。駟蒼螭而蜿蜒㊅，若無骨以柔順㊆；奔烏獲之從《文粹》。一作攫而黝音幽，當作蚴，乙久切蟉音求㊇，徒有勢於殺縛㊈。朱輪竟野而杳冥㊉，金鑁朱注：鑁當作鍐，古與鋄同，亡犯切成陰以結絡⑪。吹堪輿以軒轅一作輊⑫。搶寒暑以前却⑬。中營密擁乎太陽⑭，宸眷眇臨乎長薄⑮。熊羆弭一作彌耳以相䑛⑯，虎豹高跳以虛攫⑰。上方將降帷宫之綝縭音離⑱，屏音丙玉軑音代，一作軼以蠖于鑊切。從《英華》，舊作蠼，非略⑲。人門行馬⑳，以供乎合沓之場㉑；皮弁大裘㉒，始進乎穹崇之幕㉓。衛牙鏗鏘以將集㉔，周衛轇轕以朱作以。一作而咸若㉕。月窟黑而扶桑寒㉖，田燭稠而曉星《英華》作河落㉗。此叙往赴郊壇時所歷之景事。　乘鸞鳳而來，神靈非可遥度，惟此聲明所通，故能無遠不達。蒼螭，春駕蒼龍也。烏獲，御皆勇士也。朱輪，御輦。金鑁，御馬。一軒一輊而堪輿若吹，或前或却而寒暑可搶，言其馳驟迅速也。太陽，指天子。長薄，經御苑也。熊虎，即苑中物。降帷、屏軑，步行而前。歷門馬，服弁裘，時將祭獻矣。衛牙，侍祠者。周衛，武衛軍。月黑二句，記昧爽之候。

㊀翳，發語詞。　《甘泉賦》：鸞鳳紛其銜蕤。

㊁《海賦》：冲融滉瀁。　《楚辭》：上寥廓而無天。

㈢《甘泉賦》：直嶢嶢以造天兮，厥高慶而不可乎彌度。

㈣《左傳》：文物以紀之，聲明以發之。《易·文言》：純粹，精也。

㈤《淮南子》：四海溟涬。　又：出於無垠鍔之間。許慎曰：垠鍔，端崖也。《西京賦》：在彼靈囿之中，前後無有垠鍔。

㈥《高唐賦》：乘玉輿兮駟蒼螭。　張衡《七辯》：螭虹蜿蜒。

㈦《西征賦》：若四體之無骨。　《易》：柔順利貞。

㈧《史記》：秦武王有力士烏獲、孟説。《西都賦》：烏獲扛鼎。　朱注：烏攫字雖見《漢書》，然此處用之不倫，當以《文粹》本爲正。蓋獲攫字相近而訛耳。　黝蟉宜作蚴蟉，龍行貌。《上林賦》：青龍蚴蟉於東廂。

㈨《前漢·義縱傳》：以斬殺縛束爲務。

㈩《東都賦》：躍馬疊跡，朱輪絫轂。　《羽獵賦》：張竟野之罘。《東都賦》：元戎竟野。　宋玉《對楚王》：翱翔乎杳冥之上。《西都賦》：雲霧杳冥。

⑪《東京賦》：龍輈華轙，金鍐鏤鍚。　蔡邕《獨斷》：金鍐者，馬冠也，高廣各五寸，上如玉華形，在馬髦前。　《齊國策》：連袂成陰。　《江賦》：龍鱗結絡。

⑫《甘泉賦》：屬堪輿以壁壘兮。《説文》：堪，天道。輿，地道。《淮南子》：堪輿行雄以知雌。《詩》：如輊如軒。

㉓朱注：搶，争取也。《舞賦》：搶捍凌越。《易大傳》：一寒一暑。《江賦》：碧沙瀢㴔而往來，巨石硉磯以前却。

㉔《甘泉賦》：屯萬騎於中營兮。注：中營，天子營也。《説文》：日者，賓也，太陽之精。

㉕任昉詩：物色動宸眷。《説文》：薄，林薄也。虞世基詩：七萃縈長薄。

㉖《文苑辯證》云：彌與弭同。《周禮·小祝》：彌災兵。今按《淮南子》：狐之捕雉也，必先卑體彌耳。《六韜》：猛獸將搏，弭耳俯伏。可見彌弭爲通用矣。

㉗《西京賦》：熊虎升而拏攫。《四子講德論》：狼鷙虎攫。

㉘《周禮·掌舍》：爲帷宫設旌門。張衡《思玄賦》：佩綝纚其煇煌。注：綝纚，盛貌。《集韻》：纚，緌也，通作縭。

㉙《楚辭》：齊玉軑而並馳。《甘泉賦》：肆玉軑而下馳。晉灼曰：軑，車轄也。《英華辯證》：《甘泉賦》「蠖略蕤綏」，正言車馬之狀。集作蠼略，非。

㉚《周禮·掌舍》：無宫則共人門。注：謂王行有所逢遇，若住遊觀，陳列周衛，則立長大之人以表門。又《掌舍》：掌王之會同之舍，設梐枑再重。注：杜子春曰：梐枑，行馬也。或曰：行馬，遠舍交木以禦衆。《漢官儀》：光禄勳門外，特施行馬以旌别之。後世人臣得用行馬始此。

㉛賈誼《旱雲賦》：遂積聚而合沓兮。《洞簫賦》：薄索合沓。謝靈運詩：巒隴有合沓。

㉜《郊特性》：祭之日，王皮弁以聽祭報，示民嚴上也。《周禮》：王祀昊天上帝，則大裘而冕。注：

大裘，黑羔裘。

㉓《魯靈光殿賦》：巋嶵穹崇。

㉔《玉藻》：凡帶必有佩玉，佩玉必有衝牙。《大戴禮》：佩玉上有雙衡，下有雙璜，衝牙玭珠，以納其間。漢明帝《三禮圖》曰：璜中橫以衝牙，以蒼珠爲瑀。《西征賦》：想佩聲之遺響，若鏗鏘之在耳。

㉕司馬遷書：出入周衛之中。《西都賦》：周以鉤陳之位，衛以嚴更之署。《魯靈光殿賦》：洞轇轕乎，其無垠也。　咸若，本《虞書》注。若，順也。

㉖《長楊賦》：西壓月窟。　《淮南子》：日出於暘谷，浴於咸池，拂於扶桑。

㉗《郊特牲》：祭之日，喪者不哭，不敢凶服，氾掃反道，鄉爲田燭。注：田首爲燭，郊道之民爲之也。　謝朓詩：曉星正寥落。

肅定位以告潔一作絜，《韻會》：絜通作潔㊀，藹嚴上而清超㊁。雲菡萏以張蓋㊂，春葳蕤以建杓㊃。簪裾斐斐㊄，樽俎蕭蕭㊅。方面一作回曲折㊆，周旋寂寥㊇。必本於天，王宮與夜明相射音石㊈；動而之地，山林與川谷俱標㊉。此言天地並祭，而享及百神。　定位，郊壇神位。嚴上，嚴敬於神。雲蓋，神將降。建杓，春夜星。簪裾，從官。樽俎，祭品。曲折，升降有度。寂寥，奏假無言。日月配天，山川配地，各從其類也。

㊀《禮運》：祭帝於郊，所以定天位也。《周禮》：小宗伯之職掌，建國之神位。谷永疏：天地位皆南

向同席，地在東，共牢而食。《左傳》：奉粢盛以告曰：潔粢豐盛。

㈡《記》：所以嚴上也。

㈢《魯靈光殿賦》：菡萏披敷。《史·武帝紀》：天子至中山，晏温，有黄雲蓋焉。《魏志》：文帝生時，雲氣青色而圜如車蓋，當其上。周王褒詩：俯觀雲似蓋，低望月如弓。

㈣《蜀都賦》：敷蕊葳蕤。《説文》：杓，斗柄也。斗柄東而天下皆春。

㈤孔魚詩：吾子盛簪裾。謝惠連詩：斐斐氣冪岫。

㈥樽俎，祭器。《莊子》：庖人雖不治庖，尸祝不越樽俎而代之。

㈦《周書》：爲壇於南方，北面。《周禮》：正方之位審曲面勢。又注：方澤之形，四面曲折。

㈧《記》：周旋中規。《上林賦》：寂寥無聲。

㈨《祭法》：王宫，祭日也。夜明，祭月也。《禮運》：夫禮必本於天，動而之地，列而之事，變而從時。

㈩漢谷永疏：祀天則天文從，祀地則地理從，三光，天文也。山川，地理也。《祭法》：山林川谷丘陵，民所取財用也，非此族也，不在祀典。

於是官有御，事有職㈠，所以敬鬼神㈡，所以勤稼穡㈢，所以報本反始㈣，所以度音鐸長立極㈤。玄酒明水之上，越音活席疏布之側一作列㈥。必取先於稻秫麯櫱之勤㈦，必取著於紛純文繡之飾㈧。雖三牲八簋㈨，豐備以相沿㈩，而蒼璧黄琮㈠，實歸乎正色㈡。此言郊祀之重，故備物以享。　疊用四所以，乃推原致祭之故。　明水、越席，古禮甚樸。　麴蘖、文繡，後世增華矣。相沿，見近代之彌文。　正色，見復古之本意。

㈠《記》：國有禮，官有御，事有職，禮有序。

㈡《史・封禪書》：今天子初立，尤敬鬼神之祀。

㈢《左傳》：郊祀后稷，以祈農事，是故啟蟄而郊，郊而後耕。《東京賦》：勤稼穡於陸原。

㈣《郊特牲》：郊之祭也，大報本反始也。

㈤冬至日初長，建立表極以測度之也。《東都賦》：土圭測景。　鄭玄曰：圭長一尺五寸，夏至之日，豎八尺表，日中而度之，圭影正等，天常中也。　若影長於圭，則太近北；圭長於影，則太近南。　近北多寒，近南多暑。《前漢・天文志》：日有中道，中道者黄道，一曰光道。　北至東井，去極近；南至牽牛，去極遠。　夏至至於東井，近極故晷短，立八尺之表，而晷影長尺五寸八分。　冬至至於牽牛，遠極故晷長，立八尺之表，而晷影長丈三尺一寸四分。

㈥《郊特牲》：玄酒明水之尚，貴五味之本也。　黼黻文繡之美，疏布之尚，反女功之始也。　莞簟之安，而蒲越稾鞂之尚，明之也。　注：蒲越稾鞂，藉神之席也。《左傳》：大路越席。　注：越席結草。

㈦《記》：秫稻必齊。　《書》：用汝作麴蘖。

㈧《周禮》：大朝覲，王設黼衣，設玄席紛純，次席黼純。　注：紛純，謂以組爲緣也。

㈨《記・祭統》：三牲之俎，八簋之實，美物備矣。

⑩《記》：禮不相沿。

⑪《周禮・大宗伯》：以蒼璧禮天，黃琮禮地。

⑫《莊子》：天之蒼蒼，其正色邪？

先王之丕業繼起，信可以永其昭配①；群望之徧祭在斯②，示有以明其翼戴③。由是播其聲音以陳列④，從乎節奏以進退⑤。《韶》《夏》《濩》《武》⑥，采之於訓謨⑦；鐘石陶匏⑧，具之於梗概⑨。變方《文粹》作万形於動植⑩，聽宮徵音止於砰普萌切磕苦蓋切⑪。英華發外⑫，非因乎簨簴之高⑬；和順積中，不在乎雷鼓一作霆之大⑭。此言祭時奏樂之盛。昭配，唐開創之帝。徧祭，合日月諸神。《韶》《夏》，兼歷代。鐘石，具八音。英華、和順，言誠意在作樂之先。

①《前漢・律歷志》：昭配天地。

②《書・舜典》：望於山川，徧於群神。

③《左傳》：叔向謂宣子曰：「文之霸也，翼戴天子。」

④《記》：聲音之號，所以詔告於天地之間也。《楚辭》：願陳列而無正。

⑤《記》：節奏合以成文。又：進退有度。

⑥《韶》、《夏》、《濩》、《武》，舜、禹、湯、武之樂。《周禮・大司樂》：以樂舞教國子舞《雲門》、《大卷》、《大咸》、《大韶》、《大夏》、《大濩》、《大武》。

⑦訓謨，謂三謨、《伊訓》諸書。

⑧《前漢・禮樂志》：發之於詩歌詠言，鐘石管絃。《漢書》：石曰磬，金曰鐘。《郊特牲》：器用陶匏，以象天地之性也。

⑨《東京賦》：其梗概如此。

⑩《淮南子》：奉天地之和，形萬類之體。宋均《元命苞注》：動發於外，形四方之風。魏文帝《答繁欽書》：下變庶物，即所謂變萬形也。《周禮》：動物，宜毛物也。植物，宜皁物也。李善《西都賦注》：動物，禽獸。植物，草木。

⑪《周禮》七律注：黄鐘爲宫，太簇爲商，姑洗爲角，林鐘爲徵，南吕爲羽，應鐘爲變宫，蕤賓爲變徵。嵇康《琴賦》：角羽俱起，宫徵相證。《西京賦》：砰磕象乎天威。《羽獵賦》：上下砰磕，聲若雷霆。

⑫《記》：和順積中，英華發外。《春秋元命苞》：樂者和盈於内，動發於外。

⑬《考工記》：梓人爲筍虡。《藉田賦》：筍虡嶷以軒翥。薛綜《西京賦注》：懸鐘，格曰筍，植曰虡。

⑭《周禮》：鼓人掌教六鼓。注：雷鼓、靈鼓、路鼓、鼖鼓、鼛鼓、晉鼓也。《東京賦》：雷鼓䨻䨻。

既而脺音律，一作巒膂音聊胜音圭罥音畎①，柴燎窟塊②，駤砉俱霍國切擘赫《文粹》作駤擘砉赫③，葩斜晦潰一作漬，電纏風升，雪颯星碎，拂勿俹音憚，一作侹潎音熒，一作僘，眇溟蓯猝④。蓯音竦，猝音翠。朱注作凇萃。聖慮岑寂⑤，玄黄增霈⑥，蒼生顒昂⑦，毛髮清籟⑧。雷公河伯㈨，咸騁音彼駓音巳以修聳㈩，霜女江妃(十一)，乍紛綸而晻曖(十二)。此言祭時薦牲之禮。胜胃，謂納膟膋于牲腹而胃結之也。柴燎以達氣，窟塊以埋牲。騞砉擘赫，燔烈之聲。葩斜晦潰，香氣斜散也。雹風，其氣直上。雪星，其氣旁落。拂勿侹僾，近而縈繞。眇溟蓯滓，遠而布濩也。岑寂，穆然致敬。增霈，雨澤將施。顒昂，仰望意濃。清籟，神降而風生也。雷公、霜女，指天神。河伯、江妃，指地祇。駓騃，行貌。修聳，立貌。紛綸，蹁躚之象。晻曖，幽深之狀。

㈠《祭義》：取膟膋乃退。注：膟膋，腸間脂，祭則合蕭爇之，使臭達牆屋。　脪胜，腹大貌。脪，音帝。

㈡《周禮》：以禋祀祀昊天上帝，以實柴祀日月星辰，以槱燎祀司中司命。鄭司農曰：三祀皆積柴實牲體焉。燎而生烟，以報陽也。《記》：燔柴於太壇，祭天也。瘞薶於太圻，祭地也。《爾雅》：祭天曰燔柴，祭地曰瘞埋。《閒居賦》：天子有事於柴燎。

㈢《莊子》：砉然嚮然，奏刀騞然。注：砉，皮骨相離聲。騞，聲大於砉也。沈佺期《霹靂引》：始戛羽以騞砉，終叩宮而砰駖。

㈣朱注：侹，大也。潫，水迴旋貌。蓯滓，未詳，疑當作漎萃。《吴都賦》：紵衣絺服，雜沓漎萃。注云：皆紛擾貌。此或傳刻者誤以草旁水旁，倒書之耳。

㈤晉劉頌疏：知政之事，得參聖慮。　《舞鶴賦》：去帝鄉之岑寂。

㈥《易》：天玄而地黃。

⑦《詩》：顒顒昂昂。

⑧毛髮清籟，言風颯然而吹髮也。

⑨雷公，注見前賦。《莊子》：河伯欣然自喜。

⑩《文選注》：《韓詩》：駤駤駸駸。薛君《章句》：趨曰駤，行曰駸。

⑪《淮南子》：青女出以降霜。注：青女，天神也。張華《博物志》：舜死，二妃淚下，染竹即斑。妃死爲湘水神，故曰湘妃，又曰江妃。《江賦》：江妃含嚬而矊眇。

⑫相如《封禪文》：紛綸葳蕤。《魯靈光殿賦》：霄藹藹而晻曖。

執籥朱作籥。舊作紱，當是帗字之訛秉翟①，朱干玉戚②。鼓瑟吹笙③，金支翠旌④。神光倏歛，祀事虛明⑤。於是湝淲乎涣汗⑥，紆餘乎經營⑦。浸朱崖而灑朔漠⑧，洶暘谷而濡若英⑨。耆艾涕一作悌而童子儛⑩，叢棘坼而狴犴一作牢傾⑪。是率土之濱⑫，覃酺音蒲醵音渠以涵泳⑬；非奉郊之縣⑭，獨宴慰以縱平聲横⑮。玄澤澹泞乎無極⑯，殷薦綢繆乎至精⑰。稽古之時⑱，屢應符而合契⑲；聖人有作⑳，不逆寡而雄成㉑。此言祭畢覃恩之事。

執籥四句，告成之樂。神光忽歛，返歸太虛矣。涣汗，言恩澤汪濊。經營，言睿慮周詳。朱崖二句，言普及四方。耆艾句，言周及老幼。業棘句，言赦及囚徒。率土四句，總承上文。玄澤二句，歸功祭祀。應符合契，見鍾靈在帝。不逆不雄，見善協人情。

〔一〕諸本多作執紱。按：樂舞不見有紱。《周禮·地官》：舞師，掌教帗舞，帥而舞社稷之祭。鄭玄注：帗，析五采繒，今靈星舞子持之是也。《周禮》又云：籥師，掌教國子舞羽吹籥，祭祀則鼓羽籥之舞。朱長孺依《詩》作執籥秉翟，較爲見成。《詩》：左手執籥，右手秉翟。

〔二〕《記》：朱干玉戚。

〔三〕《詩》：鼓瑟吹笙。

〔四〕《漢志》：《房中歌》：金支秀華，庶旄翠旌。注：樂上衆飾，有流翅羽葆，以黄爲支，其首敷散，若草木之秀華也。庶旄翠旌，謂析五采注翠旄之首而爲旌也。

〔五〕《詩》：祀事孔明，先祖是皇。

〔六〕《海賦》：長波涾㴸，迤延八裔。注：涾㴸，延長貌。《易·涣》九五：涣汗其大號，涣王居，无咎。

〔七〕《上林賦》：紆餘逶迤。《河東賦》：聊浮游以經營。

〔八〕《海賦》：南瀹朱崖，北灑天墟。《後漢書》：袁安議：今朔漠既定。

〔九〕《書》：宅嵎夷曰暘谷。《九歌》：華采衣兮若英。謝莊《月賦》：嗣若英於西溟。李善曰：若木之英也。《山海經》：灰野之山有赤桐青葉，名曰若木，日所入處。

〔一〇〕《詩》：俾爾耆而艾。

〔一一〕《易·坎》上九：係用徽纆，寘於叢棘。注：言衆議於九棘之下也。揚雄《吾子篇》：狴犴使人多禮乎？注：牢獄也。

⑫《詩》：率土之濱，莫非王臣。

⑬覃，布也。《説文》：酺，王德布大飲酒也。醵，合錢飲。《周禮注》：有祭酺合醵之飲。《唐紀》：開元十一年十一月，有事於南郊，賜奉祠官勛階，天下酺三日，京城五日，天寶十載正月，有事於南郊，大赦，賜侍老粟帛，酺三日。《吳都賦》：涵泳乎其中。

⑭漢成帝詔：赦奉郊縣長安長陵。應劭注：天郊在長安城南，地郊在長安城北。長陵界中二縣，有奉郊之勤，故一切並赦之。

⑮鮑照詩：宴慰及私辰。《高唐賦》：縱横相追。

⑯應貞詩：玄澤滂敷，仁風潛扇。《海賦》：泱漭澹泞，騰波赴勢。注：澹泞，澄深也。《甘泉賦》：長無極兮。

⑰殷薦，見前賦。《琴賦》：何絃歌之綢繆。《洞簫賦》：吸至精之純熙兮。

⑱《景福殿賦》：崇稽古之弘道。

⑲《劇秦美新論》：天剖神符，地合靈契。鄧耽《郊祀賦》：應符蹈運。班固《薦謝夷吾表》：與神合契。

⑳《易・文言》：聖人作而萬物覩。

㉑《莊子》：古之至人，不逆寡，不雄成，不謩士。郭象注：不雄成，不恃成而虛物先。

爾乃孤卿侯伯㈠，雜群儒三老㈡，儼而絶皮軒㈢。趨帳殿㈣，稽音啓首曰：臣聞燧人氏已往㊄，法度難知一作和㊅，文質未變㊆。太昊氏繼天而王去聲㊇，根啟閉於厥初㊈；以木傳子，攄終始而可見⑩。洎虞夏殷周⑪，兹煥炳蔥蒨⑫。秦失之於狼貪蠶食⑬，漢綴之以蛇斷音短龍戰⑭。中莽茫一作莽茫茫夫音扶何從⑮，聖蓄縮曾音層不一作不下眷⑯。此上推曆數，見唐統之正。絶弁，釋祭服。趨帳，退齋宮也。前有五帝，太昊居首，後有三王，至周而終，皆五德迭旺者。嬴秦閏位，兩漢征誅，此以土尅水也。魏晉以下無統，故曰莽茫。數代不生真主，故曰蓄縮。亂極而治，天意將在唐矣。

㊀天子有三孤、九卿、五侯、九伯。

㊁班固《典引》：屢訪群儒，咨俞故老。　蔡邕《獨斷》：天子事三老，使者安車輭輪，迎而至家。

㊂《上林賦》：前皮軒，後道斿。　蔡邕《獨斷》：前驅有九斿雲罕、鳳凰闟戟、皮軒鑾旌。

㊃天子行在之所，以帳爲殿。　庾肩吾詩：回川入帳殿。

㊄《帝王世紀》：燧人氏没，庖犧氏繼之而王。

㊅劉歆《移太常書》：法度無所因襲。

㊆《春秋元命苞》：文質再而復。

㊇《漢・律曆志》：庖犧氏繼天而王，爲百王先，首德始於木，故爲帝太昊。又神農氏以火承木，故爲炎帝。

㊈《左傳》：分至啟閉。　《詩》：厥初生民。

〔一〇〕《郊祀志》：自齊威王時，騶子之徒，論著終始五德之運。

〔一一〕《孔叢子》：虞夏殷周之常制也。

〔一二〕《尚書璇璣鈐》：帝堯焕炳，隆興可觀。《東京賦》：燦爛炳焕。　江淹詩：丹巘被蔥蒨。

〔一三〕《項羽傳》：貪如狼，狠如羊。　《韓非子》：諸侯可蠶食而盡。

〔一四〕《漢書》贊：漢承堯運，德祚已盛，斷蛇著符，旗幟尚赤。　《易》：龍戰於野。《光武紀》：四七之際龍鬬野。

〔一五〕《楚辭》：莽茫茫之無涯。

〔一六〕《前漢·息夫躬傳》：王嘉健而蓄縮。　師古曰：蓄縮，謂叐於事也。

伏惟道祖，視生靈之磔裂〔一〕，醜害馬之蹄齧〔二〕，呵五精之息肩〔三〕。　考正氣之無轍〔四〕。　協夫音扶貽孫以降〔五〕，使之造命更挈，累上聲聖昭洗〔六〕，中祚觸蹶〔七〕。　氣慘當作墋黷乎脂夜之妖〔八〕，勢回薄乎龍蛇之孽〔九〕。　此追原聖祖爲發祥之本。　磔裂，指六朝之亂。　害馬，指殃民之主。　呵五精而考正氣，從此誕毓聖王也。　造命，指高祖、太宗。　累聖，指高宗、中、睿。　觸蹶，指武、韋兩后。　脂夜、龍蛇，皆女妖也。

〔一〕《長楊賦》：分嫠單于，磔裂屬國。

〔二〕《莊子》：爲天下何以異於牧馬者哉，去其害馬者而已。　郭注：馬以過分爲害。　《周禮·夏官·庾人》：攻駒，騬其蹄齧者閑之。

㊂《東京賦》：帥五精而來摧。注：五精，五方星也。《左傳》：鄭成公疾，子駟請息肩於晉。杜注：以負擔喻也。

㊃《淮南子》：君子行正氣。《春秋孔演圖》：正氣爲帝，間氣爲臣，秀氣爲人。《莊子》：善行無轍迹。

㊄《詩》：貽厥孫謀。

㊅謝朓詩：輕生幸昭灑。灑與洗通。

㊆《西都賦》：狂兕觸蹶。

㊇陸機《高祖功臣贊》：芒芒宇宙，上墋下黷。庾信《枯樹賦》：風霜慘黷。《漢五行志》：傳曰：思心之不睿，是謂不聖，厥咎霧，厥罰恒風，厥極凶短折。時有脂夜之妖。一曰有脂物而夜爲妖，若脂水夜汙人衣，淫之象也。

㊈賈誼《鵩鳥賦》：萬物回薄兮振盪相轉。《漢・五行志》：皇之不極，是謂不建，厥咎眊，厥罰恒陰，厥極弱。時則有龍蛇之孽。

伏惟陛下，勃然憤激之際㊀，天闕一作闕不敢旅拒㊁，鬼神爲之嗚咽音乙㊂。高衢騰塵㊃，長劍吼血㊄。尊卑配，宇縣刷㊅。插紫極之將頹㊆，拾清芳於已缺㊇。鑪之以仁義㊈，鍛之以賢哲⑩。聯祖宗之耿光⑪。捲戎狄之彯撇匹列切⑫。蓋九五之後⑬。人人自以遭唐虞；四十年來，家家自以爲稷卨⑭。王綱近古而不軌⑮。天聽貞觀去聲以高揭⑯。蠢爾差僭⑰，燦然優劣⑱。宜其課密於空積忽微⑲，刊定於興廢繼絶⑳。而後覩數統從首㉑，八音六律而維新㉒；日起算外㉓，一字千金而不滅㉔。此歸功玄宗，能振興唐祚。憤激，惡韋后亂宮。天關不拒，直入宮禁。鬼神嗚咽，廟謀不測也。騰塵、吼血，謂擁兵戮罪。再定君臣，故尊卑配廓清畿甸，故宇縣刷。仁義，謂開元善政。賢哲，謂姚宋名臣。聯祖，修内治。捲戎，攘外患。唐虞、稷卨，君明臣良也。近古不軌，陳述弗拘。貞觀高揭，天眷久屬也。差僭優劣，謂曆數舛訛。課密，謹造曆之事。刊定，垂洽曆之書。八音六律，曆律相通也。一字千金，信今傳後矣。

㈠《琴賦》：憤激於今賤。
㈡《南都賦》：闕門反距。《天官星占》：北辰一名天關。《長楊賦》：順斗極運天關。
㈢蔡琰詩：行路亦嗚咽。《韓詩章句》：嗚，歎詞。毛萇《詩傳》：咽，憂不能息也。
㈣潘岳《閑居賦》：步先哲之高衢。
㈤《楚辭》：竦長劍兮擁幼艾。
㈥《秦之罘山石銘》：宇縣之中，承順聖意。
㈦《漢·李尋傳》：紫宫極樞，通位帝紀。注：紫宫，天之北宫也。極，北極星也。南齊四廂樂歌：誕受休禎，龍飛紫極。
㈧陸雲詩：肇揚清芳。
㈨《東方朔傳》：以仁義爲準。

⑩《劇秦美新論》：命賢哲作帝典。

⑪《書》：以覲文王之耿光。

⑫《詩》：戎狄是膺。　王褒《洞簫賦》：聯綿漂撇。《海賦》：彯沙礐石。

⑬《易》爻以九五爲君位。《乾》九五：飛龍在天。

⑭《揚雄傳》：家家自以爲稷契，人人自以爲咎繇。

⑮《劇秦美新論》：王綱弛者已張。　《東都賦》：治近古之所務。

⑯《周書・秦誓》：天聽自我民聽。　《史記》：子韋謂宋景公曰：「天高聽卑。」　《易・繫辭》傳：天地之道，貞觀者也。

⑰《詩》：蠢爾蠻荆。　《漢・食貨志》：僭差亡極。

⑱《孝經鉤命訣》：俱在隆平，優劣殊迹。

⑲《漢・律曆志》：雜候上林清臺，課諸曆疎密，凡十一家。非黃鐘而他律，雖當其月自宮者，其和應之律有空積忽微，不得其正。此黃鐘至尊，無與並也。孟康曰：空積，若鄭氏分一寸爲數千。忽微，若有若無，細於髮者也。

⑳楊修牋：猥受顧錫，教使刊定。　朱注：《唐書》：王勃曆數尤精，嘗謂王者乘土王，世五十，數盡千年；乘金王，世四十九，數九百年；乘水王，世二十，數六百年；乘木王，世三十，數八百年；乘火王，世二十，數七百年，天地之常也。自黃帝至漢，五運適周，王復歸唐，唐應繼周漢，不可承周隋

短祚。乃斥魏晉以降非真主正統，皆五行沴氣。遂作《唐家千歲曆》。此云刊定於興廢繼絕，蓋主子安之説。《西都賦》：内設金馬石渠之署，外興樂府協律之事，以興廢繼絕，潤色鴻業。李善注：言能發起遺文，以光贊大業也。杜賦正用其語。舊引《論語》「興滅繼絕」以證玄宗詔求周漢之後，於上下文不貫。

㉑《漢·律曆志》：數從統首日起算。又曰：數者，所以算數事物，順性命之理也。本起於黄鐘之數，始於一而三之，三三積之，歷十二辰之數，十有七萬七千一百四十七，而五數備矣。

㉒《書》：予欲聞六律五聲八音，在治忽。

㉓《律曆志》：洛下閎運算轉曆，以律起曆。

㉔《史記》：吕不韋集論，號曰《吕氏春秋》，懸千金於市，能增損一字者與之。　朱注：《唐書》：開元中僧一行精諸家曆法，言麟德曆行用既久，晷緯漸差，玄宗召見，令造新曆，推大衍數，立術以應之，較經史所書氣朔日名宿度可考者皆合。十五年草成而一行卒，張説與曆官等次成之。課密以下，蓋指此而言也。

上曰：吁㈠！　昊天有成命，惟五聖以受。我其夙夜匪遑㈡，實用素樸以守㈢。吁嗟乎麟鳳，胡爲乎郊藪㈣？　豈上帝之降鑒及兹㈤，玄元之垂裕於後㈥？　夫聖以百年爲鷇鷇口豆切㈦，道以萬物爲芻狗㈧。　今何以茫茫臨乎八極㈨，眇眇託乎群后㈩，端策拂龜於周漢之餘⑪。緩步闊視一作緩視闊步於魏晉之首⑫？　斯上古成法⑬，蓋其人已朽⑭，不足道叶此苟切也㉕。此言崇尚樸素，可以凝命而降祥。　初曰吁，歎天命難膺也。再曰吁嗟，羨祥符可致也。聖道以下，代作轉語。　言上古之世，身同鶉鷇，則貴賤可以一視；物等芻狗，則生死可以達觀。今既撫有天下，將何以並周漢而駕魏晉乎？　蓋必有格天迓休之大道焉。　若上古成法，世遠人亡，亦不足道矣。何以二字，起下默然徐思。　曰素樸，諷天寶之奢侈。　曰人朽，見老莊之虛無也。　或指周漢爲上古之法，當時賢聖代作，豈可云人朽莫道乎？

㊀《虞書》：帝曰：「吁！」

㊁《詩》：昊天有成命，二后受之，成王不敢康，夙夜基命宥密。《詩序》：昊天有成命，郊祀天地也。　又：我其夙夜畏天之威。　五聖，自高祖至於睿宗。

㊂《道德經》：見素抱樸，少私寡欲。《莊子》：同乎無欲，是謂素樸。

㊃《詩》：吁嗟乎騶虞。　又：胡爲乎中路。　《記》：聖王所以順，故鳳凰麒麟皆在郊藪。

㊄《詩》：天命降鑒。

㊅《唐史會要》：乾符三年，追尊老君爲太上玄元皇帝。　《書》：垂裕後昆。

㊆《莊子》：聖人鶉居而鷇食，鳥行而無彰，天下有道則昌，無道則修德就閒。

㊇《道德經》：天地不仁，以萬物爲芻狗。　聖人不仁，以百姓爲芻狗。《莊子》：芻狗未陳，尸祝齋戒以將之，及其已陳，行者踐其首脊，蘇者取而焚之而已。　按：束芻爲狗，所以送葬。

㊈《左傳》：茫茫九土。　孫綽詩：茫茫太極。　《列子》：揮斥八極。

㈩漢文帝詔：以眇眇之身，託乎天下君王之上。《書》：群后四朝。
㈡屈原《卜居》：鄭詹尹乃端筴拂龜。
㈢《列子》：子華子之門徒，皆世族也，縞衣乘軒，緩步闊視。
㈢《兩都賦序》：稽之上古則如彼。《前漢·儒林傳》：致至治之成法也。
㈣《史記》：老聃曰：「人存而骨已朽矣。」
㈤《子虛賦》：又烏足道乎？

於是天子默然而徐思㈠，終將固之又固之㈡，意不在抑從朱作仰殊方之貢㈢，亦不必廣無用之祠㈣。金馬碧雞㈤，非理人之術；珊瑚翡翠㈥，此一物何疑。奉郊廟以爲寶㈦，增怵惕以孜孜㈧。況大庭氏之時㈨，六龍飛御之歸㈩。末言敬事天祖，異於淫祀祈福者。上文設爲帝詞，此又代摹帝意。固之又固，堅守素樸也。不廣無用之祠，淫祀非可治人也。不仰殊方之貢，玩物却之無疑也。惟郊廟怵惕，爲享帝享親之正理。況當此至治之時，乘龍御天，正當仁孝兼盡，以仰答乎天祖。此二條蓋爲當時奉仙求瑞而發歟？

㈠揚子《解嘲》：默然獨守吾太玄。
㈡《道德經》曰：深根固柢，長生久視之道。是固之也。是致虛守静，以養其神，即所謂「常無欲以觀其妙」也。又曰：以戰則勝，以守則固，是又固之也。是得一守毋以立其命，即所謂「常有欲以觀其竅也」。全部丹經，盡於一句中矣。固之又固，句法本於損之又損。

㈢《西京雜記》：揚子雲嘗訪殊方絶域四方之語，以爲裨補輶軒。

㈣漢武帝詔：無用之事或多與？

㈤《漢·郊祀志》：宣帝時，或言益州有金馬碧雞之神，可醮祭而致之。於是遣王褒持節求焉。注：金形似馬，碧形似雞。

㈥《晉·輿服志》：過江服章多缺，而冕飾以珊瑚翡翠。

㈦顔鈺曰：郊廟，應無用之祠。爲寶，應殊方之貢。《羽獵賦》：財足以奉郊廟。《記》：仁親以爲寶。

㈧又：君子履之，必有怵惕之心。《魯靈光殿賦》：孜孜靡忒。

㈨《莊子》：昔容成氏、大庭氏結網而用之，若此時則至治也。賦引大庭，即指玄宗。

㈩《易》：飛龍在天。又：時乘六龍以御天。

陳子龍曰：三大禮賦，辭氣壯偉，非唐初餘子所能及。朱鶴齡曰：玄宗崇祀玄元，方士争言符瑞，又信崔昌之議，欲比隆周漢，不知淫祀矯誣，慚德多矣。三賦之卒章，皆寓規於頌，即子雲風羽獵甘泉意也。公詩云「賦料揚雄敵」，豈虚語哉。

劉克莊《後村詩話》云：前人謂杜詩冠古今，而無韻者不可讀，又謂太白律詩殊少。此論施之小家數可也。余觀杜集無韻者，唯夔州《課伐木》詩題數行，頗艱澀，容有誤字脱簡，如大禮三賦，沉着痛快，非鈎章棘句者所及。太白七言近體如《鳳凰臺》，五言如《憶賀監》、《哭紀叟》之作，皆高妙。未嘗細考，而輕爲議論，此學者之通患。韓退之嘗云：氣，水也。言，浮物也。水大，則物之浮者小大畢浮。氣之與言，猶是也。氣盛，則言之短長，與聲之高下皆宜。此論最親切。李杜是甚氣魄豈但工於有韻及古體乎？

按歷代賦體，如班馬之《兩都》、《子虛》，乃古賦也。若賈揚之《弔屈》、《甘泉》，乃騷賦也。唐帶駢耦之句，變爲律賦。宋參議論成章，又變爲文賦。少陵廓清漢人之堆垛，開闢宋世之空靈，蓋詞意兼優，而虛實並運，是以超前軼後矣。陳氏稱其詞氣雄偉，非唐初餘子所及，尚恐未盡耳。

公作賦時，正當平世盛年，忽云「荆門巫峽，瀟湘洞庭」，厥後奔走蜀楚，暮景窮途之兆，先見於此語。詩文各有讖，在作者亦不自知其然也。

進封西岳賦表

《舊唐書》：天寶九載正月，群臣奏封西岳，從之。二月，西岳廟災，時久旱，制停封西岳，玄宗御製西岳碑。十有一載，孟冬之月，停鑾廟下，久勤報德之願，未暇崇封之禮。朱注：據表云年過四十，又云篤生司空，爲十二載冬所上無疑。蓋先以廟災及旱停封，至是公始進賦以請也。

臣甫言：臣本杜陵諸生，年過平聲四十，經術淺陋，進無補於明時，退嘗困於衣食，蓋長安一匹夫耳。頃歲，國家有事於郊廟，幸得奏賦，待罪於集賢，委學官試文章，再降恩澤，仍猥以臣名實相副，送隸有司，參列選去聲序。然臣之本分音問，甘棄置永休，望不及此。豈意頭白之後，竟以短篇隻字，遂曾音層聞徹宸極，一動人主，是臣無負於少去聲小多病，貧窮好去聲學者已。在臣光榮，雖死萬足，至於仕進，非敢望也。日夜憂迫，復扶又切未知何以上上聲答聖慈，明臣子之效。況臣常有肺氣之疾，恐忽復扶又切先草露，塗糞土，而所懷冥寞，孤負皇恩。敢攄竭憤懣，領略丕則，作《封西岳賦》一首以勸，所覬明主覽而留意焉。先是御製岳碑文之卒章曰：「待余安人治國，然後徐思其事。」此蓋陛下之至謙也。今茲人安是已，今茲國富是已，況符瑞翕集，福應交至，何翠華之默默朱作默默，舊作脈脈乎？維岳，固陛下本命，以永嗣業，維岳，授陛下元弼，克生司空。斯又不可寢已。伏惟天子，霈然留意焉。春將披圖視典，冬乃展采錯事，日尚浩闊，人匪勞止，庶可試哉。微臣不任區區懇到之極，謹詣延恩匭獻納，奉表進賦以聞。臣甫誠惶誠恐，頓首頓首，謹言。

玄宗《西岳碑》：予小子之生也，歲丙戌，月仲秋，膺少皞之盛德，協太華之本命。故常寤寐靈岳，肸蠁神文。《舊書·玄宗紀》：天寶十三載二月，右相楊國忠守司空受册，天雨黄土，霑於朝服。《唐會要》：臨軒册三公，自神龍以來，册禮久廢，惟天寶末册楊國忠爲司空。《穆天子傳》：河伯乃與天子披圖視典，以觀天子之寶器。《封禪文》：使獲曜日月之末光絶炎，以展采錯事。

封西岳賦并序

張溍曰：此序逼真漢人，宜公每以相如、枚乘自命。

上既封泰山之後，三十年間，車轍馬跡至於太原，還於長安。《玄宗紀》：開元十三年十月，如兗州。十一月庚寅，封於泰山。辛卯，禪於梁父。壬辰，大赦，免所過一歲、兗州二歲租。《通鑑》：開元十一年己巳，車駕自東都北巡。辛卯，至并州，置北都，以并州爲太原府，刺史爲尹。三月庚午，車駕至京師。二十年冬十月壬午，上發東都。辛丑，至北都。十二月辛未，還西京。時或謁太廟，祭南郊，每歲孟冬，巡幸温泉而已。聖主以爲王者之體，告厥成功，止於岱宗可矣。故不肯到崆峒，訪具茨，驅八駿於崑崙，親射音石蛟於江水，始爲天子之能事壯觀焉爾。崆峒具茨，用黄帝事。八駿崑崙，用周穆王事。射蛟江水，用漢武帝事。況行在，供給蕭然，煩費或至，作歌有慚於從去聲官，誅求坐殺於長子兩切吏，甚非主上執玄祖醇醲之道，端拱御蒼生之意。大哉聖哲，垂萬代則，蓋上古之君，皆用此也。然臣甫愚，竊以古者疆埸有常處，贊見賢遍切有常儀，則備乎玉帛而財不匱乏矣；動乎車輿而人不愁痛矣。雖東岱五岳之長子兩切，足以勒崇垂鴻，與山石無極，《河東賦》：因以勒崇垂鴻。伊太華去聲最爲難上上聲，至於封禪之事，獨軒轅氏得之。夫音扶七十二君，罕能兼之矣。《封禪文》：繼昭夏，崇號謚，略可道者七十二君。其餘或蹶踣風雲，碑版祠廟，終么麽不足追數色主切。今聖主，功格軒轅氏，業纂七十二君，風雨所及，日月所照，莫不砥礪。華去聲近甸也，其可恧乎？比歲，鴻生巨儒之徒，誦古史，引時義云：國家土德，與黄帝合，主上本命，與金天合。而守闕者亦百數。天子寢不報，蓋謙如也。頃或詔厥郡國，掃除曾音層巔，雖翠蓋可薄乎蒼穹，而銀字未藏於金氣。《白虎通》：封禪金泥銀繩。或云：石泥金繩，封以金印。《吴越春秋》：宛委書，金簡，青玉爲字，編以白銀，皆瑑其文。臣甫誠薄劣，不勝平聲區區吟詠之極，故作《封西岳賦》以勸。賦之義，預述上將展禮焚柴者，實覬聖意，因有感動焉。《文粹》有爲字，朱本去之。其詞曰：

惟時孟冬㊀，乃休百工㊁。叶音光。舊作百工乃休。上將陟西岳，覽八荒㊂，御白帝之都㊃，見金天之王㊄，既刊石乎岱宗㊅，又合符乎軒皇㊆。兹事體大㊇，越不可載已㊈。首叙封岳之意。　岱宗，前此曾封泰山也。合符，祥瑞同於黄帝也。

㊀《封禪文》：孟冬十月，君徂郊祀。

㊁《月令》：霜始降，則百工休。謝瞻詩：霜降休百工。

㊂揚雄《河東賦》：陟西岳以望八荒。《淮南子》：四海之外曰八澤，八澤之外曰八埏，八埏之外曰

八荒。

〔四〕《洞天記》：華山，太極總仙之天，即少昊爲白帝，治西岳。

〔五〕《舊唐書》：玄宗先天二年七月，正位。八月，封華岳神爲金天王。《傳信記》：車駕次華陰，上見岳神數里迎謁，至廟，見神朱髮紫衣，櫜鞬，俯伏庭東南大柏樹下，上加敬禮，仍自書所製碑文以寵異之。

〔六〕《書》：東巡狩至於岱宗。《前漢・兒寬傳》：登告岱宗。

〔七〕《漢・郊祀志》：黄帝封東泰山，禪凡山，合符然後不死。　軒皇，軒轅氏黄帝也。

〔八〕相如《難蜀父老文》：斯禮體大，固非觀者之所覩也。揚雄《羽獵賦》：大哉體乎！

〔九〕《河東賦》：盛哉鑠乎，越不可載已。注：越，曰也。其事甚大，不可盡載。

先是，禮官草具其儀〔一〕，各有典司〔二〕，俯叶吉日，欽若神祇〔三〕。而千乘去聲萬騎去聲，已蠖略佁丑吏切儗音擬〔四〕，屈矯陸離〔五〕，惟君所之。然後拭翠鳳之駕〔六〕，開日月之旗〔七〕。撞鴻一作鳴鐘〔八〕，發雷鞀〔九〕。辯格澤之修竿〔一〇〕，決河漢之淋漓〔一一〕。彍天狼之威弧〔一二〕，墜魍魎之霏霏〔一三〕。赤松前驅〔一四〕，彭祖後馳〔一五〕。方明夾轂〔一六〕，昌寓宇同侍衣〔一七〕。山靈秉鉞而踉蹌〔一八〕，海若護蹕而參初金切差初宜切〔一九〕。風馭御同冉以縱嵷息勇切〔二〇〕，雲螭縒音雌而遲踞一作蛇〔二一〕。地軸軋軋，殷音隱以下折，原隰草木〔二二〕，儼而東飛。岐梁閃倏〔二三〕，涇渭反覆音福〔二四〕，而天府載萬侯之玉㉕，上方具左纛黄屋㉖，已焜乎本切煌於山足矣㉗。次叙儀衛之盛。千乘萬騎，扈從者衆。凰駕四句，鑾輿出而車旗擁也。格澤四句，天象垂而山妖伏也。赤松四句，比當時從官。山靈四句，言百靈呵護。地軸下折，狀車騎之多。草木東飛，言順風相向。岐梁涇渭，言經歷山川。萬侯，覲岳之禮。左纛，儀仗所用者。

㊀《賈誼傳》：乃草具其儀法。

㊁《西都賦》：陛戟百重，各有典司。

㊂《書》：欽若昊天。　漢哀帝曰：奉順神祇。

㊃蠖略，見前賦。

㊄《河東賦》：千乘霆亂，萬騎屈矯。屈，其勿切。矯，其召切。顔注：屈矯，壯健貌。　相如《大人賦》：沛艾赳螑，仡以佁儗兮。張揖曰：佁儗，不前也。　《上林賦》：先後陸離。

㊅李斯書：建翠鳳之旗。《河東賦》：乃撫翠凰之駕，六先景之乘。師古曰：天子所乘車爲鳳形，飾以翠羽。

㊆班固《南巡賦》：運天官之法駕，建日月之旌旃。

㊇《東都賦》：撞洪鐘，伐靈鼓。

㊈《河東賦》：奮電鞭，驂雷輜。　班固《燕然山銘》：雷輜蔽野。

㊉《漢・天文志》：格澤星如炎火狀，黄白起地而上，下大上鋭。其見也不種而穫，不有土功，必有

大客。《大人賦》：建格澤之修竿兮。

㈡《西征賦》：浩如河漢。《河圖括地象》：河精上爲天漢，亦曰銀漢。嵇康賦：紛淋浪以流漓。注：淋漓也。

㈢《河東賦》：彏天狼之威弧。晉灼曰：有狼弧之星。

㈢王延壽《夢賦》：捎魍魎，拂諸渠。《寡婦賦》：雷霏霏以驟落兮。

㈣《列仙傳》：赤松子者，神農時雨師也，服水玉以教神農。《詩》：爲王前驅。

㈤《列仙傳》：彭祖姓籛名鏗，陸終氏之仲子，歷夏至殷末，八百餘歲，善導引行氣。歷陽有彭祖仙室，禱風雨輒應。

㈥《漢·律曆志》：商太甲以冬至越茀，祀先王於方明，以配上帝，是朔旦冬至之歲也。孟康曰：方明者，神明之象也，以木爲之，方四尺，畫六采，東青、西白、南赤、北黑、上玄、下黄。《洛神賦》：鯨鯢涌而夾轂。

㈦《莊子》：黄帝將見大隗於具茨之山，方明爲御，昌寓驂乘，張若謵朋前馬，昆閽滑稽後車。陶弘景《真靈位業圖》第四中位有寧封、方明、力牧、昌寓。

㈧班固《東都賦》：山靈護野。《詩》：有虔秉鉞。《射雉賦》：已踉蹡而徐來。

㈨《西京賦》：海若游於玄渚。薛綜曰：海若，海神。顔延之《赭白馬賦》：扶護警蹕。《思玄賦》：長余佩之參差。

⑳北周祀圜丘歌：風爲馭，雷爲車。《甘泉賦》：凌高衍之嵱嵷。《韻會》：嵷或作嵕。字書：嵕，山聳貌。

㉑謝朓《三日侍宴應詔》：筵浮水豹，席繞雲螭。《甘泉賦》：徘徊招搖，靈迉遟兮。迉音棲，遟，又夷切。《文選注》：躨跜，虬龍動貌。

㉒《西都賦》：原隰龍鱗。《爾雅》：高平曰原，下濕曰隰。

㉓杜篤《論都賦》：衍陳於岐梁。

㉔又：帶以涇渭。　班固《西都賦》：山淵反覆。

㉕《婁敬傳》：此所謂天府。　《史記》：禹會諸侯於會稽，執玉帛而朝者萬國。

㉖《後漢・百官志》：尚方令一人，掌工作御刀劍諸好器物。《前漢・董賢傳》：武庫禁兵，上方珍寶。是尚與上通。又上方、下方，見《翼奉傳》孟康注。上方謂北與東，下方謂南與西。此賦用上方，蓋本《董賢傳》也。　《漢・高帝紀》：紀信乘黄屋左纛。注：天子車以黄繒爲蓋裹。纛，毛羽幢也，在乘輿車衡左方上注之。

㉗《舞賦》：鋪首炳以焜煌。相如《封禪文》：炳煥煇煌。焜與煇同。　《穀梁傳注》：麓，山足也。陸機《大暮賦》：屯送客於山足。

乘去聲輿尚鳴鸞和一作輿㊀，儲精澹慮㊁，華蓋之大角低回㊂，北斗之七星皆去㊃。屈蒼山而信宿㊄，屯音豚絶壁之清曙㊅。既臻夫音扶陰宫㊆，犀象硉兀㊇，戈鋋窸息七切窣蘇骨切㊈，**飄飄蕭蕭**㊉，**洶洶如也**(一一)。此記至岳而御宿也。鑾和，駕行從容。儲濟，斂神澄思。蓋低徊，言御蓋尚留。七星去謂旌旗屏去也。陰宫，齋宿之地。硉兀，巨獸之狀。窸窣，甲仗之聲。

㊀《記》：升車則有鸞和之音。相如《難蜀父老文》：鳴和鸞，揚樂頌。鄭玄《周禮注》：鸞和，皆以金爲鈴。應劭《漢書注》：鸞在軾，和在衡。

㊁《甘泉賦》：儲精垂思。《淮南子》：澹然無慮。

㊂《漢·天文志》：大角者，天王帝座庭。《史記》：低回留之不能去云。

㊃《春秋運斗樞》：北斗七星：第一天樞，第二璇，第三璣，第四權，第五衡，第六開陽，第七摇光。

㊄揚雄《蜀都賦》：蒼山隱天。《詩》：于汝信宿。

㊅陶弘景《水仙賦》：絶壁飛流。楊素詩：甘泉侍清蹕。

㊆《河東賦》：遂臻陰宫，穆穆肅肅，蹲蹲如也。《蜀都賦》：犀象競馳。

㊇《江賦》：巨石硉兀以前却。

㊈班固《東都賦》：元戎竟野，戈鋋彗雲。

㊉《楚辭》：東風飄飄兮神靈雨。又：秋風瀏瀏以蕭蕭。

(一一)又：飄風來之洶洶。宋玉《高唐賦》：濞洶洶其無聲兮。

於是太一抱式㊀，**玄冥司直**㊁。**天子乃宿袚齋**㊂，**就登陟**㊃，**騈素虯**㊄，**超㚃岃**音疾力㊅。**天語秘而不可知**㊆，**代欲聞而不可得**㊇。**柴燎上**上聲**達，神光充塞**先革切㊈。**泥金乎菡萏**

之南㊉，刻石乎青冥之北⑪。此記登岳而封禪也。太乙，神壇之位。玄冥，冬令所司。素虬，御馬。崱屴，山峻也。天語，祝神之策。神光，山靈來享。岳有蓮花峰，故曰菡萏。山上多古樹，故云青冥。

㊀《唐·藝文志》有《太乙式經》。抱式，指太乙下行九宫圖式。

㊁《記》：孟冬之月，其帝顓頊，其神玄冥。司直，漢官名，唐亦有之。此言司令也。

㊂《河圖挺輔佐》：黄帝乃齋祓七日，至於翠嬀之川。

㊃《天台賦》：舉世罕能登陟。

㊄《甘泉賦》：駟蒼螭兮六素虬。

㊅《魯靈光殿賦》：崱屴嵫釐。注：高大峻險貌。

㊆徐陵《孝義寺碑》：高弁蒼蒼，遥聞天語。

㊇《漢·郊祀志》：封太山下東方，如郊祀太一之禮，封廣丈二尺，高九尺，其下有玉牒書，書秘。禮畢，天子獨與侍中奉車子侯上太山，亦有封。其事皆禁。又：禮登中岳太室。從官在山上聞若有言萬歲云。問上，上不言。問下，下不言。又：始皇禪於梁父，封藏皆秘之，世不得而記也。

㊈漢宣帝詔：齋戒之暮，神光顯著。《漢·兒寬傳》：光輝充塞。

㊉《論語考比讖》：金泥玉檢封盛書。《詩》：有蒲菡萏。毛萇傳：菡萏，荷華也。

⑪《孝經鉤命訣》：封禪，刻石紀號也。張衡《南都賦》：攢立叢駢，青冥盰瞑。注：盰瞑，即芊眠。

上意由是茫然，延降天老㊀，與之相識。問太微之所居㊁，稽上帝之遺則。颯弭節以徘徊㊂，撫八紘而黮乙減切黑㊃。忽風翻而景倒㊄，澮殊狀而異色㊅。冏一作炯若褰袪開帷㊆，下辯宸極者㊇。久之，雲氣蓊以迴複㊈，山嘑呼同業而未息⑩。祀事孔明⑪，有嚴有翼⑫。神保是格⑬，時萬時億⑭。此記祭畢時景。天老指宰相。太微二句，言山靈陟天。弭節六句，空中景象，恍惚如見也。雲氣六句，靈爽若存，嘉祥是錫矣。

㊀《帝王世紀》：黄帝以風后配上台，天老配中台，五聖配下台，謂之三公。

㊁《史・天官書》：南宫朱鳥，權、衡。衡，太微，三光之庭。崔駰《東巡賦》：開太微於禁庭。《正義》：太微宫垣十星，天子之宫庭。

㊂《離騷》：吾令羲和弭節兮。《上林賦》：於是乘輿弭節徘徊，翱翔往來。司馬彪曰：弭，猶低也。

㊃《淮南子》：九州之外有八夤，八夤之外有八紘。

㊄《甘泉賦》：歷倒景而絶飛梁兮。

㊅丘遲詩：嶄絶峰殊狀。《蜀都賦》：異色同榮。

㊆《詩》：執子之袪。徐鉉曰：袪，今之衣袖口也。梁簡文詩：董案或開帷。

㊇宋主劉裕《告天文》：宸極不可以暫曠。賈逵曰：宸，室之奥者，後人指帝居曰宸。

㊈《莊子》：雲氣不待族而雨。《漢・郊祀志》：上封禪泰山，晝有白雲出封中。曹植《車渠椀賦》：鬱蓊雲蒸。《射雉賦》：周環迴複。

⑩《漢・武紀》：朕用事華山，至於中岳，翼日親登嵩高，御史乘屬、在廟旁吏卒咸聞呼萬歲者三，登

禮罔不答。　嶫，山高貌。《上林賦》：嵯峨嶕嶫。

⑫《詩》：祀事孔明，先祖是皇。

⑬又：有嚴有翼，共武之服。

⑬又：神保是格，報以介福。

⑭又：永錫爾極，時萬時億。

爾乃駐飛龍之秋秋①，詔王屬以中休②。覲群后於高掌之下，張大樂於洪河之洲④。芬樹羽林⑤，莽不可收。千人舞，萬人謳⑥。麒麟一作騏驎踆踆而在郊⑦，鳳凰蔚跂從朱注，舊作跋而來遊⑧。雷公伐鼓而揮汗⑨，地祇被震而悲愁⑩。樂師拊石而具發⑪，激越乎遐陬⑫。群山爲之相嶮初兩切⑬，萬穴爲之倒流⑭。又不可得載已。此言朝群后而作樂也。

王屬，侍從之官。群后，王公畢集。高掌，華山之巘。洪河，黃河迴繞也。張樂以下，言能感人物而動山川。

①《漢志》：《房中歌》：飛龍秋游上天。注：秋，飛貌。《荀子》：鳳凰秋秋。注：猶蹌蹌。《羽獵賦》：秋秋蹌蹌，入西園，切神光。

②《穆天子傳》：天子北至犬戎，北風雨雪，命王屬休。

③《水經注》：華岳本一山，當河，河水過而曲行，河神巨靈，手盪脚蹋，開而爲兩。今掌足之跡，仍在華巖。《西京賦》：巨靈贔屭，高掌遠蹠。

㊃《莊子》：黄帝張咸池之樂於洞庭之野。　《西都賦》：帶以洪河涇渭之川。

㊄漢《房中歌》：芬樹羽林，雲景杳冥。　注：所樹羽葆，其盛若林。

㊅《子虚賦》：千人倡，萬人和。

㊆《帝王世紀》：黄帝時，麒麟游於郊藪。　張衡《西京賦》：大雀踆踆。

㊇《書》：簫韶九成，鳳凰來儀。　朱注：或云跋疑作跂。　《舞劍器行序》：壯其蔚跂。

㊈《詩》：鉦人伐鼓。　《齊國策》：揮汗成雨。

㊉《周禮·大司樂》：若樂八變，地祇皆出。　《魯靈光殿賦》：狀若悲愁於危處。

⑪《周禮》：樂師掌國學之政，以教國子小舞。《月令》：乃命樂師習合禮樂。　《書》：擊石拊石。

⑫《西都賦》：震乎激越。

⑬《海賦》：群山既略。　又：飛澇相㠝。

⑭又：萬穴俱流。　梁元帝《檄侯景文》：按劍而叱，江水爲之倒流。

久而景同影移樂闋㊀，上悠然垂思去聲曰：嗟乎！　余昔歲封泰山，禪梁父音甫㊁，以爲王者成功，已纂終古㊂，當鑒前史㊃，至於周穆漢武，豫游寥闊㊄，亦所不取叶音楚，惟此西岳，作鎮三輔㊅，非無意乎？　頃者，猶恐百姓不足㊆，人所疾苦㊇，未暇瘞斯玉帛，考乃鐘鼓㊈。　是以視岳於諸侯㊉，錫神以茅土⑪。　豈惟壯設險於甸服⑫，報西成之農扈⑬，亦所以感一念之精靈⑭，答應時之風雨叶王古切者矣⑮。　此言祀岳所以報功德。　既封泰山，則西岳不可獨缺矣。作鎮三輔，功在社稷。西成農扈，功在五穀。應時風雨，功在生民。此皆不可不封者。周穆漢武，能鑒於前人。百姓疾苦，能恤乎民隱。

㈠潘岳《笙賦》：樂闋日移。

㈡《唐書》：玄宗開元十三年，封東岳爲天齊王。《白虎通》：封者，增高也。禪者，廣厚也。增泰山之高，以示報天。禪梁父之阯，以示報地。梁父，太山旁小山。《前漢·兒寬傳》：封禪告成。

㈢《楚辭》：去終古之所居兮。

㈣《後漢》皇后論：前史載之詳矣。

㈤夏諺：一遊一豫。《西京賦》：作鎮於近。

㈥京兆、馮翊、扶風，漢之三輔也。《東方朔傳》：三輔之地。

㈦百姓不足，用《論語》。

㈧漢宣帝詔：遣使者循行郡國，問民所疾苦。

㈨《詩》：子有鐘鼓，弗鼓弗考。

㈩《記》：五嶽視三公，四瀆視諸侯。

(一一)《書傳》：王者建諸侯，各剖其方色土與之，使立社，燾以黄土，苴以白茅。茅取其潔，黄土取王者覆四方，蓋封山時亦用此法也。

(一二)《易》：王公設險，以守其國。淮南王安書：古者封內甸服。注：甸服主治王田，以供祭祀。

⑬《書》：平秩西成。　《左傳》：少皞氏以九扈爲九農正，扈民無淫者也。

⑭夏侯湛《東方朔像贊》：精靈永職。

⑮《趙國策》：甘露降，風雨時。

今茲冢宰庶尹㈠，醇儒碩生㈡，僉曰：黄帝顓頊㈢，乘龍游乎四海，發軔匝乎六合㈣，竹帛有云㈤，得非古之聖君㈥，而太華去聲最爲難上上聲，故封禪之事，鬱没罕聞㈦。以予在位，發祥隤祉者㈧，焉音烟可勝平聲紀㈨，而不得已，遂建翠華之旗，用塞先則切雲臺之議㈩。矧乎殊方奔走⑪，萬國皆至⑫，玄元從助，清廟歔欷去聲也⑬。　此言從衆議而舉封禪。　自上段至此，皆代擬玄宗之詞。　黄帝、顓頊，有東禪而無西封，此舉乃曠古所未行者。　況祥符洊至，方國歸心，則登封適會其時矣。　雲臺議，即冢宰輩所言者。　玄元，指太清之獻。　清廟，指太廟之享。

㈠《周禮》：天官冢宰。　《書》：庶尹允諧。　顏注：庶尹，庶官之長。

㈡《漢書》：賈山不得爲醇儒。　《劇秦美新論》：老儒碩生。

㈢《漢・郊祀志》：黄帝封太山，禪亭亭。　顓頊封太山，禪云云。

㈣《楚辭》：朝發軔兮天津，夕余至乎西極。　《莊子》：六合爲巨。

㈤東方朔《答客難》：著於竹帛。

㈥《忠經》：聖君以聖德監於萬邦。

㈦《封禪文》：首惡鬱没。

⑧《河東賦》：發祥隤阯。注：隤，降也。祉，福也。
⑨《答客難》：百家之言，不可勝記。
⑩《東觀漢記》：桓譚爲議郎，詔令議雲臺。江淹書：高議雲臺之上。
⑪董仲舒策：殊方萬里。《東都賦》：奔走而來賓。
⑫又：膺萬國之貢珍。
⑬《詩》：於穆清廟。《楚辭》：泣歔欷而霑衿。王逸注：歔欷，啼貌。

臣甫舞手蹈足曰：大哉鑠乎㊀！真天子之表㊁，奉天爲子者矣。不然，何數千萬載聲上，**獨繼軒轅氏之美。彼七十二君㊂，又疇能臻此。蓋知明主聖罔不克正**叶平聲**㊃，功罔不克成㊄，放百靈㊅，歸華**去聲**清㊆。**此歸美帝德，以頌揚作結。奉天爲子，見應運而興。獨繼軒轅，言度越百王。靈歸華清，帝將游幸驪山湯池矣。

㊀鑠，盛也。《詩》：於鑠王師。
㊁《春秋繁露》：天祐而子之，故稱天子。
㊂《封禪書》：古者封泰山、禪梁父者七十二家。《郊祀志》：封禪七十二王，惟黄帝得上泰山封。
㊃吴質《答魏太子書》：効質明主。《書》：惟木從繩則正，后從諫則聖。
㊄又：民主罔與成厥功。
㊅《東都賦》：禮神祇，懷百靈。

㈦華清，宫名。

古者天子巡方，有祭岳而無封禪。自管子創爲其説，始皇遂起而行之。善乎唐太宗之言曰：「秦始皇封禪，而漢文帝不封禪，後世豈以文帝之賢，不及始皇。」可謂識高千古矣。當時魏徵與諸臣議禮，不能明決其非。故高宗復舉而行之。迨明皇時，群臣紛紛導諛，少陵亦作賦以勸上，其亦司馬長卿之餘習歟。唐世力闢封禪之謬，唯柳宗元一人而已。

進鵰音雕賦表

朱注：表云「自七歲所綴詩筆，向四十載矣」，與前《進三賦表》云「生長陛下淳樸之俗，行四十載矣」，其語意相類，疑是同時所上者。今按：表中云「自七歲綴筆，向四十年」，其年次又在進三大禮賦後，應是天寶十三載所作。黄鶴以爲九載者，未合。顔師古曰：鵰，大鷙鳥也，一名鷲，黑色，翮可箭羽。張爾恭《正字通》云：鵰，胡地鷙鳥，似鷹而大，土黄色，毛長翅短，俗呼皂鵰。盤旋空中，搏擊鴻鵠食之，草中有鵰毛，衆鳥必自落。鵰之俊曰東海青。梵書名揭羅闍。杜少陵《進鵰賦表》：「鵰者，鷙之殊特，搏擊而不可當。引以爲類，是大臣正色立朝之義也。」公蓋以自況云。

臣甫言：臣之近代陵夷，陵夷屬上句，或連次句者非。**公侯之貴磨滅，**磨滅屬次句，或連下句者非。鼎銘之勳不復炤耀於明時。自先君恕、預以降，奉儒守官，未墜素業矣。亡祖故尚書膳部員外郎先臣審言，修文於中宗之朝，高視於藏書之府，故天下學士到於今而師之。臣幸賴先臣緒業，自七歲所綴詩筆，向四十載矣，約千有餘篇。今賈馬之徒，得排金門上玉堂者甚衆矣。惟臣衣不蓋體，嘗寄食於人，奔走不暇，衹一作只恐轉死溝壑，安敢望仕進乎？伏惟明主《文粹》作明主，一作天子哀憐之一有明主二字。倘使執先祖之故事，拔泥塗之久辱，則臣之述作，雖不能鼓吹六經，先鳴數子，至於沉鬱頓挫，隨時敏捷一有而字，揚雄、枚皋之徒，庶可企及也。劉歆《求方言書》：子雲澹雅之才，沉鬱之思。陸機《思歸賦》：伊我思之沉鬱，愴感物而增悲。又《遂志賦》：抑揚頓挫，怨之徒也。《詩品》：謝朓與余論詩，感激頓挫過其文。有臣如此，陛下其舍諸？伏惟明主哀憐之，無令役役，便至於衰老也。臣甫，誠惶誠恐，頓首頓首，死罪死罪。臣一無臣字以爲鵰者，鷙鳥之殊特，搏擊而不可當，豈但壯觀於旌門，發狂於原隰。引以爲類，是大臣正色立朝之義也。臣竊重其有英雄之姿，故作此賦，實望以此達於聖聰耳一作矣。不揆蕪淺，謹投延恩匭進表獻上一作賦以聞，謹言。張溍曰：此表，古茂雅令，逼真漢文，至其立言有致，千載之下，想其風流。

鵰賦

當九秋之淒清朱本誤作涼㊀，見一鶚之直上上聲㊁。以雄材爲己任㊂，横去聲殺氣而獨往㊃。梢梢勁翮㊄，肅肅逸響㊅。杳不可追，俊無留賞。彼何鄉之性命㊆，碎今日之指掌㊇。伊鷙鳥之累上聲百㊈，敢同年而争長子兩切㊉。此鵰之大略也⑪。此叙鵰之俊異，先舉其大概。　勁翮，飛狀。逸響，飛聲。不可追，去之疾。無留賞，攫物神也。

㊀《南都賦》：結九秋之增傷。　庾信詩：淒清臨晚景。

㊁《北山移文》：干雲霄而直上。

㊂《魏志·常林傳》：雄材奮用之秋。

㊃《記》：仲秋之月，殺氣浸至。　《莊子》：獨往獨來。

㊄謝朓詩：梢梢枝早勁。　陳琳書：揮勁翮。

㊅《詩》：肅肅鴇羽。　孫楚《鷹賦》：振肅肅之輕羽。《詩傳》：肅肅，羽聲也。古詩：彈筝奮逸響。

㊆漢元帝詔：不得永終性命。

㊇《羽獵賦》：逢之則碎，近之則破。　陸機《鼈賦》：取具於指掌。

⑨鄒陽書：鷙鳥累百，不如一鶚。

⑩《過秦論》：不可同年而語矣。　《吴都賦》：魯争長於潢池。

⑪《莊子》：吾爲汝言其大略。

若乃虞人之所得也㊀，必以氣稟冬一作玄冥㊁，陰乘甲子，河海蕩潏㊂，風雲亂起㊃，雪沍山陰㊄，冰纏樹死，迷向背於八極㊅，絶飛走於萬里㊆，朝無以充腸㊇，夕違其所止㊈，頗愁呼而蹭蹬㊉，信求食而依倚⑪。用此時而椓杙⑫，待尤者而綱紀⑬，表狎《英華》作神羽而潛窺⑭，順雄姿之所擬⑮。欻捷來於森木⑯，固先擊一作繫於利觜⑰，解騰攫而竦神⑱，開網羅而有喜⑲，獻禽從《文粹》、《英華》，諸本作令，誤之課⑳，數備而已㉑。此言虞人取鶚之法。取士於困頓之中，猶獲鶚於飢寒之際。　椓杙以繫綱，表禽以爲餌。方心擬而忽來，飢不擇食矣。尤者，雄姿，指鶚鳥。潛窺竦喜指虞人。　狎羽，狎熟之家禽。　數備，以鶚備異數而後已也。

㊀《鸚鵡賦》：命虞人於隴坻。

㊁冬神玄冥，故曰冬冥。

㊂《海賦》：「蕩飇島濱。」飇亦作潏。

㊃沈約詩：亂起未成行。

㊄《左傳》：涸陰沍寒。

㈥《淮南子》：天地之間，九州八極。
㈦鮑照詩：飛步遊春宫。
㈧梁元帝書：適口充腸，無索弗獲。
㈨《大學》：於止知其所止。
㈩《海賦》：蹭蹬窮波。
⑪《莊子》：豐狐文豹，胥疏於江湖之上，而求食焉。《漢·宣帝紀》：曾孫因依倚廣漢兄弟。
⑫毛萇《詩傳》：丁丁，椓杙聲也。李巡曰：杙，橛也。橛，其月反。
⑬《左傳注》：尤，異也。相如《封禪書》：殊尤絶迹。《春秋傳》：引其紀，萬目起；引其綱，萬目張。凡書傳中言綱紀者，皆借網爲喻；言張弛者，皆借弓爲喻耳。
⑭荀卿《兵要》：窺敵觀變，欲潛以深。
⑮傅玄《鷹賦》：雄姿邈世，逸氣横生。
⑯《蜀都賦》：彈言鳥於森木。
⑰《東京賦》：秦政利觜長距，終得擅場。
⑱解，見也。騰攫，騰躍而攫搏也。陳琳檄：鷙鳥之擊，先高攫。《射雉賦》：愈情駭而神悚。
⑲陳琳檄：曹操舉手掛網羅。
⑳《記》：凡獻禽加於一雙，則執一雙以將命，委其餘。注：加，多也。晉《夏苗歌》：獻禽享祠。

㊂《記》：告備於王。《前漢·禮樂志》：歲時以備數。

及乎閩從《英華》。一作司，一作閑隸受之也㊀，則擇其清質㊁，列在周垣㊂，揮拘攣之掣曳㊃，挫豪梗之飛翻㊄，識畋游之所使㊅，登馬上而孤騫。然後綴以珠《英華》作殊飾㊆，呈於至尊，搏風槍纍㊇，用壯旌門㊈。乘去聲輿或幸別館〔一〇〕，獵平原〔一一〕，寒蕪空闊，霜仗喧繁。觀其夾翠華而上上聲下去聲，卷上聲毛血之崩奔〔一二〕，隨意氣而電落〔一三〕，引塵沙而晝昏〔一四〕，豁堵牆之榮觀〔一五〕，棄功効而不論平聲〔一六〕，斯亦足重也。此言畜鶻以供校獵。士必養而後有用，猶鶻先習而後可試。周垣，御苑。掣曳，調習之。挫梗，馴服之也。槍纍、旌門，田獵之場。上下、奔崩，言飛騰而搏擊。電落晝昏，言倏忽而杳冥。

㊀《周禮》：閩隸，掌役畜養鳥，而阜蕃教擾之，掌子則取隸焉。

㊁《月賦》：升清質之悠悠。

㊂《西都賦》：繚以周牆。《西京賦》：繚垣綿聯。

㊃《西征賦》：陋吾人之拘攣。

㊄王粲詩：苟非鴻鵰，孰能飛翻。

㊅《書》：不敢盤於遊畋。

㊆《史記》：楚春申君刀劍室，皆以珠飾之。

〔八〕《莊子》：摶扶搖羊角而上。　李嶠詩：樹宿摶風鳥，池潛縱壑魚。

〔九〕《易》：君子用壯。　槍纍、旌門，見前賦。

〔一〇〕《西都賦》：離宮別館，三十六所。

〔一一〕《子虛賦》：平原廣澤，遊獵之地。　《西都賦》：上下翩翻。　《西都賦》：風毛雨血。

〔一二〕謝靈運詩：圻岸屢崩奔。

〔一三〕《李廣傳》：意氣自如。

〔一四〕蔡琰《胡笳曲》：疾風千里吹塵沙。　《前漢·中山靖王勝傳》：雲蒸列布，杳冥晝昏。

〔一五〕《記》：觀者如堵牆。　《世説》：衛玠至都下，觀者如堵牆。　《老子》：燕處榮觀。

〔一六〕《東觀漢記》：竇林欲以爲功効。

至如千年孽狐〔一〕，三窟狡兔〔二〕，恃古塚之荊棘〔三〕，飽荒城之霜露〔四〕，迴惑我往來〔五〕，趦趄我場圃〔六〕。雖青骹帶角〔七〕，白鼻如瓠〔八〕，蹙奔蹄而俯臨，飛迅翼以一作而遐寓〔九〕，而料全於果，見迫寧遽，屢攬之而穎脱〔一〇〕，便有若於神助。是以曉哮其音〔一一〕，颯爽其慮，續下去聲韝而繚繞〔一二〕，尚投跡而容與〔一三〕。奮威逐北〔一四〕，施巧無據〔一五〕，方蹉跎而就擒〔一六〕，亦造七到切次而難去〔一七〕。一奇卒獲〔一八〕，百勝昭著〔一九〕，宿一作夙昔多端〔二〇〕，蕭條何處〔二一〕，斯又足稱也。此言鶻之効能，勝於鷹隼。國家巨猾，非大才不克剪除，猶狐兔宿妖，必大力方能勦滅。青骹、白鼻之鷹，但能料物而不能追取，以狐兔之脱走如神耳。嘵哮以下，見鵰能制勝出奇。

〔一〕《莊子》：步仞之丘陵，巨獸無所隱其軀，而孽狐爲之祥。

〔二〕《戰國策》：狡兔有三穴，僅得免其死。魏文帝《長歌行》：久城育狐兔。

〔三〕謝惠連文：東府掘城得古塚。桓譚《新論》：雍門周見孟嘗君曰：「墳墓生荆棘，狐兔穴其中。」

〔四〕庾信詩：日晚荒城上。江淹詩：霜露一何緊。

〔五〕《齊書·謝朓傳》：江祏末更回惑。

〔六〕《易》：其行趦趄。《詩》：九月築場圃。

〔七〕《蜀都賦》：鷹則青骹素羽。

〔八〕王延壽《王孫賦》：或爪懸而瓠垂。《前漢·張蒼傳》：肥白如瓠。

〔九〕《思玄賦》：翼迅風以揚聲。

〔一〇〕穎脱，注見前賦。

〔一一〕《詩》：予惟音嘵嘵。

〔一二〕王粲《羽獵賦》：下韝窮緤。薛綜《西京賦注》：韝臂衣鷹，下韝而擊。《射雉賦》：繚繞盤辟。

〔一三〕《莊子》：投迹者衆。《神女賦》：時容與以微動兮。

〔一四〕《史記·田單傳》：齊人追亡逐北。

〔一五〕王褒《洞簫賦》：班匠施巧。

㉖《楚辭》：驥垂兩耳，中坂蹉跎。

㉗沈約《彈奏》：造次以之。

㉘揚雄《解嘲》：畫一奇，出一策。　《詩》：笑語卒獲。

㉙《孫子》：百戰百勝。

㉚古詩：夙昔夢見之。　《東方朔傳》：上知朔多端。

㉛《楚辭》：山蕭條而無獸。

爾其鶬音倉鴰音括鳵同鴇，音保鶂音逆之倫㊀，莫益於物，空生此身，聯拳拾穗㊁，長大如人㊂，肉多奚有，味不足一作乃不珍㊃，輕鷹隼而自若㊄，託鴻鵠而爲鄰㊅。彼壯夫之慷慨㊆，假强敵而逡巡㊇，拉先鳴之異者㊈，及將起而遄從《文粹》。一作復臻。忽隔天路㊉，終辭水濱⑪，寧掩群而盡取⑫，且快《文粹》作決意而驚新⑬，此又一時之俊也⑭。此言鵰能蓄威，不擊凡鳥。　庸才碌碌，君子不與爭能，猶鶬鴰蠢蠢，鵰鶚不與鬬捷。鶬鴰之輕鷹隼、託鴻鵠，本以長大自命，然望鵰却步，如對强敵而逡巡矣。斯時鵰鳥見其先鳴，將欲起而拉之，彼遂遠去以避其鋒，此雖未嘗濫擊多取，亦足以驚新示異矣。

㊀《西都賦》：鶬鴰鴇鶂。《爾雅》：鶬，麋鴰。郭璞曰：即鶬鴰也。《正字通》云：大如鶴，青蒼色，亦有灰色者，長頸高脚，頂無丹，兩頰紅，關東呼鴰鹿，山東呼鶬鴰，訛爲錯落，南人呼爲鶬雞，江人呼爲麥雞。鴇似雁，班文，無後趾。陸佃曰：毛有豹文，一名獨豹，亦名鴻豹。《易林》：文山鴻

豹，肥腯多脂。孔穎達曰：鴇性不樹止。《急就章》：鷹雞鳪鴰。乃俗訛耳。《左傳注》：鶂，水鳥也。《正字通》：水鳥，高飛似雁，蒼白色，雌雄相視則孕。《莊子》：白鶂相視，眸子不運而風化。

㈡《列子》：林類拾穗行歌。

㈢《莊子》：美髯長大。

㈣《鷫鷞賦》：肉弗登於俎味。

㈤《月令》：鷹隼蚤鷙。

㈥丘遲書：慕鴻鵠以高翔。

㈦《羽獵賦》：壯士慷慨。

㈧賈誼策：不獵强敵而獵田彘。《東都賦》：逡巡降階。

㈨《尸子》：戰如鬭雞，勝者先鳴。

㈩枚乘詩：天路隔無期。

⑪《左傳》：君其問諸水濱。

⑫《記》：諸侯不掩群。《西京賦》：蚳蝝盡取。

⑬曹植《與吴質書》：雖不得肉，亦且快意。

⑭魏文帝《與吴質書》：自一時之雋也。

夫音扶**其降精於金**㈠，**立骨如鐵**㈡，**目通於腦**㈢，**筋入於節**㈣。**架軒楹之上**㈤，**純漆光芒**㈥；

掣梁棟之間㈦，寒風凜冽㈧。雖趾蹻千變㈨，林嶺萬穴㈩，擊叢薄之不開⑪，突杈枒而皆折⑫，又有觸邪之義也⑬。此言生質氣概之特雄。鶻以勁力而觸邪，猶士以正氣而斥奸。降精四句，摹其狀貌。架軒四句，擬其神采。趾蹻四句，稱其魄力。

㈠傅玄《鷹賦》：含炎離之猛氣兮，受金剛之純精。

㈡魏彥深《鷹賦》：身重若金，爪剛似鐵。

㈢孫楚《鷹賦》：深目蛾眉。

㈣魏彥深《鷹賦》：長筋粗脛。

㈤《説文》：楹，柱也。

㈥魏文帝書：譬如純漆。劉孝儀啟：劍匿光芒。

㈦謝靈運詩：寂寥梁棟響。

㈧鮑照詩：孟冬寒風起。

㈨《羽獵賦》：蹻足抗首。注：蹻，舉也。《正字通》：蹻，與蹺通。《列子》：千變萬化，不可窮極。

㈩王肅之詩：味存林嶺。《海賦》：萬穴俱流。

⑪《楚辭》：叢薄深林兮人上慄。注：薄，草木交也。

⑫《魯靈光殿賦》：枝撐杈枒而斜據。

⑬《神異經》：獬廌性忠，而邪則觸之。張揖《上林賦注》：獬廌一角，主觸不直者。束晳《玄居釋》：

朝養觸邪之獸，庭有指佞之草。

久而服勤㊀，是可吁畏㊁。必使烏攫之黨㊂，罷鈔盜而潛飛㊃；梟怪之群㊄，想英靈而遽從《文粹》、《英華》，諸本作虛，誤墜㊅。豈比乎從《文粹》、《英華》，諸本作豈非，誤虛陳其力，叨竊其位㊆，等摩天而自安㊇，與槍榆而無事者矣㊈。此言其得食而能報稱。鵩鴞飛而烏梟匿形，猶正人用而僉壬屏迹。陳力竊位，明刺當時素餐尸位之流。

㊀陶潛詩：服勤盡歲月。

㊁《魯靈光殿賦》：吁可畏乎。

㊂《漢・黃霸傳》：吏出食於道旁，烏攫其肉。他日吏還謁，霸曰：「甚苦，食於道旁，乃爲烏所盜肉。」

㊃後漢馬融疏：雜種諸羌，轉相鈔盜。

㊄賈誼《鵩賦》：鵩似鴞，不祥鳥也。又云：異物來萃兮，私怪其故。

㊅劉孝威詩：江漢英靈信已衰。

㊆陳力竊位，用《論語》。

㊇古樂府：黃鵠摩天極高飛。

㊈《莊子》：決起而飛槍榆枋。

故其不見用也，則晨飛絶壑㊀，暮起長汀㊁，來雖自負，去若無形。置巢巀音截嵲五結切㊂，養子青冥。倏爾年歲㊃，茫然闕廷㊄，莫試鈎爪㊅，空回斗星㊆。衆雛倘割鮮於金殿㊇，此鳥已將老於巖扃㊈。末言不用而潛身，有合用舍行藏之義。絶壑、長汀，遯迹水濱。巀嵲杳冥，託足山林。茫然闕庭，不復呈於至尊。莫試、空回，惜其負才終棄。衆雛，比當時仕宦者。巖扃，自喻身老退閑也。

㊀駱賓王詩：薄烟横絶壑。

㊁盧思道詩：薄暮隱長汀。

㊂《南都賦》：坂坻巀嶭而成甗。嶭與嵲同音。

㊃《答賓戲》：絙以年歲。

㊄《東京賦》：闕庭神麗。曹植表：未奉闕庭。

㊅《淮南子》：鈎爪鋸牙，於是摯矣。傅玄《鷹賦》：鈎爪懸芒。

㊆《春秋元命苞》：瑶光星散爲鷹。

㊇《鸚鵡賦》：慭衆雛之無知。《西都賦》：割鮮野食。《三輔黄圖》：漢有金華殿、大玉堂殿。

㊈宋之問詩：待月詠巖扃。

公三上賦而朝廷不用，故復託鵰鳥以寄意。其一種慷慨激昂之氣，雖百折而不回。全篇俱屬比喻，有悲壯之音，無乞憐之態。三復遺文，亦當横秋氣而厲風霜矣。

前幅布置，效袁淑《驢山公文》。

天狗賦并序

序言天寶中，其年次先後不可考矣。今以類相附，故編在《鵰賦》之後。《山海經》：陰山有獸焉，其狀如貍，白首，其名天狗。《辛氏三秦記》：白鹿原上，秦襄公時有天狗來下，其上有賊，天狗吠而護之。天狗星主兵象，當時御狗以此命名，兵戈之兆見矣。賦言月窟、流沙，此物蓋自西域來也。

天寶中，上冬幸華去聲清宮，甫因至獸坊，怪天狗院列在諸獸院之上，胡人云：此其獸猛健一作捷無與比者。甫壯而賦之，尚恨其與凡獸相近。

澹華去聲清之莘莘漠漠㈠，而山殿戌削㈡，縹焉從《英華》，一作與天風㈢，崛渠勿切乎回薄㈣。上揚雲旓兮㈤，下列一作刻猛獸㈥。夫音扶，後並同何天狗嶙峋兮㈦，氣獨神秀㈧。色似狻猊㈨，小如猿狖音佑㈩。忽不樂音洛，雖萬夫不敢前兮⑪，非胡人焉於虔切能知其去就⑫。向若鐵柱一作樹敧而金鎖斷兮⑬，事未可救⑭。瞥流沙而歸月窟兮⑮，斯豈踰晝。日食君之鮮肥兮⑯，性剛簡而清瘦⑰。敏於一擲⑱，威解兩鬭⑲。終無自私⑳，必不虛透㉑。首叙華清獸房，得觀猛健之狀。神秀異於群獸，故狗院在諸坊之上。脱鎖而出，便欲瞬息西歸，即老驥伏櫪，志在千里意。食肥身瘦，形之異。一擲解鬭，才之雄。無私，即下文不愛力。不虛，即下文破要害。

㊀《長門賦》：澹偃蹇而待曙兮。李奇注：澹，猶動也。起句突用澹字，本此。言望華清景象，莘莘漠漠，有似澹然摇動也。《魏都賦》：莘莘蒸徒。注：莘莘，衆多貌。漢四皓歌：樹木漠漠。注：漠漠，濃盛貌。

㊁山殿，即華清宫。庾肩吾詩：山殿下穹窿。戌削，見《子虛賦》。張揖注：裁制貌。《上林賦》：眇閻易以衄削。郭璞注：閻易，衣長大貌。易音曳。衄削，言如刻畫作之也。然則戌削與衄削，蓋音同義合。

㊂《長門賦》：天飄飄而疾風。

㊃《正字通》：崛，拔起貌。陸倕《石闕銘》：鬱崛重軒，穹窿反宇。《鶡冠子》：精神回薄，震盪相轉。

㊄《河東賦》：揚左纛，被雲梢。顔注：梢，與旓同。旓者，旌旗之旒，以雲爲旓也。《西京賦》：棲鳴鳶，曳雲梢。李善注：謂旌旗之旒，飛如雲也。

㊅《高唐賦》：猛獸驚以跳駭兮。

㊆《西京賦》：柢鍔嶙峋。《埤蒼》曰：嶙峋，山崖之貌。

㊇《天台賦》：山嶽之神秀。

⑨《爾雅》：狻猊，如虦貓，食虎豹。郭璞曰：即師子也。
⑩《西京賦》：猿狖超而高懸。顧野王曰：狖，黑猿也。
⑪《淮南子》：萬夫莫向。
⑫《吴都賦》：失其所以去就。
⑬《易林》：銅人鐵柱，暴露勞苦。《洛陽伽藍記》：魏得波斯國千里馬，以銀爲槽，金爲鏁環。魏賈岱宗《狗賦》：聞林獸之群争，欻斷鏁而齕石。
⑭《西京賦》：卒不能救。
⑮瞥，疾走貌。傅玄《走狗賦》：濟盧泉，涉流沙。
⑯《列女傳》：食人之肥鮮。
⑰《三國名臣贊》：玄伯剛簡。
⑱《南史》：劉裕一擲百萬。
⑲《趙國策》：兩虎共鬬。又：相鬬兩罷。
⑳《列子》：小智自私。
㉑透，乃透脱之透。王延壽《王孫賦》：或群跳而電透。

嘗觀乎副君暇豫㈠，奉命于畋㈡，則蚩尤之倫㈢，已脚渭戟涇，提挈丘陵㈣，與南山周旋㈤，而慢圍者戮，實禽有所穿。伊鷹隼之不制兮㈥，呵犬豹以相躔㈦。蹙乾坤之翕習兮㈧，望麋鹿而飄然⑨。由是天狗捷來，發自於左去聲，頓六軍之蒼黃兮⑩，犇萬馬以超過。材官未及唱⑪，野虞未及和去聲⑫。囧髆虛交切，與髇同矢與流星兮⑬，圍要害而俱破⑭。洎千蹄之迸《英華》作並集兮，始拗怒以相賀⑮。真雄姿之自異兮⑯，已歷塊而高臥⑰。不愛力以許人兮⑱，能絶甘《英華》作等以爲大唐佐切⑲。既而群有噉徒覽切咋音責⑳，勢争割據㉑。垂小亡而大傷兮，翻投跡以來預㉒。劃雷殷上聲而有聲兮㉓，紛胆破而何遽㉔。似爪牙之便禿兮㉕，無魂魄以自助㉖。各弭耳低回㉗，閉目而去。次言有事田獵，得騁攫噬之才。副君，謂東宮。蚩尤，指將士。禽穿鹿走，鷹犬之技窮矣。捷來八句，極言天狗之迅厲勇悍。千蹄六句，言群獸見賀，而此不居功。群有十句，言諸獸争食，而憤叱以散。拗怒，各知愧恨也。絶甘，不急於取食。小者亡走，大者被傷，譏其無功而就食也。

㈠前漢疏廣疏：太子國儲副君。《國語》：優施曰：「我教暇豫之事君。」

㈡《西京賦》：奉命當御。《詩》：叔于田。

㈢《甘泉賦》：蚩尤之倫，帶干將而秉玉戚兮，飛蒙茸而定陸梁。

㈣《鷫鷞賦》：提挈萬里。《東都賦》：丘陵爲之搖震。

㈤《左傳》：太史克曰：「奉以周旋。」

㈥《漢書・孫寶傳》：鷹隼始擊，當順天氣。

⑦犬豹，犬之似豹者。《瑞應圖》：匈奴獻豹犬，錐口赤身，高四尺。

⑧《鷫鷞賦》：飛不飄颺，翔不翕習。注：翕習，盛貌。

⑨《莊子》：麋鹿見之決驟。

⑩庾亮表：出總六軍。

⑪《漢書》：材官蹶張。應劭注：材官，有材力者。

⑫《記》：野虞教道之。

⑬《正字通》：髇，鳴鏑也。通作嗃。《莊子》：焉知仁義之不爲桀蹻嗃矢。注：矢之鳴者，俗謂響箭。　傅玄《走狗賦》：漂流星而景屬兮，逾窈冥而騰起。孫楚《與孫皓書》：羽檄燭目，旌旗流星。

⑭《前漢·鼂錯傳》：要害之地。

⑮班固《西都賦》：乃拗怒而少息。

⑯賈岱宗《狗賦》：雄姿猛相，兀然高八九尺。

⑰王褒頌：過都越國，蹶若歷塊。　謝朓詩：高卧猶在兹。

⑱棗祗《船賦》：不愛力而欲輕。　《史記·聶政傳》：未敢以身許人。

⑲《莊子》：苦體絶甘。

⑳曹植《鷂雀賦》：君欲相噉，實不足飽。《正字通》：噉，與啖、啗同。《漢·王吉傳》：吉婦取棗啖

吉。《韓非子》：孔子先飯黍而後啗桃。咋，啖也，齧也。東方朔《答客難》：猶孤豚之咋虎。

㉑陸機《辯亡論》：割據山川。

㉒揚雄《解嘲》：擬足而投跡。

㉓《長門賦》：雷殷殷而響起兮。

㉔賈誼策：胆破而不敢謀。

㉕陳琳檄文：鷹犬之才，爪牙可任。

㉖《羽獵賦》：怖魂亡魄。

㉗虞世南《師子賦》：弭耳宛足。《寡婦賦》：嗟低徊而不忍。

每歲，天子騎白日①，御東山，百獸踧蹌以皆從兮②，肆從《英華》，一作四猛仡銛鋭乎其間③。夫音扶靈物固不合多兮④，胡一作故役役隨此輩而往還⑤？惟昔西域之遠致兮⑥，聖人爲之豁迎風，虛露寒⑦，體蒼虬一作螭⑧，軋金盤⑨。初一顧而雄才稱去聲是兮⑩，召群公與之俱觀⑪。宜其立閶闔而吼紫微兮⑫，却妖孽而不得上上聲干⑬。時駐君之玉輦兮⑭，近奉君之渥歡⑮。此言異材得近君前，幸之也。東山在驪山之地。猛健靈物，乃徒與衆獸爲伍，似失所矣，然來自遠方，得邀君王之顧盼，吼紫微而却群妖，此正遭逢吐氣時也。

①騎，乘也。

㈡《西都賦》：百獸駭殫。《羽獵賦》：啾啾蹌蹌。

㈢肆，恣肆也。猛仡，言氣力。銛鋭，言爪牙。《韓非子》：大臣爲猛狗，迎而齕之。

㈣《赭白馬賦》：靈物咸秩。

㈤《莊子》：萬物役役。《抱朴子》：此輩以僞亂真。《江賦》：鯼鮆順時而往還。

㈥《易》：引重致遠。

㈦《漢書》：武帝因秦林光宫，元封二年增通天、迎風、儲胥、露寒。

㈧《九歎》：佩蒼龍之蚴虬兮。

㈨古詩：金盤鱠鯉魚。

㈩曹植詩：一顧千金重。稱是，足以稱君之顧盼也。

⑪《書》：群公既皆聽命。

⑫《甘泉賦》：馳閶闔而入凌競。《春秋合誠圖》：北辰，其星七，在紫微中。《西京賦》：思比象於紫微。李注：紫微，星名，王宫象之。

⑬《漢·刑法志》：妖孽息伏。王粲《鸚鵡賦》：登衡榦以上干。

⑭《藉田賦》：天子乃御玉輦，蔭華蓋。

⑮《楚辭》：常被君之渥洽。《洞簫賦》：蒙聖主之渥恩。

使臭扃闃切，或作臭處上聲而誰何兮㈠，備周垣而辛酸㈡。彼用事之意然兮㈢，匪至尊之賞闌㈣。仰千門之崚一作峻嶒兮㈤，覺行路之艱難㈥。懼精爽之衰落兮㈦，驚歲月之忽殫㈧。顧同儕之甚少兮㈨，混非類以摧殘㈩。偶快意於校獵兮⑪，尤見疑於蹻捷⑫。此乃獨步受之於天兮⑬，孰知群材之所不接⑭。且置一作致身之暴蒲卜切露兮⑮，遭縱觀之稠疊⑯。俗眼空多⑰，生涯未愜。吾君倘憶耳尖之有長毛兮⑱，寧久被斯人終日馴狎已⑲。此恐雄姿老於空院，惜之也。　誰何，無與獎拔者。　周垣，隔以院牆也。　自當事者有沮抑之意，至尊雖欲識賞而無由矣。　從此君門萬里，歲華虛擲，孤立摧殘，良可傷已。　快意以下，又代摹其意。　群材疑其蹻捷，既見猜於諸獸，縱觀無益生涯，空受憐於衆人，惟望君王記憶，以免世人之輕狎耳。　士伸於知己而屈於不知己，亦猶是也。

㈠朱注：《説文》：狊，犬視貌，从犬目聲。他本作臭處，誤也。今按：若作臭處，亦有所本。嵇康詩：囂塵臭處。

㈡周垣，見前賦。　潘岳《笙賦》：悽淚辛酸。

㈢《史記》：用事居多。

㈣《喪服傳》：天子至尊。　賞闌，猶酒闌之闌，意興盡也。

㈤何遜詩：絶壁駕崚嶒。

㈥趙景真書：斯亦行路之艱難。

㈦《左傳》：樂祁曰：「心之精爽，是謂魂魄。」

㈧劉楨詩：歲月忽欲殫。

㈨《左傳》：晉鄭同儕。　張華詩：結戀慕同儕。

㈩《左傳》：非其族類。　《西京賦》：撲叢爲之摧殘。

⑪李斯書：快意當前。　《上林賦》：背冬涉春，天子校獵。

⑫《史記》：信而見疑。　《赭白馬賦》：軍馱趫迅。　《詩》：四牡有蹻。　毛萇傳：蹻，壯貌。

⑬曹植書：仲宣獨步於漢南。　宋玉《登徒子賦》：所受於天也。

⑭不接，不能接踵而馳也。　任昉爲王儉集序：楚趙群才。　又：耳目之所不接。

⑮《漢・趙充國傳》：甚苦暴露。

⑯庾自直詩：縱觀此何事。　謝靈運詩：巖峭嶺稠疊。

⑰庾信詩：對君俗人眼。

⑱耳邊長毛，即當時所見之犬形。《廣志》：犪牛髀膝尾間，皆有長毛。

⑲《梁書・馬樞傳》：白鸞巢其庭樹，馴狎檷廡。

昔者旅獒貢周，君臣動色誥誡。　唐之獸坊，遠方諸畜，無不充牣其中，在當時竟視爲故常矣。　賦中不作莊語諷刺，蓋别取一義以寄慨耳。

咏物題作賦，若徒然繪影描神，雖寫真曲肖，終覺拘而未暢。　惟含寓言於正意，感慨淋漓，神氣勃然，斯爲絶構。　閲《鵰》、《狗》二賦，覺《鸚鵡》、《鵁鶄》諸作，不能專美於前矣。

此騷賦格也，篇中畫然四大段，或叙或斷，有開有闔，與集内五古諸詩，局勢相似。

自燕臺注杜後尚餘六賦，袖手不敢措筆者五年。戊寅秋杪，南遊嶺外，旅瘧呻吟，惟把玩賦辭，以當藥石。仲冬，從英水重過韶城，孤舟無事，力疾注此，其大禮三篇，舊得吕東萊先生注本，兼採朱長孺輯注，尚嫌脱略未詳也。若《西岳》一賦，朱注亦從簡略。《鵰》、《狗》兩賦，各家又概闕如。一時考核增纂，聊竟宿心而已。歲暮，舟渡端溪，遇前輩潘耒次耕，謂荒邸空笥，倉猝注賦，良云難事。愚不揣固陋，附於詩卷之末。《南郊賦》中，猶存數語，未究淵源，尚俟博雅君子，起前之不逮云耳。

畫馬讚

韓幹，公同時人，此必天寶乾元間作。今以韻語類編，故綴於賦後。

韓幹畫馬，毫端有神。驊騮老大㈠，騕褭清新㈡。魚目瘦腦，龍文長身㈢。雪垂白肉㈣，風蹙蘭筋㈤。逸態蕭疏㈥，高驤縱恣㈦。四蹄雷雹㈧，一日天地㈨。御者閑敏㈩，云從《英華》，一作去何難易音曳。愚夫乘騎，動必顛躓。瞻彼駿骨⑪，實惟龍媒⑫。漢歌燕市，已矣茫一作亡哉。但見駑駘⑬，紛然往來。良工惆悵⑭，落筆雄才。篇中凡三轉韻，初言馬相之特殊，次言名馬必須善馭，末傷駿才少而凡馬多，語中皆含感慨。畫馬本意，在首尾點明。

㊀《穆天子傳》：天子之八駿，有騂騮、騄耳。

㊁《瑞應圖》：騕褭者，神馬也，與飛兔同以明君有德則至。《漢書音義》：騕褭者，神馬也，赤喙黑身。

㊂《漢・西域贊》：孝武之世，蒲梢、龍文、魚目、汗血之馬，充於黄門。注：四駿馬名。

㊃《白帖》：圉人浴馬，有流矢在白肉。

㊄《相馬經》：蘭筋堅者，千里馬。一筋從玄中出，謂之蘭筋。玄中者，目上痕如井字。《抱朴子》：騁蘭筋以陟六方。

㊅《七命》：天驥之駿，逸態超越。謝惠連詩：蕭疏野趣生。

㊆晉傅玄《馬賦》：延首高驤，擢足軒跱。《後漢書》：縱恣而傲誕。

㊇《金石録》：唐太宗六馬，其三曰白蹄烏，純黑色，四蹄俱白，平薛仁杲時所乘。顔延之《赭白馬賦》：經玄蹄而雹散。

㊈《孫卿子》：騏驥一日千里。

㊉閑敏，謂閑習敏捷也。

⑪孔融書：燕君市駿馬之骨，非欲以騁道里，乃當以招絶足也。

⑫漢《天馬歌》：天馬來，龍之媒，遊閶闔，觀玉臺。

⑬《七諫》：却騏驥而不乘兮，策駑駘而取路。

㊃劉孝威詩：良工送玉鞍。《楚辭》：惆悵兮而私自憐。

《王直方詩話》：蘇子瞻詩云：「少陵翰墨無形畫，韓幹丹青不語詩。此畫此詩今已矣，人間駑驥漫争馳。」余每誦數過，殆以爲法。

杜公之父名閑，詩集中閑字凡兩見，注家曲爲避諱，如「留歡卜夜閑」改爲「上夜關」，「翩翩戲蝶過閑幔」改爲「過開幔」。若《畫馬贊》有「御者閑敏」，却未嘗避。李東陽《麓堂詩話》謂「閑敏」可改作「開敏」，按《易》爻「良馬逐，日閑輿衛」，此「閑」字所本，若作「開敏」便非，考諸古禮，臨文原不諱也。

杜詩詳注卷之二十五

杜文集注

爲閬州王使君進論巴蜀安危表

廣德元年作。

臣某言：伏自陛下平山東，收燕薊，洎一作自海隅萬里，百姓感動，喜王業再康一作造，瘡痏蘇息，陛下明聖，社稷之靈，以至於此。然河南河北，貢賦未入，江淮轉輸，異於曩時。惟獨劍南，自用兵以來，稅斂則殷，部領不絶，瓊林諸庫，仰給最多。是蜀之土地膏腴，物産繁富，足以供王命也。近者，賊臣惡子，頻有亂常，巴蜀之人，横被煩費，猶自勸勉，充備百役，不敢怨嗟。吐蕃今下松維等州，朱鶴齡注：事在廣德元年。成都已不安矣。楊琳師再脅普合，朱注：楊琳即楊子琳。《通鑑》：永泰元年，瀘州牙將楊子琳，舉兵討崔旰。此云再脅普合，其事未詳。《唐書》：普、合二州，俱屬劍南道。顒顒一作顒顒兩川，不得相救，百姓騷動，未知所裁。況臣本州，山南所管，初置節度，庶事草創，豈暇力及東西兩川矣。朱注：閬州，《舊書》、《通典》、《通志》俱屬劍南東道。《新書》屬山南西道。此云本州山南所管，與《新書》合。《唐書·方鎮表》：廣德元年，升山南西道防禦守捉使爲節度使，尋降爲觀察使，領梁、洋、集、壁等十三州，治梁州。伏願陛下聽政之餘，料巴蜀之理亂，審救援之得失，定兩川之異同，問分管之可否，度長計大，速以親賢出鎮，哀罷音疲人以安反仄。犬戎侵軼，群盜窺伺，庶可遏矣。而三蜀，大一作天府也，徵取萬計，陛下忍坐見其狼狽哉！不即爲之，臣竊恐蠻夷得恣屠割耳。實爲陛下有所痛惜，必以親王，委之節鉞，此古之維城磐石之義明矣。陛下何疑哉？在選一作近擇親賢，加以醇厚明哲之老爲之師傅，則萬無覆敗之跡，又何疑焉？其次付重臣舊德，智略經久，舉事允愜，不隕穫於蒼黃之際，臨危制變之明者，觀其樹勳庸一作猷於當時，抉泥塗於已墜，朱注：今本「之際」以下二十三字，誤在後鎮撫不缺句之下。整頓理體，竭露臣節，必見方面小康也。今梁州既置節度，與成都足以久遠相應矣。東川更分管數州，於内幕府取給，破弊滋甚，若兵馬悉付西川，梁州益坦爲聲援，是重斂之下，免出一作至多門，西南之人，有活望矣。朱注：東川與山南接壤，山南概增節度，東川兵馬便可并付西川，減省幕府繁費。高適奏請罷東川節度，以一劍南，西山不急之城，稍以減削，意亦與公同也。必以戰伐未息，勢資多軍，應須遣朝廷任使舊人，授之使節留後之寄，綿歷歲時，非所以塞衆望也。朱注：時章梓州彝爲東川留後，故云。臣於所守封一作分界，連接梓州，正可爲成都東鄙，其中別作法度，亦不足成要害哉，徒擾人矣。伏惟明主裁之，赦一作又天下徵收赦文，減省軍用外，諸色雜賦名目，伏願省之又省之，一本省之俱作損之。劍南諸州，亦困一作因而復振矣。將相之任，内外交遷，西川分閫一作壼，以仗賢俊，愚臣特望以親王總戎者，意在根固流長，國家萬代之利也，敢輕易而言。次請慎擇重臣，亦願任使舊人，鎮撫不缺。借如犬戎僭擾，臣素知之。臣之兄承訓，自没蕃以來，長望生還，僞親信於贊普，注見詩集。探其深意，意者報復摩彌青海之役決矣。朱注：《唐書》鄯州注：度西月河一百十里，至多彌國摩彌。疑即多彌。青海，注見詩集。同謀誓衆，於前後没落之徒，曲成翻動，陰合應接，積有歲時。每漢使回，蕃使至，帛書隱語，累嘗懇論。臣皆封進，上聞屢達。臣兄承訓，憂國家緣邊之急，願亦勤矣。況臣本隨兄在蜀向二十年，兄既辱身蠻夷，相見無日。臣比未忍離蜀者，望兄消息時通，所以戮力邊隅，累踐班秩，補拙之分淺，待罪之日深，蜀之安危，敢竭聞見。臣子之義，貴有所盡於君親。愚臣迂濶之説，萬一少裨聖慮，遠人之福也，愚臣之幸也。昨竊聞諸道路云一無云字，吐蕃已來，草竊岐隴，逼近咸陽。《唐書》：廣德元年七月，吐蕃入大震關。八月，寇奉天武功。似是之間，憂憤隕迫，益增尸禄寄重之懼，寤寐報効之懇。謹冒死具巴蜀成敗形一作之勢，奉表以聞。

爲夔府柏都督謝上表

柏都督，注見詩集。

臣某言：伏見月日制，授臣某官，祇拜休命，内顧隕越，策駑馬之力，冒累踐之寵，自數勳力，萬無一稱，再三怵惕，流汗至踵，謹以某月日到任上訖。臣某，誠戰誠懼，頓首頓首，死罪死罪。伏以陛下，君父任使之久，掩臣子不逮之過，就其小效，復分深憂。察臣劍南區區，恐失臣節如彼；加臣頻煩一作繁階級，鎮守要衝如此。勉勵疲鈍，伏揚陛下之聖德，愛惜陛下之百姓，先之以簡易，閒音閑之以樂業，均之以賦斂，終之以敦勸，然後畢禁將士之暴，弘洽主客之宜，示以刑典難犯之科，寬以困窮計無所出，哀今之人，庶古之道。内救惸獨，外攘師寇。上報君父，曲盡一作蓋庸拙之分；下循臣子，勤補失墜之目。灰粉骸骨，以備守官。伏惟恩慈，胡忍容易，愚臣之願也，明主之望也。限以所領，未遑謁對，無任兢灼之極，謹遣某官奉表陳謝以聞。臣誠喜誠懼，死罪死罪。

爲補遺薦岑參狀

宣議郎、試大理評事、攝監察御史、賜緋魚袋岑參，右臣等，竊見岑參，識度清遠，議論雅正，佳名早立一作上，時輩所仰。今諫諍之路大開，獻替之官未備，恭惟近侍，實藉茂材。臣等謹詣閤門，奉狀陳薦以聞，伏聽進止。

至德二載六月十二日左拾遺内供奉臣裴　薦等狀

左拾遺内供奉臣杜　甫

左補闕臣　　韋少游

右拾遺内供奉臣魏齊聃

右拾遺内供奉臣孟昌浩

奉謝口敕放三司推問狀

本傳：甫與房琯爲布衣交，琯以客董庭蘭罷宰相，甫上疏，言罪細不宜免大臣。帝怒，詔三司推問。宰相張鎬救之，得解。朱按：《唐書》：韋陟除御史大夫，會杜甫論房琯，詞意迂慢，帝令陟與崔光遠、顏真卿按之。陟奏，甫言雖狂，不失諫臣體，帝由是疏之。觀此則當時論救者不獨一張鎬矣。

右臣甫，智識淺昧，向所論事，涉近激訐，違忤聖旨，既下有司，具已舉劾，甘從自棄，就戮爲幸。今日巳時，中書侍郎平章事張鎬，奉宣口敕，宜放推問，知臣愚戇，赦臣萬死，曲成恩造，再賜骸骨。臣甫誠頑誠蔽，死罪死罪。臣《英華》有比字以陷身賊庭，憤惋成疾，實從間道，獲謁一作面龍顔，猾逆未除，愁痛難遏，猥厠衮職，願少裨補。竊見房琯，以宰相子，朱注：琯父融相武后。《唐書·宰相表》：長安四年十月，懷州長史房融爲正諫大夫、同鳳閣鸞臺平章事，中宗即位，除名流高州。少自樹立，晚爲醇儒，有大臣體。時論許琯，必位至公輔，康濟元元。陛下果委以樞密，衆望甚允。觀琯之深念主憂，義形於色，況畫一保泰，其素所蓄積者已。而琯性失於簡，酷嗜鼓琴，董庭蘭今之琴工，朱注：唐劉商《胡笳曲序》：蔡文姬善琴，能爲離鸞别鶴之操。後董生以琴寫胡笳聲爲十八拍，今胡弄是也。李肇《國史補》：董庭蘭善沉聲祝聲，蓋大小胡笳云。遊琯門下有日，貧病之老，依倚爲非，琯之愛惜人情，一至於玷汙。臣不自度量，度音鐸，量音良。歎其功名未垂，而志氣挫衄，覬望陛下棄細録大，所以冒死稱述，何思慮未《英華》作末，集作始。竟，闕於再三。陛下貸以仁慈，憐其懇到，不書狂狷之過，復解網羅之急，是古之深容直臣，勸勉來者之意。天下幸甚！天下幸甚！豈小臣獨蒙全軀就列，待罪而已。無任先懼後喜之至，謹詣閤門，進狀奉謝以聞。至德二載六月一日，宣議郎行在一本無在字左拾遺臣杜甫狀進。

錢謙益曰：朱長文《琴史》云：董庭蘭，隴西人，唐史謂其爲房琯所昵，數通賕謝，爲有司劾治，而房公由此罷去。杜子美亦云：庭蘭遊琯門下有日，貧病之老，依倚爲非，琯之愛惜人情，一至於玷汙。而薛易簡稱庭蘭不事王侯，散髮林壑者六十載，貌古心遠，意閑體和，撫弦韻聲，可感鬼神。天寶中，給事中房琯，好古君子也，庭蘭聞義而來，不遠千里。予因此説，亦可以觀房公之過而知其仁矣。當房公爲給事中也，庭蘭已出其門。後爲相，豈能遽絶哉？又賕謝之事，吾疑譖琯者爲之，而庭蘭朽耄，豈能辯釋，遂被惡名耳。房公貶廣漢，庭蘭詣之，公無愠色。唐人有詩云：「七條絃上五音寒，此樂求知自古難。惟有開元房太尉，始終留得董庭蘭。」按薛易簡以琴待詔翰林，在天寶中，子美同時人也，其言必信。伯原《琴史》，千載而下，爲庭蘭雪此惡名，白其厚誣，不獨正唐史之謬，兼可以補子美之闕矣。

爲華州郭使君進滅殘寇形勢圖狀

右臣竊以逆賊束身檻中，奔走無路，尚假餘息，蟻聚苟活之日久。朱注：《通鑑》：至德二載冬十月，廣平王入東京，安慶緒走保鄴郡，諸將阿史那承慶等散投常山趙郡。旬日間，蔡希德自上黨，田承嗣自潁川，武令珣自南陽，各帥所部兵歸之，又召募河北諸郡人，衆至六萬，軍聲復振。陛下猶覬其匍匐相率，降款盡至，廣務寬大之本，用明惡烏故切殺之德，故大軍雲合，蔚然未進。上以稽王師有征無戰之義，下以成古先聖哲之用心。兹事玄遠，非愚臣所測。臣聞《易》載隨時，不俟終日。先王之用刑也，抑亦小者肆諸市朝，大者陳諸原野。今殘孽雖窮蹙日甚，自救不暇，尚慮其逆帥望秋高馬肥之便，蓄突圍拒轍之謀，大軍不可空勤轉輸之粟，諸將宜窮犄角之進。頃者，河北初收數州，思明降表繼至。朱注：《通鑑》：至德二載十二月史思明因阿史那承慶等，遣其將竇子昂奉表，以所部十三州及兵八萬來降，并帥其河東節度使高秀巖以所部來降。思明以其將薛萼攝恒州刺史，子朝義攝冀州刺史，以其將令狐彰爲博州刺史。烏承恩所至，宣布詔旨，滄、瀛、安、深、德、棣等州皆降，雖相州未下，河北率爲唐所有矣。實爲平盧兵馬在賊左脅，朱注：《唐書·方鎮表》：開元五年，營州置平盧軍使，七年，升爲平盧軍節度。《通鑑》：至德二載，安東都護王玄志與平盧將侯希逸襲殺僞平盧節度徐歸道，又遣兵馬使董秦將兵以葦筏度海，與大將田神功擊平原樂安，下之。平盧在幽燕之東，故曰左脅。賊動靜乏一作之利，制不由己，則降附可知。今大軍盡離河北，逆黨意必寬縱，若萬一軼略河縣，草竊秋成，臣伏請平盧兵馬及許叔冀等軍，據下三段，各以等軍爲句，此處軍字下當有從字。從鄆州西化渡河，朱注：《唐書》：鄆州，隋東平郡之須昌縣，屬河南道。《通鑑》：至德二載七月，靈昌太守許叔冀爲賊所圍，救兵不至，拔衆奔彭城。乾元元年八月，以青登等五州節度使許叔冀爲滑濮等六州節度使。公作狀時，叔冀尚未鎮滑濮，故欲從鄆州也。**先衛收魏，**朱注：《唐書》：魏州，漢魏郡元城縣地，屬河北道。時爲安慶緒所據。**或近軍志避實擊虚之義也。伏惟陛下圖之，遣李銑、殷仲卿、孫青漢等軍，**朱注：李銑，上元初領淮西節度副使。殷仲卿，上元初自青州刺史領淄、沂、滄、德、棣等州節度使。孫青漢，無考。**邐迆渡河佐之，收其貝博。**朱注：《唐書》：貝州，隋清河郡。博州，隋武陽郡之聊城縣。俱屬河北道。**賊之精鋭，撮在相、魏、衛之州。**朱注：《唐書》：相州，漢魏郡。衛州，隋汲郡。俱屬河北道。**賊用仰魏而給。賊若抽其鋭卒，渡河救魏博，臣則請朔方、伊西、北庭等軍，**朱注：《通鑑》：乾元元年八月，朔方節度使郭子儀詣行營。三月，鎮西、北庭行營節度使李嗣業屯河内。**渡沁水，**沁水在澤州。**收相衛。賊若迴戈距我兩軍，**朱注：謂郭子儀、李嗣業之軍。**臣又請郭**當作崞，音廓**口、祁縣等軍，**朱按：《唐書》：崞縣，屬代郡都督府。崞口疑在其境。《通鑑注》：崞口在洛州邯鄲縣西。蓋即壺關之險也。《舊書》：崞口在相州西山。祁縣，本漢縣，屬并州太原府。時李光弼爲河東節度使，王思禮兼領澤潞節度使。崞口、祁縣等軍，當指二鎮之兵也。**驀**音麥**嵐風馳，**朱云：或作驀嵐風馳，一作驀嵐馳，一作驀山風馳。張溍讀作驀嵐馳屯。**屯據林慮縣界，**朱注：《唐書》：嵐州，本隋樓煩郡之嵐城縣，屬河東道。林慮，即漢隆慮縣，屬相州。**候其形勢漸進，又遣季廣琛、魯炅等軍，**

朱注：時季廣琛爲鄭蔡節度使，魯炅爲淮西節度使。進渡河，收黎陽、臨河等縣，朱注：《唐書》：黎陽屬衛州臨河縣，析黎陽置屬相州。相與出入犄角，逐便撲滅，則慶緒之首，可翹足待之而已。是亦恭行天罰，豈在一有於字王師必無戰哉！愚臣聞見淺狹，承乏待罪，未精慎固之守，輕議擒縱之術。抑臣之夢寐，貴有裨補，謹進前件圖如狀，伏聽進止。乾元元年七月日某官臣狀進。

鰲按：杜公借箸前籌，洞悉情勢，此等文字，真可坐而言、起而行者，初非書生談兵迂濶也。與韓昌黎論淮西事宜，俱推經國有用之文。

乾元元年華州試進士策問五首

朱注：《唐六典》：諸州每歲貢人，其進士帖一小經及《老子》，試雜文兩首，策時務五條。時公貶華州司功參軍。

問：《英華》有古之二字山林藪澤之地，各以肥磽多少爲差初宜切。故供甲兵士徒之役，府庫賜予上聲之用，給郊廟宗社一作郊社宗廟之祀，奉養禄食之出，辯乎名物，存乎有司，是謂公賦知歸，地著涉略切不撓者已。今聖朝紹宣王中興之洪業於上，庶尹備山甫補衮之能事於下，而東寇猶小梗，朱注：謂安慶緒末年率土未甚闢，總彼賦税之獲，盡贍軍旅之用，《英華》有逮字。是官御之舊典闕矣，人神之攸序乖矣。欲使軍旅足食，則賦税未能充備矣；欲將誅求不時，則黎元轉罹疾苦矣。子等，以待問之實，知新之明，觀志氣之所存，於應對乎何有，佇渴救敝之道一作通術，願聞强學之所措，意蓋一作道在此矣，得游説乎？

問：國有軺車，廬有飲食，古之按風俗、遣使臣，在王官之一守，得馳傳而分命，蓋地有要害，郊有遠近，供給之比，省費相懸。今兹華惟襟帶，關逼輦轂，潼關在華州行人受辭於朝夕，使者相望於道路，屬年歲無蓄積之虞，職司有愁痛之歎一作色。況軍書未絶，王命急宣，插羽先翥於騰鷹，朱注：薛道衡詩：插羽夜徵兵。敝帷不供於埋馬，朱注：《禮記》：敝帷不棄，爲埋馬也。豈芻粟之勤獨爾，實驂騑之價闕如。人主之軫念，屢及於兹；邦伯之分憂，何嘗敢怠。乞恩難再，近日已降水衡之錢；積骨頗多，無暇更入燕王之市。欲使輶軒有喜，主客合宜，閭閻罷杼軸之嗟，官吏得從容之計，側佇新語。《英華》作佳論。當聞濟時。

問：通道陂澤，隨山濬川，經啟《英華》注云：《名賢策問》作啟關之理，疏奠《名賢策問》作鑿之術，抑有可觀，其來尚矣。初聖人盡力溝洫，有國作爲隄防，洎後代，控引淮海，漕通涇渭，因舟楫之利，達倉庾之儲。朱注：《唐書》：華州華陰縣有漕渠，自苑西引渭水，因石渠，會灞滻，經廣運潭，至縣入渭，天寶三載韋堅開。又有永豐倉，有臨渭倉。又賴此而殷，亦行之自久。近者有司相土，決彼支渠，既潰渭而亂河，竟功多而事寢。人實勞止，岸乃善崩。遂使委輸之勤，中道而棄。今軍用蓋寡，國儲未贍一作繕，雖遠方之粟大來，而助挽之車不給。是以國朝仗彼天使，徵兹水工，議下淇園之竹，更鑿商顔之井。朱注：《漢·溝洫志》：令群臣從官皆負薪寘決河，是時東郡燒草，以故薪柴少，而下淇園之竹以爲揵。晉灼曰：淇園，衛之苑也。爲發卒萬人穿渠，自徵引洛水至商顔。下岸善崩，乃鑿井，深者四十餘丈，井下相通行水，水隤以絶商顔。東至山領，十餘里間，井渠之生自此始。穿得龍骨，故名龍首渠。師古曰：徵音懲，即今澄城。商顔，商山之顔也。謂之顔者，譬人之顔額。又恐煩費居多，績用莫立，空荷成雲之插，復擁填淤之泥。朱注：《溝洫志》：荷鍤成雲，決渠如雨。填淤，注見詩集。若然，則舟車之用，大小相妨矣；軍國之食，轉致或闕矣。矧夫人烟尚稀，牛力不足者已。子等，飽隨時之要，挺賓王之資，副乎求賢，敷厥讜議一作論。

問：足食足兵，先哲雅誥，蓋有兵無食，是謂棄之。致能掉鞅靡旌，斯可用矣。朱注：《左傳》：楚許伯曰：「吾聞致師者，御靡旌摩壘而還。」樂伯曰：「吾聞致師者，御下兩馬掉鞅而還。」注：靡旌，驅疾也。掉，正也。况寇猶作梗，兵不可去，日聞將軍之令，親覩司馬之法。關中之卒未息，灞上之營何遠。近者，鄭南訓練，城下屯集，贍一作贍彼三千之徒，有異什一而税。竊見明發教以戰鬭，亭午放其庸一作傭保，課乃菽麥，以爲尋常。夫悦以使人，是能用古，伊歲則云暮，實慮休止《英華》作工，未卜及瓜之還，交比翳桑之餓。朱注：《左傳》：齊侯使連稱、管至父戍葵丘，瓜時往，曰：「及瓜而代。」趙盾舍於翳桑，見靈輒餓，食之。既而與公介，倒戟以禦公徒而免之，問其故，對曰：「翳桑之餓人也。」群有司自救不暇，二三子謂之何哉？

問：昔唐堯之爲君也，則天之大，敬授人時，十六升自唐侯者已。昔舜帝之爲臣也，舉禹之功，克平水土，三十登爲天子者已。本之以文思聰明，加之以勞身焦思，既睦九族，協和萬邦，黜去四凶，舉十六相，故五帝之後，傳載唐虞之美，無得而稱焉。《易》曰：「君子終日乾乾。」《詩》曰：「文王小心翼翼。」竊觀古一有人字之聖哲，未有不以君倡於上，臣和於下，致乎人和年豐，成乎無爲而理者也。主上，躬仁一作純孝之聖，樹非常之功，內則拳拳然事親如有闕，外則悖悖然求賢如不及，伊百姓不知帝力，庶官但但字下當有抑字恭己而已。寇孽未平，咎徵之至數也，倉廩未實，物理之固然也。今大軍虎步，列國鶴立，山東之諸一作兵將雲合，淇上之捷書日至。注詳《洗兵馬》。二三子，議論弘正，詞氣高雅，則遺祲盪滌之後，聖朝砥礪之辰。雖遭明主，必致之於堯舜，降及《英華》作雖降元輔，必要之於稷卨《英華》作夔皋。驅蒼生於仁壽之域，反淳樸於羲皇之上。自古哲一作帝王立極，大臣爲體，眇然坦途，利往何順《英華》作何往不順，子有說否？庶復見子之志，豈徒瑣瑣射音石策，趨競一第哉。《文心雕龍》曰：射策者，探事而獻說也。言中理準，譬射侯中的。依此，射當從石音，可補詩注所不及。頃之問孝廉一作秀取備尋常之對，多忽經濟之體，考諸詞學，自有文章在，束以徵事，曷成凡例焉。今愚之粗徵，貴切時務而已。夫時患錢輕，以至於量資幣，權子母。朱注：《國語》：景王將更鑄大錢，單穆公曰：「不可。古者天降災戾，於是乎量資幣、權輕重以救民。民患輕，則爲之作重幣以行之。於是乎有母權子而行，民皆得焉。若不堪重，則多作輕而行之，亦不廢重，於是乎有子權母而行，大小利之。」應劭曰：母，重也，其大倍，故爲母。子，輕也，其輕小半，故爲子。代復改鑄，或行乎前榆莢、後契刀。朱注：《漢・食貨志》：漢興，以秦錢重難用，更令民鑄莢錢。如淳曰：如榆莢也。王莽又造契刀、錯刀。契刀，其環如大錢，身形如刀，長二寸，文曰契刀五百。當此之際，百姓蒙利厚薄，何人所制輕重。又穀者，所以阜俗康一作匡時，聚人守位者也。下至十室之邑，必有千鐘之藏。朱注：《管子》：使萬室之邑，必有萬鐘之藏，藏繈千萬。千室之邑，必有千鐘之藏，藏繈百萬。苟凶穰以之，貴賤失度，雖封丞相而猶困，侯大農而謂何。朱注：《漢書》列傳：田千秋代劉屈氂爲丞相，封富民侯。《食貨志》：桑弘羊爲治粟都尉，領大農，代孔僅，斡天下鹽鐵，賜爵左庶長。是亦從《英華》，一作以繼絶表微，無或區分踰越，蒙實不敏，仁遠乎哉！張云：蒙用吳下阿蒙事。

唐興縣客館記

唐興，注見詩集。　原注：此上元二年在成都作。天寶初，改唐興爲蓬州，此仍其舊名耳。

中興之四年，王潛爲唐興宰，修厥政事。始自鰥寡惸獨，而和其封内，非侮循循，不畏險膚，而行而一。《書》：「起信險膚。」此謂不避險陂膚淺之言，而行之專一也。行之一，一本《中庸》。咨於官屬、於群吏、於衆庶曰：邑中之政，庶幾繕完矣。惟賓館上漏下濕，吾人猶不堪其居，以容一作客四方賓，賓其謂我何？改之重勞，我其謂人何？咸曰：誕事至濟，厥載，則達觀於大壯。《易傳》：上棟下宇，以蔽風雨，蓋取諸大壯。作之閈閎，作之堂構，以永圖崇高廣大，踰越傳舍，通梁直走，嵬將一本作嶈，七羊切墜壓，素柱上承，安若泰山，兩旁序開，《說文》：序，東西牆也，所以序别内外也。發洩霜露，潛靚深矣。楊雄《甘泉賦》：稍暗而靚深。注：靚即静字。步櫩複一作復霤，萬瓦在後，匪丹雘爲，實疏達爲。迴廊南注，又爲覆廊，以容介行人，亦如正館，制度小劣。直左階而東，封殖修竹茂樹。挾右階而南，環廊又注，亦可以行步風雨。不易謀而集事，邑無妨工，亦無匱財，人不待子來，定音訂不待方中矣。《詩注》：定，營室星也。昏而正中，夏十月也。宿息井樹，或相爲賓，或與之毛。王錫曰：《周禮·司儀》云：王燕則諸侯毛。下文又云：凡諸公相爲賓。注：朝享畢而燕，則以髮之白黑爲坐次也。天子之使至，則曰邑有人焉，某無以栗階。《儀禮》：栗階升。注云：栗，蹙也，謂越等急趨君命也。此言階坦平而步無促迫也。州長之使至，則曰某非敢賓也，子無所用俎。四方之使至，則曰子貺某多矣，敢辭贄。或曰：明府君之侈也，何以爲人？皆曰：我公之爲人也，何以侈！子徒見賓館之近夫厚，不知其私室之甚薄，器物未備，力取諸私室，人民不知賦斂。乃至於館之醯醢闕，出於私厨；使之乘馹闕，辦於私廐。君豈爲亭長乎？是躬親也。若館宇不修，而觀臺榭自好，賓至無所納其車，我浩蕩無所措手足，獲高枕乎？其誰不病吾人矣。疵瑕忽生，何以爲之，是道也，施舍不幾乎先覺矣。杜之朋友歎曰：杜或作杖。張溍曰：蓋指老友之扶杖者。今按：下有杜氏之老，作杜友亦是。美哉！是館也成，人不知，人不怒，廨署之福也，府君之德也。一本多「府君之德也，廨署之福也」二句。府君曰：古有之也，非吾有也，余何能爲。是亦前州府君崔公之命也，余何能爲。是日辛丑歲秋分，大餘二，小餘二或作一千一百八十八，杜氏之老記。朱注：《漢·律曆志》：推正月朔，以月法乘積月，盈日法得一，名曰積日，不盈者名曰小餘。小餘三十八以上，其月大。積日盈六十，除之，不盈者名曰大餘。姚江黄百家曰：日法萬分，每刻百分，每日百刻，總得萬分。萬分以上爲大餘，日數也。萬分以下爲小餘，時刻數也。杜記蓋謂秋分後，二日之二十餘刻耳。又曰：漢曆所謂盈六十除之者，六十即六十甲子，名曰旬周。又名紀法，滿紀者必去之，以不滿紀者爲主。《蜀藝文志》疑其有闕誤，未然。

鰲按：韓文多文從字順，而作詩務爲險奇；杜詩皆鎔經鑄史，而散文時有艱澁。豈專長者不能兼勝耶？皆當分別觀之。

雜述

杜子曰：凡今之代，用力爲賢乎？進賢爲賢乎？進賢爲賢，則魯之張叔卿、孔巢父。朱按：史，孔巢父少與韓準、李白、裴政、張叔明、陶沔隱於徂徠山，號竹溪六逸。此云張叔卿，豈即張叔明耶？二才士者，聰明深察，博辯閎大，固必能伸於知己，令問不已，任重致遠，速於風飇也。是何面目黧黑，常不得飽飯喫一作飽喫飯，曾未如富家奴，兹敢望縞衣乘軒乎？豈東之諸侯深拒於汝乎？豈新令尹之人未汝之知也，由天乎？有命乎？雖岑子薛子，岑參、薛據。引知名之士，月數十百，填爾逆旅，請誦詩，浮名耳。勉之哉！勉之哉！夫古之君子，知天下之不可蓋也，故下之。又知衆人之不可先也，故後之。嗟乎叔卿！遺辭工於猛健放蕩，似不能安排者，以我爲聞人而已，以我爲益友而已。叔卿静而思之。嗟乎巢父！執雌守常，吾無所贈若矣。泰山冥冥崪以高，泗水潾潾瀰以清，悠悠友生，復何時會於王鎬之京？ 載飲我濁酒，載呼我爲兄叶音興。 張溍曰：進叔卿以謙退，規巢父以濶大，公真益友也。

邯鄲淳作《魏受命述》，後獨孤及有《金剛經報應述》，皮日休有《九諷系述》，皆前散文，後拈韻，唐人固有此一體也。

秋述

朱注：《年譜》：天寶十載，公年四十，此云四十無位，當作於其時。

秋，杜子卧病長安旅次，多雨生魚，青苔及榻，常時車馬之客，舊雨來，今雨不來。昔襄陽龐德公，至老不入州府，而揚子雲草《玄》寂寞，多爲後輩所褻，近似之矣。嗚呼！冠冕之窟，名利卒卒音猝，雖朱門之塗泥，士子不見其泥，矧抱疾窮巷之多泥乎？ 子魏子未詳其人獨踽踽然來，汗漫其僕夫，僕夫屬上句，張氏將夫夫連下句，引《檀弓》夫夫爲證，未然。 夫又不假蓋，不見我病色，適與我神會。 我，棄物也，四十無位，子不以官遇我，知我處順故也。《莊子》：安時而處順。 子，挺生者也，無矜色，無邪氣，必見用，則風后、力牧是已。 於一本無於字文章，則子游、子夏是已，無邪氣故也，得正始故也。 噫！ 所不至於道者，時或賦詩如曹劉，談話及衛霍，豈少年壯志未息俊邁之機乎？ 子魏子，今年以進士調選，名隸東天官，唐有東京選。告余將行，既縫裳，既聚糧，東人怵惕，筆札無敵，謙謙君子，若不得已。知禄仕此始，吾黨惡乎無述而止。

説旱 原注：初中丞嚴公節制劍南日，奉此説。

朱注：寶應元年作。

《周禮・司巫》：「若國大旱，則率巫而舞雩。」《傳》曰：「龍見而雩。」出《左傳》。謂一無謂字建巳之月，蒼龍宿之體，昏見東方，萬物待雨盛大，故祭天遠爲百穀祈膏雨也。今蜀自十月不雨一本有月字，抵建卯非雩之時，奈久旱何。得非獄吏只知禁繫音計，不知疏決，怨氣積，冤氣盛，亦能致旱，是何川澤之乾也，塵霧之塞也，行路皆菜色也，田家其愁痛也。自中丞下車之初，軍郡之政，罷音疲弊之俗，已下手開濟矣；百事冗長去聲者，又已革削矣。獨獄囚未聞處上聲分音問，豈次第未到，爲獄無濫繫者乎？ 穀者，百姓之本，百役是出，况冬麥黄枯，春種不入，公誠能暫輟諸務，親問囚徒，除合死者之外，下筆盡放，使囹圄一空，必甘雨大降。但怨氣消，則和氣應矣。躬自疏決，請以兩縣成都、華陽及府繫爲始，管内東西兩川各遣一使，兼委刺史縣令，對巡使同疏決，如兩縣及府等囚例處分，衆人之望也，隨時之義也。昔貞觀中，歲大旱，文皇帝親臨長安、萬年二赤縣決獄，膏雨滂足。即嶽鎮方面歲荒札，皆連帥大臣之務也，不可忽。凡今徵求無名數，又耆老合侍者、兩川侍丁，得異常丁乎？不殊常丁賦斂，是老男及老女死日短促也。國有養老，公遽遣吏存問其疾苦，亦和氣合應之義也，時雨可降之徵也。愚以爲至仁之人，常一作當以正道應物，天道遠一作天道奚近，去人不遠。

東西兩川説

舊注：廣德二年嚴武幕中作。

聞西山漢兵，西山，注見詩集。食糧者四千人，皆關輔山東勁卒，多經河隴幽朔教習，慣於戰守，人人可用。兼差一作羌，誤堪戰子弟向二萬人，實足以備邊守險。脱南蠻侵掠，朱注：《唐書·南蠻傳》：南詔，本哀牢夷後，烏蠻别種也，居永昌姚州之間，鐵橋之南，西北與吐蕃接，天寶後臣吐蕃。邛雅子弟不能獨制，《唐書》：邛、雅二州，俱屬劍南道，雅州爲下都督府。但分漢勁卒助之，不足撲滅，是吐蕃憑陵，本自足支也。自開首至此，爲第一段。言蜀中漢兵土兵，本足控禦西戎。

搉量西山邛雅兵馬，卒畔援形勝明矣。畔援，見《毛詩》，此言或畔或援於形勝之地。頃三城失守，朱注：三城，注見詩集。廣德元年陷於吐蕃。罪在職司，非兵之過也，糧不足故也。今此輩見形句切闕兵馬使，八州素歸心於其世襲刺史，朱注：《舊書·地理志》：劍南節度使西抗吐蕃，南撫蠻獠，統團結營及松、維、蓬、恭、雅、黎、姚、悉等八州兵馬。雅州都督一十九州，並生羌生獠羈縻州，天寶已前歲時貢奉。又黎州統制羈縻五十五州，皆徼外生獠。松州都督羈縻二十五州，皆招撫生羌。此云世襲刺史，當即羈縻州，如今之土官也。獨漢卒自屬裨將主之。一作漢卒偏裨將主之。竊恐備吐蕃在羌，漢兵小昵，而釁郄隙同隨之矣。言不當偏爲漢兵。況軍需不一本無需不二字足，姦吏減剋未已哉。愚以爲宜一本無爲宜二字速擇偏裨主之，主之勢，明其號令，一其刑罰，申其哀恤，致其歡欣，宜先自羌子弟始，自漢兒易解人意，而優勸一作勤旬月，大浹洽矣。自搉量至此，爲第二段。當時兵馬使闕人，先令裨將撫馭羌漢之兵，無使邛雅子弟偏充邊備。仍使兵羌各繫其部落，刺史得自教閲，都受統於兵馬使，更不得使八州都管，或在一羌王，或都關一世襲刺史，是羌之豪族，發源有遠近，世封有豪家，紛然聚藩落之議於中，肆予奪之權於外已。然則備守之根危矣，又何以藉其爲本，式遏雪嶺之西哉！比羌俗封王者，初以拔城之功得，今城失矣，襲王如故，總統未已，奈舊誤作余諸董擁臂何，王尹之獄是已。由策嗣羌王，關王氏舊親，朱注：《舊唐書》：貞觀元年，左上封生羌酋董屈占等舉族內附，復置維州。咸亨二年，刺史董弄招慰生羌，置小封縣。又貞觀十五年，西羌首領董周貞歸化，置徹州。又貞觀二十年，松州首領董和那蓬，固守松府，特置當州，以蓬爲刺史，子屈寗襲。又顯慶元年，生羌首領董係比内附，乃置悉州，以係比爲刺史。又開元二十八年，析維州置奉州，以董晏立爲刺史。天寶元年，改爲雲山郡，又改爲天保郡。乾元元年二月，西山子弟兵馬使嗣歸成王董嘉俊歸附，乃立保州，以嘉俊爲刺史。此云嗣羌王，疑即嘉俊也。時吐蕃陷松、維、保三州及雲山新築二城，上云今城失矣，襲王如故，以此知其爲嘉俊也。王氏，疑即王承訓，時没吐蕃，見《巴蜀安危表》。由策嗣羌王四句，申上王尹之獄。西董族最高，朱注：諸董之中，西董最高。西董未詳爲誰。怨望之勢然矣。誠於此時便宜聞上，使各自統領，不須王區分易置，然後都静聽取別於兵馬使，不益元戎氣壯，部落無語哉朱作哉，舊作或！縱一部落怨，獲群部落喜矣。無爽如此處分，豈惟邛南不足憂，邛南，注見詩集。八州之人，願賈勇復取三城不日矣。幸急擇公所素諳明于將者一作明了將，正色遣之。自仍使至此，爲第三段。待兵馬使既至，則當使八州兵馬皆受其節制，無使羌酋部落專擅威權。

獠賊内編屬自久，數擾背亦自久，徒惱人耳，憂慮蓋不至大。昨聞受鐵券，爵禄隨之，今聞已小動，爲之奈何？若不先招諭也，穀貴人愁，春事又起，緣邊耕種，即發精卒討之甚易，恐賊星散於窮谷深林，節度兵馬，但驚動緣邊之人，供給之外，未免見舊作未見免劫掠而還賃一作任其地，豪俗兼有其地而轉富。蜀之土肥，無耕之地，流冗之輩，近者交互其鄉村而已，遠者漂寓諸州縣而已，實不離蜀也。大抵祇與兼并豪家力田耳，但一作促均畝薄斂，則田不荒，以此上供王命，下安疲人，可矣。自獠賊至此，爲第四段。言當招諭獠蠻，撫恤流冗。豪族轉安，是否非蜀，此兼羌蜀人言。仍禁一本無此豪族以下十字豪族受賃罷音疲人田，管内最大，誅求宜約，富家辦而貧家創痍已深矣。今富兒非不緣子弟職掌，盡在節度衙府州一本無州字縣官長手下哉。村正雖見面一作田，不敢示文書取索先則切，非不知其家處，獨知貧兒家處。兩川縣令刺史，有權攝者，須盡罷免，苟得賢良，不在正授一作受權，在進退聞上而已。自豪族至末，爲第五段。言當均平賦役，别擇守令。

張溍曰：公意在諸羌分黨各屬，而統以漢將，其末歸於散兼并，擇委任，可謂馭邊之長策。文之紆古，似斷似續，欲力追西京也。

今按，讀鼂董諸策，氣味醇厚，而言詞剴切，此文無段落結構，而兼有拙澀之語，特一時率筆成篇耳，不及漢人遠矣。

前殿中侍御史柳公紫微仙閣畫太乙天尊圖文

朱注：《魏書·釋老志》：道家之源出於老子。上處玉京，爲神王之宗；下在紫微，爲飛仙之主。

《長安志》：羅漢寺，在萬年縣南六十里終南山，石鱉谷有羅漢石洞三。舊圖經曰：本唐紫微宮，天祐初爲寺。今云紫微仙閣，殆即紫微宮也。《隋書》：衆經，或言傳之神人，篇卷非一，自云天尊，姓樂名静信，例皆淺俗，故世共疑之。

石鼈老，朱注：《長安志》：石鼈谷，在萬年縣西南五十五里。張禮《遊城南記》：百塔在梗梓谷口，塔東石鼈谷。**故神乎始清之天，**朱注：《雲笈七籤》：三天者，清微天、禹餘天、大赤天是也。天寶君治玉清境，即清微天也，其氣始青。靈寶君治上清境，即禹餘天也，其氣元黄。神寶君治太清境，即大赤天也，其氣玄白。《洞玄本行經》：五靈玄老君者，玄皇之胤，太清之胄，生於始青天中。**遊目乎浩劫之家，**浩劫，注見詩集。**泠泠然御乎風，**出《列子》。**熙熙然登乎臺，**出《道德經》。**進而俯乎寒林，**王均《昭明太子哀文》：維夏木之森陰，返寒林之蕭瑟。**退而極乎廷閣，**《蜀都賦》：結陽城之延閣。**見龍虎日月之君，**朱注：《茅君内傳》：句曲山有神芝五種，服之，拜太清龍虎仙君。**亘於疏梁，**塞音**色於高壁，骨者鬣者，皙者黝者，視遇之間，若嚴寇敵者已。伊四司五帝天之徒，青節崇然，**朱注：《清靈真人裴君傳》：仗青旄之節，以周流九宮。**緑輿騈然，**朱注：《雲笈七籤》：《三道秘言》，太極真君乘玄景緑輿，上詣紫微宮。**仙官洎鬼官，無央數衆。**朱注：《酉陽雜俎》：鬼官有七十五品，仙官二萬四千。《真靈位業圖》：鬼官楚嚴公趙簡子等，見有七十五職。**陽者近，陰者遠，俱浮空不定，目所向如一。蓋知北闕帝君之尊，端拱侍衛之内，於天上最貴**一作尊**矣。**此第一段，記事起。

已而左玄之屬吏，左玄君，注見《太清宫賦》。三洞弟子某，朱注：《雲笈七籤》：三洞者，洞言通也，其統有三，故曰三洞。第一洞真，第二洞玄，第三洞神，天寶君爲洞真教主，靈寶君爲洞玄教主，神寶君爲洞神教主。《靈寶經目序》：元嘉十四年，三洞弟子陸修静，敬示諸道流云云。進曰：經始績事，朱注：《景福殿賦》：命共工使作繢。善曰：繢讀曰繪，凡畫者爲繪。前柱下史河東柳涉，職是樹善，損於而家，憂於而國，剥私室之匱，渴一作竭蒸人之安，志所至也。請梗概帝君救護之慈、朝音潮拜之功曰：若人存思我主籙生之根、死之門，我則制伏妖之興、毒之騰。此數句，乃道士代爲帝君語。若人指柳氏，我則帝君自謂也。《雲笈七籤》：老君有《存思圖》。凡今之人，反側未濟。柳氏，柱史也，立乎老君之後，朱注：老君嘗爲周柱下史，柳氏今繼其後也。獲隱默乎？忍塗炭乎？先生與道而遊，與學而遊，可上以昭太乙之威神於下，下以昭柱史之告訴於上，玉京之用事也，率土之發祥也，惡乎寢而？庸詎仰而？此第二段，作設問之詞。兩句尾各用而字，效《毛詩》句法。

先生藐然若一作而往，頹然而止曰：噫！夫鳥亂於雲，魚亂於水一作河，獸亂於山。錢本有此句是畢弋鈎罟削格之智生，鳥亂、魚亂出《莊子》。朱注：《莊》注：削格，所以設羅網者。是機變繳音勺射音石攫拾之智極，故自黄帝已下，干戈峥嶸，流血不乾，骨蔽平原，乖氣横放，淳風不返。雖《書》載蠻夷率服，《詩》稱徐方大來，許其慕中華與。夫容成氏、中央氏、尊盧氏一本無此三字，結繩而已，朱注：因提紀，容成氏傳八世，中央氏，尊盧氏俱見《史記》。百姓至死不相往來，茲茂德囦矣。舊作困。朱言改作囦，即古淵字。矧賢主趣之而不及，庸主聞之而不曉，浩穰崩蹙，數千古哉！至使世之仁者，蒿目而憂世之患，有是夫！仁者憂世，指柳涉。今聖主誅干紀，康大業，物尚疵癘，戰爭未息，必揆當世之變一作患，日慎一日，衆之所惡與之惡，衆之所善與之善，赦有司寬政去禁，問疾薄斂，修其土田，險其走集。《左傳》：挺而走險。朱言作集其走險。以此馭賊臣惡子一作愚子，自然百祥攻百異有漸。謂以祥瑞而攻去災異。天下洶洶，何其撓哉！已登乎種種之民，舍夫啍啍之意，朱注：種種、啍啍，俱見《莊子》。是巍巍乎北闕帝君者，肯不乘道腴，卷黑簿，朱注：注見《上清宮賦》。詔北斗削死，南斗注生。朱注：《搜神記》：北邊坐人是北斗，南邊坐人是南斗。南斗注生，北斗注死。凡人受胎皆從南斗過北斗，所有祈求皆向北斗。與夫圓首方足，施及乎蠢蠕之蟲，肖翹之物，盡驅之更始，何病乎不得如昔在太宗之時哉！此第三段，作答應之語。

石鼈老辭畢，三洞弟子某又某，靜如得，動如失，久而却走，不敢貳問。仍用記叙，作總收。

鰲按：石鼈先生，杜公蓋設名以自寓也。首段叙閣中圖像，次段記侍御奉道之誠，三段祝弭災降祥之意。玩篇中干紀戰爭諸語，當是乾元初回京後所作者。

祭遠祖當陽君文

維開元二十九年歲次辛巳月日，十三葉孫甫，謹以寒食之奠，敢昭告于先祖晉駙馬都尉鎮南大將軍當陽成侯之靈。朱注：《晉書》：杜預字元凱，京兆杜陵人，尚文帝妹高陸公主，襲祖爵豐樂亭侯。羊祜卒，拜鎮南大將軍、都督荆州諸軍事。孫皓平，以功進爵當陽縣侯。年六十二卒，追贈征南大將軍、開府儀同三司，謚曰成。初陶唐氏，出自伊祁，《史記索隱》：帝堯，姓伊祁氏。聖人之後，世食舊德叶音登。降及武庫，應乎虬精。靈、德、精相叶，古韻通用。朱注：《晉書》：預在内七年，損益萬機，朝野稱美，號曰杜武庫。預在荆州，因燕集醉卧齋中，外人聞嘔吐聲，竊窺于户，正見一大蛇垂頭而吐，聞者異之。恭聞淵深，罕得窺測，勇功是立，智名克彰。朱注：《晉書》：襄陽謡曰：後世無叛由杜翁，孰識智名與勇功。繕甲江陵，祲清東吴，朱注：《晉書》：太康元年，預進攻江陵，克之。沅湘以南，至于交廣，吴之州郡，皆望風歸命。指授群帥，徑進秣陵，所過城邑，莫不束手。邦于南土，建侯于荆。叶音姜。舊本建侯句在邦于之上。河水活活，造舟爲梁。彰、荆、梁相叶。朱注：《水經注》：孟津亦曰盟津。《晉陽秋》曰：杜預造橋於富平津，所謂造州爲梁也。《晉書》：預以孟津渡時有覆没之患，請建河橋於富平津。橋成，帝從百僚臨會，舉觴屬預曰：「非君此橋不立也。」洪濤奔汜，未始騰毒，《春秋》主解，稿隸躬親。朱注：《晉書》：預耽思典籍，爲《春秋左氏經傳集解》，又參考衆家譜第，爲之《釋例》，又作《盟會圖》、《春秋長曆》。嗚呼筆跡，流宕何人。親、人相叶。張溍注：言杜預筆跡流宕，不知何人收取也。蒼蒼孤墳，獨出高頂，朱注：《晉書》：預先爲遺令曰：「吾往爲臺郎，嘗過密縣之邢山。山上有冢，問耕夫，云是鄭大夫祭仲，或云子産之冢也。冢居山之頂，四望周達，連山體南北之正而邪東北，向新鄭城，意不忘本也，隧道惟塞其後而空其前，示藏無珍寶也。山多美石不用，必集洧水自然之石以爲冢藏，貴不勞工巧也。吾去春入朝，自表營洛陽城東首陽之南爲將來兆域。地中有小山，上無舊冢。雖不比邢山，然東望二陵，西瞻宫闕，南觀伊洛，北望夷齊，情之所安也。故遂開隧道南向，儀制取法於鄭大夫，欲以儉自完耳。棺器小斂之事，皆稱此。」子孫一以遵之。靜思骨肉，悲憤心胸。峻極於天，神有所降。胸、降相叶。《詩·國風》：降，叶音洪。不毛之地，儉乃孔昭，取象邢山。班固《東都賦》：山叶音莘。全模祭側賣切仲多藏之戒，焯序前文。小子築室首陽之下，不敢忘本，不敢違仁。古韻山、文、仁通協。庶刻豐石，樹此大道叶去聲。論次昭穆，載揚顯號。下二段，各四句叶韻。于以采蘩，于彼中園。誰其尸之，有齊莊皆切列孫。嗚呼！敢告兹辰，以永薄祭，尚饗。

此文似乎散行無韻，及細玩之，知篇中凡七轉韻，蓋古韻參錯，乍看故未覺耳。蘇子瞻祭屈原文，亦係暗藏古韻，注家皆未標明者。

祭外祖祖母文

維年月日，外孫滎陽鄭宏之、京兆杜甫，謹以寒食庶羞之奠，敢昭告于外王父母之靈。嗚呼！外氏當去聲房一作亡，祭祀無主。伯道何罪，陽元誰撫？朱注：《晉書·鄧攸傳》：天道無知，使鄧伯道無兒。《魏舒傳》：舒字陽元，少孤，爲外家寧氏所養。元陽，當作陽元。緬惟夙昔，追思艱窶。當太后秉柄，内宗如縷。紀國則夫人之門，注詳下。舒國則府君之外父。錢箋：舒王元名，高祖第十八子，永昌年與子亶俱爲丘神勣繫詔獄，元名坐遷利州，尋被殺。神龍初，詔復官爵，贈司徒。曰府君之外父者，蓋舒國爲府君外王父也，於《贈李義》詩可考。聿以生居貴戚，嬰結狂豎。雌伏單棲，雄鳴折一作析羽。憂心惙惙，出《詩》。獨行踽踽。出《詩》。悲夫逝今本缺逝字景分飛，忽間於鳳凰；咄彼讒人有詞，何今本缺何字異於鸚鵡。初，我父王之遘禍，我母妃之下室。謂下請室也。深狴殊塗，酷吏同律。夫人於是今本缺是字布裙扉音費屨，扉屨，草履也。《左傳》：共有資糧扉屨。提餉潛出。昊天不傭，退藏於密。久成凋瘵，溘至終畢。蓋乃事存於義陽之誄，名播於燕公之筆。錢箋：紀王慎，太宗第十子。越王貞敗，慎亦下獄，改姓虺氏，配流嶺表，道至蒲州而卒。慎次子沂州刺史、義陽王琮等五人，垂拱中並遇害。中興初，追復官爵。張燕公《義陽王碑》曰：初永昌之難，王下河南獄，妃録司農寺。惟有崔氏女，屝屨布衣，往來供饋，徒行頳色，傷動人倫，中外咨嗟，目爲勤孝。按碑則公之外母，紀王之孫，義陽之女也，故曰「紀國則夫人之門」，又曰「名播於燕公之筆」也。公母崔氏，此有明徵。《范陽太君誌》稱冢婦盧氏，其爲傳寫之誤無疑矣。燕公碑又載義陽二子，配在嶲州，長曰行遠，以冠就戮，次曰行芳，以童當捨。芳啼號抱遠，乞代兄死，不見聽，固求同盡。西南傷之，稱爲死悌。季子行休，泣血上請迎喪遠裔，至孝潛通，精魄昭應。《新書》又載紀國之女，適太子司議郎裴仲將，王死嘔血數升，絶膏沐者二十年。王既歸葬，一慟而卒，中宗舉哀，章善門，下詔褒揚。勤孝孝悌，萃於一門，未有如紀國之盛者也。余是以詳著之。嗚呼哀哉！宏之等從母昆弟，兩家因依。弱歲俱苦，慈顔永違。豈無世親，不如所愛；豈無舅氏，不知所歸。誓以偏往，惻戀光輝。漸漬一作積相勗，居諸造微。溍曰：造微，猶言式微。幸遇聖主，願發清機。以顯内外，何當奮飛。洛城之北，邙山之曲，列樹風烟，寒泉珠玉。千秋古道，王孫去兮不歸；三月清一作晴天，春草萋兮增緑。頃物將牽，累事未遂，欲使淚流頓盡，血下相續者矣。撫奠遲迴，炯心依屬。庶多載之灑掃，循兹辰之軌躅。

張溍曰：此等古茂之作，令人亦不能讀。

祭故相國清河房公文

黄鶴曰：考《舊史》，房琯以廣德元年八月四日卒於閬州僧舍，而權瘞於彼。時杜公在閬州，有祭文。明年春晚，有《别房公墓》詩。又明年爲永泰元年，房公啟殯而歸，時公在雲安，故有《承聞歸葬東都》之作。

維唐廣德元年歲次癸卯，九月辛丑朔，二十二日壬戌，京兆杜甫，敬以醴酒茶藕蓴鯽之奠，張邦基《墨莊漫録》：蓴生於春，至秋則不可食。張翰亦以秋風動而思蓴羹鱸鱠，皆不可曉。奉祭故相國清河房公之靈曰：嗚呼！純樸既散，聖人又没。苟非大賢，孰奉天秩。唐始受命，群公間出。君臣和同，德教充溢。魏杜行之，夫何畫一。魏徵、杜如晦。婁宋繼之，不墜故實。婁師德、宋璟。百餘年間，見有輔弼。及公入相，紀綱已失。將帥干紀，烟塵犯闕。王風寖頓，神器圮裂。關輔蕭條，乘輿播越。太子即位，揖讓倉卒。小臣用權，尊貴倏忽。趙次公曰：小臣二語，蓋謂李輔國也。公實匡救，忘餐奮發音勿。累抗一作挫直詞，空聞泣血。《新書》：琯奉册靈武，見肅宗，道當時利病，辭吐華暢。帝傾意待之，與參決機務，又諫第五琦聚斂産怨，如楊國忠。語皆切直。時遭祲沴音戾，國有征伐。車駕還京，朝廷就列。盜本乘弊，誅終不滅。高義沉埋，赤心蕩折。貶官厭路，讒口到骨。朱注：讒口，謂肅宗入賀蘭進明之譖，惡琯，貶之。事見《唐書》本傳。致君之誠，在困彌切。此段，叙入相時，忠而被謗。

天道闊遠，元精茫昧。偶生賢達，不必際一作濟會。明明我公，可去時代。言朝廷不當去之。賈誼慟哭，雖多顛沛。仲尼旅人，自有遺愛。二聖崩日，長號荒外。二聖，玄、肅兩宗。後事所委，不在卧内。謂不受託孤之命。因循寢疾，顑頷無悔。矢死泉塗，激揚風概。天柱既折，安仰翼戴。地維則絶，安放夾《英華》作挾載。此段，叙謫官後中道殞殂。安仰安放，見《檀弓》。

豈無群彦，我心忉忉。不見君子，逝水滔滔。泄涕寒一作塞谷，吞聲賊壕。有車爰送，有紼爰操。撫墳日落，脱劍秋高。我公戒子，朱注：《唐書》：琯子孺復，終容州刺史。無作爾勞。殮以素帛，付諸蓬蒿。身瘞萬里，家無一毫。數子哀過，他人鬱陶。水漿不入，日月其慆。此段，叙身殁後旅殯荒凉。

州府救喪，一二而已。自古所嘆，罕聞知已。曩者書札，望公再起。今來禮數，爲態至此。先帝松柏，故鄉枌梓。靈之忠孝，氣則依倚。拾遺補闕，視君所履。公初罷印，人實切齒。甫也備位此官，蓋薄劣耳。見時危急，敢愛生死。君何不聞，刑欲加矣。伏奏無成，終身愧耻。此段，自述感恩疏救之意。

乾坤慘慘，豺虎紛紛。蒼生破碎，諸將功勳。城邑自守，鼙鼓相聞。山東雖定，灞上多軍。憂恨展轉，傷痛氤氳。玄豈正色，白亦不分。培塿滿地，崑崙無群。致祭者酒，陳情者文。何當旅櫬，得出江雲。此段，正臣卒而有慨世事也。嗚呼哀哉！尚饗。

《唐詩紀事》：司空圖曰：子美《祭房太尉文》、太白《佛寺碑贊》，宏拔清厲，乃其歌詩也。

張溍上若曰：時含時露，用意婉至，此少陵第一首文。蓋交遇知己，其情既篤，則其文自佳。又曰：房次律建分王帝胄之議，爲禄山所畏。公深推慕，復以救琯左遷，乃生平最大之事，故此篇亦生平最著意之文。

唐故德儀贈淑妃皇甫氏神道碑

黄鶴曰：碑云自我之西，歲陽載紀。按《爾雅》，自甲至癸，爲歲之陽。妃以開元二十三年乙亥薨，至天寶四載乙酉，爲歲陽載紀矣，碑當立於是年也。《東觀餘論》：董君新序，稱甫爲淑妃碑在開元二十三年，最少作也。予按是年，甫才二十四歲。碑末云云，若其葬年所作，豈得稱白頭嵇阮與野老何知哉？又其銘曰：日居月諸，丘隴荆杞。列樹拱矣，豐碑闕然。則其立碑蓋在葬後十年，非皇甫葬時作也。董君不考立碑之年，但據其葬年而云，故誤耳。

后妃之制古矣，而軒轅氏、帝嚳氏次妃之跡，最有可稱，傳一作存乎舊史，然則其義隱，其文略。朱注：《帝王世紀》：黄帝四妃，生子二十有五人。帝嚳四妃，生稷及堯及契。《周禮》王者内職大備，而陰教宣。鄭玄注：母者，施陰教於婦也。詩人《關雎》風化之始，樂得淑女。《詩序》：《關雎》，后妃之德也，風之始也。又曰：樂得淑女以配君子，憂在進賢，不淫其色。蓋所以教本古訓，發皇婦道。《詩序》：化天下以婦道也。居具燕寢之儀，動有環珮之節，進賢才以輔佐君子，不淫色以取媚閨房。雖彤管之地，功過必紀；而金屋之寵，流宕一揆。《後漢書·后紀》論：世婦知喪祭賓客，女御序于王之燕寢。又曰：女史彤管，記功書過，居有保阿之訓，動有環珮之響，進賢才以輔佐君子，褒窈窕而不淫其色，所以能宣述陰化，修成内則。金屋，見《漢書·武帝紀》。稽女史之華實，嗣嬪則之清高，亦時有其人，偉夫音扶精選。淑妃諱□字□□，姓皇甫氏，其先安定人也。惟卨即契字封商，於赫有光。伊玄祖樹德，謂成湯。於今不忘。必宋之子，莫之與比。伊清風繼代，惠此餘美。夫其系緒蕃衍，紱冕所興，列爲公侯，古有皇父充石，則其宗可知已。朱注：《左傳》：宋武公之世，鄋瞞伐宋，司徒皇父帥師禦之，耏班御皇父充石。注：皇父，戴公子。充石，皇父名。夫其體元消息，經術之美，刊正帝圖，中有玄晏先生，則其家可知已。朱注：臧榮緒《晉書》：皇甫謐，字士安，安定朝那人也，年二十始受書，得風痹疾，猶手不輟卷，舉孝廉不行，又辟著作不應，自稱玄晏先生，後卒於家。按謐撰《帝王世紀》十卷、《年歷》六卷，故曰刊正帝圖。嗟乎！我有奕葉，承權輿矣。出《毛詩》。我有徽猷，展肅雍矣。出《毛詩》。積群玉之氣，自對白虹之天；群玉山，見《穆天子傳》。《禮記》：玉，氣如白虹，天也。生五色之毛，不離丹鳳之穴。注見詩集。曾祖烜，皇朝宋州刺史。祖粹，皇朝越州刺史、都督諸軍事。父日休，皇朝左監門衛副率。妃則副率府君之元女也。粵在襁褓，體如冰雪。《史記》：成王少在襁褓之中。《莊子》：綽約如處女，肌膚若冰雪。氣象受於天和，詩禮傳於胎教。《莊子》：天和將至。朱注：《列女傳》：太任有娠，目不視惡色，耳不聽淫聲，口不出傲言，溲於豕牢而生文王，君子謂能胎教。故列我開元神武之嬪御者，豈易其容止法度哉。朱注：《玄宗紀》：開元元年十一月，群臣上尊號曰開元神武皇帝。二十七年二月，群臣上尊號曰開元聖文神武皇帝。今上昔在春一作青宮之日，詔誥良家女，擇視可否，充備淑哲。太妃以內秉純一，外資沉靜，明珠在蚌，水月鮮白，美玉處石，雲崖津潤，孫卿子曰：玉在山而木潤，珠生淵而崖不枯。《答賓戲》：和氏之璧韞於荆石，隋侯之珠藏於蚌蛤。《文賦》：石韞玉而山輝，水懷珠而川媚。結褵而金印相輝，同輦而翠旗交影。《詩》：親結其褵。朱注：《後漢·皇后紀》論：六宮稱號，惟后貴人，貴人金印紫綬。《漢書儀》：皇后、婕妤乘輦，餘皆以茵，四人輿以行。同輦，注見詩集。由是恩加婉順，品列德儀。《漢紀》：婉順慈孝，體性慈惠。《漢·元后傳》：及壯大，婉順得婦人道。朱注：《通鑑》：上爲臨淄王也，趙麗妃、皇甫德儀、劉才人皆有寵。注：帝置六儀，德儀其一也。杜氏《通典》：唐内官有德儀六人，正二品。**雖掖庭三千，爵秩十四，**朱注：《後漢・皇后紀》論：孝元之後，世增隆費，至乃掖庭三千，增級十四。**掩六宫以取俊，超群女以見賢，豈渥澤之不流，曾是不敢以露才揚己，卑以自牧而已。**《前漢書》：屈原露才揚己。《謙》象：卑以自牧也。**夫如是，言足以厚人倫、化風俗，**見《詩序》。**彌縫坤載之失，夾輔元亨之求。**朱注：《易・坤》：君子以厚德載物。又：元亨，利牝馬之貞。**嗚呼！彼蒼也常與善，何有初也不久好，奈何？**此處疑有脱誤，其意則哀妃之有初而鮮終耳。**況妃亦既遘疾，怗**音帖，安也**如慮往。**補釋：猶言甘心逝世也。**上以服事最舊，佳人難得，送藥必經於御手，見寢始迴乎天步。月氏使者，空説返魂之香；**朱注：《十洲記》：聚窟洲，在西海中。洲上有大樹，與楓木相似，香聞數百里，名爲返魂。叩其樹樹能自聲，聲如群牛吼。伐其根心，玉釜中煮取汁，更微火熟煎之如飴，令可丸，名曰驚精香，或名振靈丸，或名返生香。《博物志》：武帝時，月支國王遣使獻香四兩，大如雀卵，黑如桑椹，云能起夭殘之死。始元元年，京城大疫，死者過半，帝取月支神香燒之，死未三日者皆活。香氣經三月不歇，乃祕録餘香，一旦失去。此香出聚窟洲人鳥山，山多樹，與楓樹相似，而香聞數里，名爲返魂樹。**漢帝夫人，終痛歸來之像。**朱注：《漢・郊祀志》：齊人少翁，以方見上，上所幸李夫人卒，少翁以方夜致夫人及竈鬼之貌，天子自帷中望見焉。桓譚《新論》：武帝思念李夫人不已，有方士齊人李少翁，言能致夫人之魂，及夜設燈燭於幄帷，令帝居他帳中，遥望見李夫人之貌，婉若生時。以開元二十三年歲次乙亥十月癸未朔，薨於東京某宮院，春秋四十有二。嗚呼哀哉！望景向夕，澄華微陰，風驚碧樹，霧重青岑。天子悼履綦之蕪絶，惜脂粉之凝冷。下麟鳳之銀牀，到梧桐之金井。嗚呼哀哉！厥初權殯於崇政里之公宅，後詔以某月二十七日己酉，卜葬於河南縣龍門之西北原，禮也。制曰：故德儀皇甫氏，贊道中壼，肅事後庭。孰云疾疢，奄見凋落。永言懿範，用愴於懷。宜登四妃之列，朱注：《史記索隱》：黄帝立四妃，象后妃四星。《大戴禮·帝繫》：帝嚳卜其四妃之子，皆有天下。《初學記》：正嫡曰元妃，以下稱次妃。式旌六行之美，晉傅咸《皇后贊》：明德馬后，執履貞素，光崇六行，動遵禮度。可册贈淑妃。朱注：《唐書》：唐制皇后而下，有貴妃、淑妃、德妃、賢妃，是爲夫人。喪事所需，並宜官供。河南尹李適之，朱注：《唐書》：開元中，適之擢秦州都督，徙陝州刺史、河南尹。充使監護。非夫清門華胄，積行累功，序於王者之有始有卒，介於嬪御之不僭不濫，是何存榮没哀，視有遇之多也。有子曰鄂王，諱瑤，兼太子太保，使持節幽州大都督事，有故在疚而卒。豈無樂國，今也則亡，匪降自天，云何吁矣。朱注：《舊唐書》：鄂王瑶母皇甫德儀，光王琚母劉才人，皆玄宗在臨淄邸以容色見顧，出子朗秀而母加愛焉。及惠妃承恩，鄂王之母亦漸疏薄，太子瑛、鄂、光王等謂母氏失職，嘗有怨望。開元二十五年，鄂王、光王得罪廢。《通鑑》：楊洄奏太子瑛與瑶、琚潛搆異謀，宣制廢爲庶人，尋賜死城東驛。瑶、琚好學有才識，死不以罪，人皆惜之。有女曰臨晉公主，出降代國長公主子榮陽鄭潛耀一作曜，官曰光禄卿，爵曰駙馬都尉。朱注：《唐書·公主傳》：代國公主，睿宗女，名華，字華婉，劉皇后所生，下嫁鄭萬鈞。臨晉公主，玄宗女，皇甫淑妃所生，下嫁鄭潛耀，卒大曆時。《孝友傳》：開元中，代國長公主寢疾，潛耀侍左右，累三月不靧面，尚臨晉長公主，歷太僕光禄卿。獨孤及《鄭駙馬孝行紀》：公慮敏而文，生知純孝，開元二十八年，尚玄宗第十二女臨晉長公主，嗣榮陽郡公，佩金印、列長戟，垂三十載。昔王儉以公主恩，尚帝女爲榮；朱注：《齊書》：王儉父僧綽，嫡母武康公主。丹陽尹袁粲聞儉名，言之於明帝，尚陽羨公主，拜駙馬都尉。何晏兼關内侯，是亦晉朝歸美。朱注：《魏志》：何晏，大將軍進孫，長於宫省，尚金鄉公主，得賜爵爲列侯。晏與夏侯玄名盛於時，司馬師亦預焉。師即晉景皇帝也。公主禮承於訓，孝自於心，霜露之感形於顔色，享祀之數闕於灑掃，嘗戚然謂左右曰：自我之西，自東都歸西都。歲陽載紀。注見題下。彼都之外，道里遐絶，聖慈有蓬萊之深，異縣有松檟之阻。思欲輕舉，安得黄鵠；未議巡豫，徒瞻白雲。望闕塞之風烟，尋常涕泗；闕塞，即伊闕。注詳詩集。懷伊川之陵谷，恐懼遷移。伊川在洛陽。於是下教邑司，爰度碑版。甫忝鄭莊之賓客，遊竇主之園林。朱注：鄭莊，注見詩集。《漢·東方朔傳》：初，帝姑館陶公主號竇太主，爰叔説董偃白主獻長門園，上大悦。主因請上臨山林。應劭曰：公主園中有山，謙不敢稱第，故託山林也。以白頭之嵇阮，嵇康、阮籍。豈獨步於崔蔡。崔駰，蔡邕。邕集多碑誄，傳於世。而野老何知，斯文見託；公子汎愛，壯心

未已。不論官閥，游夏入文學之科；朱注：《後漢・鄭玄傳》：仲尼之門，考以四科，回賜之徒，不稱官閥。**兼叙哀傷，顔謝有后妃之誄。**顔延之有《宋文元皇后哀册文》，謝莊有《宋孝武宣貴妃誄》。《南史》：敬皇后遷祔山陵，謝朓撰哀册文，齊世莫及。**銘曰：**

積氣之清，積陰之靈。漢曲迴月，高堂麗星。驚濤洶洶，過雨冥冥。洗滌蒼翠，誕生娉婷。其一，言妃生有自來。此鍾清靈之氣，感星月之祥，當風雨之辰而降生也。揚雄《元后誄》：沙麓之靈，太陰之精。謝莊《宣貴妃誄》：望月方娥，瞻星比婺。《史記》：顓頊之母女樞，感瑶光貫月之祥。漢元帝王皇后母李氏，夢月入懷而生后。先言漢曲驚濤，後言瀟湘片雲，妃蓋楚産耶？

婉彼柔惠，迥然開爽。綢繆之故，昔在明兩。恩渥未渝，康哉大往。展如之媛，孰與争長子兩切。其二，言自東宫入侍。《易・離》象：明兩作離，大人以繼明照於四方。儲君繼體，故云明兩。《書》：庶事康哉。《易傳》：大往小來。謝莊誄：展如之華，實邦之媛。

珩珮是加，翬褕余遥二音**克備。先德後色，累**上聲**功居位。壼儀孔修，宫教咸遂。王子**朱作于，誤**奬飾，禮亦尊異。**其三，言承恩眷而生鄂王。梁雅樂歌：珩珮流響，纓紱有榮。畫雞雉于王后之服曰翬褕。《記》：王后褘衣，夫人褕翟。張華哀册：法服翬褕。《周禮》：先婦德而後婦容，所謂先德後色也。《後漢・后紀》：明帝聿尊先旨，宫教頗修。

小苑春深，離宫夜逼。池畔臨風，花間度月。叶璧吉切。蘇茂相古韻，月、屑、葉、陌、錫通用。

同輩未歸，焚香不息。嗚呼變化，惠好去聲終極。其四，記寵盛而終衰也。　武林王錫曰：臨風承春，度月承夜，同輩承苑，焚香承宮，脈理井然。舊本作花間度月，同輩未歸，池畔臨風，焚香不息，刊誤無疑。朱氏改未歸爲未飾，義亦未安。　《詩》：惠而好我。

馮音憑相去聲視祲，太史書氛。藏舟晦色，逝水寒文。翠幄成成疑作滅彩，金爐罷燻。燕平聲趙一馬，瀟湘片雲。其五，傷身卒而神遊也。　藏舟，不復遊苑。翠幄，喪在宮中。燕趙瀟湘，魂氣自北而南。　《東京賦》：馮相觀祲。注：祲，陰陽氣相侵也。《周禮》有馮相氏，又有太史氏。　《左傳》：分至啟閉，必書雲物。　藏舟，見《莊子》。　顏延之誄文：素軒滅采。

恍惚餘跡，蒼茫具美。王子國除，匪他之恥。公主愁思去聲，永懷於彼。日居月諸，丘隴荊杞。其六，誌歿後荒涼之狀。　《詩》：日居月諸。　桓譚《新論》：墳墓生荊棘。

巖巖禹鑿，瀰瀰伊川。列樹拱矣，豐碑闕一作缺然。爰謀述作，欻就雕鐫。金石照地，蛟龍下去聲天。其七，叙歷久而作墓碑。　龍門、伊水，皆東都地。　《詩》：維石巖巖。　《史記》：禹鑿龍門。　《詩》：河水瀰瀰。　《春秋》：遷陸渾之戎於伊川。　《左傳》：墓木拱矣。　《史記》：其儀闕然湮滅。　金石，見《八哀詩》注。　張溍曰：蛟龍，指碑傍所刻之龍文。

少去聲室東立，繚垣西走。佛寺在前，宮橋在後。維山有麓，與碑不朽。維水有源，與詞永久。其八，言勒銘以垂後世。　少室，山名。　繚垣，墓牆。　銘詞連章累叙，八句換韻，倣沈約《安陸昭王碑文》，其典雅風秀，則又四言古詩之遺派也。

馬端臨曰：拾遺詩語高妙，至他文不脱偶儷，未見其異於王楊沈宋也。

張溍曰：莊重周悉，雖有駢辭，無傷於體。漢誌銘多用對句，正自有據。末記鄭駙馬以碑見託，古人作一文必著來歷，則其不輕見諾可知矣。

按作碑版文字，取叙述德行功績，使可傳於後世。此係宫妃墓碑，絶無素行可載，若寥寥記叙，又少窬皇氣象。故不得不假六朝之藻麗，以寓追悼之哀詞，此作者善於經構體裁也。其於皇甫母子事，含蓄不露，得《春秋》爲尊者諱之法。

唐故萬年縣君京兆杜氏墓誌

甫以世之録行跡、示將來者多矣，大抵家人賄賂，詞客阿諛，真僞百端，波瀾一揆。夫載筆光芒於金石，作程通達於神明，立德不孤，揚名歸實，可以發皇内則，標格女史，竊見於萬年縣君得之矣。其先系統於伊祁，注見前。分姓於唐杜，朱注：《左傳》：穆叔如晉，范宣子問曰：「古人有言，死而不朽。昔匄之祖，自虞以上爲陶唐氏，在夏爲御龍氏，在商爲豕韋氏，在周爲唐杜氏，晉主夏盟爲范氏，其是之謂乎？」穆叔曰：「以豹所聞，此之謂世禄，非不朽也。」吾祖也，吾知之。

《左傳》：郯子來朝，昭子問曰：「少昊氏以鳥名官，何故也？」郯子曰：「吾祖也，吾知之。」遠自周室，迄於聖代，傳之以仁義禮智信，列之以公侯伯子男。《春秋傳》云，穆叔謂之世禄，其在兹乎？曾祖某，名無考。隋河内郡司功、獲嘉縣令。王父某，名依藝。皇朝監察御史、洛州鞏縣令。前朝咸以士林取貴，宰邑成名。考某，名審言。修文館學士、尚書膳部員外郎，天下之人，謂之才子。兄升，國史有傳，縉紳之士，誄爲孝童。事詳下篇。故美玉多出於崑山，明珠必傳於滄海。蓋縣君受中和之氣，成肅雍之德，其來尚矣。作配君子，實爲好仇。河東裴君諱榮期，見任濟王府録事參軍，入在清通，同行領袖，素髮相敬，朱紱有光。縣君既早習於家風，以陰教爲己任，執婦道而純一，與禮法而終始，可得聞也。昔舅没姑老，承順顔色，侍歷年之寢疾，力不暇於須臾。苟便於人，皆在於手，淚積而形骸奪氣，憂深而巾櫛生塵。張云：不暇盥沐也。尊卑之道然，固出自於天性，孝養哀送，名流稱仰，允所謂能循法度，則可以承先祖、供給祭祀矣。惟其矜莊門户，節制差服，功成則運，有若四時，物或猶乖，匪踰終日。黼畫組就之事，《周禮·典絲》：凡祭祀供黼畫組就之物。割烹煎和之宜，規矩數及於親姻，脱落頗盈於歲序。張云：不拘拘較量也。若其先人後己，上下敦睦，縣胡涓切罄知歸，揖讓惟久，在嫂叔則有謝氏光小郎之才，朱注：《晉書》：王凝之妻謝氏，字道韞。獻之與客談，詞理將屈，道韞遣婢白獻之曰：「欲與小郎解圍。」乃施青紗步障自蔽，論獻之前義，客不能屈。於姊姒則有鍾琰洽介婦之德，朱注：《晉書》：王渾妻鍾氏，字琰，聰慧弘雅，博覽記籍，禮儀法度爲中表所則。適潭弟湛妻郝氏，亦有德行，琰雖貴門，與郝不以賤下琰，琰不以貴凌郝，時人稱鍾夫人之禮，郝夫人之法云。周給不礙於親疏，汎愛無擇於良賤。至如星霜伏臘，軒騎歸寧，慈母每謂於飛來，幼童亦一作方生乎感悦。加以詩書潤業，導誘爲心，遏悔吝於未萌，驗是非於往事，内則置諸子於無過之地，外則使他人見賢而思齊。爰自十載已還，默契一乘之理。朱注：《法華經》：十方佛土中，惟有一乘法，無二亦無三，除佛方便説。絶葷血於禪味，混出處於度門。朱注：《華嚴疏鈔》：《賢劫經》中説，佛有八萬四千諸度法門，菩薩行時，便能通達諸度法門。喻筏之文字不遺，開卷而音義皆達，母儀用事，家相遵行矣。至於膳食滑甘之美，韠結縫線之難。展轉忽微，欲參謀而縣胡涓切解；朱注：《莊子》：古者謂是帝之縣解。郭象曰：以有繫者爲縣，則無繫者縣解也。縣解而性命之情得矣。指麾補合，猶取則於垂成。其積行累功，不爲熏修所住著直略切，有如此者。靈山鎮地，長吐烟雲，德水連天，自浮聖象。則其著心定慧，豈近一作遥於揚搉者哉。張云：言非關獎飾也。朱注：二句今本訛缺。天寶元年某月八日，終於東京仁風里，春秋若干，示諸生滅相。越六月二十九日，還殯於河南縣平樂鄉之原，禮也。嗚呼哀哉！琴瑟罷聲，蘋蘩晦色，骨肉號兮天地感，中外痛兮鬼神惻。有子，長曰朝列；次朝英，北海郡壽光尉；次朝牧。女，長適獨孤氏，次閻氏，皆禀自胎教，成於妙年。厥初寢疾也，惟長女在，列一作側、英、牧或以遊以宦，莫獲同曾氏之元申，號而不哭，傷斷鄰里，悠哉少女，未始聞哀，又足酸鼻。一本作始聞哀酸鼻。嗚呼！縣君有語曰：可以褐衣斂我，起塔而葬。裴公自以從大夫之後，成縣君之榮，愛禮實深，遺意蓋闕。但褐衣在斂，而幽隧爰封，其所廞虛金切飾，《說文》：廞，陳輿服於庭也。《周禮》：廞大裘。咸遵儉素。眷兹邑號，未降天書，各有司存，成之不日。嗚呼哀哉！有兄子曰甫，制服於斯，紀德於斯，刻石於斯。或曰：豈孝童之猶子與，奚孝義之勤若此？甫泣而對曰：非敢當是也，亦爲報也。甫昔臥病於我諸姑，黄鶴曰：臥病於我諸姑，意公之母早亡而育於姑也。姑之子又病，問女巫，巫曰：「處楹之東南隅者吉。」姑遂易子之地以安我。我用是一作自用存，而姑之子卒，後乃知之於走使。甫嘗有説於人，客將出涕，感者久之，相與定謚曰義。君子以爲魯義姑者，遇暴客於郊，抱其所攜，棄其所抱，以割私愛，朱注：《列女傳》：齊攻魯，至郊，遥見一婦人攜一兒，抱一子，及軍至，乃棄抱者而抱攜者。將欲射之，遂止而問曰：「所抱者誰之子，」對曰：「兄之子。」「所棄者誰之子，」曰：「己子也。」軍曰：「何棄所生而抱兄子，」對曰：「子之於母，私愛也。姪之於姑，公義也。背公向私，妾不爲也。」齊軍曰：「魯郊有婦人，猶持節行，況朝廷乎。」遂回軍不伐。魯君聞之，賜一束帛，號曰義姑。縣君有焉。是以舉兹一隅，昭彼百行，銘而不韻，蓋情至無文。其詞曰：嗚呼！有唐義姑，京兆杜氏之墓。

張溍曰：叙閨中事入如許深致語。少陵之文，本自過人，反以詩掩耳。

唐故范陽太君盧氏墓誌

五代祖柔，隋吏部尚書容城侯。大父元懿，是渭南尉。父元哲，是廬州慎縣丞。維天寶三載五月五日，故修文館學士著作郎京兆杜府君諱某審言之繼室，范陽縣太君盧氏，卒於陳留郡之私第，春秋六十有九。嗚呼！以其載八月旬有一日發引，歸葬於河南之偃師。以是月三十日庚申，將入著作之大塋，在縣首陽之東原。我太君用甲之穴，禮也。墳南去大道百二十步奇三尺，北去首陽山二里。凡塗車芻靈、設熬置銘之名物，朱注：《禮記》：舍人共飯米熬穀。注：熬者，煎穀也。將塗設於棺旁，所以惑蚍蜉不至棺也。《儀禮·士喪禮》：爲銘各以其物。加庶人一等，蓋遵儉素之遺意。塋内，西北去府君墓二十四步，則壬甲可知矣。遺奠之祭畢，一二家相進曰：斯至止，將欲啟府君之墓門，安靈櫬於其右，豈厥飾未具，時不練與？前夫人薛氏之合葬也，初太君令之，諸子受之，流俗難之，太君易之。今兹順壬取甲，又遺意焉。嗚呼孝哉！孤子登，號如嬰兒，視無人色。且左右僕妾，洎厮役之賤，皆蓬首灰心，嗚呼流涕，寧或一哀所感，片善不忘而已哉！實惟太君，積德以常，臨下以恕，如地之厚，從一作敬天之和，運陰教之名數，秉女儀之標格。嗚呼！得非太公之後，必齊之姜乎？朱注：《韻會》：姜氏封於盧，以國爲氏，出范陽。薛氏所生子，適丁歷切曰某，閑。故朝議大夫、兖州司馬。《舊書·職官志》：朝議大夫，文散官，正五品下階。兖州爲上州，上州司馬，從五品下階。次曰升，《唐書》作并。幼卒，報復父讐，國史有傳。朱注：《舊書·杜審言傳》：審言貶授吉州司户參軍，與州僚不協，司馬周季重與司户郭若訥，共構審言罪狀，繫獄，將因事殺之。既而季重等府中酣讌，審言子并年十三，懷刃擊之，季重中傷死，而并亦爲左右所殺。季重臨死曰：「我不知審言有孝子，郭若訥誤我至此。」審言因此免官還東都，自爲文祭并。士友咸哀并孝烈，蘇頲爲墓誌，劉允濟爲祭文。次曰專，歷開封尉，先是不禄。息女，長適鉅鹿魏上瑜，蜀縣丞。次適河東裴榮期，濟王府録事。次適范陽盧正鈞，平陽郡司倉參軍。嗚呼！三家之女，又皆前卒。而某等夙遭内艱，有長自太君之手者，至於昏姻之禮，則盡是太君主之。慈恩穆如，人或不知者，咸以爲盧氏之腹生也。然則某等，亦不無平津孝謹之名於當世矣。朱注：《漢書》：公孫弘養後母孝敬，後母卒，服喪三年，元朔中爲丞相，封平津侯。登即太君所生，前任武康尉。二女：曰適京兆王佑，任硤石尉，曰適會稽賀撝，卒常熟主簿。其往也，既哭成位，有若冢婦同郡盧氏、朱云：當作清河崔氏。介婦滎陽鄭氏、鉅鹿魏氏、京兆王氏，女通諸孫三十人，内宗外宗寖以疏闊者，或玄纁玉帛，自他日互有所至。若以杜氏之葬，近於禮而可觀，而家人亦不敢以時繼年。《禮》：大夫三月而葬。故不敢踰時。式志之金石，銘曰：太君之子，朝議所尊。貴因長子，澤就私門。亳邑之都，終天之地。享年不久，殁而猶視。朱注：潘岳《馬汧督誄》：没而猶眂。眂，與視同。

錢謙益曰：此誌，代其父閑作也。薛氏所生子，曰閑，曰升，曰專。太君所生，曰登。誌云「某等宿遭内艱，長自太君之手者」，知其代父作也。又曰「升幼卒，專先是不禄」，則知閑尚無恙也。黄鶴以爲代登作，又疑閑已卒，何不考之甚也。元誌云「閑爲奉天令」，是時尚爲兖州司馬。閑之卒，蓋在天寶間，而其年不可考矣。公母崔氏，此云冢婦盧氏，誤。以《祭外祖祖母文》及張燕公《義陽王碑》考之，甚明，而作年譜者曲爲之説曰，先生之母微，故没而不書。或又大書於世系曰母盧氏，生母崔氏。其敢爲誕妄如此。朱注：按誌云故朝議大夫兖州司馬，猶《漢書·李廣傳》所云故李將軍，非謂已没也。舊譜殆因故字誤。但閑時爲兖州司馬，而誌、傳俱云終奉天令。考奉天爲次赤縣，唐制京縣令正五品上階。閑自兖州司馬授奉天令，蓋從五品陞正五品也。公東郡趨庭之後，閑即丁太君憂，必服闋補此官耳。又云：盧氏乃崔氏之訛，極有據。但崔之郡望爲清河，此曰同郡，疑併誤。

杜文傳世無幾，舊刻既少疏箋，又多舛字，令讀者不能終篇。兹參善本，以訂刀筆之差訛；復採名注，以暢文義之隱奥。庶幾心目朗然，不致蓄疑難辯也。

附編

唐檢校工部員外郎杜君墓係銘并序

元　稹

叙曰：余讀詩至杜子美，而知大小之有總萃焉。始堯舜時，君臣以賡歌相和。是後詩人繼作，歷夏、殷、周千餘年，仲尼緝拾選練，取其干預教化之尤者三百篇，其餘無聞焉。騷人作而怨憤之態繁，然猶去風雅日近，尚相比擬。秦漢以還，採詩之官既廢，天下俗一作妖謡民謳，歌頌諷賦，曲度嬉戲之詞，亦隨時間作。至漢武帝賦《柏梁》詩而七言之體興，蘇子卿、李少卿之徒，尤工爲五言。雖句讀文律各異，雅鄭之音亦雜，而詞意簡遠，指事言情，自非有爲而爲，則文不妄作。建安之後，天下文士遭罹兵戰，曹氏父子鞍馬間爲文，往往横槊賦詩。其遒文壯節一無文節字，抑揚怨一作冤哀悲離之作，尤極於古。晉世風概稍存，宋齊之間，教失根本，士子以簡慢、歙習、舒徐相尚，文章以風容、色澤、放曠一作蕩、精清爲高，蓋吟寫性靈、流連光景之文也。意義格力，固無取焉。陵遲至於梁陳，淫艷、刻飾、佻巧、小碎之詞劇，又宋齊之所不取也。唐興，學官大振，歷世之文，能者互出，而又沈宋之流，研練精切，穩順聲勢，謂之爲律詩。由是而後，文變之體一作文體之變極焉。然而莫不好古者遺近，務華者去實；效齊梁則不逮於魏晉，工樂府則力屈於五言；律切則骨格不存，閒暇則纖穠莫備。至於子美，蓋所謂上薄風雅，元集作騷，下該沈宋，言奪蘇李，氣吞曹劉，掩顔謝之孤高，雜徐庾之流麗，盡得古今一作人之體勢，而兼文劉後村作文，一作人人之所獨專矣。一有如字。使仲尼考鍛其旨要，尚不知貴一作圖，其多乎哉！苟以爲能所不能，無可無不可，則詩人以來，未有如子美者。是時山東人李白，亦以奇文取稱，時人謂之李杜。余觀其壯浪縱恣，擺去拘束，模寫物象及樂府歌詩，誠亦差肩於子美矣。至若鋪陳終始，排比聲韻，大或千言，次猶數百，辭氣豪一作奮邁而風調清深，屬對律切而脱棄凡近，則李尚不能歷其藩翰，況堂一作壼奥乎？予嘗欲條析其文，體别相附，與來者爲之準，特病懶未就爾一無爾字。適一有遇字子美之孫嗣業，啓子美之柩，一有之字。襄祔事於偃師，途次於荆一有楚字，雅知余愛言其大父之爲文，拜余爲誌。辭不能絶，余因係其官閥而銘其卒葬云。

係曰：晉當陽成侯姓杜氏，下十世而生依藝，令於鞏。依藝生審言，審言善詩，官至膳部員外郎。審言生閑，閑生甫。閑爲奉天令。甫字子美，天寶中，獻《三大禮賦》，明皇奇之，命宰相試文，文善，授右衛率府胄曹。屬京師亂，步謁行在，拜左拾遺。歲餘，以直言失官，出爲華州司功，尋遷京兆功曹。劍南節度使嚴武，狀爲工部員外參謀軍事。旋又棄去，扁舟下荆楚間，竟以寓卒，旅殯岳陽。享年五十有九。夫人弘農楊氏女，父曰司農少卿怡，四十九年而終。嗣子曰宗武，病不克葬，殁，命其子嗣業。嗣業以家貧，無以給喪，收拾乞匃，焦勞晝夜，去子美殁餘四十年，然後卒先人之志，亦足爲難矣。銘曰：維元和之癸巳，粤某月某日之佳辰，合窆我杜子美於首陽之山前叶慈鄰切。嗚呼！千載而下，曰：此文先生之古墳。

昌黎並推李杜文章，元公獨謂李不能歷其藩翰，自此論定。後來評杜者多尊信其語，《舊史》所以詳録此文也。

杜工部小集序

樊　晃潤州刺史

工部員外郎杜甫，字子美，膳部員外郎審言之孫。至德初，拜左拾遺，直諫忤旨，左轉；薄遊隴蜀，殆十年矣。黄門侍郎嚴武總戎全蜀，君爲幕賓，白首爲郎，待之客禮。屬契闊湮阨，東歸江陵，緣湘沅而不返，痛矣夫！文集六十卷，行於江漢之南。常蓄東遊之志，竟不就。屬時方用武，斯文將墜，故不爲東人之所知。江左詞人所傳誦者，皆公之戲題劇論耳，曾不知君有大雅之作，當今一人而已。今採其遺文凡二百九十篇，各以事一作志類，分爲六卷，且一作直行於江左。君有子宗文、宗武，近知所在，漂寓江陵，冀求其正集，續當論次云。樊氏初求遺稿，僅得二百九十篇。經宋人搜輯，漸次集爲完編。諸家採録之功，誠不可没也。

讀杜工部詩集序

此下皆宋人孫　僅官給事中

叙曰：五常之精，萬象之靈，不能自文，必委其精、萃其靈於偉傑之人以涣發焉。故文者，天地真粹之氣也；所以君五常、母萬象也。縱出横飛，疑無涯隅；表乾裏坤，深入隱奥。非夫腹五常精，心萬象靈，神合冥會，則未始得之矣。夫文各一，而所以用之三，謀、勇、正之謂也。謀以始意，勇以作氣，正以全道。苟意亂思率，則謀沮矣；氣萎體瘵，則勇喪矣；言蕪辭蕪，則正塞矣。是三者，迭相羽翼以濟乎用也。備則氣淳而長，剥則氣散而涸。中古而下，文道繁富。風若周，騷若楚，文若西漢，咸角然天出，萬世之衡軸也。後之學者，瞽實聾正，不守其根而好其枝葉，由是日誕月艷，蕩而莫返。曹、劉、應、楊之徒唱之，曹植、劉楨、應璩、楊修。沈、謝、徐、庾之徒和之，沈約、謝靈運、徐陵、庾信。争柔鬬葩，聯組擅繡。萬鈞之重，爍爲錙銖，真粹之氣，殆將滅矣。洎夫子之爲也，剔陳梁，亂齊宋，抉晉魏，瀦其淫波，遏其煩聲，與周楚西漢相準的。其夐邈高聳，則若鑿太虚而噭萬籟；其馳驟怪駭，則若仗天策而騎箕尾；其首截峻整，則若儼鈎陳而界雲漢。樞機日月，開闔雷電，昂昂然神其謀，挺其勇，握其正，以高視天壤，趨入作者之域，所謂真粹氣中人也。公之詩，支而爲六家：孟郊得其氣焰，劉後村曰：孟郊烏有氣焰，謂得杜之氣骨可也。張籍得其簡麗，姚合得其清雅，賈島得其奇僻，杜牧、薛能得其豪健，陸龜蒙得其贍博，後村曰：能非牧比，不可並稱。龜蒙之詩，亦非贍博。皆出公之奇偏爾，尚軒軒然自號一家，爀世烜俗。後人師擬不暇，矧合之乎。風騷而下，唐而上，一人而已。是知唐之言詩，公之餘波及爾。於戲！以公之才，宜器大任，而顛沛寇虜，汩没蠻夷者，屯於時耶，戾於命耶，將天嗇厥代，未使斯文大振耶？雖道抑當世，而澤化後人，斯不朽矣。因覽公集，輒洩其憤以書之。

孫僅，字鄰幾，汝陽人，宋真宗咸平二年進士，知浚儀令，歷左諫議大夫，知河中府，復進給事中，有文集五十卷。

題杜子美別集後

蘇舜欽

杜甫本傳云：有集六十卷，今所存者才二十卷，又未經學者編緝，古律錯亂，前後不倫。蓋不爲近世所尚，墜逸過半。吁！可痛閔也。天聖末，昌黎韓綜官華下，於民間傳得號《杜工部別集》者，凡五百篇。予參以舊集，削其同者，餘三百篇。景祐初，僑居長安，於王緯主簿處又獲一集。三本相從，復擇得八十餘首，皆豪邁哀頓，非昔之攻詩者所能依倚，以知亦出於斯人之胸中。念其亡去甚多，意必皆在人間，但不落好事家，未布耳。今以所得，雜録成一策，題曰《老杜別集》，俟尋購僅足，當與舊本重編次之。又本傳云旅于耒陽，永泰二年，啗牛肉白酒，一夕而卒。此詩中乃有《大曆三年白帝城放船出瞿塘將適江陵》之作及《大曆五年追酬高蜀州見寄》，舊集亦有「大曆二年調玉鼎」之句，是不卒於永泰，史氏誤文也。覽者無以此爲異。景祐仁宗年號某年十二月十五日長安題。

杜工部集序

王　洙翰林學士

杜甫，字子美，襄陽人，徙河南鞏縣。曾祖依藝，鞏令。祖審言，膳部員外郎。父閑，奉天令。甫少不羈，天寶末獻《三大禮賦》，召試文章，授河西尉，辭不行，改右衛率府胄曹。天寶末，以家避亂鄜州，轉陷賊中。至德二載，竄歸鳳翔，謁肅宗，授左拾遺，詔許至鄜迎家。明年收京，扈從還長安。房琯罷相，甫上疏論琯有才，不宜廢免，肅宗怒，貶琯邠州刺史，出甫爲華州司功。屬關輔饑亂，棄官之秦州，又居成州同谷，自負薪採梠，餔糒不給。遂入蜀，卜居成都浣花里，復適東川。朱曰：公適東川，在嚴武鎮成都之後。此四字當删。久之，召補京兆府功曹，以道阻不赴，欲如荆楚。上元二年，聞嚴武鎮成都，自閬州挈家往依焉。子美自閬還成都，武再鎮蜀時也。此序誤。武歸朝廷，甫浮遊左蜀諸郡，往來非一。武再鎮兩川，奏爲節度參謀、檢校工部員外郎，賜緋。永泰元年夏，武卒，郭英乂代武。崔旰殺英乂，楊子琳、柏正當作貞，宋本避諱節舉兵攻旰，蜀大亂，甫逃至梓州。亂定，歸成都，無所依，子美避徐知道亂，入梓州。崔旰亂後，自雲安寓夔，不復還成都矣。此序亦誤。乃泛江，遊嘉戎，次雲安，移居夔州。大曆三年春，下峽，至荆南，又次公安，入湖南，泝沿湘流，遊衡山，寓居耒陽。嘗至岳廟，阻暴水旬日不得食。耒陽聶令知之，自具舟迎還。五月夏，一夕，醉飽卒，年五十九。觀甫詩與唐實録，猶概見事跡，比《新書》列傳，彼爲踳駁。傳云：召試，授京兆功曹，而集有《官定後戲贈》詩，注云：初授河西尉，辭，改右衛率府胄曹。傳云：遁赴河西，謁肅宗於彭原，而集有《喜達行在》詩，注云：自京竄至鳳翔。傳云：嚴武卒，乃遊東蜀依高適，既至而適卒。據適自東川入朝，拜散騎常侍，乃卒。又集有《忠州聞高常侍亡》詩。傳云：扁舟下峽，未維舟而江陵亂，乃游湘衡。而集有居江陵及公安詩至多。傳云：永泰二年卒。而集有《大曆五年正月追酬高蜀州》詩及別題大曆年者數篇。甫集初六十卷，今秘府舊藏、通人家所有稱大小集者，皆亡逸之餘，人自編摭，非當時第次矣。蒐裒中外書，凡九十九卷。古本二卷，蜀本二十卷，集略十五卷，樊晁序小集六卷，孫光憲序二十卷，鄭文寶序少陵集二十卷，別題小集二卷，孫僅一卷，雜編三卷。除其重複，定取千四百有五篇，凡古詩三百九十有九，近體千有六，起太平時，終湖南所作，視居行之次，與歲時爲先後，分十八卷。又別録賦筆雜著二十九篇爲二卷，合二十卷。玆未可謂盡，他日有得，尚圖一作副益諸。寶元仁宗年號二年十月日。鄧氏注杜，而託名王原叔，猶夫張性著《杜律演義》，而假名虞集也。

晁公武曰：本朝自王原叔以後，學者喜觀杜詩，世有爲之注者數家，率鄙淺可笑。有託原叔名者，其實非也。吴彦高《東山集》云：今世所注杜詩，乃元祐間秘閣校對黄本鄧忠臣所爲，鏤板家標題，遂以託名王原叔。兩王公前後記，初無一語及注。後記又言，如原叔之能文，止作記於後。則原叔不注杜詩，益可見矣。

杜工部詩後集序見《臨川文集》

王安石

予考古之詩，尤愛杜甫氏作者，其詞所從出，一莫知窮極，而病未能學也。世所傳已多，計尚有遺落，思得其完而觀之。然每一篇出，自然人知非人所能爲，而爲之者惟其甫也，輒能辯之。予之令鄞，客有授予古之詩，世所不傳者二百餘篇，觀之，予知非人所能爲而爲之實甫者，其文與意之著也。然甫之詩，其完見於今日，自余得之。世之學者，至乎甫而後爲詩，不能至，要之不知詩焉爾。嗚呼！詩其難，惟有甫哉！自《洗兵馬》下，序而次之，以示知甫者，且用自發焉。皇祐仁宗年號壬辰五月日，臨川王安石序。

《蔡寬夫詩話》：王原叔本，杜詩辭有兩出者，多並存於注。至荆公爲《百家詩選》始參考擇其善者，定歸一辭。《王直方詩話》：編集四家詩，以子美爲第一，永叔次之，退之又次之，以太白爲下。

後記

王　琪姑蘇郡守

近世學者，爭言杜詩，愛之深者，至剽掠句語，迨所用險字而模畫之，沛然自以絶洪流而窮深源矣。又人人購其亡逸，多或百餘篇，少數十句，藏弆音舉矜大，《前漢·陳孟公傳》：與人尺牘，皆藏弆以爲榮。復自以爲有得。翰林王君原叔，尤嗜其詩，家素蓄先唐舊集，及採祕府名公之室，天下士人所有得者，悉編次之，事具於記，於是杜詩無遺矣。子美博聞稽古，其用事，非老儒博士罕知其自出，然訛缺久矣。後人妄改而補之者衆，莫之遏也。非原叔多得其真，爲害大矣。子美之詩詞，有近質者，如「麻鞋見天子，垢膩脚不韈」之類，所謂轉石於千仞之山，勢也。學者尤效之而過甚，豈遠大者難窺乎？然夫子之删《詩》也，至於檜曹小國，寺人女子之詩，苟中法度，咸取而絃歌。善言詩者，豈拘於人哉。原叔雖自編次，余病其卷帙之多而未甚布。暇日與蘇州進士何君瑑、丁君修，得原叔家藏及古今諸集，聚於郡齋而參考之，三月而後已。義有兼通者，亦存而不敢削，閲之者固有淺深也。而又吴江邑宰河東裴君煜取以覆視，乃益精密，遂鏤於板，庶廣其傳。或俾余序於篇者，曰：如原叔之能文，稱於世，止作記於後，余竊慕之。且余安知子美哉，但本末不可闕書，故概舉以附於卷終。原叔之文，今遷於卷首云。嘉祐仁宗年號四年四月望日，姑蘇郡守太原王琪後記。

《吴郡志》：嘉祐中，王琪以知制誥守郡，大修設廳，規模宏壯，假省庫錢數千緡。廳既成，漕司不肯除破，時方貴杜集，人間苦無全書，琪家藏本讐校素精，既俾公使庫鏤板，印萬本，每本爲直千錢，士人争買之。既償省庫，羡餘以給公厨。《通考》：陳氏曰：按《唐志》，杜甫集六十卷，小集六卷，王洙原叔蒐裒中外書，合爲二十卷。王琪君玉嘉祐間刻之姑蘇。元稹《墓誌》附二十卷之末。又有遺文九篇，治平中太守裴煜刊附集外。蜀本大略相同，而以遺文入正集中，則非其舊也。

成都新刻草堂先生詩碑序

胡宗愈知成都府

草堂先生，謂子美也。草堂，子美之故居，因其所居而號之曰草堂先生。先生自同谷入蜀，遂卜居浣花江上，萬里橋之西，爲草堂以居焉。唐史前後牴牾，先生至成都之年月不可考。其後有《寄題草堂》詩云：「經營上元始，斷手寶應年。」然則先生之來成都，殆上元之初乎？嚴武入朝，送武之巴西，遂如梓州。蜀亂，乃之閬州，將赴荆楚。會武再鎮兩川，自閬州挈妻子歸草堂，武辟爲參謀。武卒，蜀又亂，去之東川，移居夔州，遂下荆渚，溯沅湘，上衡山，卒於耒陽。先生以詩鳴於唐，凡出處去就，動息勞佚，悲歡憂樂，忠憤感激，好賢惡惡，一見於詩。讀之，可以知其世。學士大夫，謂之詩史。其所游歷，好事者隨處刻其詩於石。及至成都，則闕然。先生故居，松竹荒涼，略不可記。丞相吕公大防鎮成都，復作草堂於舊址，而繪像於其上。宗愈假符於此，乃録先生詩，刻石置於草堂之壁間。先生雖去此，而其詩之意有在於是者，亦附於後。庶幾好事者，得以考當時去來之跡云。元祐哲宗年號庚午，資政殿學士中大夫知成都軍府事胡宗愈序。

大雅堂石刻杜詩記

黄庭堅

余常欲盡書杜子美兩川夔峽諸詩，刻石藏蜀中。丹陵楊素翁，英偉人也，有俠氣，好文喜事，粲然向余請從事焉。又欲作高屋廣楹庥此石，因請名焉。余名之曰大雅堂，而告之曰：由杜子美以來，四百餘年，斯文委地，文章之士，隨世所能，傑出時輩，未有升子美之堂者，況室家之好耶。余嘗欲隨欣然會意處，箋以數語，終日汩没世俗，初不暇給。雖然，子美詩妙處乃在無意於文。夫無意而意已至，非廣之以《國風》、《雅》、《頌》，深之以《離騷》、《九歌》，安能咀嚼其意味，闖然入其門耶？故使後生輩自求之，則得之深矣。使後之登大雅堂者，能以余説而求之，則思過半矣。彼喜穿鑿者，棄其大旨，取其發興於所遇林泉人物草木魚蟲，以爲物物皆有所託，如世間商度隱語者，則子美之詩委地矣。素翁可并刻此於大雅堂中，後生可畏，安知無涣然冰釋於斯文者乎？元符哲宗年號三年九月涪翁書。

增注杜工部詩序

王彦輔

唐興，承陳隋之遺風，浮靡相矜，莫崇理致。開元之間，去雕篆，黜浮華，稍裁以雅正。雖絺一作綉句繪章，《唐·文藝傳》：絺章繪句。人得一概，各争所長。如大羹元酒者則薄滋味，如孤峰絶岸者則駭廊廟，穠華可愛者乏風骨，爛然可珍者多玷缺。逮至子美之詩，周情孔思，千彙萬狀，茹古涵今，無有端涯，森嚴昭焕，若在武庫，見戈戟布列，蕩人耳目，非特意語天出，尤工於用字，故卓然爲一代冠，而歷世千百，膾炙人口。予每讀其文，竊苦其難曉，如《義鶻行》「巨顙拆老拳」之句，劉夢得初亦疑之，後覽《石勒傳》，方知其所自出。蓋其引物連類，掎摭前事，往往而是。韓退之謂「光燄萬丈長」，而世號爲詩史，信哉！予時漁獵書部，嘗妄注緝，且十得五六，宦遊南北，因循中輟。投老家居，日以無事，行樂之暇，不度蕪淺，既次其韻，因舊注惜不忍去，搜考所知，再加箋釋。又不幸病目，無與乎簡牘之觀，遂命子澂洎孫端仁，參夫討繹，俾之編綴，用償夙志焉耳。在昔聖人，猶曰有所不知，丘蓋闕如。顧惟聞見之寡，兹所不免，但藏篋中，以貽來裔，非敢示諸博古之君子。按鄭文寶《少陵集》，張逸爲之序。又有蜀本十卷，自王原叔内相再編定杜集二十卷，後姑蘇守王君玉得原叔家藏於蘇州進士何琢、丁修處，及今古諸集，相與參考，乃曰義有兼通者，亦存而不敢削。故予之所注，以蘇本爲正云。時洪宋八葉，政和徽宗年號紀元之三禩下元日序。

杜少陵詩音義序

鄭　印閩人

讀少陵詩，如馳騖晉楚之郊，以言其高，則鄧林千巖，楩楠杞梓，扶疏摩雲；以言其深，則溟波萬頃，蛟龍黿鼉，徜徉排空。拭眥極目，方且心駭神悸，莫知所以。若其甄别名狀，實難爲功。韓退之推其「光焰萬丈長」，殆謂是矣。國家追復祖宗成憲，學者以聲律相飭，少陵矩範，尤爲時尚。於其淹貫群書，比類賦象，渾涵天成，奇文險句，厭人目力，讀者未始不以搜尋訓切爲病。印近因與二三友質問，爰就隱奥處著爲音義。至夫人物地理，古今傳志，咸極討論，施之新學，不亦可乎。紹興高宗年號改元辛亥長至後五日長樂鄭印序。

朱文公跋：章國華過余山間，以所集注杜詩示予。其用力勤矣，然其所引東坡事實者，非蘇公作，聞之長老，乃閩中鄭印尚明僞爲之。所引事皆無根據，反用杜詩見句，增減爲文，而傅以前人名字，託爲其語，至有時世先後，顛倒失次者。舊嘗考之，知其決非蘇公書也。況杜詩佳處，有在用事造語之外者，惟虚心諷詠，乃能見之。國華更以余言求之，雖以讀三百篇可也。

杜工部集後記

吴　若通判建康

右杜集，建康府學所刻版也。教授劉常今亘，初得府帥端明李公本，以爲善，又得撫屬姚令威寬所傳故吏部鮑欽止本，較定之。末得若本，以爲無憾焉。凡稱樊者，樊晃小集也。稱晉者，開運二年官書本也。稱荆者，王介甫四選也。稱宋者，宋景文也。稱陳者，陳無己也。稱刊及一作者，黄魯直、晁以道諸本也。雖然，子美詩如五穀六牲，人皆知味，而鮮不爲異饌所移，故世之出異意、爲異説以亂杜詩之真者甚多。此本雖未必皆得其真，然求不爲異者也。他日有加是正者重刻之，此學者之所望也。紹興三年六月日。

朱鶴齡曰：世所傳杜集，若本爲最古。若字幼海，欽宗朝除大學正，上書論李邦彦、吴敏姦邪，被斥。見《北盟會編》。

校定杜工部集序見《東觀餘論》

李綱

杜詩舊集，古律異卷，編次失序。余嘗有意參訂之，特病多事，未能也。故校書郎武陽黄長睿父，博雅好古，工文詞，尤篤好公之詩。乃用東坡之説，隨年編纂，以古律相參，先後始末，皆有次第，然後子美之出處及少壯老成之作，粲然可觀。蓋自開元、天寶太平全盛之時，迄於至德、大曆干戈亂離之際，子美之詩凡千四百四十餘篇，其忠義氣節，羈旅艱難，悲憤無聊，一寓於此。句法理致，老而益精。時平讀之，未見其工，迨親更兵火喪亂，誦其詞如出乎其時，犂然有當於人心，然後知爲古今絶唱也。公之述作，行於世者既不多，遭亂亡逸，加以傳寫謬誤，浸失舊文，烏三轉而爲舄者，不可勝數。長睿父官洛下，與名士大夫遊，裒集諸家所藏，是正訛舛，又得逸詩數十篇參於卷中。及在祕閣，得御府定本，校讐益號精密，非行世者之比。長睿父没十七年，予始見其親校集二十二卷於其家，朱黄塗改，手蹟如新，爲之愴然。竊歎其博學淵識，有功於子美之多也。方肅宗之怒房琯，人無敢言，獨子美抗疏救之，由是廢斥終身不悔，與陽城之救陸贄何異。然世罕稱之者，殆爲詩所掩故耶？因序其集而及之，使觀者知公遇事不苟，非特言語文章妙天下而已。紹興六年丙辰正月朔。

嚴滄浪《詩話》：「迎旦東風騎蹇驢」，決非盛唐人言語。今世俗圖畫以爲少陵詩，漁隱亦辯其非矣，而黄長睿編入杜集，非也。

編次杜工部詩序

魯 訔

騷人雅士，同知祖尚少陵，同欲模楷聲韻，同苦其意律深嚴難讀也。余謂：少陵老人初不事艱澀左隱以病人，其平易處，有賤夫老婦所可道者。至其深純宏妙，千古不可追跡。則序事穩實，立意渾大，遇物寫難狀之景，紓情出不説之意，借古的確，感時深遠。若江海浩渼以汨切。大水貌，風雲蕩汨，蛟龍黿鼉出没其間而變化莫測，風澄雲霽，象緯回薄，錯峙偉麗，細大無不可觀。離而序之，次其先後，時危平，俗媺惡，山川夷險，風物明晦，公之所寓舒局，皆可概見，如陪公杖屨而遊四方，數百年間猶對面語，何患於難讀耶！名公巨儒，譜叙注釋，是不一家，用意率過，異説如蝟。余因舊集略加編次，古詩近體，一其先後，摘諸家之善，有考於當時事實及地里歲月，與古語之的然者，聊注其下。若其意律，乃詩之六經，神會意得，隨人所到，不敢易而言之。叙次既倫，讀之者如親罹艱棘虎狼之慘，爲可驚愕；目見當時盱庶被削刻、轉塗炭，爲可憫。因感公之流徙，始而適，中而瘁，卒至於爲少年輩侮忽以訖死，爲可傷也。紹興癸酉五月晦日，丹丘冷齋魯峕序。

草堂記略

趙次公

李杜號詩人之雄，而白之詩多在於風月草木之間、神仙虛無之説，亦何補於教化哉？惟杜陵野老，負王佐之才，有意當世，而骯髒不偶，胸中所藴，一切寫之以詩。其曰：「許身一何愚，自比稷與契。」又曰：「致君堯舜上，再使風俗淳。」此其素願也。至其出處，每與孔孟合。「尚憐終南山，回首清渭濱」，則有遲遲去魯之懷；「勳業頻看鏡，行藏獨倚樓」，則有皇皇得君之意。晚依嚴武，未愜素心，枉駕再顧，赴期肯來，禮數非不寬也，而卒未免於嫌忌，致同袍有蜀道難之悲，吁，可慨夫！次公有《杜詩注》四十九卷，故録存此記。

校定集注杜詩序

郭知達成都人

杜少陵詩，世號詩史，自箋注雜出，是非異同，多所牴牾，致有好事者掇其章句，穿鑿傅會，設爲事實，託名東坡，刊鏤以行，欺世售僞，有識之士，所爲浩歎。因緝善本，得王文公安石、宋景文公祁、豫章黄先生庭堅、王原叔洙、薛夢符□、杜時可田、鮑文虎彪、師民瞻尹、趙彦材次公，凡九家。屬二三士友各隨是非而去取之，如假託名氏，撰造事實，皆删削不載。精其讐校，正其訛舛。大書鋟版，置之郡齋，以公其傳。庶幾便於觀覽，絶去疑誤。若少陵出處大節，史有本傳，及互見諸家之序，兹不復云。淳熙孝宗年號八年八月日。

嚴滄浪《詩話》：舊蜀本杜詩，並無注釋，但編年而不分古近體，其間略有公自注而已。今之豫章庫本，以爲翻鎮江蜀本，既入雜注，又分古律，其編年亦且不同。近南海漕臺刊杜集，亦以爲摹蜀本，雖删去假坡注，尚有王原叔以下九家，而趙注比他本最詳，皆非蜀舊本也。　《通考》：陳氏曰：世有稱東坡《杜詩故事》者，隨事造文，一一牽合，而皆不言其所出。且其詞氣首末如出一口，蓋妄人依託，以欺亂流俗者。書坊輒勦入集注中，殊敗人意。蜀人郭知達所集九家注，獨削去之。福清曾噩子肅刻板五羊漕司，字大宜老，最爲善本。

杜工部草堂詩箋跋

蔡夢弼

少陵先生，博極群書，馳騁今古，周行萬里，觀覽謳謡，發爲歌詩，奮乎《國風》、《雅》、《頌》

不作之後，比興發於真機，美刺該夫衆體。自唐迄今，餘五百年，爲詩學宗師，家傳而人誦之。國家肇造以來，設科取士，詞賦之餘，繼之以詩，主司多取是詩命題。惜乎世本訛舛，訓釋紕繆，有識恨焉。夢弼因博求唐宋諸本杜詩十門，聚而閱之，重復參校，仍用嘉興魯氏編次其歲月之先後，以爲定本。於本文各句之下，先正其字之異同，次審其音之反切，方舉作詩之義以釋之，復引經子史傳記以證其用事之所從出。離爲若干卷，目曰《草堂詩箋》。嘗參以蜀石碑及諸儒定本，各因其實以條紀之。凡諸家義訓皆採録集中，而舊德碩儒間有一二説者，亦兩存之，以俟博識之決擇。是集之行，俾得之者手披目覽，口誦心惟，不勞思索而昭然義見，更無纖毫凝滯，如親聆少陵之謦欬而熟覩其眉宇，豈不快哉！宋嘉泰寧宗年號甲子正月，建安三峰東塾蔡夢弼傅卿謹識。

據原序，所校本文，則取之唐樊晃本，晉開運間官本，歐陽公、蘇子瞻、宋子京、陳無己、黄魯直，其刊正同異，則取之王原叔、張文潛、蔡君謨，晁以道及唐之顧陶本。其採輯諸説，則用宋次道、崔德符、鮑欽止、王禹玉、王深父、薛夢符、薛蒼舒、蔡天啟、蔡致遠、蔡伯世及徐居仁、謝任伯、吕祖謙、高元之、趙子櫟、趙次翁、杜修可、杜立之、師古、師民瞻云。近世所行編年千家注，多所疏略，又非蔡氏原本矣。

杜詩舉隅序

明初人宋　濂

《詩》三百篇，上自公卿大夫，下至賤隸小夫，婦人女子，莫不有作，而其託於六義者，深遠玄奥，卒有未易釋者。故序《詩》之人，各述其作者之意，復分章析句，以盡其精微。至於《東山》一篇，序之尤詳。且謂一章言其完，二章言其思，三章言其室家之望女，四章樂男女之得及時。一覽之頃，綱提領挈，不待注釋，而其大旨焕然昭明矣。嗚呼！此豈非後世訓詩者之楷式乎？杜子美詩，實取法三百篇，有類《國風》者，有類《雅》《頌》者，雖長篇短韻，變化不齊，體段之分明，脈絡之聯屬，誠有不可紊者。注者無慮數百家，奈何不爾之思。務穿鑿者謂一字皆有所出，泛引經史，巧爲傅會，楦釀而叢脞；騁新奇者稱其一飯不忘君，發爲言辭，無非忠國愛君之意。至於率爾咏懷之作，亦必遷就而爲説。説者雖多，不出于彼，則入于此。子美之詩，不白於世者五百年矣。近代盧陵劉氏頗患之，通集所事實別見篇後，固無繳繞猥雜之病，未免輕加批抹，如醉翁寱語，終不能了了，其視二者，相去何遠哉！會稽俞先生季淵，名浙，别號默翁以卓絶之識，脱略衆説，獨法序《詩》者之意，各析章句，具舉衆義，於是粲然可觀，有不假辭説而自明。嗚呼！釋子美詩者，至是可以無遺憾矣。抑予聞古人注書，往往託之以自見，賢相逐而《離騷》解，權臣專而《衍義》作，何莫不由於斯。先生開慶己未進士，出典方州，入司六察，其冰檗之操，諒直之風，凛然白於朝著，不幸宗社已屋，徘徊於殘山剩水間，無以寄其罔極之思，其意以爲忠君之言，隨寓而發者，唯子美之詩則然。於是假之以洩其胸中之耿耿，久而成編，名之曰《杜詩舉隅》。觀其書，則其志之悲，從可知矣。先生既没，其玄孫安塞丞欽，將鍥諸梓，來求序文甚力，因不辭而爲之書。

採唐宋序杜，得一十六篇，有關作者源流，故並收編末。若論詩之詳確，前莫善於元微之；論注之精當，後莫過於宋景濂。此外序文，非輕重所係，故概削不存。

東屯高齋記 續刻

陸　游

少陵先生晚遊夔州，愛其山川不忍去，三徙舍，皆名高齋。其詩曰次水門者，白帝城之高齋也；曰依藥餌者，瀼西之高齋也；曰見一川者，東屯之高齋也。故又曰：「高齋非一處。」予至夔數月，弔先生之遺跡，則白帝城已廢爲丘墟百有餘年；自城郭府寺，父老無知其處者，况所謂高齋乎！瀼西蓋今夔府治所，畫爲阡陌，裂爲坊市，高齋尤不可識。獨東屯有李氏者，居已數世，上距少陵財三易主，大曆中故券猶在，而高齋負山帶谿，氣象良是。李氏業進士，名襄，因郡博士雍君大椿屬予記之。予太息曰：少陵，天下士也。遭遇明皇、肅宗，官爵雖不尊顯，而見知實深，蓋嘗慨然以稷卨自許。及落魄巴蜀，感漢昭烈帝諸葛丞相之事，屢見於詩。頓挫悲壯，反覆動人，其規模志意豈小哉。然去國寖久，諸公故人熟睨其窮，無肯出力，以至夔，客於柏中丞、嚴明府之間，如九尺丈夫，俛首居小屋下，思一吐氣而不可得。予讀其詩，至「小臣議論絕，老病客殊方」之句，未嘗不流涕也。嗟夫，辭之悲乃至是乎！荆卿之歌，阮嗣宗之哭，不加於此矣。少陵非區區於仕進者，不勝愛君憂國之心，思少出所學以佐天子，興貞觀開元之治，而身愈老，命愈蹇，坎壈且死，則其悲至此，亦無足怪也。今李君初不踐通塞榮辱之機，讀書絃歌，忽焉忘老，無少陵之憂而有其高。少陵家東屯不浹歲，而君數世居之，使死者復生，予未知少陵自謂與君孰得失也。若予者，仕不能無愧於義，退又無地可耕，是直有慕於李君耳。故樂與爲之記。乾道七年四月十日記。

杜詩學引

元人元好問

杜詩注六七十家，發明隱奥，不可謂無功，至於鑿空架虚，旁引曲證，鱗雜米鹽，反爲蕪累者亦多矣。蜀人趙次公作證誤，所得頗多，而託名于東坡者爲最妄。竊嘗謂子美之妙，釋氏所謂學至于無學者耳。今觀其詩，如元氣淋漓，隨物賦形；如三江五湖，合而爲海，浩浩瀚瀚，無有涯涘；如祥光慶雲，千變萬化，不可名狀，固學者之所以動心而駭目。及讀之熟，求之深，含咀之久，則九經百氏，古今精華，所以膏潤其筆端者，猶可彷彿其餘韻也。夫金屑、丹砂、芝朮、參桂，識者例能指名之。至于合而爲劑，其君臣佐使之互用，甘苦酸鹽之相入，有不可復以金屑、丹砂、芝朮、參桂名之者矣。故謂杜詩爲無一字無來處，亦可也；謂不從古人中來，亦可也。前人論子美用故事，有著鹽水中之喻，固善矣。但未知九方皋之相馬，得天機于滅没存亡之間，物色牝牡，人所共知者，爲可略耳。近世唯山谷最知子美，而山谷未嘗注杜詩。試取《大雅堂記》讀之，則知此翁注杜詩已竟，此但可爲知者道也。乙酉之夏，自京師還，閒居崧山，因録先東巖君所教與聞之師友之間者，爲一書，名曰《杜詩學》。子美之傳誌年譜，及唐以來論子美者在焉。候兒子輩可與言，當以告之，不敢以示人也。六月十一日河南元好問引。

重修瀼西草堂記

陳文燭玉叔

先生當天寶亂後，歷秦隴至成都，經三峽，而寓於夔門。其居三徙，有客堂，有東屯，而瀼西尤著。地多平曠，田可水稻。先生出峽，即易其主，而所手書券，宋元間得而珍之。後日荒圮，萬曆改元，夔州郭君棐訪遺址，檄奉節令羅繡藻新祠事，肖先生像，太守有記述，而又請予碑焉。予奉天子璽書宣教化，例得旌揚古今忠義之士，徘徊祠下，不覺泫然也。先生崎嶇入蜀，久客於夔，逆旅之中，經構此堂，有足悲者。而史稱先生挺節不污，所爲詩歌善陳時事，千彙萬狀，兼而有之，忠君憂國，每飯不忘。當時韓退之高其文章，光燄至長萬丈也，真知言矣。語曰：「生無一日歡，死有萬世名。」先生之謂乎？先生，襄陽人，與孟浩然友善，襄陽舊有孟亭不存，而峴山祠先生者亦荒。今瀼西更新，比於同谷浣花，可謂無關世教哉！予爲迎送神曲，使歌以祀，其詞曰：昔飄零兮流寓，歎遷次兮朝暮，側身來兮參差於舊路。右迎神曲。三年飽兮烟霧，千載驚兮香炷，尚轉蓬兮山靈其呵護。右送神曲。

萬曆間，陳公文燭督學四川，記少陵草堂者凡三處。花溪之草堂，本吕汲公所建，明蜀獻王修復之，歲久頽圮，而重結茅堂，題曰乾坤一草亭。若瀼西草堂，則陸放翁訪其遺跡而不得者，至是則新闢草堂。又有牛頭山，屬今潼川，即唐梓州境，山在郭門外，少陵嘗登其上，所云「五載客蜀郡，一年居梓州」是已。郡守張輝南爲堂於山上，陳公皆爲之記。又陝西華陰縣有少陵祠堂，當時曾爲華州司功，至今祀之。

杜工部草堂記

左　峴

嗚呼！杜少陵當天寶之亂，干戈騷屑，間關秦隴，崎嶇巴蜀，於成都浣花里種竹植樹，結廬枕江，縱酒賦詩，與田父野老相狎侮，彼其心曷嘗須臾忘故國哉！思家宵立，憶弟晝眠，憂盜賊縱横，睠懷宗國，而每飯不忍忘君，一篇之中三致意焉。千載而下，讀之者有餘悲也。考公於肅宗乾元二年己亥十二月，自同谷入蜀，至成都，依成都尹裴冕以居。至次年，改元上元元年庚子，是歲，始營草堂，嘗間至新津青城。而三月李光弼已代冕，所謂「主人爲卜林塘」者，非必盡出於冕也。王司馬攜營茅屋資相訪，則曰「憂我營茅棟，攜錢過野橋」；王録事許草堂資不到，則曰「爲嗔王録事，不寄草堂資」。蓋其旅次未安，資斧不快，而經始之艱且劬也如此。時公先寓居草堂寺中，高適寄詩所謂「傳道招提客，詩書自討論」者是也。上元二年辛丑，以嚴武爲成都尹，竹裏行厨，花邊立馬，自此逢迎得有主人，堂垂成于次年改元寶應元年壬寅，而是年建巳月乙卯，上皇崩。丁卯，肅宗崩。秋七月，嚴武召還爲二聖山陵橋道使，公送至綿州。未幾，徐知道亂，遂入梓州。冬，復歸成都，迎家至梓。冬十一月，往射洪縣南之通泉縣。時嚴武入朝，遂游東川，依高適，而公已去草堂矣。代宗廣德元年癸卯，自梓往祭房相國于閬州。是年，除京兆功曹，道阻不赴。二年甲辰春，復自梓往閬，嚴武代高適爲節度使，再鎮蜀。春晚，遂歸成都。六月，在武幕中，武表爲節度參謀、檢校工部員外郎，幕中多不合意，故有《晚晴懷西郭茅舍》之作。至次年，改元永泰乙巳，即辭幕府，歸浣花溪草堂。四月，嚴武卒，郭英乂代武。英乂武人，粗暴，無能剌謁。公流落劍外，無所依，即于五月舍草堂南下，自戎州、渝州，旋寓居雲安、夔州矣。是時，公雖在蜀已七載，而居草堂者不過三四歲。又此三四歲之中，經營卜築，已費其大半。及斷手於寶應年，而是秋即在梓閬間，往來梓閬幾三載，公詩所謂「三年奔走空皮骨」者也。及武再鎮，留院中半年歸浣溪，不逾時即離之而去已。然公雖流離困頓，自成都往梓閬，復往雲安、夔州，而并州故鄉之感，時刻廑于懷。《遺弟占歸檢校草堂》則曰「東林竹影薄，臘月更須栽」；《寄題草堂》則曰「爲念四小松，蔓草易拘纏」；《送韋郎歸成都》則曰「爲問南溪竹，抽稍合過牆」；《懷錦水居止》則曰「雪嶺界天白，錦城曛日黄」：形諸篇什，其倦倦不忘如此。公卜居浣花里，地名百花潭，與草堂寺相近，因名草堂。今寺與堂相近，疑恐非舊址，然《卜居》詩有曰「浣花溪水水西頭」。《狂夫》詩有曰「萬里橋西一草堂，百花潭水即滄浪」。《堂成》詩「背郭堂成蔭白茅」，《西郊》詩「時出碧雞坊，西郊向草堂」，《懷居》詩「萬里橋南宅，百花潭北莊」。讀其詩，弔望其山川里居，而草堂背成都郭，在西郊外，萬里橋南，百花潭北，浣花水西，歷歷如舊。公當日歸草堂，時出西郊。自南郭而言之，則草堂在萬里橋西，自西郭而言之，則草堂在萬里橋南，故互文曰橋西橋南也。明皇使吴道子繪蜀道圖，歸，索其畫，曰無有，盡在臣腹中。及明皇入蜀，而所過山川城邑，無不按圖悉肖。今去公千載，陵谷幾變遷，而江村白沙之路，竹翠椒丹，橘刺藤梢，雖其一草一木，亦盡態極容，形于楮上。有公詩，即草堂如見。余竊怪楊升菴修《全蜀藝文志》，而于杜詩寥寥止數首。夫以杜之九鑽巴火，三蟄楚雷，其太半所作，豈獨爲瞿塘岷峨生色，乃多抑而不載。黄魯直在涪州，盡書子美夔州之詩，而刻之于石壁，世有君子，當同是心也。

故友左君湘南，登康熙庚戌科進士，初任龍巖令，後補蜀之威州，故于蜀中形勝古迹，多留意焉。再知陳州，陞部郎，見余注杜，囑之曰：「少陵千載詩宗，注家林立，往往彼此譏殫。子箋此集，恐具目者且四面而環攻之矣。」後衡文東粵，振拔孤寒，高出從前學使。歸里時，克捐餘資以佐剞劂之不逮。此書告成，甫寓目而旋逝世。噫！表韻事於先賢，撫遺文而歎息，草堂一記，考據精詳，真堪流傳藝苑矣。歲在甲申菊月兆鰲附記。

諸家詠杜

諸家詠杜小序

少陵同時，宗工角立，吐盛唐之雅調，成才士之風流。登塔賦詩，則有慈恩四作；早朝屬和，咸推春殿諸章。嚴、高贈答於西川，韋、郭倡酬於南楚。列存正集，俱見交情。他如散出遺篇，每覩名家逸興。任華、太白，各著清詞；杜牧、昌黎，並占佳句。歐、王起於北宋，揚摧居先；范、陸繼自南朝，賡歌未墜。若元明而降，覺風韻依然。或經錦里草堂，衣冠肅拜；或過耒陽荒塚，蘋藻薦馨；或諷誦遺文，動詞人之感發；或登臨勝地，追往蹟以留連。凡兹溯流尋源，皆足標新領異。欲徵韻事，爰綴餘編。壬午夏日兆鰲識

魯郡東石門送杜甫見《太白集》。此下皆唐人 李　白

醉别復幾日，登臨徧池臺。何言石門路，重有金尊開。秋波落泗水，海色明徂徠。飛蓬各自遠，且盡手中杯。

沙丘城下寄杜甫同上

我來竟何事，高卧沙丘城。城邊有古樹，日夕連秋聲。魯酒不可醉，齊歌空復情。思君若汶水，浩蕩寄南征。

太白逸詩此見唐人《本事詩》。

飯顆山頭逢杜甫，頭戴笠子日卓午。爲問因何太瘦生，只爲從來作詩苦。

此詩，唐人謂譏其太愁肝腎也。今按李集不載，洪容齋謂是好事者爲之耳。李杜文章知己，心相推服，斷無此語，且詩詞庸俗，一望而知爲贋作也。

雜言寄杜拾遺此首見《唐詩紀》。

任　華

杜拾遺，名甫第二才甚奇。任生與君别來已多時，何嘗一日不相思。杜拾遺，知不知，昨日有人誦得數篇黄絹詞。吾怪異奇特借問，果然稱是杜二之所爲。勢攫虎豹，氣騰蛟螭，滄海無波似鼓蕩，華嶽平地欲奔馳。曹劉俯仰慚大敵，沈謝逡巡稱小兒。昔在帝城中，盛名君一箇。諸人見所作，無不心膽破。郎官叢裹作狂歌，丞相閣中嘗醉卧。前年皇帝歸長安，承恩闊步青雲端。積翠扈遊花匼匝，披香寓直月團欒。英才特達承天眷，公卿無不相欽羨。只緣汲黯好直言，遂使安仁却爲掾。如今避地錦城隅，幕下英僚每日相就一作隨提玉壺。半酣起舞捋髭鬚，乍低乍昂旁若無。古人制禮但爲防俗士，豈得爲君設之乎？而我不飛不鳴亦何以，只待朝廷有知己。已曾讀却無限書，拙詩一句兩句在人耳。如今看之總無益，又不能崎嶇傍一作倚朝市。且嘗事耕稼，豈得便徒爾。南陽葛亮爲朋友，東山謝安作鄰里。閒常把琴弄，悶即提樽起。鶯啼二月三月時，花發千山萬山裹，此時幽曠無人知，火急將書憑驛使，爲報杜拾遺。

玩此詩起段，似杜舊友，又似杜乍交。當時少陵詩名，推重海内，此篇頗傲睨放恣，幾乎呼大將如小兒矣。考《唐詩紀》中，止載華兩首，一寄太白，一寄少陵，何獨揀此二大名公作詩相贈耶？又篇中語帶俚俗，格調不見高雅，俱屬可疑。

調張籍　韓　愈

李杜文章在，光焰萬丈長。不知群兒愚，那用故謗傷。蚍蜉撼大樹，可笑不自量。伊我生其後，舉頭遥相望。夜夢多見之，晝思反微茫。徒觀斧鑿痕，不矚治水航。想當施手時，巨刃磨天揚。垠崖劃崩豁，乾坤擺雷硠。惟此兩夫子，家居率荒涼。帝欲長吟哦，故遣起且僵。剪翎送籠中，使看百鳥翔。平生千萬篇，金薤垂琳琅。仙宫敕六丁，雷電下取將。流落人間者，泰山一毫芒。我願生兩翅，捕逐出八荒。精誠忽交通，百怪入我腸。刺手拔鯨牙，舉瓢酌天漿。騰身跨汗漫，不著織女襄。顧語地上友，經營無太忙。乞君飛霞珮，與我高頡頏。

題杜子美墳見分類千家注本。

何人鑿開混沌殼，二氣由來有清濁。孕其清者爲聖賢，鍾其濁者成愚樸。英豪雖没名猶嘉，不肖虚死如蓬麻。榮華一旦世俗眼，忠孝萬古賢人牙。有唐文物盛復全，名書史册俱才賢。中間詩筆誰清新，屈指都無四五人。獨有工部稱全美，當日詩人無擬倫。筆追清風洗俗耳，心奪造化回陽春。天光晴射洞庭秋，寒玉萬頃清光流。我常愛慕如饑渴，不見其面生閒愁。今春偶客耒陽路，悽慘去尋江上墓。召朋特地踏烟蕪，路入溪村數百步。招手借問騎牛兒，牧童指我祠堂路。入門古屋三四間，草茅緣砌生無數。寒竹珊珊摇晚風，野蔓層層纏庭户。升堂再拜心惻然，心欲虔啟不成語。一堆空土烟蕪裏，虚使詩人歎悲起。怨聲千古寄西風，寒骨一夜沉秋水。當時處處多白酒，牛炙如今家家有。飲酒食炙今如此，何故常人無飽死。子美當日稱才賢，聶侯見待誠非喜。洎乎聖意再搜求，姦臣以此欺天子。捉月走入千丈波，忠諫便沉汨羅底。固知天意有所存，三賢所歸同一水。過客留詩千百人，佳詞繡句虚相美。墳空飫死已傳聞，千古醜聲竟誰洗。明時好古疾惡人，應以我意知終始。

鄭昂曰：嘗讀李元賓補傳，及韓退之《題子美墳》詩，皆謂溺死於漲水，此自《摭遺》所載，疑非二公所作，大抵好事者爲之耳。今按：退之去李杜不遠，捉月漂水之説，世俗浪傳，正當力闢其誣，何反助之狂瀾。此詩本集不載，在編詩者固已汰去矣，然其中雋拔之語，又似非後人所託，何耶？韓詩原集外，後人復搜録遺篇，而尚有逸詩。唐五竇《聯珠》，載竇牟爲東都判官，陪韓院長、韋河南同尋劉師不遇，分韻賦詩，都官員外郎韓愈得尋字云：「秦客何年駐，仙源此地深。還隨躡鳧騎，來訪馭雲襟。院閉青霞入，松高老鶴尋。猶疑隱形坐，敢起竊桃心。」今韓集皆不載，見洪容齋《隨筆》中。或云《題子美墳》詩，亦其散逸人間者。

送客遊蜀　張籍

行盡青山到益州，錦城樓下二江流。杜家曾向此中住，爲到浣花溪水頭。

讀李杜詩集因題卷後　白居易

翰林江左日，員外劍南時。不得高官職，仍逢苦亂離。暮年逋客恨，浮世謫仙悲。吟咏流千古，聲名動四夷。文場供秀句，樂府待新詞。天意君須會，人間要好詩。

讀杜詩　杜牧

杜詩韓筆愁來讀，似倩麻姑癢處搔。天外鳳凰誰得髓，無人解合續絃膠。

杜甫同谷茅茨咸通十四載作　趙鴻

工部棲遲後，鄰家大半無。青羌迷道路，白社寄杯盂。大雅何人繼，全生此地孤。孤雲飛鳥什，空勤舊山隅。

栗亭

杜甫栗亭詩，詩人多在口。悠悠二甲子，題紀今何有。

蜀中　　鄭谷

夜多無雨曉生塵，草色嵐光日日新。蒙頂茶畦千點露，浣花牋紙一溪春。楊雄宅在唯喬木，杜甫臺荒絶舊鄰。却共海棠花有約，數年留滯不歸人。

送沈光集作田光

九陌低迷誰問我，五湖流浪可悲君。著書笑破蘇司業，賦詠思齊鄭廣文。理棹好攜三百首，阻風須飲幾千分。耒陽江口春山緑，慟哭應尋杜甫墳。

峽山寓止

荆州未解圍，小縣結茅茨。强對官人笑，偏爲野鶴欺。江春鋪網闊，市晚鬻蔬遲。子美猶如此，翻然不敢悲。

蜀中賞海棠

濃澹芳春滿蜀鄉，半隨風雨斷鶯腸。浣花溪上堪惆悵，子美無心爲發揚。杜工部居兩蜀詩，集中無海棠之題。

聞杜鵑　李洞

萬古瀟湘波上雲，化爲流血杜鵑身。長疑啄破青山色，祇恐啼穿白日輪，花落玄宗迴一作歸蜀道，雨收一作飛工部宿江津。聲聲猶得到君耳，不見千秋一作愁一甑塵。

湘南春日懷古　羅隱

晴江春暖蘭蕙薰，鳧鷖苒苒鷗著群。洛陽賈誼自無命，少陵杜甫偏有文。空闊遠帆遮落日，蒼茫密樹一作高岫礙歸雲。松醪酒好昭潭靜，閒過中流一弔君。

寄南城韋逸人

桂甫詩中韋曲花，至今無賴尚家家。美人曉折露沾袖，公子醉歸香滿車。萬里丹青傳不得，二年風雨恨無涯。羨他南澗高眠客，春去春來任物華。

經耒陽杜工部墓

紫菊馨香覆楚醪，奠君江畔雨蕭騷。旅魂自是才相累，閒骨何妨冢更高。騄驥喪來輕蹇蹶，芝蘭衰後長《英華》作遠蓬蒿。屈原宋玉憐居處，幾駕青螭緩鬱陶。

耒陽

楚水隱隱浸耒亭，楚南天地兩無情。忍教孫武重泉下，不見詩人説用兵。

樟亭驛小櫻桃　韋莊

當年此樹正花開，五馬仙郎載酒來。李白已亡工部死，何人堪伴玉山頹。

蜀中贈廣上人　章孝標

曾持麈尾引金根，萬乘前頭草五言。疏講青龍歸奈苑，歌抄白雪乞梨園。朝鶩雲氣遮天閣，暮達猿聲入劍門。今日西川無子美，詩風又起浣花村。

經杜甫舊宅　　雍陶一作殷陶

浣花溪裏花多處，爲憶先生在蜀時。萬古只應留舊宅，千金無復换新詩。沙崩水檻鷗飛盡，樹壓村橋鳥過遲。山月不知人事變，夜來江上與誰期？

耒陽杜工部祠堂　　徐介

手接汨羅水，天心知所存。故教工部死，來伴大夫魂。流落同千古，風騷共一源。消凝傷往事，斜日隱頹垣。

《耒陽縣志》：杜公墓祠，在縣治北郭外二里，耒江左畔，洞庭觀之西。《詩話總龜》云：杜祠，過客多題詩，歐陽文忠獨稱介此詩。

題耒陽杜公祠見耒陽祠志　　裴説

騷人久不出，安得國風清。擬掘孤墳破，重教大雅生。皇天高莫問，白酒恨難平。悒怏寒江上，誰人知此情。

歐公《詩話》：裴説、裴諧，俱有詩名，説官至補闕，諧終於桂嶺假官宰。説題杜墳云：「擬掘孤墳破，重教大雅生。」諧曰：「名終埋不得，骨且朽何妨。」景事同而語意別。又劉訥言《諧噱談録》，賡凝覽説詩三四句，答曰：「説豈刼墓賊耶？」

耒陽杜公祠　　孟賓于

南遊何感恩，更甚葉繽紛。一夜耒江雨，百年工部文。青山當日見，白酒至今聞。惟有爲詩者，經過時弔君。

《詩話總龜》載僧紹員詩云：「百年失志古來有，牛肉因傷是也無。」又載耒陽宰詩云：「詩名天寶大，骨葬耒陽空。」此皆言聶令空堆土也。

喜詩句類杜　　此下皆宋人王禹偁

前賦《村居雜興》二首，間半歲不復省視。長男嘉祐讀《杜工部集》，見語意頗有類杜者，咨于余，且意余竊之也。余喜而作詩，聊以自負。

命屈由來道日新，詩家權柄敵陶鈞。任無功業調金鼎，且有篇章到古人。本與樂天爲後進，敢期子美是前身。從今莫厭閒居職，主管風騷勝要津。元之自注：向謫居時，多取白公詩時時玩之。

送馮學士入蜀

錦川宜共少年期，四十風情去未遲。蠶市夜歌欹枕處，峨嵋春雪倚樓時。休誇上直吟紅藥，多羨乘軺聽子規。莫學當初杜工部，因循不賦海棠詩。

欹枕、倚樓、紅藥、子規，皆杜詩所用者。前詩以古對金，此詩以子對紅，皆假對法。杜詩「雲薄翠微寺，天青皇子陂」，「子雲清自守，今日起爲官」，少陵先有此法矣。

讀杜子美集

孫何孫僅之兄

世系留唐史，丘封寄耒山。高名落身後，遺集出人間。逸氣應天與，淳風自我還。鋒鋩堪定霸，徽墨可繩姦。進退軍三令，迴旋馬六閒。楚詞休獨步，周雅合重删。李白從先達，王維亦厚顔。庖刀盡餘刅，羿彀肯虚彎。聖域分中上，天樞奪要關。逍遥登禁闥，偃蹇下塵寰。麗思蘇幽蟄，神功鑿險艱。語成新體句，才折好官班。誰氏傳軒冕，何人得佩環。朱弦本疏越，黄鳥浪緜蠻。元白詞華窄，錢郎景象慳。蜀峰愁杳杳，湘水恨潺潺。子欲探驪頷，吾思擷虎斑。毛錐應穎脱，燕石竟疏頑。已襲蘭兼菊，無嫌蒯與菅。二南如有得，高躅願追攀。

題杜子美書室　趙抃

直將騷雅鎮澆淫，瓊貝千章照古今。天地不能籠大句，鬼神無處避幽吟。幾逃兵火羈危極，欲厚民生意思深。茅屋一間遺像在，有誰於世是知音。三四，語意拙滯，乃宋詩習氣。

過公安杜有《移居公安》題。

劉郎浦上公安渡，我過高吟老杜詩。烟浪幾重江幾曲，算應風物似當時。公自注：子美嘗有《發劉郎浦》、《離公安渡》詩。

子美畫像　歐陽修

風雅久寂寞，吾思見其人。杜君詩之豪，來者孰比倫。生焉一身窮，死也萬世珍。言苟可垂後，士無着賤貧。

讀李白集

開元無事一作太平二十年，五兵不用太白閒。太白之精下人間，李白高歌蜀道難。蜀道之難難於上青天，李白落筆生雲烟。千奇萬險不可攀，却視蜀道猶平川。宮娃扶來自已醉，醉裏詩成醒不記，忽然一作來乘興登名山，龍咆虎嘯松風寒。山頭婆娑弄明月，九域塵土一作下看塵世悲人寰。吹笙飲酒紫陽家，紫陽真人駕雲車。高山流水空流花，飄然已去凌青霞。下看一作堪笑區區郊與島，螢飛露濕吟秋草。

劉貢父謂：歐公不甚喜杜詩，獨稱韓吏部絶倫。貴韓而不悦子美，所不可曉。然葉石林《詩話》載歐公子棐云：「先公平日，未嘗矜大所爲文。一日被酒語棐曰：『吾詩《廬山高》，今人莫能爲，唯李太白能之。《明妃曲》後篇，太白不能爲，唯杜子美能之。至於前篇，則子美亦不能爲，唯吾能之也。』因欲别録此三篇，以烏絲欄絹一軸，求毗陵張正素處士書之。」據此則歐公推服子美，固在太白之上矣。

李東陽《麓堂詩話》云：歐陽永叔深於爲詩，高自許與。觀其思致，視格調爲深，然較之唐詩，似與不似，亦門牆藩籬之間耳。

子美畫像 王安石

吾觀少陵詩，謂與元氣侔。力能排天斡九地，壯顔毅色不可求。浩蕩八極中，生物豈不稠。醜妍巨細千萬殊，竟莫見以何雕鎪。惜哉命之窮，顛倒不見收。青衫老更斥，餓走半九州。瘦妻僵前子仆後，攘攘盜賊森戈矛。吟哦當此時，不廢朝廷憂。常願天子聖，大臣各伊周。寧令吾廬獨破受凍死，不忍四海赤子寒颼颼。傷屯悼屈止一身，嗟時之人我所羞。所以見公畫，再拜涕泗流。推公之心古亦少，願起公死從之遊。

荆公深知杜，酷愛杜，而又善言杜，此篇於少陵人品心術，學問才情，獨能中其窾會。後世頌杜者，無以復加矣。

次韻張安道讀杜詩　蘇軾

大雅初微缺，流風困暴豪。張爲詞客賦，變作楚臣騷。展轉更崩壞，紛綸閱俊髦。地偏蕃怪産，源失亂狂濤。粉黛迷真色，魚蝦易豢牢。誰知杜陵傑，名與謫仙高。掃地收千軌，争標看兩艘。詩人例窮苦，天意遣奔逃。塵闇人亡鹿，溟翻帝斬鼇。艱危思李牧，述作謝王褒。失意各千里，哀鳴聞九皋。騎鯨遁滄海，捋虎得綈袍。巨筆屠龍手，微官似馬曹。迂疏無事業，醉飽死遊遨。簡牘儀刑在，兒童篆刻勞。今誰主文字，公合抱旌旄。開卷遥相憶，知音兩不遭。般斤思郢質，鯤化陋鯈濠。恨我無佳句，時蒙致白醪。慇懃理黄菊，未遣没蓬蒿。

次孔毅夫集古人詩見贈

天下幾人學杜甫，誰得其皮與其骨。劃如泰華當我前，跛羊欲上驚崷崒。名章俊語紛交衡，無人巧會當時情。前生子美君即是，信手拈得俱天成。

送戴蒙赴成都玉局觀

拾遺被酒行歌處，野梅官柳西郊路。聞道華陽版籍中，至今尚有城南杜。我欲歸尋萬里橋，水花風葉暮蕭蕭。芋魁徑尺誰能盡，榿木三年已足燒。百歲風狂定何有，羨君今作峨嵋叟。縱未家生執戟郎，也應世出埋輪守。莫欺老病未歸身，玉局他年第幾人。此詩，既用成都故事，又參入少陵詩詞，逼真杜詩嫡派。其開首四句，直作草堂題詠可也。

李太白讚

天人幾何同一漚，謫仙非謫乃其遊，揮斥八極隘九州。化爲兩鳥鳴相酬，一鳴一止三千秋，開元有道爲少留，縻之不得矧肯求。東望太白横峨岷，眼高四海空無人。大兒汾陽中令君，小兒天台坐忘身。平生不識高將軍，手涴吾足矧敢嗔，作詩一笑君應聞。《禁臠詩語》云：一韻七句方换韻，又是平聲，其法不得用雙殺。

題杜子美浣花醉圖　　黄庭堅

拾遺流落錦官城，故人作尹眼爲青。碧雞坊西結茅屋，百花潭水濯冠纓。故衣未補新衣綻，空蟠胸中書萬卷。探道欲度羲黄前，論詩未覺《國風》遠。干戈峥嶸暗寓縣，杜陵韋曲無雞犬。老妻稚子且眼前，弟妹漂零不相見。此公樂易真可人，園翁溪友肯卜鄰。鄰家有酒邀皆去，得意魚鳥來相親。浣花酒船散車騎，野牆無主看桃李。宗文守家宗武扶，落日蹇驢馱醉起。願聞解冠脱兜鍪，老儒不用千户侯。中原未得平安報，醉裏眉攢萬國愁。生綃鋪牆粉墨落，平生忠義今寂寞。兒呼不蘇驢失脚，猶恐醒來有新作。常使詩人拜畫圖，煎膠續弦千古無。

題老杜集　　孔平仲

《七月》《鴟鴞》乃至此，語言閎大復瑰奇。直侔造物并包體，不作諸家細碎詩。吏部徒能歎光燄，翰林何敢望藩籬。讀罷還看有餘味，令人心服是吾師。

讀杜子美詩　　韓維

寒燈熠熠宵漏長，顛倒圖史形勞傷。取觀杜詩盡累紙，坐覺神氣來洋洋。高言大義經比重，往往變化安能常。壯哉起我不暇寐，滿座歎息喧中堂。唐之詩人以百數，羅列衆制何煌煌。太陽垂光燭萬物，星宿安得舒其芒。讀之踊躍精膽張，徑欲追躡忘愚狂。徘徊攬筆不得下，元氣混浩神無方。

讀子美集　　張伯玉

寂寞風騷主，先生第一材。詩魂躔斗壁，筆力撼蓬萊。運動天樞朽，奔騰地軸摧。萬蛟盤險句，千馬夾雄才。勢走岷峨盡，辭含混沌來。剖山無鵲石，傾厩盡龍媒。薦擢誇三賦，飄零放一杯。艱難行蜀道，感激上燕臺。日月兵前没，江湖笑裏開。獨吟千載後，肝膽洗塵埃。

觀子美畫像　　楊蟠

文光萬丈照詞林，獨步才難一代欽。塵土未論今日貌，篇章空憶舊時心。寂寥冠劍無由作，零落丹青豈復吟。師法望公千載後，仰風三歎感知音。

草堂　　宋　京

君不見少陵草堂背西郭，浣花溪水流堂脚。竹寒沙白自淒涼，莫問四松霜草薄。入門好在烏皮几，公去不歸换鄰里。西嶺千秋雪未消，舍北泥融飛燕子。衹今榿木平橋路，籠竹和烟雜江霧。野僧作屋號草堂，不是柴門舊時處。詩壇今古誰能將，艷艷文章光萬丈。安得英才擅品量，當使公居摩詰上。

晚泛浣花遂宿草堂　　喻汝礪

扣橈泛澄虚，濯流睇幽芳。晚霙襯奇樹，夕霏媚疏篁。歸烏亦暫閒，夜魄動初涼。忽焉衆星微，天高月舒光。昔也杜陵子，澹然此茅堂。客至酒自斟，句得意已忘。云何常念饑，零落在道旁。古來技入神，一飯豈所望。吾輩天所窮，慨歌淚霑裳。

草堂詩四首

燦燦詩翁錦里西，只緣詩好合窮栖。竹鋪冷色雲連寺，柳漾輕絲鳥過溪。凝怨不禁關樹暗，駐情應恨蜀山低。離人苦怕春歸盡，可忍紅英半着泥。閑把烟光次第陳，岷峨風物見精神。翻成錦綉千般樣，供與江山幾度春。深屋長河兀老大，峨嵋曼緑却逡巡。從公乞取無邊手，免作詩中半箇人。竹外清疏浸碧溪，溪邊竹澹烟雨霏。間看雪嶺題詩罷，醉向西郊信馬歸。霄漢直愁雙闕迴，夢魂長着五陵飛。故園秀木又春色，只恐歸去池臺非。錦官城西春草芳，杜陵客子憂思長。浴晴晚樹淡浮渌，卧水幽花深度香。交情憫憫言燕阻，舊國迤迤雲山蒼。白蘋洲渚落日晚，明邊正銜歸雁行。

同楊元澈遊杜子美草堂　邵博

萬里橋西路，幽居今尚存。共來披草徑，遠去問江村。冉冉花扶屋，蕭蕭竹映門。斯人隔今古，此意與誰論。

和賈相公覽杜工部北征篇　宋祁

唐家六葉太平罷，宫艷醉骨恬無憂。孽虜垢天翠華出，模糊戰血腥九州。乾瘡坤痍四海破，白日殺氣寒颼飀。少陵背賊走行在，採梠拾橡填饑喉。眼前亂離不忍見，作詩感慨陳大猷。北征之篇辭最切，讀者心隕如摇軿。莫肯念亂《小雅》怨，自然流涕袁安愁。才高位下言不入，憤氣鬱屈蟠長虬。今日奔亡匪天作，向來顛倒皆廟謀。忠骸佞骨相撑拄，一燎同燼悲嵋丘。相君覽古慨前事，追美子美真詩流。前王不見後王見，願以此語詒千秋。

杜子美　　李綱

杜陵老布衣，饑走半天下。作詩千萬篇，一一干教化。是時唐室卑，四海事戎馬。愛君憂國心，憤發幾悲咤。孤忠無與施，但以佳句寫，《風》《騷》列屈宋，麗則凌鮑謝。筆端籠萬物，天地入陶冶。豈徒號詩史，誠足繼風雅。嗚呼詩人師，萬世誰爲亞。

南宋有忠定相才可當鄴侯，而韓岳將略可方李郭，不能用之以平河北，詩悲少陵，實自傷也。忠定公葬會稽之范陽，明季越紳董念儒卜兆侵穴，形家見公擊以金簡，嘔血立斃。忠賢名墓，不可無傳，願修志者亟表彰之。

杜工部祠此亦宋人詩。　　闕名

瞻拜荒祠下，萍踪此尚留。心存唐社稷，詩續魯《春秋》。竹屋斜通徑，花溪遠抱樓。江山真占絶，千古獨風流。

與客遊滄浪亭分韻得一字　　楊　甲

霧回林蒼黄，漲落水寒碧。西郊好風景，曉霽千里色。相從二三子，掃灑溪上石。主人亦愛客，沽酒炊玉粒。年荒酒味薄，相勸取吻濕。同光與共景，弄此竹間日。沄沄憂端來，落落險語出。穽機誰復設，骫骳各自適。跳波醉中舞，野唱寒外急。牛羊歸匆匆，鳧雁來一一。觴行豈不好，酒盡歸亦得。頹然寄天放，未愛世褊迫。永懷堂中翁，回首千歲跡。豈無獨往願，冉冉饑凍逼。霜空洞庭野，天闊雲夢澤。欲窮扶桑枝，尚掛滄海席。何當從今去，一夜生羽翼。

過子美草堂　　馬　偁

棲遲九月錦水行，獨過草堂西出城。村樹苒苒秋照白，水花漪漪江水明。溪邊三重結茅屋，松蘿翳疎晚雨晴。往來沽酒且有客，胡爲奔走不自停？四海紛然霾壇多，我憂豈但白馬盟。藜藿未足飽我腹，況又一頃供耘耕。只今騎驢走江滸，終日飄飄浪如許。可看顔色太癯生，憂愁盡入篇章苦。信眉一笑古復作，却似韓宣適東魯。此生蕩漾胡能留，兩脚風塵奚所休？此道滄浪付一漚，唤之千古與爾謀，吾亦往矣作《春秋》。

宋有《成都文類》，乃慶元二年四川按撫使建安袁説友所編。今録其佳者，如宋京、喻汝礪、邵博、楊甲、馬俌五人，皆出《文類》中。

嘉陵江過合州漢初縣下　范成大

井徑東川縣，山河古合州。盤根拏斷岸，急雨沸中流。關下嘉陵水，沙頭杜老舟。江花應好在，無計會江樓。

咏杜　陸游

古詩三百篇，删取財十一。每讀先再拜，若聽清廟瑟。詩降爲楚騷，猶足中六律。天未喪斯文，杜老乃獨出。陵遲至元白，固已可憤疾。及觀晚唐作，令人欲焚筆。此風近復熾，隙穴始難窒。淫哇解移人，往往喪妙質。苦言告學者，切勿爲所怵。杭川必至海，爲道當擇術。

讀李杜詩出《劍南集》

濯錦滄浪客，青蓮澹蕩人。才名塞天地，身世老風塵。士固難推挽，人誰不賤貧。明窗數編在，長與物華新。

野飯詩

可憐城南杜，零落依澗曲。面餘作詩瘦，趨拜尚不俗。

放翁自注：杜氏自譜以爲子美下峽，留一子守浣花舊業，其後避成都亂，徙眉州大埡，或徙大蓬云。　鰲按：杜公去成都，正當崔旰之亂，焉得抛留一子。公之子見於詩中者，止宗文、宗武，不聞更有别子。此事尚屬可疑。

秋興

功名不垂世，富貴但堪傷。底事杜陵老，時時矜省郎。

讀杜詩

城南杜五少不羈，意輕造物呼作兒。一門酣法到子孫，熟視嚴武名挺之。看渠胸次隘宇宙，惜哉千萬不一施。空回英概入筆墨，《生民》《清廟》非唐詩。向令天開太宗業，馬周遇合非公誰。後世但作詩人看，使我撫几空嗟咨。

明人謝杰作《少陵紀》云：公祖審言善詩，與蘇味道、李嶠、崔融齊名，時稱文章四友。公詩蓋衣鉢於其祖，而益大之。審言嘗言：吾文章當得屈宋作衙官，吾筆當得羲之北面。與再從兄易簡，並以狂名。公之自號曰狂夫，亦有所本。

題少陵畫圖像

長安落葉紛可掃，九陌北風吹馬倒。杜公四十不成名，袖裏空餘三賦草。車聲馬聲喧客枕，三百青銅市樓飲。杯殘炙冷正悲辛，仗内鬭雞催賜錦。

讀杜

千載詩亡不復删，少陵談笑即追還。嘗憎晚輩言詩史，《清廟》《生民》伯仲間。

遊龍興寺弔少陵寓居詩

中原草草失承平，戍火邊塵到兩京。扈蹕老臣身萬里，天寒來此聽江聲。自注：寺門外江聲甚壯。

懷舊

翠崖紅棧鬱參差，小益初程景最奇。誰向毫端收拾得，李將軍畫少陵詩。

書事

關中父老望王師，想見壺漿滿路時。寥寂西溪衰草裏，斷碑猶有少陵詩。華州西溪郡，老杜所謂鄭縣亭子者。

示子聿

我初學詩日，但欲工藻繪。中年始少悟，漸若窺弘大。怪奇亦間出，如石漱湍瀨。數仞李杜牆，常恨少領會。元白纔倚門，温李真市鄶。正令筆扛鼎，亦未造三昧。詩爲六藝一，豈用資狡獪。汝今欲學詩，根源在詩外。原注：晉人謂戲爲狡獪，今閩語尚爾。

長孺共讀杜詩　　楊萬里

病身兀兀腦岑岑，偶得兒曹文字林。一卷杜詩挼欲爛，兩人齊讀味初深。斲肝枉却期千載，漏眼誰曾更再尋。筆底奸雄死猶毒，莫將饒舌泄渠心。

再和雲龍歌留陸務觀西湖小集

老夫不願萬户侯，但願與君酒船萬斛同拍浮。老夫不怯故將軍，但怯與君筆陣千里相追奔。少陵浣花舊時屋，太白青山何處墳？二仙死可埋丘阜？二仙生可着韋布。名掛廣寒宫裏樹，非烟非雲亦非霧，長使玉皇掉頭誦渠句。詩府誰得玉笓開，詩壇誰授黄鉞來？留君不住君急回，不道西出陽關無此杯。西山金盆儘渠頹，斯遊明日方懷哉。

跋陸務觀劍南詩稿

今代詩人後陸雲，天將詩本借詩人。重尋子美行程舊，盡拾靈均怨句新。鬼嘯狨啼巴峽雨，花紅玉白劍南春。錦囊繙罷清風起，吹仄西窗月半輪。又云：只哦少陵七字詩，但得長年飽喫飯。

讀杜詩　文天祥

平生蹤跡只奔波，偏是文章被折磨。耳想杜鵑心事苦，眼看湖馬淚痕多。千年夔峽有詩在，一夜耒江如酒何。黄土一丘隨處是，故鄉歸骨任蹉跎。

題陸放翁詩卷後　許月卿

天寶詩人詩有史，杜鵑再拜淚如水。龜堂一老旗鼓雄，勁氣往往摩其壘。輕裘駿馬成都花，冰甌雪碗建溪茶。承平麾節半海宇，歸來鏡曲盟鷗沙。

杜甫墳　徐照

耒陽知縣非知己，救厄無蹤豈忍聞。若更聲名可埋没，行人定不弔空墳。

《温公詩話》：杜甫終於耒陽，藁葬之。至元和中，其孫始改葬於鞏縣，元微之爲誌。而鄭刑部文寶謫官衡州，有《經耒陽子美墓》詩，豈但爲誌而不克遷，或已遷而墳塚尚存耶？

杜甫祠

戴復古

嗚呼杜少陵，醉卧春江漲。文章萬丈光，不隨枯骨葬。平生稷契心，致君堯舜上。時兮弗我與，屹然抱微尚。干戈奔走蹤，道路飢寒狀。草中辯君臣，筆端誅將相。高吟比興體，力救風雅喪。如史數十篇，才氣一何壯。到今五百年，知公尚無恙。麒麟守高阡，貂蟬入畫像。一死不幾時，聲迹兩塵莽。何如耒陽江頭三尺荒草墳，名如日月光天壤。

答杜子野主簿

杜陵之後有孫子，自守詩家法度嚴。秀骨可仙官況簿，高情追古俗人嫌。起看星斗夜推枕，爲愛江山寒捲簾。飽喫梅花吟更好，錦囊雖富不傷廉。

論詩七絶杜有《戲爲六絶》，論齊梁初唐人詩。

文章隨世作低昂，變盡《風》《騷》到晚唐。舉世吟哦推李杜，時人不識有陳黄。

飄零憂國杜陵老，感寓傷時陳子昂。近日不聞秋鶴唳，亂蟬無數噪斜陽。

作詩不與作文比，以韻成章怕韻虛。押得韻來如砥柱，動移不得見工夫。

古今胸次浩江河，才比諸公十倍過。時把文章供戲謔，不知此體誤人多。
曾向吟邊問古人，詩家氣象貴雄渾。雕鎪太過傷於巧，朴拙唯宜怕近村。
陶寫性情爲我事，留連光景等兒嬉。錦囊言語雖奇絶，不是人間有用詩。
草就篇章只等閒，作詩容易改詩難。玉經雕琢方成器，句要豐腴字要安。

論唐宋詩體　戴昺

安用雕鎪嘔肺腸，辭能達意即文章。性情元自無今古，格調何須辯宋唐。人道鳳簫諧律呂，誰知牛鐸有宫商。少陵甘作村夫子，不害光芒萬丈長。

謁杜工部祠文　王十朋

《風》《雅》《頌》息，嗣之者誰？後代《風》《騷》，先生主之。讀書萬卷，蓋欲有爲。明光三賦，烜赫一時。致君堯舜，卒不克施。此志蕭條，乃昌其詩。天欲其鳴，窮之使悲。復生太白，如塤應篪。流落劍南，厥聲益馳。暮年制作，莫多於夔。詩史有堂，遺像有祠。光燄照人，膏馥滿碑。歌《蜀道難》，誦《杜鵑詞》。忠不忘君，先生是思。

此乃有韻之文，四字成句，類於古詩者，故亦附詠杜之中。

東屯絶句

少陵别業古東屯，一飯遺忠畎畝存。我輩月叨官九斗，須知粒粒是君恩。原注云：《輿地紀勝》：東屯稻米，爲蜀第一，郡給各官俸廩，以高下爲差，帥曹月得九斗。

東屯行東屯有青苗坡。　白　巽

雨足稻畦春水滿，插秧未半青短短。馬塵追逐下關頭，北望東屯轉三坂。一川洗盡峽中想，遠浦疏林分氣象。溝塍漫漫堰源低，灘瀨泠泠石磯響。中田築場亦有廬，翬飛夏屋何渠渠。李氏之子今地主，少陵祠堂疑故居。陸務觀《高齋記》云：少陵有瀼西高齋、東屯高齋。東屯李氏居，已數世，上距少陵纔二易主，大曆初故券猶在。

論詩三十首之三。此下皆元人　元好問

排比鋪張特一途，藩籬如此亦區區。少陵自有連城璧，争奈微之識碔砆。事見元稹《子美墓誌》。筆底銀河落九天，何曾顦顇萬山前。世間東抹西塗手，枉著書生待魯連。

古雅誰將子美親，精純全失義山真。論詩寧下涪翁拜，未作江西社裏人。

杜甫故里　李俊民

不知故隱幾時離，天寶年間處處詩。過客不須尋世譜，萬山山下看沉碑。杜詩：「吾家碑不昧，王氏井依然。」注：杜預沉碑峴山之下。

老杜醉歸圖二首

尋常行處酒債，每日江頭醉歸。薄暮斜風細雨，長安一片花飛。

百錢街頭酒價，蹇驢醉裏風光。莫傍鄭公門去，恐猶恨在登牀。

桐江集雜書　方回

竊嘗評少陵，使生太宗時。豈獨魏鄭公，論諫垂至茲。天寶得一官，主昏事已危。脱命走在所，窮老拜拾遺。卒坐鯁直去，漂落西南垂。處處苦戰鬭，言言悲亂離。其間至痛者，莫若《八哀詩》。我無此筆力，懷抱頗似之。

人言太白豪，其詩麗以富。樂府信皆爾，一掃齊梁腐。餘編細讀之，要自有朴處。最於贈答篇，肺腑露情素。何至昌谷生，一一雕麗句。亦焉用玉溪，纂組失天趣。沈宋非不工，子昂獨高步。畫肉不畫骨，乃以帝閑故。六經天日月，諸子如四時。史自班以上，語奇文亦奇。踵武蔚宗輩，語有文無之。小宋刊《新唐》，不悟胥寐規。以藝傳李杜，待之無乃卑。他人有遺集，一覽不再窺。惟此與韓柳，咀嚼無厭期。儕彼楓落生，吾欲鐫此疵。道自漢魏降，裂爲文與詩。詩工文或拙，文高詩或卑。香甌假山序，不妨自一奇。鮒橘多骨核，乃至肆詆訾。恭惟陳無己，此事獨兼之。五七掩杜集，千百臻秦碑。四海紫陽翁，歸吴豈其私。所以此虚叟，取爲晚節師。

奕山值寇讀杜詩有感　　尹廷高

杜曲衣冠盡，群凶轉陸梁。疏林巢燕雀，空谷鬪豺狼。衣濕彭衙雨，砧敲楚岸霜。年荒難自給，拾橡當餱糧。

題杜陵浣花圖　　趙孟頫

春色醺人苦不禁，蹇驢馱醉晚駸駸。江花江草詩千首，老盡平生用世心。

送杜伯玉四川行省都事

浣花溪上草堂存，會見能詩幾代孫。橘刺藤梢隱菉竹，椒漿桂酒薦芳蓀。日長畫省文書靜，春近岷江雪浪奔。我向東吴君向蜀，别離從古解銷魂。

九日　張養浩

一行作吏廢歡遊，九日登臨擬盡酬。詩有少陵難著語，菊無元亮不成秋。雲山自笑頭將鶴，人海誰知我亦鷗。幸遇佳辰莫辭醉，浮雲今古劇悠悠。

懷故園　虞集

聞道故園生瑞竹，令人歸興滿江干。扁舟不畏瞿塘險，匹馬誰云蜀道難。杜甫谿頭花匼匝，孔明廟裏柏闌珊。新堂題作歸歟字，定得臨江把釣竿。

王庶山水

蜀人偏愛蜀江山，圖畫蒼茫咫尺間。駟馬橋邊車蓋合，百花潭上釣舟閒。亦知杜甫貧能賦，應歎揚雄老不還。花重錦官難得見，杜鵑啼處雨斑斑。

石田集雜詠　　馬祖常

不作還鄉夢，因吟李杜詩。平生無飽飯，抵死只憂時。事實兼唐史，風流接楚詞。山川舊遊處，千載有餘悲。

詩品五則《詩品》本司空圖所作，范氏引此以證李杜。　　范　槨

大用外腓，真體内充。返虚入渾，積健爲雄。具備萬物，横絶太空。荒荒油雲，寥寥長風。超以象外，得其環中。持之非强，來之無窮。此論雄渾，以杜少陵當之。

绿杉野屋，落日氣清。脱巾獨步，時聞鳥聲。鴻雁不來，之子遠行。所思不遠，若爲平生。海風碧雲，夜渚月明。如有佳語，大河前横。此論沉著，亦以少陵當之。

畸人乘真，手把芙蓉。泛彼浩劫，窅然空蹤。月出東斗，好風相從。太華夜碧，人聞清鐘。虚佇神素，脱然畦封。黄唐在獨，落落玄宗。此論高古，亦以少陵當之。

行神如空，行氣如虹。巫峽千尋，走雲連風。飲真茹强，蓄素守中。喻彼行健，是謂存雄。天地與立，神化攸同。期之以實，御之以終。此論勁健，亦以少陵當之。

觀化匪禁，吞吐大荒。由道返氣，處得以强。天風浪浪，海山蒼蒼。真力彌滿，萬象在旁。前招三辰，後引鳳凰。曉看六鼇，濯足扶桑。此論豪放，以李太白當之。

杜工部祠　宋　无

老病思明主，乾坤入苦吟。秋風茅屋句，春日杜鵑心。詩史孤忠在，文星萬古沉。祇應憶李白，到海去相尋。

據四明楊德周所考，杜公祠堂凡有數處。夫唐代詩人，何啻千輩，獨少陵忠義之氣，足以感發人心。故足跡所經之地，千年祠宇，今古留傳，此詩人之另闢乾坤者。自成都、夔州、耒陽外，又存四祠，並記於後。《方輿勝覽》云：工部有祠在江原縣，邑宰趙抃建，昔杜公依高適寓此。鄜州學，孔廟戟門，祀子美。禄山之亂，子美避兵三川。肅宗立，復自鄜州奔行在，故有是祠。又杜甫祠，在成縣治儀門左。唐天寶末，關輔饑亂，甫以華州司功，棄官之秦州，寓居同谷，躬負薪，拾橡栗以自給，有《同谷七歌》。思賢樓，在劍閣水門上，畫張孟陽、李太白、杜子美、柳子厚像。劍州《文焰堂記》曰：劍門題詩，以太白、子美爲重，世未有並祀之者。會從李參預壁所得所賜阜陵御書《蜀道難》，又從李長史得趙忠定汝愚大書《劍門》詩，因建祠刻二詩。詩側榜其堂曰文焰，取韓退之詩語也。

讀杜拾遺老瓦盆戲作　洪希文

此翁坦率性，長享甕頭春。觴客終頽玉，傾人懶注銀。干戈塵世淚，風月草堂身。賴爾有蘇鄭，情親不厭貧。杜詩：早歲與蘇鄭，痛飲情相親。杜詩有麴米春、松醪春，白香山《杭州》詩「青旗沽酒趁梨花」，則杭俗有梨花春舊矣，可補杜注所未及。

題杜甫麻鞵見天子圖　錢惟善

四郊多壘未還鄉，又别潼關謁鳳翔。九廟君臣同避難，十年弟妹各殊方。中興百戰洗兵甲，萬里一身愁虎狼。寂寞當時窮獨叟，按圖懷古恨茫茫。

九日感懷至正戊戌　葉顒

悠悠江影雁南飛，黄菊飄香蝭滿枝。斜日西風彭澤酒，殊方異國杜陵詩。煙巒慘澹山林暮，霜葉蕭疏草木悲。醉後不思時節異，半欹烏帽任風吹。

杜少陵春遊曲　　鄭允端

何處尋芳策蹇驢，典衣買酒出城西。玄都觀裏桃千樹，黄四娘家花滿溪。正淑乃鄭清之五世孫女，有《病中吟》云：「伏枕南窗下，徒吟老杜詩。」此閨秀之學杜者。

玉山草堂借杜集詩題爲顧仲瑛作也。　　楊維楨

愛汝玉山草堂好，草堂最好是西枝。浣花杜陵錦官里，載酒山簡高陽池。花間語燕春常在，竹裏清樽晚更移。無奈道人狂太甚，時看紅袖寫烏絲。

夜聞謝太史讀李杜詩　　此下皆明人高　啟

前歌《蜀道難》，後歌《偪仄行》。商聲激烈出破屋，林烏夜起鄰人驚。我愁寂寞正欲眠，聽此起坐心茫然。高歌隔舍與相和，雙淚迸落青燈前。李供奉，杜拾遺，當時流落俱堪悲。嚴公欲殺力士怒，白首江海長憂飢。二公高才且如此，君今謂我將何爲。

祭杜子美文洪武癸酉年作。

朱　椿蜀獻王

先生距今之世數百餘年，而成都草堂之名，至今日而猶傳。予嘗縱觀乎萬里橋之西，浣花溪之邊，尋草堂之故址，黯衰草兮寒烟，是以不能無所感也。於是命工構堂，闢地一廛，扁舊名於其上，庶幾過者仰慕乎先賢。然人之所傳者，先生之遺編也。而予之所羨者，蓋以先生一飯之頃，而忠君愛國之惓惓，雖其出巫峽，下湘川，固不戀戀於此，而先生之精神，猶水之在地，無所往而不在焉。爰矢詞於翰墨，寫予心之悁悁。臨風灑酒，尚其來旃。

《蜀記》：梵安寺，乃杜甫舊宅，在浣花溪，去城十里。大曆中，節度使崔寧妻任氏亦居之，後捨爲寺，都人爲之立廟於其中。每歲四月十九，凡三日，衆遨遊於兹。宋元祐庚午間，丞相吕大防鎮成都，作草堂於先生之舊址。明初，蜀王分藩於此，復爲構堂致祭。賢王韻事，可爲後世法矣。

秦州

王　禕

水積從天降，山連與蜀通。遺碑李廣宅，廢寺隗囂宫。度隴遲迴際，游秦感慨中。長憐少陵老，曾此歎途窮。

論詩　方孝孺

舉世皆宗李杜詩，不知李杜又宗誰。能探《風》《雅》無窮意，始是乾坤絶妙辭。

太白詩言「《大雅》久不作，王風委蔓草」，少陵詩言「别裁僞體親《風》《雅》，轉益多師是汝師」。知二公皆得力於《風》《雅》者。此詩云李杜宗誰，而繼之以能探《風》《雅》，此極推崇二公語，非謂其不及古人也。

題耒陽祠堂　解縉

蔡倫池上霧如紙，杜老祠前秋日黄。爲問靴洲江上水，流船三日到衡陽。

錢謙益曰：據此，則杜陵之殁，不特以牛肉白酒，並罹汨羅之酷矣。然則元誌所謂旅殯岳陽者何喪？而四十年後嗣業所葬者，又何柩耶？大抵賢者所在，人各引以爲重，不妨耒陽自葬子美之遺靴，亦不足置辯也。

頤菴祭酒寄讀杜詩一章奉和　黄潤玉

先生觀杜詩，洞曉其中趣。顧兹藜藿腸，焉識菽粟味？乾坤初未交，風雲本難際。自匪假聲詩，烏能吐忠義。高歌動千言，曲庇非一類。區區稷契心，綽綽廊廟器。胡爲月下烏，却繞風前樹。魚龍方混争，鴻雁若相避。雖致杜鵑詞，曷驅野狐媚。間關蜀道行，悽惻巫峽淚。纍然喪家厖，困若伏櫪驥。康衢本平夷，《大雅》惜顛墜。斯文既云亡，吾道安所寄。浩浩三百篇，寥寥千萬世。惟公得其傳，作者奚足繼？公詩天寶間，落日山横翠。

白沙論詩　　陳獻章

子美詩之聖，堯夫更別傳。後來操翰者，二妙少能全。

康節先生，天挺人豪，包造化於胸中，拓古今於眼際。其《擊壤集》一編，浩氣雄思，真足一空前後。然就詩格而論，還是宋人一派，終與唐風分道而馳。

題杜拾遺像　　謝應芳

國破家何在，窮途更莫年。七歌同谷裏，再拜杜鵑前。湖羯長安滿，騎驢短褐穿。畫圖憔悴色，猶足見憂天。

泛舟浣花東皁　楊慎

風簷水檻含清暉，月閏夏五暑氣微。山中薜荔幽人帶，池上芰荷遊子衣。雙魚六馬慣識曲，青蛉白鷗皆忘機。揚雄玄閣不寂寞，杜甫草堂天下稀。

百花潭送人之楚杜詩：百花潭北即滄浪。

滄浪潭水照潭花，無賴家家惱杜家。不數潘安河内縣，堪留衛玠洛陽車。晴烟翡翠蘭苕濕，涼雨鴛鴦荇藻斜。五兩行穿巴峽樹，百壺先泛楚江槎。

習池　温新

昔聞少陵咏，今過習家池。下馬穿幽徑，新楊滿地垂。青荷元自蓋，碧水暗通溪。漫有山翁興，何由醉似泥。

三四似對非對，因首聯對起，故次聯參差，謂之偷春格。杜集中亦有之。

出劍門　　楊興宗

嘔啞鳴艫下長川，萬疊青峰只眼前。山鷓啄殘紅杏粉，杜鵑啼破緑楊烟。夢迴蜀棧雲千片，醉枕巴江月一船。物色誰分杜陵老，《風》《騷》牢落劍南天。

杜員外述貶　　王世貞

昔我遊山東，高李相先後。豪鷹搏青冥，所擊無不取。斲句必老蒼，驪珠戀吾手。西入咸陽城，落魄鮮所偶，駝錦青貂裘，半爲酒家有。時來異援出，三賦天子售。泚筆中書堂，公卿盡回首。蟣蝨脱洗沐，毛羽出抖擻。清華文昌步，磊落國士耦。欃槍亘北極，熒惑趨南斗。哥舒小豎子，棄我潼關守。萬乘儵蒙塵，群公但奔走。嗚呼上帝仁，蒼茫意愈厚。馬嵬剪陰孽，朔方建陽紐。桓桓漢陰公，玉璽主親受。制曰相國琯，汝往馘群醜。戎車實閑飭，驕將違指授。遂令陳濤士，義血漂杵臼。天威震莫測，左右奮申救。甫也一小臣，上書戒求舊。孤忠報社稷，餘分推朋友。幸免左伯誅，仍寬馬遷咎。優游上州佐，零落一野叟。雪壓履下趾，風欺衣前肘。饑寒自切骨，虛名在人口。窮途往念至，遲暮新恩負。千載與百年，茫茫付杯酒。

和前題　盛時泰

自予來巴州，得繼昔賢後。游覽錦官城，功名奚所取？溪邊一草堂，縛茅自吾手。賓朋雖衆多，性情無所偶。醉來賦新詩，豪盪不復有。建安與西京，肯爲人輕售。騎驢自暮歸，秋風甘白首。面目雖已黎，精神日抖擻。丈夫抱經濟，進則夔龍耦。思以拯蒼生，勳庸高北斗。肯爲升斗粟，易我平生守。朝夕貴人前，奴顔效奔走。皇天有深仁，慈貶意誠厚。昨游孔明祠，眼見柏紋紐。扶漢豈不勞，三分帝所受。下視曹與孫，心術一何醜。覬覦竊神器，不出漢廷授。一時忠義人，粉身向虀臼。譬彼大厦顛，一木焉能救。我今濩落來，所賴惟親舊。君王恩未酬，交結得朋友。于以棲餘齡，没齒亦何咎。所存喘息在，居然共田叟。饑寒良切身，履穿還露肘。在處與冷汁，聊以充吾口。意氣干雲霄，自知未爲負。豈爲活斯須，所貪在杯酒。

錢氏《明詩選》云：盛仲交，以陪貢試吴下，攜所著《兩都賦》，謁王元美於小祇園。王贈以詩曰：「遂令陸平原，不敢賦三都。」又和元美《擬古》七十章，三日而畢，元美殊氣奪。此篇即七十首之一也。

遊杜工部草堂

陳文燭

驅車出郭外，來泛浣花溪。青郊緣江路，乃在城都西。孤舟繫水檻，上有杜甫祠。振衣一下拜，思君曾亂離。兵戈正滿眼，卜居聊茅茨。嚴武憐才者，而有草堂貲。故人況高適，細酌哦新詩。蒼松帶幽色，寒林半成螘。忠貞貫草木，不滅初移時。數椽未零落，千載誰心期。禁愁取蜀酒，臨風不自持。信美非鄉國，萬里同牽思。

浣花溪納凉

朱夏多炎暑，束帶發長歎。偶坐浣溪水，溪水生餘寒。況有陰江竹，清風吹羽翰。杜陵亦苦熱，高咏江之干。澄江如石鏡，白雲如雪山。雪山層冰好，不及使君灘。倚檻一舒嘯，歸路斜陽殘。

同李修撰高大行飲浣花草堂

金閶彦客到沙頭，老杜高名日月浮。掃逕百花香自好，題橋萬里景偏幽。太平關塞無戎馬，水檻城中有白鷗。却憶咏歌曾涕淚，何如陶謝共登樓。

周公瑕爲予書浣花草亭碑寄謝

浣花溪頭數竿竹，溪上誅茅數椽屋。故人爲我題豐碑，故人草聖真堪讀。平生飄零憶杜甫，感慨論文仍吊古。百花吹散溪水紅，參天獨樹經風雨。鳥鳴高枝月滿地，似共山靈愛碑字。徘徊若問草堂貲，可嗔當年王録事。

夢杜少陵作　王嗣奭

青蓮號詩仙，我翁號詩聖。仙如出世人，軒然遠泥滓。在世而出世，聖也斯最盛。詩祖三百篇，我翁嫡孫子。詩豪立如林，雙鞬視翁指。嗟予倫壤蟲，何緣夢見翁。草堂留古色，簷花落輕紅。典衣易斗酒，雄談凌霄虹。覺來謦欬在，山寺鳴晨鐘。起牀訝餘輝，初旭破昏蒙。翁今在何所，脉脉精靈通。賤質若頑石，未諗堪磨礱。

浣花草堂二首

益都勝地浣花溪，水竹沙村好杖藜。築舍累年差得穩，會心多景不勝題。身羈夔梓神空到，舟下荆衡意轉迷。今日草堂長作主，達人應悟死生齊。

其二

詩聖神交蓋有年，到來追想一悽然。浮雲轉眄失蒼狗，古帝遊魂空杜鵑。背郭堂成辭郭去，驚人句好任人傳。黄精未必生毛羽，名不刊時骨是仙。

憶昔余嘗夢訪少陵於浣花草堂，典衣沽酒，對酌談詩，可三十年往矣。臨老入蜀，實茲夢是踐，而草堂在成都，距涪千里，以赴勘始至，數也奚尤。噫！神交詩聖，獲登草堂，拜瞻遺像，雖罹轗軻，未爲非幸也。攻詩夢少陵，草堂疏豁罥寒藤。典衣沽酒歡相引，短述長吟愧未能。居在市廛仍半虎，止非樊棘轉多蠅。白頭入蜀因公誤，公困窮愁我亦應。

杜臆脱稿覆閱漫題

佳句死躭憐性僻，晚看律細倍情真。劍門巫峽經行地，到處傷心憂國人。論事迂疏唐史陋，《新唐書》論公好論天下大事，高而不切。逢時轗軻皇天仁。學詩聞道企游夏，鍊世得仙輕惠詢。萬里重來遺憾少，草堂一夢晤言親。已招稷契作前輩，應許偶翁爲後身。

李鄴嗣曰：王公右仲，少有異才，長通文史，尤嗜杜少陵詩。嘗夢至草堂，與杜公對酒談詩。後知涪州，以事赴錦官城，拜少陵祠下，仰瞻遺像，髣髴夢中。及里居，遂詮次其詩，名曰《杜臆》，多前人所未發者。余近纂杜注，聞王氏向有《杜臆》一書，從林非聞先生齋頭得授抄本，集中採録，鉅細不遺。林先生素與右仲爲詩文故交，各以名節相砥，林公隱身高尚，六十餘年，樂道人善，蓋至老不衰也。

杜曲謁子美先生祠　屈大均翁山

城南韋杜潏川濱，工部千秋廟貌新。一代悲歌成國史，二南風化在騷人。少陵原上花含日，皇子陂前鳥弄春。稷契平生空自許，誰知詞客有經綸。

秦州　本朝人列後錢謙益

策馬秦州道，河沙晚日黄。一方餘土屋，幾處有農桑。秋鬼依禪院，驕軍奪婦璫。少陵風土紀，搔首益彷徨。

咏杜　魏裔介

老杜才名高萬丈，誰云删後更無詩。此豈人力之所爲，山川風雨發其姿。玲瓏刊盡琅環秘，饑寒迫出奇崛詞。文章自不關花鳥，性命深沉乃出之。亦知不祥造物忌，原非富貴飲啄資。但快狂歌啄三尺，安問令名垂來兹。

讀杜子美詩

古作多蔚跂，兹編實云聖。盥手展縹帙，肅然起恭敬。世人誦公詩，擷芳資游泳。我誦見公心，楷模性情正。救琯雖云非，其意實孤勁。一躓不復收，騂騮終遠屏。有語不忘君，愴怛忠愛盛。飄泊蠶叢間，𣗳穇長鑱柄。路阻豺虎多，身傍干戈横。燦燦浣花詞，磊磊夔州詠。百年歌獨苦，斯語淚如迸。放舟夷陵後，潦倒春華競。天困萬古胸，抒發鴻濛性。陶冶不可窮，世秉詞伯政。讀之浹數旬，高齋風雨併。既哭復還歌，枕籍以爲命。斯人竟已矣，惄焉心如怲。

讀李太白詩

三謝與鮑庾，江左稱獨步。太白更絶塵，汗血如飛兔。擲筆振金石，有文懸瀑布。萬象羅胸中，百代生指顧。是氣曰浩然，不衹爲章句。沉香亭畔詞，諷諫有微趣。奴視高將軍，才人詎能慕。羽翮落九天，掛席逐烟霧。留滯東魯雲，蹭蹬采石路。我思汾陽王，再衍晉陽祚。云誰識此人，青蓮慧眼故。無知功未酬，夜郎竟遠戍。璘也實惷愚，偶而被籠篏。

龍章與鳳姿，豈若爭食鶩。古今稱謫仙，斯言良不誤。黄金如可成，須並子美鑄。

讀少陵集　　鄭日奎

三百已遠王迹熄，詩事大成誰爲集？天恐風雅遽中微，特生杜陵老布衣。真宰含悲洩太古，元氣茫茫恣所取。盪除塵翳斬荆榛，爲經爲騷復爲史。河山日月本平平，一觸此老奇趣生。心計驅使從豪變，淋漓墨汁皆峥嶸。饑貧百折氣不阻，猶託微詞存國是。忠愛居然三百遺，豈特宗風紹乃祖。古今作者代不同，都來涵孕神明中。一語縱横散屢足，得其爪距皆稱雄。歎我研尋猶未得，蟲魚瑣瑣紛空積。擬焚灰燼副以膏，頻飲令吾腸胃易。

讀青蓮集

青蓮詩負一代豪，横掃六宇無前矛。英雄心魄神仙骨，溟渤爲闊天爲高。興酣染翰恣狂逸，獨任天機摧格律。筆鋒縹緲生雲烟，墨騎縱横飛霹靂。有如懷素作草書，崩騰歷亂龍蛇攄。更如公孫舞劍器，渾脱瀏灕雷電避。冥心一往搜微茫，乾端坤倪失伏藏。佛子嵌空鬼母泣，千秋詞客孰雁行。我讀君詩起我意，飄然如有凌雲思。便欲麾手謝塵緣，相從飲酒學仙去。

翁玉于索題蕭尺木畫杜子美詩册　宋琬

蕭生畫手稱絶妙，風格遠過文待詔。曾貌《天問》與《九歌》，荒唐隱怪皆殊肖。三閭大夫色憔悴，山鬼乘貍善窈窕。解衣盤礴余在旁，舉杯向天發狂嘯。翁侯酷愛少陵詩，驚人佳句常相隨。手裂生綃三十幅，蕭生一一丹青之。浣花草堂若在眼，劍門棧道横參差。罷榷歸來無長物，獨攜此册還京師。長安公卿頗好事，書畫寧復論真假。百鎰始購宣窰杯，千金贋買銅臺瓦。此圖一出價必高，翁侯賞玩不肯捨。即今遷謫轉蕭瑟，欲歸無舟陸無馬。翁侯翁侯，誰令爾愛杜陵翁，千年坎壈將無同。蘆花采采雁南渡，笠澤烟水秋濛濛。君歸結廬在何處，余欲攜孥學梁鴻。蕭生夙有五湖志，何不招隱來江東？嗚呼！何不招隱來江東，畫君與余持竿垂釣秋風中？

瀼西謁少陵先生祠　王士鎮

萬古瀼西宅，斜連峽口關。高雲魚復縣，秋水麝香山。老作諸侯客，心依供奉班。樊川臨素滻，遺恨不生還。

欲去頻迴首，停舟灩澦堆。東屯渺雲水，西閣莽蒿萊。感事悲《諸將》，懷人賦《八哀》。昆明遺碣在，落葉滿蒼苔。祠有石刻《秋興》詩，僅存「昆明池水」一首。

題秦州杜工部像

杜陵人不見，遺照自輝光。離亂經天寶，艱難剩草堂。東屯田父宅，西閣楚人鄉。才子千秋淚，青蓮亦夜郎。靈武中興日，秦州旅食年。羌戎常雜處，崕谷到今傳。意氣凌天馬，幽愁拜杜鵑。瞻依思往事，攬涕一潸然。

南池　趙開雍

城隅秋水自千年，杜老經過亦偶然。遂使池塘增氣色，始知人事重山川。芰荷香動微風夜，蒲柳涼生欲雨天。獨有宦遊人易感，那能不憶舊青氈。

燈下讀杜　毛際可

静夜微吟刻漏長，淋漓元氣散天章。新詩無復千金换，明主何能一飯忘。老病孤舟生事少，江湖滿地故園荒。當年望古希陶謝，未許青蓮得雁行。

白帝城　　熊文舉

白帝城猶峙，永安定可尋。英雄情掩抑，今古事浮沉。落日玄猨絶，孤筇芳草深。無由弔詩史，寂寞少陵心。

杜少陵宅　　方象瑛

浣花溪邊草堂好，背郭初成春色早。晚年更卜瀼西居，領略山川都不少。瀼西一帶溪流清，渚田漠漠皆秔稻。白鹽赤甲互峥嶸，東屯月落瞿塘曉。策杖閒登白帝城，詠懷古跡恣探討。長鑱白柄悵遠遊，故園杜曲空縹緲。未能歸卧南山邊，萍踪應向此中老。無端去峽下荆門，老死耒陽胡草草。宅舍東屯屢易主，故券傷心跡如掃。陸務觀記：東屯李氏居，已數世，距少陵纔三易主，唐時券尚存。我來西閣問綺疏，哀壑無聲魂悄悄。不見傷秋感興人，日暮江村數歸鳥。

杜子美草堂題句　　葉吟

錦城傳草堂，數里近南浦。方池引浣花，創寺本老杜。幽情想遺跡，素心遇儕伍。同遊者武林張建侯。策蹇出林原，鳥語便媚嫵。村荒犬吠客，境静風開户。入門蒼翠合，雜樹森環堵。香火照几筵，丹堊新廊廡。人疑是佛宫，誰知爲藝圃。中範子美像，頳面髯承輔。威儀倣開元，官銜題工部。峩冠紆長袖，猶見先民矩。似此英雄姿，不宜長困苦。奚爲久落拓，抱志未得吐。光芒長萬丈，稱許由韓愈。風雨歷饑寒，文章信無補。嘗聞有大功，殁則祀兹土。文翁孔明輩，專祠列江滸。少陵亦何爲，俎豆依天府。有客詳語余，詞人悉迂腐。獨有唐拾遺，忠信根肺腑。姓氏動明皇，試文别良楛。立奏三禮賦，豪氣盛於虎。高自陳先世，鄒枚不屑數。自期顧稷契，至治宗三五。言大本非誇，抵掌效可覩。長安悲奕棋，漁陽震鼙鼓。宫闕對南山，第宅皆新主。曲江潛行日，吞聲淚如雨。避亂走彭衙，謁帝岐山下。陸渾善房相，車戰亡干羽。疏救陳陶斜，適逢肅宗怒。棄置遂連年，憤膺每自撫。橡栗充口食，負薪遍山塢。節度表參謀，暫往依嚴武。何曾解愛才，命幸脱黄祖。瞿塘青山斷，茅屋秋風舞。行藏獨倚樓，短句心堪憮。雖經流離中，念不忘君父。是豈僅詩人，大節誠當取。存無一日歡，死垂一生譜。例合享春秋，裸薦豈莽鹵。後人長太息，清言愛縷縷。技不重雕蟲，亦不尊文組。止憐志士心，畏壘成千古。紛紛銘與贊，浮淺類狂瞽。一笑出庭除，花陰日移午。

見少陵遺像有感　向　嵦

詩稿留天地，群稱集大成。縱然遺小像，只自薄浮榮。潦倒瞿塘路，悲涼杜宇聲。憂民與念國，誰得似先生。

讀杜少陵詩　徐　增

詩史《春秋》筆，大名垂草堂。二毛猶在蜀，一字不忘唐。賦羡相如逸，才憐太白狂。晚年律更細，獨立自蒼蒼。

絶句　嚴允肇

吏部文章工部詩，前人矩步後人師。世間爝火同消隕，落落星辰萬古垂。

任城懷古

登臨多古意，憑眺起人思。壯觀留飛閣，豐碑浸曲池。謫仙非傲物，工部本憂時。千載斯人去，風流亦我師。

旅蜀追懷杜少陵　柴雲

杜子栖遲錦水濱，杖頭到處得相親。幽花細竹隨南叟，愛酒能詩訪北鄰。江畔草堂時駐馬，月臺梅蕊晚留人。浪遊偏向巴山裏，愁聽啼鵑兩度春。

歷代至今，多題詠之作，一隅管見，搜輯多遺，尚俟續所未備也。

續編

耒陽谿夜行為傷杜甫作　唐人戎昱

乘夕棹歸舟，緣源二疑當作路轉幽。月明看嶺樹，風静聽溪流。嵐氣船間入，霜華衣上浮。猿聲雖此夜，不是别家愁。

送客遊蜀　張籍

行盡青山抵益州，錦城樓上二江流。杜家曾向此中住，爲到浣花溪水頭。

雪晴訪趙嘏街西所居　杜牧

命世舊作代《風》《騷》將，誰登李杜壇。少陵鯨海動，翰苑鶴天寒。今日訪君還有意，三條冰雪獨來看。

杜荀鶴《弔陳陶處士》：「耒陽山下傷工部，採石江邊弔翰林。兩地荒墳各三尺，却成開解哭君心。」亦以李杜相方。

峽中　鄭谷

萬里煙靄裏，隱隱見夔州。夜静明月峽，春寒堆雪樓。獨吟誰會解，多病自淹留。往事如今日，聊同子美愁。

耒陽弔杜子美　李節

耒陽浦口繫扁舟，红蓼洲頭宿白鷗。半夜青燈千里客，數聲寒雁一天秋。蛩吟隔岸情如訴，斗柄横江勢若流。惆悵杜陵老詩伯，斷碑古木繞荒丘。

《耒陽縣志》以李節爲天寶詞客，誤也。杜公卒于大歷年間。豈有天寶時先作弔語耶？大約中晚人耳。又載祠前夢子美和詩一首，詞氣俚俗，決非少陵語意，故削而不存。

讀杜工部詩　宋人張方平

文物皇唐盛，詩家老杜豪。雅音還正始，感興出《離騷》。運海張鵬翅，追風騁驥髦。三春上林苑，八月浙江濤。璀璨開鮫室，幽深閉虎牢。金晶神鼎重，玉氣霽虹高。甲馬騰千隊，戈船下萬艘。吴鈎銛莫觸，羿彀巧無逃。遠意隨孤鳥，雄筋舉六鰲。曲巖周廟肅，頌美孔圖褒。世亂多群盜，天遥隔九皋。途窮傷白髮，行在窘青袍。憂國論時事，司功去諫曹。七哀同谷寓，一曲錦川遨。妻子饑寒累，朝廷戰伐勞。倦遊徒右席，樂善乏干旄。舊里歸無路，危城至輒遭。行吟悲楚澤，達觀念莊濠。逸思乘秋水，愁腸困濁醪。耒陽三尺土，誰爲剪蓬蒿。

坡公曾和此詩，兩篇參看，尚不如原作和平爕貼也。

感舊詩　陸　游

我思杜陵叟，處處有遺踪。錦里瞻祠柏，綿州有海椶。蹉跎悲櫪驥，感會失雲龍。生世後斯士，吾將安所從。

過杜工部祠　　鄒　定

疇昔哦詩憶耒陽，兹因捧檄過祠堂。一生忠義孤吟裏，千載淒涼古道旁。自是風霜侵病骨，非干牛酒涴詩腸。明朝解纜長江上，閑訊先生一柱香。

思社亭　　姜仲謙

十里松陰大道場，一亭還復枕瀟湘。詩翁至死憂唐室，野客于今弔耒陽。窗户雲生山雨集，巖溪花發曉風香。不惟臨眺添惆悵，自是年來鬢已霜。

衡陽府城南，華光寺傍，舊有杜公祠。宋郡守劉清之，登華光山，東眺耒陽，慨然思杜工部，因爲立祠，以黄庭堅配焉。又即地立亭，號曰思杜，今祠亭俱廢。

讀杜詩　　王逢原

鐫劖物象三千首，照耀乾坤四百年。

次何漕司小紅翠亭韻　劉士季

少陵遺跡瀼西東，端的高齋在此中。今日花枝弄煙雨，前時蔬甲卧霜風。根株移取他山翠，跗萼輸來別國紅。收得陽春無盡藏，夔人端説兩詩翁。

其二

花在中巴東復東，滿城春色一園中。休言小小鶯花界，也勝纖纖燕麥風。舞袖卷紗空映翠，晴窗磨鏡漫晞紅。葉成帷幄花成陣，壯觀詩壇矍鑠翁。

弔耒陽杜墓　王玄

才高憂負國，身没耒陽城。雖葬先生骨，難埋《騷》《雅》名。事往斯文在，時遷旅冢平。邑侯新布政，一爲剪紫荆。

庚寅六月再過耒江謁杜工部墳　元人余忞

一寸心丹篤愛君，數根髮白苦憂民。吟邊見得公真像，莫問公墳真不真。庚寅歲，乃元順帝十年，余秋山爲湖廣提刑按察使，留題祠下。

和合江亭詩　　吴拭

使者風流照錦城，東攬郊轡更澄清。雙江合處烟凝曉，秀嶺横邊日弄晴。石鼎煮茶濃有味，金鍾注酒釃無聲。何時却信橋南步，細讀詩人《古柏行》。

讀李杜詩　　明人胡翰

太音在天地，浩浩空山河。作者推李杜，千古未足多。至哉《風》與《雅》，采之委巷歌。世人事琱琢，伐柯徒伐柯。

弔杜墓　　張翔

迢遞來南紀，倉皇問北征。詩通高叟固，才到屈原清。天地心無愧，風雷氣不平。徘徊江上月，昨夜照文明。

弔耒陽杜墓　　解縉

何年陵墓存翁仲，尚有殘碑紀鳳行。行過石橋江上路，一林芳樹近宫牆。

弔杜公墓再見　　陳獻章

裸葬不葬等悠悠，有生無生名可留。壽遲殤子千年在，文與江河萬古流。天借人心昭日月，山藏廟貌自春秋。拾遺苦被蒼生累，贏得乾坤不盡愁。

感懷　　鄭昂

王粲淒涼仍去國，杜陵老大竟飄蓬。荆州豈免依劉表，蜀道終須謁鄭公。三禮賦成追昔日，七哀歌罷起秋風。青青亦有江南草，鸚鵡洲邊恨不窮。

送陳學使玉叔之成都　　謝榛

沔陽日高刺桐樹，文旌飛出荆門路。錦城形勝今尚具，曾見左思《蜀都賦》。揚馬文章子昂句，西漢初唐歷可數。后來壇坫孰追步？杜曲詩人劍門度。光動文昌映武庫，地湧横流豎砥柱。浣花溪頭弔古迹，少陵舊寓非疇昔。棟宇一新耀丹碧，憂時慘澹髪全白。唐室宗廟雜荆棘，日月雙懸照社稷。千載孤忠耿無隔，瞻拜神交在咫尺。好題巔崖一片石，古人吟眺餘物色。

杜甫墓　　　謝　榛

洞庭昔返楚天魂，孤塚千年失子孫。蜀道悲歌今不見，暮雲愁色滿中原。

懷古

拾遺年老别長安，胡馬西馳忽棄官。妻子一朝俱涕淚，弟兄千里各艱難。風高蜀嶺松聲落，月滿巴江鶴夢寒。異代愁歌有同調，何當寄迹浣花灘。

遊草堂詩　　　陳南賓

西出秦關道路長，岷峨東望鬱蒼蒼。蓬萊三賦舊無敵，同谷七哀今可傷。茅屋秋高風瑟瑟，布衾鐵冷雨牀牀。浣花溪上應回首，千載令人憶草堂。

西瀼杜少陵祠

出峽是何境，棲巢亦戀枝。不應三畝券，買得古今祠。淺泊龍猶侮，孤鳴雀自悲。祗應籬芷近，屈宋有前期。

讀少陵集　陳繼儒

兔脱如飛神鶻見，珠沈無底老龍知。少年莫漫輕吟咏，五十方能讀杜詩。

題李白送別杜子美發魯郡圖　華愛

杜陵有客才名早，却與山東李白好。短褐飄飄泗水春，登臨落日同傾倒。浮踪轉盼各飛蓬，石門一別風煙渺。同心之誼祛形骸，相期直在雲霞表。渭北江東日渺茫，王孫不見萋芳草。由來造化躓英賢，奈爾風流天地老。

杜少陵騎驢小影

白髮窮愁日，清秋過雁時。浣花溪上路，多是憶君詩。

送黄子羽之任　本朝人吴偉業

魚鳧開國險，花月錦城香。巨石當門觀，奇書刻渺茫。江流人事勝，臺榭霸圖荒。萬里滄浪客，題詩問草堂。

黄以徵辟爲新都令，道經成都。

遊浣花溪訪拾遺草堂　　朱嘉徵

郊南十里浣花溪，溪繞空原東復西。題壁總隨蝌蚪漫，穿林不住烏烏啼。詩情獨傲千峰出，野興頻牽草木低。予亦愁心江上客，故園芳草日淒淒。

耒陽道中留杜少陵祠順治戊戌孟冬　　彭而述

此地留工部，荒祠拜古墳。一身存《大雅》，萬世頌斯文。隔岸江流樹，空山野度雲。到來悲馬鬣，黄葉正紛紛。

傷心天寶客，遺蜕重衡山。況近魚龍窟，竟成虎豹關。好花隨地發，落葉趁秋間。便遇魯中叟，公詩不用删。

如公原未死，疑塚在江關。靈武君臣後，詩名天地間。亂離來白帝，談笑老荆蠻。萬古郴江水，東流不肯還。

耒令紛如許，獨傳姓聶人。江山流上客，風物見元神。忠愛生前事，《離騷》死後鄰。却憐嚴節度，知己更無倫。

公遊耒殁耒，詳見公本傳及年譜。予既爲文記之，及戊戌之孟冬，行部臨耒，首謁公祠，綴以四詩。噫！公靈有知，魂魄戀此，予敢言詩哉，聊以記歲時耳。

雞鳴山宿齋送别蔣前民　杜濬

屢入亭侯廟，長吟老杜詩。公孫躍馬日，丞相出師時。弔古英雄志，悲歌喪亂知。江樓如抱膝，此地最相思。

拜杜少陵草堂再見　宋琬

少陵棲隱地，古屋鎖莓苔。峭壁星辰上，驚濤風雨來。歲華三峽暮，身世《七歌》哀。欲作招魂賦，臨流首重回。

步草堂碑韻　熊夢鶴

少陵作客此爲廬，松竹幽深始卜居。官馬有塵隨使卒，花溪無伴狎樵漁。任人非是難憑史，成我迂疏半悞書。千古悲辛同往轍，日西歸去尚躊躇。

約諸人同看草堂　劉璽

何日尋幽出郭西，與君舒嘯浣花溪。草堂勝事重興起，工部高蹤待品題。攜手祇須雙不借，看山惟用一偏提。百年如夢今頭白，好趁清閒共杖藜。

盧德水侍御寄杜亭詩　李弱翁

正聲自古初，作者誰獨步？猗歟杜少陵，大雅洵足數。流傳八百年，此道莽回互。蔓草委王風，鬼語亂如騖。盧公具體微，感慨任詞賦。誅茅祠少陵，以精通寐寤。晨興謁高堂，次及林居趣。興觀有本懷，冀與賢者遇。書成哲人知，果獲錢公句。因盧作杜箋，魂魄來相聚。邇者服終喪，補官到邸寓。獻酬無凡才，見力有餘裕。短褐識我曹，令德表心素。投我杜亭詩，如飲石上露。沈鮑不足推，羹牆有深慕。通浄取性靈，清妙去雲霧。人倫盡依歸，薰氣相吹附。中興一家言，式昭我王度。

題杜少陵畫像　程可則

杜陵老叟生絶奇，蒼髯赬面英雄姿。似玆不合久貧賤，曷爲坎壈長歔欷。自從大禮獻三賦，尉授河西不肯赴。當宁何曾解愛才，旅食京華歲虚度。忽然鼙鼓動長安，玉輦西遊蜀道難。奔走三川寄家室，脱身賊壘多辛酸。麻鞋謁帝趨靈武，拾遺侃侃居言路。直節何妨捄友生，諫書反得君王怒。牢落天涯到秦州，負薪拾橡窮且愁。微官棄去亦何恨，可憐事業付沙鷗。劍南直入嚴武幕，散髮戎渝致非惡。春流無恙下夔門，秋色蕭然卧西閣。晚年出峽望衡山，楚水茫茫潭岳間。酒酣賫志仰天哭，咫尺襄樊那得還。一生落拓無窮已，獨有豪吟詠詩史。同時比肩惟太白，後來作者紛誰是。鄢陵先生絶世雄，讀書萬卷身乘驄。稱詩酷擬草堂作，沈鬱頓挫將無同。昔年作吏向秦國，工部祠堂拜顔色。傳與先賢作畫圖，曠代風流盡相識。嗟哉！杜陵一没已千秋，吾徒仰止空悠悠。先生望古有殊契，神交豈直形像謀。我亦幼齡重高詠，乞將粉本歸南州。

謁杜公祠康熙丙午仲冬　　劉宗沛

祠後荒丘野草春，祠中遺像惹飛塵。唐家多少詩才子，老杜應爲第一人。

杜陵墓　　劉明遇

煙雨淹三月，荒荒出郭村。楚江流怨緒，春鳥喚詩魂。往事猶悲在，時艱應恨存。詞臣忠愛蹟，豈但立言尊。

流寓君多地，胡然留此丘。雖崇千古祀，未了一生愁。風雨無今昔，滄桑變海疇。殘紅新霽後，疑在浣溪頭。

耒陽道中

山城早發剔燈烟，盡日崎嶇秀可憐。驟雨驟晴深澗路，飛花飛鳥夕陽天。雲生馬足春猶冷，風入松梢晝欲眠。暝色催人喧萬籟，怒號蛙鼓亂溪田。

古陌纖纖路，春深花亦深。野塘驅馬影，芳草故人心。荒寺藏松壑，山僧導竹林。佛燈薰客帳，一雨度寒衾。

杜文貞公祠元太監紐憐，請追謚唐杜甫爲文貞。　高　引

勝日坐春風，江流半畝宫。耒陽依聶令，西蜀憶嚴公。橋諺梅花白，洲吟野蓼紅。今來探古蹟，若有夢魂通。

九日袖杜詩獨登石子嶺　鄒章周

群醉高樓日，懷詩獨野遊。自堪孤影度，不與衆山謀。《秋興》誰還賦，杜陵欲正愁。狂歌驚落葉，隨意憩椒丘。

憶浣花溪作　陸洽原

浣花溪邊憶老翁，詩卷長留錦川東。昔日草堂兵戈後，頻年羌塞冰雪中。不堪羈旅同苦調，還遲衰病扶悲風。長安渭水今在否，回首風塵思何窮。

讀杜詩詳注　蒲山張遠

詩者樂之祖，樂府難具陳。《風》《雅》變爲《騷》，源流日以分。漢魏古尚存，西晉不失真。頹波及六朝，作意求爲新。選言必月露，滿眼飛沙塵。有唐大復古，卓爾多不群。少陵更挺生，振古無其倫。許身稷與契，一飯不忘君。山川之所歷，喪亂之所親。歷歷載諸筆，落筆真有神。經史任其驅，稗野任其吞。精微混溟涬，溢乎淼無津。注者百十家，妙篆誰能伸。余也性躭此，從事二十春。編年以紀時，晰疑必尋根。段落初一剖，不使久沈淪。

自謂頗苦辛，可以掩前人。朅來得新注，欻翕歎積薪。滄海鮮遺珠，纖毫必見珍。少陵如可作，不信是前身。安得薔薇露，盥手揚清芬。

讀杜詩詳注　　桐城程師恭

千古詩壇少陵踞，紛持觚稜解多誤。支離未已或牴牾，翻令光焰隔雲霧。杜不易注恐失真，誰其洗髓慨傳神。薈萃諸家多創獲，指點後學啟迷津。甬上仇先生，擁書勝百城。石渠校中秘，月旦操評衡。剩馥餘脂澤藝苑，衣被寰宇先風聲。躭吟尤嗜杜陵集，心摹口咏忘寢食。力拔鯨牙酌天漿，思穿溟涬摧霹靂。頃刻揮毫手不停，經營濡墨遲無敵。豁目人驚杜再來，醒心不覺群疑開。作者待闡注者筆，注者已登作者臺。廣搜博采洵至矣，沿訛襲舛胡爲哉！余生學杜苦難似，考辯差擬會其旨。每將愚臆質大方，談言微中未見鄙。神傾意豁覩斯注，子美曠代逢知己。鈎索字句枉稱工，所取精誠爲交通。杜陵遇甬江豐，家無儋石清況同。今日功成身退之名宿，依然留連風雅之宗公。

讀杜詩詳注　　會稽田　易

自有詩人一子美，草堂箋注紛百家。櫛比句字互争長，知無故實勞搜爬。亦思少陵才經世，許身稷契言非誇。生際亂離不得志，假以聲韻長咨嗟。河源萬里渺星宿，導之浩浩流泥沙。曰史曰聖杜知己，詎同博士矜蟲蝦。四明先生儒林宗，胸中書卷三十車。毛詁鄭箋談一一，鏗鍧雅奏删淫哇。屈宋之後誰作者，大雅固應推浣花。退食一編朝在手，繙抹舊册堆欹斜。當年情事豈爾爾，詮解獨出飛龍蛇。悄然如與公晤語，行間隱躍三毫加。固哉高叟不可説，鑿空却歎漂浮槎。鐫兹善本傳藝苑，晦翁《騷》注無點差。足慰吟魂賦《大招》，可許問字來侯芭？

讀杜詩詳注　會稽金　埴

杜陵遺老才非凡，詩史詩聖稱名咸。一縑惟出自機杼，百味不共人甘鹹。聰明直令冰雪净，清真都使鉛華劖。小賦誰能賦大禮，短歌孰類歌長鑱？忠君愛國託聲律，説理慕義飽飢饞。甬江先生善讀杜，前人穿鑿二字讀去聲皆誅芟。詳注祇求得真是，千秋知己神和諴。官貧正好浣花對，恍共草堂哦喃喃。潛織鮫人紅玉手，菴藦花女青茸衫。銀河夜漲躍天泗，渤海烟滅騰仙帆。御覽兹編三太息，二十八卷天威監。歸來把向蛟門讀，金鱗閃閃龍珠銜。惟有遭時今古異，經綸大展輝廊巖。

唐詩誰第一，痦痳少陵親。心寫風期合，神交晤語真。友應千載尚，公有齋名尚友堂。官亦拾遺貧。賞鑑經明主，流傳啟後人。補注慚無補，公猶許可多。未能一詞贊，聊辯四聲訛。公出杜集補注見示，以辯四聲相契也。絶瘧沈綿霍，通靈鬼魅哦。事見詳注及補注。詩魂結忠愛，抽卷浣花過。

諸家論杜

蘇軾子瞻曰：太史公論詩，《國風》好色而不淫，《小雅》怨誹而不亂。以予觀之，是特識變風變雅耳，烏覩詩之正乎？昔先王之澤衰，然後變風作，發乎情，雖衰而未竭，是以猶止乎禮義，以爲賢於無所止者而已。若夫發乎性，止乎忠孝，其諸豈可同日而語哉！古今詩人衆矣，而子美獨爲首者，豈非以其流落饑寒，終身不用，而一飯未嘗忘君也歟？

秦觀少游曰：杜子美之詩，實積衆家之長，適當其時而已。昔蘇武、李陵之詩，長於高妙；曹植、劉楨之詩，長於豪邁；陶潛、阮籍之詩，長於冲澹；謝靈運、鮑照之詩，長於峻潔；徐陵、庾信之詩，長於藻麗。於是子美窮高妙之格，極豪邁之氣，包冲澹之趣，兼峻潔之姿，備藻麗之態，而諸家之作，所不及焉。然不集諸子之長，子美亦不能獨至於斯也。豈非適當其時故耶？孟子曰：「伯夷，聖之清者也；伊尹，聖之任者也；柳下惠，聖之和者也；孔子，聖之時者也。孔子之謂集大成。」嗚呼！子美其集詩之大成者歟？

黄庭堅魯直曰：子美作詩，退之作文，無一字無來處，蓋後人讀書少，故謂杜韓自作此語耳。古之爲文章者，直能陶冶萬物，雖取古人陳言入翰墨，如靈丹一粒，點鐵成金也。

子美之詩法出審言，句法出庾信，但過之耳。

李綱伯紀曰：詩以風刺爲主，故曰：上以風化下，下以風刺上，主文而譎諫，言之者無罪，聞之者足以戒。三百六篇，變風變雅，居其大半，皆箴規戒誨美刺傷閔哀思之言。而其言，則多出當時仁人不遇，忠臣不得志，賢士大夫欲誘掖其君，與夫傷讒思古，吟咏情性，止乎禮義，有先王之澤，故曰詩可以群，可以怨。《小弁》之怨，所以篤親親之恩；《鴟鴞》之貽，所以明君臣之義；《谷風》之刺，所以隆夫婦朋友之情。使遭變遇閔，而泊然無心於其間，則父子君臣朋友夫婦之道或幾乎息。王者跡息而詩亡，詩亡而後《離騷》作。《九歌》《九章》之屬，引類比義，雖近乎悱，然愛君之誠篤，而嫉惡之志深，君子許其忠焉。漢唐間以詩鳴者多矣，獨杜子美得詩人比興之旨，雖困躓流離而心不忘君，故其詞章慨然有志士仁人之大節，非止摹寫物象風容色澤而已也。見《湖海集序》。

朱文公曰：杜詩佳處，有在用字造意之外者，惟虚心諷詠乃能見之。作詩先看李杜，如士人治本經，本既立，方可及蘇黄以次諸家詩。文字好用經語，亦一病。老杜詩云：「致遠思恐泥。」東坡寫詩到此句云：此詩不足爲法。李杜韓柳，初亦學《選》詩，然杜韓變多而李柳變少，變不可學，而不變可學。

《吕氏童蒙訓》曰：謝無逸語汪信民云：老杜有自然不做底語到極至處者，有雕琢語到極至處者，如「丹青不知老將至，富貴於我如浮雲」，此自然不做底語到極至處也。如「金鐘大鏞在東序，冰壺玉衡懸清秋」，此雕琢語到極至處也。

永嘉黄淮曰：唐興，律絶之體擅名無慮千餘家，李杜爲首稱，而杜爲尤盛。蓋其體製悉備，譬若工師之創巨室，其跂立翬飛之勢，巍峩壯麗，干雲霄，焜日月，而牆高萬仞，不得其門而入。迨析而觀之，軒廡堂寢，各中程度，大則棟梁，小而節棁欂櫨，皆楩柟杞梓，黝堊丹漆也。蓋其鋪陳時政，發人之所難言。使當時風俗世故，瞭然如指諸掌，忠君愛國之意，常拳拳於聲嗟氣歎之中。而所以得夫性情之正者，蓋有合乎三百篇之遺意也。

洪邁容齋曰：古人酬和詩，必答其來意，非若今人爲次韻所局也。觀《文選》所編何劭、張華、盧諶、劉琨、二陸、三謝諸人贈答，可知已。唐人尤多，不可具載。姑取杜集數篇，略紀于此。如高適、嚴武、韋迢、郭受，彼此唱酬，層次條答，正如鐘磬在簴，扣之則應，往來反覆，于是乎有餘味矣。

《捫蝨新語》云：韓以文爲詩，杜以詩爲文，世傳以爲戲。然文中要自有詩，詩中要自有文，亦相生法也。文中有詩，則句語精確。詩中有文，則詞調流暢。謝玄暉曰，好詩圓美流轉如彈丸。此所謂詩中有文也。唐子西曰，古文雖不用偶儷，而散句之中，暗有聲調，步驟馳騁，亦有節奏。此所謂文中有詩也。觀子美到夔州以後詩，簡易純熟，無斧鑿痕，信是如彈丸矣。

蔡絛《西清詩話》曰：詩家視陶淵明，猶孔門視伯夷。此爲確論。然集大成手，當終還子美。

劉會孟辰翁曰：子美年四十五，自鄜陷賊。明年，自拔取拾遺，扈從還京。又明年，始外補。又明年，始棄官入秦州。自是流落輾轉，凡三遷。當時朝廷雖亂，道路無壅，雄藩賓客之盛自若也。公以三朝遺老，負海内詩名，其遊迹所經，如錦江洞庭，意氣浩然，江湖勝境，樓臺高會，長歌短賦，傾晤賓主。當奔走流離，倉卒患難而所遇猶若此，宜其詩之淋漓悲壯邁群傑出乎？古今窮詩人，獨稱杜子美。然在天寶則及見麗人、友八仙，在乾元則扈從還京，歸鞭左掖，其間苦厄，惟陷鄜數月耳。後來流落夔蜀，田園花柳，亦與杜曲無異。若石壕、新安之覩記，彭衙、桔柏之崎嶇，意者造物託之子美，以此人間之變態，令能言者傳之千秋萬世乎？五言七律，微有拙處，然時時得風雨鬼神之助。沈休文《懷舊》九首乃杜詩《八哀》之祖。

方沆曰：少陵撫時憫事，往往形諸篇什，慷慨微婉，能使人有孤臣孽子，擯棄不容之感，遯世絶俗之悲。後之君子，迺欲以片語明作者之意，令文不害辭，辭不害志，難之難者也。

范温元實《詩眼》曰：古人學問，必有師友淵源。漢楊惲一書，迥出當時流輩，則以司馬遷外甥故也。自審言已自工詩，當時沈佺期、宋之問等同在儒館爲交遊，故杜甫律詩，布置法度，全學沈佺期，更廣集大成耳。沈云：「雲白山青千萬里，幾時重謁聖明君。」甫云：「雲白山青萬餘里，愁看直北是長安。」沈云：「人如天上坐，魚似鏡中懸。」甫云：「春水船如天上坐，老年花似霧中看。」雖不免蹈襲前輩，然前後傑句，亦未易優劣也。老杜詩，凡一篇皆工拙相半，古人文章類如此，皆拙而無取。使其皆工，則峭急無古氣，如李賀之流是也。然後世學者，當先學其精神氣骨，皆在於此。如《望嶽》詩云：「岱宗夫如何，齊魯青未了。」《洞庭》詩云：「吳楚東南坼，乾坤日夜浮。」語既高妙有力，而言東嶽與洞庭之大，無過於此。後來文士竭力道之，終有限量。齊梁諸詩人，以至劉夢得、温飛卿輩，往往以綺麗風花累其正氣，由於理不勝而辭有餘也。惟杜「緑垂風折筍，紅綻雨肥梅」，「岸花飛送客，檣燕語留人」，亦極綺麗，其摹寫景物，意自親切，所以妙絶古今。至於寫春容閒適，則有「穿花蛺蝶深深見，點水蜻蜓款款飛」，「落花遊絲白日静，鳴鳩乳燕青春深」；寫秋景悲涼，則有「藍水遠從千澗落，玉山高並兩峰寒」，「江間波浪兼天湧，塞上風雲接地陰」；富貴之語，則有「香飄合殿春風轉，花覆千官淑景移」，「麒麟不動爐烟上，孔雀徐開扇影還」；弔古之辭，則有「映階碧草自春色，隔葉黄鸝空好音」，「翠華想像空山裏，玉殿虚無野寺中」。雖涉於風花點染，然窮理盡性，巧移造化矣。凡作詩，實字多則健，虚字多則弱，亦有全虚而意味無窮者，如杜云「世亂鬱鬱久爲客，路難悠悠長傍人」，「江上形容吾獨老，天涯風俗自相親」，「萬里悲秋長作客，百年多病獨登臺」，「叢菊兩開他日淚，孤舟一繫故園心」，此等語何嘗不健。按此條舊有「萬事無成空過日」二句，杜無此語。

楊載仲弘少遊成都，謁杜公祠，有主祠者乃公九世孫杜舉也。因問曰：「先生所藏《詩律重寶》，不猶有存者乎？」舉曰：「吾鼻祖審言，以詩鳴世，公子閑生甫，又以詩鳴至於今，源流益遠矣。然甫不傳諸子，而獨於門人吴成、鄒遂、王恭傳其法，今子自遠方來，敢不以三子所授者，與子言之。」按仲弘記憶此事，在元英宗至治壬戌年，上距代宗大曆間，約計五百四十載，其世次應不止九代。且詩法所載杜律五十一首，注釋議論皆膚淺寡識，未窺作者之意。況《宗武生日》詩言「詩是吾家事」，言「熟精《文選》理」，豈可云詩法不傳於其子乎？此俱未可信也。又考《杜詩七律演義》，元朝進士張性伯成所撰，坊賈假名虞伯生以行世。嘉靖間，濟南黄臣重梓復舊，作叙辨之。但此書議論淺略，不能發明杜意，適足累虞公之大名耳。

揭傒斯曼碩曰：少陵古律，各集大成，咸趨浩蕩，正如顔魯公書一出，而書法盡廢。言其渾然天成，略無斧鑿，乃詩家運斤成風手也。是以獨步千古，莫能繼之。

傅若金與礪曰：太白天才放逸，故其詩自爲一體。子美學優才贍，故其詩兼備衆體，而植綱常、繫風化爲多。三百篇以後之詩，子美其集大成也。

嚴羽《滄浪詩話》曰：論詩以李杜爲準，猶挾天子以令諸侯也。李杜數公，如金翅擘海，香象渡河，下視郊島輩，直蟲吟草間耳。

莆陽鄭景韋曰：李謫仙，詩中龍也，矯矯焉不受約束。杜子美則麟遊靈囿，鳳鳴朝陽，自是人間瑞物。二豪所得，殆不可以優劣論也。

楊維楨鐵崖曰：詩之教尚矣。虞廷載歌，君臣之道合；五子有作，兄弟之義彰；《關雎》首夫婦之匹；《小旻》全父子之恩。采於國風而被諸歌樂，所以養人心，厚天倫，移風易俗之具，實在於是。後世《風》變而《騷》，《騷》變而《選》，流雖遠而源尚根於是也。魏晉而下，其教幾熄矣，及李唐之盛，士以詩命世者殆有數家，尚有襲六代之弊者。老杜氏慨然興起，攬千載既墜之緒，陳古諷今，言詩者宗爲一代詩史。下洗哇淫，上薄《風》《雅》，使海内靡然復知有三百篇之旨。議論杜氏之功者，謂不在《騷》之下。噫！比世末學，咸知誦少陵之詩矣，而弗求其旨義之所從出，則又徇末失本，與六代之弊同。出《詩史宗要序》，故友陳自舜抄示。

李東陽《麓堂詩話》曰：長篇中，須有節奏，有操有縱，有正有變，若平鋪穩布，雖多無益。唐詩類有委曲可喜之處，惟杜子美頓挫起伏，變化不測，可駭可愕。蓋其音響與格律正相稱，回視諸作，皆在下風。然學者不先得唐調，未可遽爲杜學也。杜五七言古詩，多用側韻，如《玉華宮》、《哀江頭》等篇，其音調起伏頓挫，獨爲矯絶。古律詩各有音節，然皆限於字數，求之不難。惟樂府長短句，初無定數，最難調疊，然亦有自然之聲。古所謂聲依永者，謂有長短之節，非徒永也，故隨其長短，皆可以播之律吕。而其太長太短之無節者，則不足以爲樂。若往復諷詠，久而自有所得，得之於心，而發之乎聲，則雖千變萬化，如珠之走盤，自不越乎法度之外矣。如李太白《遠别離》、杜子美《桃竹杖》，皆極其操縱，曷嘗按古人聲調，而和順委曲乃如此。固初學所未到，然學而未至於是，亦未可與言詩也。韓蘇詩，雖俱出入規格，而蘇尤甚。蓋韓得意時自不失唐詩聲調，如《永貞行》固有杜意，而選者不之及，何也？楊士弘乃獨以韓與李杜爲三大家，不敢選，蓋亦有所見耶。

江盈科《雪濤詩評》云：子美作詩之時，即有意於傳世。觀其詩曰：「平生性癖耽佳句，語不驚人死不休。」至蘇子瞻亦云：「生前富貴，死後文章。」蓋皆知其詩之必傳於後也。又曰：李青蓮是快活人，當其得意時，斗酒百篇，無一語一字不是高華氣象。及流竄夜郎後，作詩甚少，當由興趣消索。杜少陵是固窮之士，平生無大得意事，中間兵戈亂離，饑寒老病，皆其實歷，而所閱苦楚，都於詩中寫出。故讀少陵詩，即當得少陵年譜看。

程棨《三柳軒雜識》云：老杜詩，如董仲舒策，句句典雅，堪作題目。餘人詩非不佳，但可命題者終少耳。好詩與好句，正自不同。文人自是好採取。韓文杜詩號不蹈襲者，然無一字無來處，乃知世間所有好句，古人皆已道之，能者時復暗合孫吴耳。大抵文字中，自立語最難，用古人語又難，須是用古而不露筋骨。

劉仕義《新知録》曰：昔人謂詩有别才，非關學也，誠然矣。又謂詩有别趣，非關理也，則殊未是。杜詩所以爲唐詩冠冕者，以理勝也。彼以風容色澤，放蕩情懷爲高，而吟寫性靈，爲流連光景之辭者，豈足以語三百篇之旨哉。按杜詩云：「浣花溪裹花饒笑，肯信人兼吏隱名」又云：「巡簷索共梅花笑，嫩蕊疏枝半不禁。」所謂趣不關理也。

釋普文《詩論》云：老杜之詩，備於衆體，是爲詩史。近世所論，東坡長於古韻，豪邁大度；魯直長於律詩，老健超邁；荆公長於絶句，閒暇清癯。其各一家也。

陳繹曾《詩譜》云：劉琨、盧諶，忠義之氣，自然形見，非有意於詩也。杜子美以此爲根本。　謝靈運以險爲主，以自然爲工，李杜深處多取此。　六朝文氣衰緩，惟劉越石、鮑明遠有西漢氣骨，李杜筋骨取此。

王世貞元美曰：杜詩强力宏蓄，開闔排蕩，然不無利鈍，其於五古，自云「熟精《文選》理」。《選》體中，高者蘇李無論已，子建而下，如太冲、士衡、元亮、康樂、明遠、玄暉，皆清絶滔滔，芊綿流麗，而杜長篇曼衍拖沓，何於《選》體殊不類乎？　恐自《壯遊》、《玉華宫》、《夢李白》、前後《出塞》、《田父泥飲》、《湯東靈湫》諸篇外，不可多得矣。　惟七言歌行，跌宕夭矯，淋漓悲壯，令讀者飄飄欲仙，此爲絶唱。　五七言絶句，李青蓮、王龍標最稱擅場，爲有唐絶唱，少陵雖工力悉敵，風韻殊不逮也。　惟「錦城絲管日紛紛」一首，譏花卿僭逼，含蓄不露，極得風人之體。　當時妓女獨以此入歌，可謂真誠實契矣。　太白不成語者少，老杜不成語者多，如「無食無兒」、「舉家聞若欬」及「麻鞋見天子，垢膩脚不襪」之類。　凡看二公詩不必病其累句，亦不必曲爲之護，正使瑕瑜不掩，亦是大家。　子美晚年詩，信口衝出，啼笑雅俗，皆中音律，更不宜以清空流麗風韻姿態求之。　但後人效颦，便學爲一種生澀險拗之體，所謂不畫人物而畫鬼魅者矣。　太白五言沿洄魏晉，樂府出入齊梁，近體周旋開寶，獨絶句超然自得，冠古絶今。　子美五言，《北征》、《述懷》、《新婚》、《垂老》等作，雖格本前人，而調由己創。　五七言律廣大悉備，上自垂拱，下逮元和，宋人之蒼，元人之綺，靡不兼總。故古體則脱棄陳規，近體則兼該衆善，此杜所獨長也。　太白筆力變化，極於歌行。少陵筆力變化，極於近體。李變化在調與辭，杜變化在意與格。然歌行無常矱，易於錯綜；近體有定規，難於伸縮。調辭超逸，驟如駭耳，索之易窮，意格精深，始若無奇，繹之難盡，此其微不同者也。　升庵駁宋人詩史之説，而并譏少陵云：詩之爲體，皆意在言外，使人自悟。至變風變雅，尤爲含蓄，言之者無罪，聞之者足以戒。如刺淫亂則曰「雝雝鳴雁，旭日始旦」，不必曰「慎莫近前丞相嗔」也。憫流民則曰「鴻雁於飛，哀鳴嗷嗷」，不必曰「千家今有百家存」也。傷暴斂則曰「維南有箕，載翕其舌」，不必曰「哀哀寡婦誅求盡」也。叙饑荒則曰「牂羊羵首，三星在罶」，不必曰「但有牙齒存，所悲骨髓乾」也。杜詩之含蓄蘊藉者多矣，宋人不能學，至於直陳時事，類於訕訐，乃其下乘。宋人撰出詩史二字，以誤後人，如詩可兼史，則《尚書》《春秋》可以并省乎？　余按用修此言，甚辨而覈，不知其嚮所稱者，皆指興比耳。夫詩固有賦，以述情切事爲快，不盡含蓄也。語荒而曰「周餘黎民，靡有孑遺」；勸樂而曰「宛其死矣，他人入室」；譏失儀而曰「人而無禮，胡不遄死」；刺聽讒而曰「豺虎不受，投畀有北」。若出少陵口，用修不知如何砭駁矣。

王世懋敬美曰：今人作詩，必入故事。有持清虚之説者，謂盛唐詩即景造意，何嘗有此，是則然矣，然亦一家言，未盡古今之變也。古詩，兩漢以來，曹子建出而始爲宏肆，多生情態，此一變也。自此作者，多入史語，然不能入經語。謝靈運出，而《易》辭《莊》語，無所不爲用矣。剪裁之妙，千古爲宗，又一變也。中間何庾加工，沈宋增麗，而變態未極，七言猶以閒雅爲致。杜子美出，而百家稗官，都作雅音，馬浡牛溲，咸成鬱致，於是詩之變極矣。子美之後，而欲令人毁靚妝，張空拳，以當市肆萬人之觀，必不能也。其援引不得不日加繁盛，然病不在故事，顧所以用之何如耳。善使故事者，勿爲故事所使，如禪家云轉《法華》勿爲《法華》轉。使事之妙，在有而若無，實而若虚，可意悟不可言傳，可力學得，不可倉卒得也。宋人使事最多，而最不善使，故詩道衰。我朝越宋繼唐，正以有豪傑數輩，得使事三昧耳。第恐二十年後，必有厭而掃除者，則其濫觴未弩爲之也。

杜詩七言律之有拗體，猶詩之有變風變雅乎？少陵故多變態，但其詩有深句，有雄句，有老句，有秀句，有麗句，有險句，有拙句，有累句。後世以爲大家特高於盛唐者，以其有深句、雄句、老句也。而終爲不失其爲盛唐者，以其有秀句、麗句也。淺率者往往薄之，則以其有險句、拙句、累句耳。不知其愈險愈老，正是此老獨得處，故不足難之，而獨拙累之句，不能爲掩瑕也。

子美集中，賀奇、仝癖、郊寒、島瘦、元輕、白俗，無所不有，此真杜詩也。今人徒拾其高聲硬語，以爲真杜，愈近愈遠矣。

以古詩爲律

詩，其調自高，太白、浩然所長，儲侍御亦多此體。以律詩爲古詩，其格易卑，雖子美不免也。然子美古詩，有挾《風》《雅》之趣、短曹劉之牆者，今人耳視夢語，乃謂無古詩耳。

李攀龍于鱗曰：古詩妙在形容，水月鏡花，言外之言，宋以後則直陳之矣。求工於句字，心勞而日拙矣。枚氏《七發》，非必於七也，文涣而成七，後之作者，非七而必於七，然皆俳語也。惟少陵見道過於退之，如「文章有神交有道」，「白小群分命」，「隨風潛入夜」，「水流心不競」，「出門流水住」等句，皆是道也，悟者得之。

張綖南湖《杜詩五言選序》曰：有元宗工，首稱范楊。楊仲弘編輯《唐音》，詩家到今宗之，然不及李杜大家。清江范德機先生批選杜詩，共三百十一篇，皆精深高古之作，蓋欲合葩經之數，標點分節，悉有深意。太史公云：古者詩三千餘篇，孔子删之爲三百五篇，皆弦歌之，以求合《韶》、《武》、《雅》、《頌》之音，然則清江杜選，其亦有志求合於斯耶？惜世罕見其編，余家藏舊本，暇日爲訂其舛訛，釋其大義，刻之郡齋，用貽同志。觀者精思妙悟，觸類而長之，由清江之意而逆杜子之志，以上遡三百篇之旨，詩道盡在是矣。

四明沈明臣嘉則，嘗言今人多稱李杜，率無定品。余謂李如春草秋波，無不可愛，然注目易盡耳。至如老杜，如堪輿中然，太山喬嶽，長河巨海，纖草穠花，怪松古柏，惠風微波，嚴霜烈日，何所不有。吾嘗李則雁行，當杜則北面。聞者驚愕。

四明屠隆長卿曰：王元美謂少陵集中，不啻有數摩詰，此語誤也。少陵沈雄博大，多所包括，而獨少摩詰之冲然幽適，冷然獨往，此少陵生平所短也。少陵慷慨深沈，不除煩熱。摩詰參禪悟佛，心地清涼，胸次原自不同。或謂杜萬景皆實，李萬景皆虚，乃右實而左虚，遂謂李杜優劣在虚實之間。顧詩有虚有實，有虚虚，有實實，有虚而實，有實而虚，並非錯出，何可端倪。且杜若《秋興》諸篇，託意深遠，如《畫馬行》神情横逸，直將播弄三才，鼓鑄群品，安在其萬景皆實。而李如《古風》數十首，感時託物，慷慨沈著，安見其萬景皆虚。或又謂唐人惟少陵兼雅俗文質，無所不有，其最可喜者，不避粗硬，不諱樸野。余謂老杜大家，言其兼雅俗文質，無所不有，是矣。乃其所以擅場當時，稱雄百代者，則多得之悲壯瑰麗，沈鬱頓挫，至其不避粗硬，不諱樸野，固云無所不有，亦其資性則然。老杜所稱擅場，正不在此。

胡應麟元瑞《詩藪》曰：六代則公幹之峭，嗣宗之遠，元亮之冲，太冲之逸，士衡之穠，靈運之清，明遠之俊，玄暉之麗，皆其至也。兼之者，陳思也。唐人則王楊之繁富，陳杜之孤高，沈宋之精工，儲孟之閒曠，高岑之渾厚，王李之風華，昌齡之神秀，常建之幽玄，雲卿之古蒼，任華之拙樸，皆所專也，兼之者杜也。謝靈運謂東阿才擅八斗，元微之謂少陵集大成，夫使子建與應劉並列，拾遺與二孟齊肩，可乎？名家大家，固當有辨。

郝敬仲輿《杜詩題辭》曰：唐人詩取音律宏暢，辭彩高華，不涉事理，不關典要，清空罔象，如林風水月者，别册所録，即其佳篇也。若程以古義，好濫淫志，燕女溺志，促數煩志，敖僻驕志，唐詩皆有之，非盡温柔敦厚性情之正。惟杜少陵在唐人中砥節固窮，忠義自許，故其爲詩感慨憂時，根柢性情，非徒嘲風弄月而已也。余初就外傅，先君命每夕誦杜詩一章，時年甫齓，已知有杜陵老翁，勃勃向往矣。子美才富學博，其爲近體長篇，多至千言，而氣力愈壯，稱擅場矣，然詩家妙義，正不在多。且如《麟趾》、《甘棠》，每章十餘字，漢高《大風》二十三字，傾動千古。自三百篇一變爲辭，再變爲賦，汎濫旁薄，感慨藴藉，盡露于古風。故天真爛然，才思壯浪豪舉，發于近體五七言者，足矣。若夫長律娓娓，衹足當其富有，無關性情。蓋詩至近體，不免雕琢，更加湊砌，雖堆金積玉，興味已盡，而葛藤蔓延，甚覺無謂。故余於長律，不甚解頤。今録其最著，有風韻逸趣者，以備一體，學詩之要，姑不須此。詩家絶句，如單絲孤竹，短調獨唱，清婉流麗，方爲當家。子美材大，如鏞鐘賁鼓，不作錚錚細響，故絶句少，而瀟灑疏俊者尤不可多得。如此十餘首，格調既高，風韻又妙，亦足空唐人矣，夫豈在多。

錢謙益《箋杜總論》：吕汲公大防作《杜詩年譜》，謂次第其出處之歲月，略見其爲文之時，得以考其辭力，少而鋭、壯而肆、老而嚴者如此。汲公之意善矣，亦約略言之耳。後之爲年譜者，紀年繫事，互相排纘，梁權道、黄鶴、魯訔諸家，用以編次後先，年經月緯，若親與子美游從，而籍記其筆札者。其無可援據，則穿鑿其詩之片言隻字，而曲爲之説，亦近于愚矣。今據吴若本，識其大略，某卷爲天寶未亂作，某卷爲居秦州、居成都、居夔州作，其紊亂失次者，略爲詮訂，而諸家曲説，一切削去。子美與高李游梁宋齊魯，在天寶初太白放還之後，而譜繫于開元二十五年，故諸家因之耳。《舊史》載高適代崔光遠爲成都尹，譜以爲攝也，遂大書于上元二年曰：十月，以蜀州刺史高適攝成都。唐制，節度使闕，以行軍司馬攝知軍府事，未聞以刺史也。元微之墓誌載嗣子宗武，譜以宗文爲早世也，遂大書于大曆四年曰：夏，復回潭州，宗文夭。按樊晃小集叙，子美殁後，宗文尚漂寓江陵也。若此之類，則愚而近於妄矣。杜詩昔號千家注，雖不可盡見，亦略具於諸本中，大抵蕪穢舛陋，如出一轍。其彼善於此者三家，趙次公以箋釋文句爲事，邊幅單窘，少所發明，其失也短。蔡夢弼以捃摭子傳爲博，泛濫躌駮，昧於持擇，其失也雜。黄鶴以考訂史鑑爲巧，支離割剥，罔識指要，其失也愚。三家截長補短，略存什一而已。注家錯繆，不可悉數，略舉數端，以資隅反。

一曰僞託古人。世所傳僞蘇注，朱文公云：閩中鄭昂爲之也。宋人注太白詩，即引僞杜注以注李，而類書多誤引爲故實。如《贈李白》詩「何當拾瑶草」，注載東方朔與友人書，元人編《真仙通鑑》，近時人編尺牘書記，並載入矣。洪容齋謂疑誤後生者，此也。又注家所引《唐詩拾遺》，唐無此書，亦出諸人僞撰。

一曰僞造故事。本無是事，反用杜詩見句，增減其文而傅以前人之事。如僞蘇注，碧山學士之爲張褒，一錢看囊之爲阮孚，昏黑上頭之爲常琮，是也。蜀人師古注，尤可恨。王翰卜鄰，則造杜華母命華與翰卜鄰之事。焦遂五斗，則造焦遂口吃，醉後雄談之事。流俗互相引據，疑誤弘多。

一曰傅會前史。注家引用前史，真僞互雜，如王羲之未嘗守永嘉，而曰庭列五馬。向秀在朝，本不任職，而曰繼杜預鎮荆。此類，如盲人瞽説，不知何所自來，而注家猶傳之。

一曰僞撰人名。有本無其名而僞撰以實之者。如衛八處士之爲衛賓，惠荀之爲惠昭、荀珏，向卿之爲向詢是也。有本非其人，妄引以當之者。如韋使君之爲韋宙，馬將軍之爲馬璘，顧文學之爲顧況，蕭丞相之爲蕭華，己公之爲齊己，是也。至「前年渝州殺刺史」一首，注家妄撰渝遂刺史及叛賊之名，而單復《讀杜愚得》遂繫之於譜，尤爲可笑。

一曰改竄古書。有引用古文而添改者。如慕容寶摴蒱得盧，添「袒跣大叫」四字。《赭白馬賦》用「品藝驍騰」爲句，而《蜀都賦》「觴以縹青，一醉累月」，斷裂上下文以就蜀酒之句也。有引用古詩而竄易者。如庾信「蒲城桑葉落」，改爲「蒲城桑落酒」，陸機「佳人眇天末」改爲「涼風起天末」，是也。此類文義違反，大誤後學，然而爲之者亦愚且陋矣。

一曰顛倒事實。有以前事爲後事者。如《白絲行》以爲刺竇真，蕭京兆以爲哀蕭至忠，是也。有以後事爲前事者，如《悲青坂》而以爲鄴城之役，雍王節制，而以爲朱滔、李懷仙之屬，是也。

一曰强釋文義。 如「掖垣竹埤梧十尋」，解之曰：垣之竹，埤之梧，長皆十尋。有是句法乎？如「九重春色醉仙桃」，解之曰：入朝飲酒，其色如春。有此文理乎？此類皆足疑誤末學。

一曰錯亂地理。 如注龍門，旁引《禹貢》之龍門，不辨其在洛陽也。注土門杏園，概舉長安之土門杏園，不辨其在河南也。注馬邑，概舉雁門之馬邑，不辨其在成州也。諸家惟黄鶴頗知援據，惜其不曉決擇耳。

自宋以來，學杜詩者莫不善于黄魯直，評杜詩者莫不善於劉辰翁。魯直之學杜也，不知杜之真脈絡，所謂前輩飛騰、餘波綺麗者，而擬議其横空排奡、奇句硬語，以爲得杜衣鉢，此所謂旁門小徑也。辰翁之評杜也，不識杜之大家數，所謂鋪陳終始、排比聲韻者，而點綴其尖新儁冷、單詞隻字，以爲得杜骨髓，此所謂一知半解也。弘正之學杜者生吞活剥，以撏撦爲家當，此魯直之隔日瘧也，其黠者又反脣於西江矣。近日之評杜者，鉤深抉異，以鬼窟爲活計，此辰翁之牙後慧也，其横者并集矢於杜陵矣。余之注杜，未能盡發也，其大意則見於此。

宋人詞話，以蜀人《將進酒》爲少陵作者，蔡夢弼詩注載王維畫子美騎驢醉圖并子美斷句詩，至於鄭虔愈瘧之説，宗文斧臂之戲，李觀墳土之辨，韓愈《摭遺》之詩，皆委巷小人流傳之語，君子所不道也。飯顆山頭一詩，雖出於孟棨

《本事》，而以爲譏其拘束。非通人之譚也，吾亦無取焉。

朱鶴齡《杜詩輯注序》曰：經云：詩言志。志者，性情之統會也。性情正矣，然後因事以緯思，役才以適分，隨感以赴節，雖有時悲愁憤激，怨誹刺譏，仍不戾温厚和平之旨。不然則靡麗而失之淫，流灕而失之宕，雕鏤而失之瑣，繁音促節而失之噍殺，綴辭逾工，離本逾遠矣。子美之詩，惟得性情之至正而出之，故其發於君父友朋、家人婦子之際者，莫不有敦篤倫理，纏綿莣結之意，極之履荆棘、漂江湖，困頓顛躓，而拳拳忠愛不少衰，自古詩人，變不失貞，窮不隕節，未有如子美者。非徒學爲之，其性情爲之也。子美没已千年，而其精誠之照古今、殷金石者，時與天地之噫氣，山水之清音，嶒竑響答於溟涬澒洞、太虚寥廓之間。學者誠能澄心祓慮，正己之性情，以求遇子美之性情，則崆峒仙仗之思，茂陵玉碗之感，與夫杖藜丹壑、倚櫂荒江之態，猶可儼然晤其生面而揖之同堂，不必以一二隱語僻事，耳目所不接者爲疑也。夫詩有可解者，有不可解者，指事陳情，意含風諭，此可解者也。託物假象，興會適然，此不可解者也。不可解而强解之，日星動成比擬，草木亦涉瑕疵，譬諸圖罔象而刻空虚也。可解而不善解之，前後貿時，淺深乖分，欣忭之語，反作誚譏，忠剴之詞，幾鄰懟怨，譬諸玉題珉而烏轉舄也。二者之失，注家多有，兼之僞撰假託，貽誤後人，瞽説支離，襲沿日久，萬丈光燄，化作百重雲霧矣。

今爲剪其繁蕪，正其謬亂，疏其晦塞，諮諏博聞，網羅秘卷，斯亦古人實事求是之指，學者所當津逮其中也。

柴紹炳虎臣論杜詩七律曰：詩之有七言律，始於唐也。唐以前，若梁簡文、周庾信、陳江總、隋陳子良，各有七言儷句，以八爲斷，即樂府古風，而近體源流，濫觴於此。唐初祖構，正名爲律，取其聲調穩叶，氣色鮮華，若沈雲卿、杜必簡、宋延清輩，一時號爲擅場。嗣是李、韋、燕、許，黼黻相繼，但武德、神龍之間，篇多應制，金粉習勝，臺閣氣多，體則襲而少變，響亦凝而未流。迨開元、天寶以還，茹六朝之華而去其靡，本初唐之莊而化其滯，于是風格遒上，音節諧會，色理必工，旨趣俱遠。如王維、李頎、岑參、高適諸公，並臻其妙。號曰盛唐，斯實古今詣絶矣。然隋珠和璧，人不數首，杜少陵獨以魁傑之才，攄其藴憤之氣，揮斥百代，包舉衆家。集中七律，亡慮數什伯首，大抵謝膚澤而敦骨力，厭俳儷而尚矜奇，勢取矯厲，意主樸真，沈著有餘，流逸不足。彼雖雄視千古，間參長律之變調矣。夫長律既屬緣情，尤貴合調，婉轉深穩，音流管絃，務極天然，故杜氏卓然作者，難乎折衷也。然就厥體而辨之，亦有工拙利鈍。如《秋興》、《諸將》、《詠懷古跡》、《恨別》、《退朝》、《宿府》、《野老》、《南鄰》、《玉臺觀》、《藍田莊》、《崔氏草堂》、《弟觀赴藍田》、《曲江對酒》、《暮歸》、《登高》、《十二月一日》、《小寒食舟中》、《九日》、《至日遣興》次首、《閣夜》、《返照》、《黄草》、《登樓》、《野望》、《吹笛》、《賓至》、《客至》、《嚴公枉駕》、《和裴迪》、《送李八秘書》、《送韓十四江東》、《長沙送李十一銜》、《贈韋七贊善》諸首，或遒麗精深，或沈雄悲壯，或真至雋永，或曠逸清疏，咸稱傑構。其他率爾成篇，漫然屬句，予嘗覽而摘之。中有近鄙淺者，如「富貴必從勤苦得，男兒須讀五車書」；有近輕遨者，如「酒債尋常行處有，人生七十古來稀」；有近濡滑者，如「聞道雲安麴米春，纔傾一盞即醺人」；有近纖巧者，如「侵凌雪色還萱草，漏洩春光有柳條」；有近粗硬者，如「爲人性僻耽佳句，語不驚人死不休」；有近酸腐者，如「炙背可以獻天子，美芹由來知野人」；有近平鈍者，如「鏽衣屢許攜家醖，皂蓋能忘折野梅」；有近徑露者，如「此日此時人共得，一談一笑俗相看」；有近沾滯者，如「寂寂繫舟雙下淚，悠悠伏枕左書空」。凡此皆杜律之病，瑕瑜固不相掩，正在學者之善擇耳。　杜詩不避粗硬，不嫌朴質，而其氣魄精彩，時流露于行間。近世李獻吉摹倣杜詩，氣體相近，但多任心率筆，風韻何存。如萬事寸心，拙而無味；酒朋棋伴，俗而傷雅，及捩風拖雨、打鼓鳴鑼，俱墮惡道矣。故子美，矯唐而過者也；獻吉，學杜而甚者也。

盧世漼《紫房餘論》曰：五言律，至盛唐諸家，而聲音之道極矣，然未有富如子美者。既富矣，又有用也，感天地，動鬼神，訏謨定命，遠猷辰告，蒿目時艱，勤恤民隱，主文而譎諫，言者無罪，聞之者足以戒，此所謂有用之文章也。若夫好色則爲《國風》，怨誹則爲《小雅》，直於今體數十字内，自鑄《離騷》，洋洋乎盈耳哉！　杜詩遠慮深憂，固其獨攜之懷抱，即託物寄言，亦具全副之精神，往往愁處令人悲涼欲絶，快處令人歌舞不休。又有乍看無端，尋思有謂，就不阡不陌中，而條理指歸一一可按者。又有興言在此，寓意在彼，就尋常尺幅内，而涵融籠罩，蕩蕩難名者。準繩最密，神理縱横，淘練極清，奇葩焕發，分明古訓，降作律詩，以至造化權輿，陰陽昏曉，飛潛動植，表裏精粗，但經弱毫微點，靡不真色畢呈，所云「下筆如有神」，良非妄語。　排律是詩中别體，在少陵猶爲餘事。原其執筆伸紙，初無鬬富取盈之心，全局既審，段落斯分，縱横開闔，任其所止而休焉。自六韻以至百韻，無不可者。試從容研玩，翻覺鋒發韻流之際，暗有空翠撲人，冲襟相照，盡洗排當陋習，殆由天授，非人力也。　天生太白、少伯，以主絶句之席。勿論有唐三百年，兩人爲政，亘古今來，無復有驂乘者矣。　子美恰與兩公同時，又與太白同遊，乃恣其崛强之性，頹然自放，獨成一家，可謂巧於用拙，長於用短，精於用粗，婉於用戇者也。　子美最儻宕，自表其能，上之天子，謂沈鬱頓挫，隨時敏捷，揚雄、枚皋，尚可企及。　自東方朔以來，斯趣僅見。　載觀其《詠懷》、《壯遊》諸作，自謂許身稷契，致君堯舜，脱略時輩，結交老蒼，放蕩齊趙間，春歌冬獵，酣視八極，與高李登單父臺，感慨駿骨龍媒，賦詩流涕，上嘉吕尚、傅説之事。至於閨房兒女悲歡細碎情狀，盡寫入《北征》篇中，參伍錯雜，不復知有旁觀。固是筆端有膽，亦由眼底無人，古之狂也肆，子美有焉。

黄生白山《杜詩説》曰：看杜詩，如看一處大山水。讀杜律，如讀一篇長古文。其用意之深，取境之遠，制格之奇，出語之厚，非設身處地，若與公周旋於花溪草閣之間，親陪其杖屨，熟聞其謦欬，則作者之精神不出，閲者之心孔亦不開。杜詩所以集大成者，以其上自《騷》《雅》，下迄齊梁，無不咀其英華，探其根本。加以五經三史，博綜貫穿，如五都列肆，百貨無所不陳，如大將用兵，所向無不如意。材之所取者博，而運以微茫窈渺之思；力之所自負者宏，而寓以沈鬱頓挫之旨。以言乎大，則含元氣；以言乎細，則入無倫；以言乎天地之間，則備矣。此所以兼前代之制作，而爲斯道之範圍也與？　李杜齊名，古今不敢軒輊。予謂太白才由天縱，故能以其高敵子美之大耳。至論其胎骨則「清新庾開府，俊逸鮑參軍」，杜之目李，確不可易。豈與攀屈宋而駕曹劉者可同日論哉！

杜公近體分二種，有極意經營者，有不煩繩削者。極意經營，則自破萬卷中來；不煩繩削，斯真下筆有神助矣。夔州以前，夔州以後，二種並具，乃山谷、晦翁偏有所主，不知果以何者擬杜之心神也。　近體首主格律，傅之以色澤，運之以風神，斯登上品。乃杜公經史騷賦，盤鬱胸中，溢爲近體，時覺陶溶有未盡處，其包舉唐賢以此，其與唐賢分路揚鑣亦以此。披沙揀金，簸糠得米，是在選者之功矣。杜公屢上公車不第，卒以獻賦，受明皇特達之知，故感慕終身不替。雖前後鋪陳時事，無所不備，於當時荒淫失國，惟痛傷而不忍譏，此臣子之禮也。説者不得公心，影響傅會，輒云有所譏切，此注杜大頭腦差失處。妄筆流傳，杜公之目，將不瞑於地下矣。憂時戀主，歎老嗟貧，處處不出此意，筆下千變不窮，其身分不可及，其才力更不可及。高廷禮《品彙》，盛唐如太白、王、孟、高、岑、龍標、新鄉諸公，並列正宗，而少陵則稱爲大家，居名家羽翼之上。非以其篇章浩瀚，句調恢奇，實居正變之間，特創斯目以尊異之乎？予謂杜之所以爲大家者，以其能集詩流之成也。是故杜詩中兼有諸子，諸子詩中不能兼有杜，乃使不得居正宗之列，尚非定評。予嘗欲選杜集中規調之合乎盛唐者録爲一編，曰《杜詩正宗》，庶詩家大統有專屬耳。

張遠邇可序云：先君子嘗以少陵詩集相示曰：「此風雅之宗，光燄萬丈，讀之可以暢性靈，廣聞見，斥浮葩而竪風骨。」既卒業，窅而深，典而博，茫無所得，兼以舉子業棄去，所不飽蠹腹者僅爾。乙卯秋，風烟四起，鍵户却掃，除經史詞賦外，凡諸子百家，稗官野乘，覆瓿片紙，罔不旁搜弘覽，而少陵固已收拾無餘，始信古人所云，無一字無來歷，非虚語也。櫛比之下，得其概矣，未得其神。研精久之，廼悟其所居何地，所際何時，所歷何職，悲憤笑樂皆有所爲而作。沈思涵泳見有絢爛者，見有平淡者，見有雄壯者，見有超曠者，見有奔放者，見有謹嚴者，見有沈鬱頓挫者。語其格，則有偷春，有進退，有轆轤，有流水，有間字，有倒裝，有雙承，有疊句，有扇對，有各自爲對，有首尾相應如古文體者；無蜂腰，無鶴膝，無懸脚，無平頭，無勦説，無雷同，千變萬化，不可紀極。如造物生人，閱古歷今，窮山際海，終無一人相似，真奇絶也。遂爾分章別句，總之則陳其大意，析之則抉其字義，當日情緒，躍然紙上，若日月經天，江河行地，無格格不可解。因歎前此注者，或拾其糠秕，或得其片臠，或任意牽合，或僞語假託，九京可作，必當俛首含冤。集中薙夷盡力，寢食出處，動必相隨，性之所近，永矢弗諼爾。見《杜詩會粹序》。

陶開虞《説杜》曰：嘗見注杜詩者不下百餘家，大約苦於牽合附會，反晦才士風流。少陵一飯不忘君，固也，然興會所及，往往在有心無心之間，乃注者遂一切强符深揣，即夢中歎息，病裏呻吟，必曰關係朝政，反覺少陵胸中多少凝滯，没却灑落襟懷矣。讀詩不讀杜，學詩不學杜，是戀三家村而厭兩京，拜一拳石而忘五嶽也。抑以天分勝者近李，以學力勝者近杜，學者各自審焉可也。子美隨地皆詩，往往見志。朝雨晚晴，慰藉草堂之寂寞；枯椶病橘，感傷寇盗之憑陵。與夫課伐木、督除藙、修水筒、樹雞柵，勞英雄以幽事，老經濟於閒場，古今雷歎。亂離中骨肉之思更切，老妻幼子，弟妹諸姪，依依婉戀，正見其篤於天倫也。　遠水遠山，爲雲爲雨，人知其爲摩詰畫、右丞詩也。不知子美以詩爲畫，如「群木水光下，萬家雲氣中」，畫雨；「林疏黄葉墮，野静白鷗來」，畫朝；「歸雲擁樹失山村」，畫夕；「落月動沙虚」，畫宵；「蒼山入百里，斷崖如杵臼」，畫九成宫地形；「楚江巫峽半雲雨，清簟疏簾看弈棋」，畫水樓；「競將明媚色，偷眼艷陽天」，畫美人；「貧知静者性，白益毛髮古」，畫高隱；「放逐寧違性，空虚不離禪」，畫遊僧；「存想青龍秘，行騎白鹿馴」，畫黄冠；「子璋髑髏血模糊，手提擲還崔大夫」，畫勇士；「細雨荷鋤立」，畫農；「竹光團野色，舍影漾江流」，畫幽居；「渚蒲隨地有，村逕逐門成」，畫田家；「寒風疏草木，旭日散雞豚」，畫寒村；「櫓摇背指菊花開」，畫行舟；「燈前細雨簷花落」，畫夜坐；「親朋盡一哭，鞍馬去孤城」，畫遠行；「柴門鳥雀噪，歸客千里至，妻孥怪我在，驚定還拭淚」，分明畫出一個亂後遠歸人；「掉頭紗帽側，曝背竹書光」，是畫暮景衰頽之狀；「遲日江山麗，春風花草香」，「林花著雨胭脂濕，水荇牽風翠帶長」，畫春光之韶麗也；「萬壑樹聲滿，千崖秋氣高」，「風急天高猿嘯哀，渚青沙白鳥飛迴」，畫秋景之悲壯也；「星臨萬户動，月傍九霄多」，「雲移雉尾開宫扇，日繞龍鱗識聖顔」，畫朝宁之尊嚴也；「荒庭垂橘柚，古屋畫龍蛇」，「古廟松杉巢水鶴，歲時伏臘走村翁」，畫祠廟之荒涼也；「猿掛時相學，鷗行炯自如」，以學字炯字畫猿鷗；「樹密早蜂亂，江泥輕燕斜」，以亂字斜字畫蜂燕」,「低昂各有意,磊落如長人」,以磊落字畫鶴;「眼有紫焰雙瞳方,卓立天骨森開張」,又儼然天馬來矣。舉天地間所有之情狀,無不曲肖於詩中,真如化工之賦物,畫工寫生,猶不足以盡之。古人作詩,無所忌諱。《送揚監赴蜀》起句乃云「去水絕還波」,大是凶讖,今人決不敢用,亦實不宜用。「文章千古事,得失寸心知」,自是至言。彼文章不堪終日者,宜乎其寸心絕不自知也。杜詩又有全不相干處,偏似相干者,如「悲風爲我從天來」、「林猿爲我啼清晝」、「溪壑爲我迴春姿」,數爲我字,皆不相干之相干也。有令人最可喜處,反似不喜者,如「江上被花惱不徹」、「行步欹危實怕春」、「不是愛花即欲死」,惱字怕字死字,皆最可喜之不喜也。杜詩每於起句驚人,如《贈王生》云:「麟角鳳嘴世莫辯,煎膠續弦奇相見。」《簡薛華》云:「文章有神交有道,端復得之名譽早。」《山水障》云:「堂上不合生楓樹,怪底江山起烟霧。」《哀王孫》云:「長安城頭頭白烏,夜飛延秋門上呼。」《送長孫侍御》云:「驄馬新鑿蹄,銀鞍被來好。」俱起得竦鹵奇突,靈動不羈,下接處風捲濤飛,不愁思致之不續也。此之謂托根蓬山,自無凡卉。至於結處老到,如《山水障》云:「若耶溪,雲門寺,吾獨胡爲在泥滓,青鞋布襪從此始。」如《寄狄明府》云:「虎之飢,下巉巖,蛟之横,出清泚,早歸來,黄土污人眼易眯。」俱結得瀟灑,有不盡之趣。若「王郎酒酣拔劍斫地歌莫哀」,《短歌行》起語也,一股豪氣，直貫到結云：「青眼高歌望吾子，眼中之人吾老矣。」此種奇橫，誰爲步其後塵者。杜詩有奇怪森聳，出人想外者，如《咏王兵馬二角鷹》起語云：「悲臺蕭瑟石巃嵸，哀壑杈枒浩呼洶。中有萬里之長江，迴風韜日孤光動。」詩至此，豈可以尋常字句間求耶？杜詩有率意爲之，而後人不必效者，如《咏杜鵑》起四句云：「西川有杜鵑，東川無杜鵑，涪萬無杜鵑，雲安有杜鵑。」使今人爲之，成甚底語。　杜詩七言律，往往奔放入竹枝樂府之例，如十二月一日三首之類，俱有厚力深思，淺學不能及，亦不可學也。　杜詩有聲弘氣壯，函蓋乾坤者，如「地平江動蜀，天闊樹浮秦」，「星垂平野闊，月湧大江流」，是也。有機到神來，不假錘鍊者，如「鴻雁幾時到，江湖秋水多」，「一時今夕會，萬里故鄉情」，是也。　杜詩有以曲折顛倒，入妙見奇，仍不礙大方者，如峰青橘黃，孺子亦知，而《放船》云「青惜峰巒過，黃知橘柚來」，便自深雋有味。　杜詩有不可點斷者，如「愼勿吞聲道，真宰意茫茫」，「正憶往時嚴僕射，共迎中使望鄉臺」，二句可作一句讀。　《渼陂行》云「半陂已南純浸山，動影裊窕冲融間」，曲盡煙波變態。「咫尺但愁雷雨至，蒼茫不曉神靈意」，其容慘愴，其思窈渺，真化工筆。　《泛舟》云「魚吹細浪搖歌扇，燕蹴飛花落舞筵」，下句動盪易見，而上句尤能寫實於空，繪形於意。　《洗兵行》云「三年笛裏關山月，萬國兵前草木風」，雄亮悲壯，恍如江樓聞笛，關塞鳴笳。「青春復隨冠冕入，紫禁正耐烟花繞」，寫得收京後，春日暄妍，百官忭豫，一種氣象在目。《寄高岑》云：「意愜關飛動，篇中接混茫。」又《寄李白》云：「筆落驚風雨，詩成泣鬼神。」此等語，具大力量，都從養氣中得來，自道其所得，當之者殊不易。《秦州》云「月明垂葉露，雲逐度溪風」，及「無風雲出塞，不夜月臨關」，「對門藤蓋瓦，映竹水穿沙」，俱想入幽細，仍不害大家數。

《雙松歌》云：「兩株慘裂苔蘚皮，屈鐵交錯迴高枝。白摧朽骨龍虎死，黑入太陰雷雨垂。」真所謂冥思玄搆，矯如飛龍矣。《喜薛璩畢曜遷官》云「帝力收二統，天威總四溟」，何等力量。「唤人看腰裹，不嫁惜娉婷」，何等感慨。《雲安九日咏菊》云：「舊摘人頻異，輕香酒暫隨。」着一頻字，而二三十年，存没離合之感，無不具見；下一暫字，見罇酒匆匆，過此行踪飄泊，不知又作何狀矣。詩有咀嚼不盡處，此類是也。《咏雨》云：「行雲遞崇高，飛雨靄而至。」此等流利雋淡，又似陶韋。《丹青引》云：「斯須九重真龍出，一洗萬古凡馬空。」直是氣象聳絶。《宿府》云：「永夜角聲悲自語，中天月色好誰看。」往往得此沈着痛鬱之語，爲篇中擔力。《宿青溪驛》云：「月明遊子静，畏虎不得語。」想見空山荒渚，夜深怕人。《白帝城最高樓》云：「城尖徑灰旌旆愁，獨立縹緲之飛樓。峽坼雲霾龍虎睡，江清日抱黿鼉遊。」起得陡絶，接得沈厚。《白帝城》云：「天欲今朝雨，山歸萬古春。」「谷鳥鳴還過，林花落又開。」筆底具閒逸之致，非穠華所可儷也。《遣懷》云：「氣酣登吹臺，懷古視平蕪。芒碭雲一去，雁鶩空相呼。」胸中無豪邁之氣，安能作此放曠語耶？《悶》詩云「有鏡巧催顏」，鏡何嘗催顏，却歸巧於鏡，此際韻絶，與《熟食示宗文宗武》云「汝曹催我老」同一機杼。《瀼西》云：「養拙干戈際，全生麋鹿群。」觀之，得明哲之幾。《墮馬》云：「人生快意多所辱，嵇康養生被殺戮。」大抵高人名士，往往於文字中忽露捧喝，如蘇子瞻賦赤壁，忽云「天地之間，物各有主」云云，别户旁峰，金針隱現。《咏月》云：「四更山吐月，殘夜水明樓。」自是絶唱，而髯蘇擬之，自一更以至五更，便覺多事。

吴齊賢《論杜》曰：讀詩之法，當先看其題目。唐人作詩，於題目不輕下一字，亦不輕漏一字，而杜詩尤嚴。次看其格局段落，其中反覆照應，絲毫不亂，而排律更精。終看其句法，前後相合，虚實相生，而詩之能事畢矣。讀詩之法，當先看其年代，大而朝廷政治，小而出處交遊，可資考論。次看其時日，春詩景物不可入夏，秋詩景物不可入冬。終看其地名，秦州山川不同於蜀，成都土俗不同于夔，而詩之考據定矣。一題數首，而逐首分咏者，如《李監宅》二首，前首先言李監，次首方及其宅。《暮春題瀼西新賃草屋》五首，一首暮春，二首瀼西，三首茅屋，四首、五首言懷。各題數首，而上下聯接者，如《白帝城》三首一連，故曰「一上一回新」。《客夜》《客亭》二首頂接，故曰「秋窗猶曙色」。　下首而分承上首者，如《領妻子山行》三首，一首「盡室畏途邊」，總言妻子；二首「飄零愧老妻」，單承妻；三首「稚子入雲呼」，單承子。　下首而反前首者，如《憶昔》二首，與《杜鵑行》二首。　下首而解前首者，如《瞿唐》二首、《述古》三首。　上首而生出下首者，如《秋興》第四首「故國平居有所思」，一句生下四首，皆所思故國平居之事。　兩首而中間相合者，如《社日》二首，一首以東方朔結，二首以陳平起。　首尾環應者，如《夜》二首，一首以「白夜月休弦」起，二首以「月細鵲休飛」結。　首尾相對者，如《白黑鷹》二首，一首以雲飛玉立起，二首以金眸玉爪結。　通首有句句貼題者，如《劉九法曹鄭瑕丘石門宴集》，第一二句石門，三四句集，五句劉鄭，六句宴，七八句收歸石門。　有一句不貼題者，如題曰《樹間》，而實咏柑；題曰《豎子至》，而實咏柰。　一首中先立一句，下聯分承者，如「吹笛秋山風月清」，下接云「風飄律吕相和切，月傍關山幾處明」；如「春日春盤細生菜」，下接云「盤出高門行白玉，菜傳纖手送青絲」；如「拖水臨中座，岷山赴此堂」，山水雙起，下文一水一山，通篇雙對，至末總收。　突然而起者，如咏柰而曰「查梨纔綴碧，梅杏半傳黄」，與柰無與，因柰以先熟而可貴也。　如咏耳聾而曰「生平鶡冠子，歎世鹿皮翁」，與耳聾無涉，因耳以老病而始聾也。　忽然而住者，如《北征》一篇，結句曰：「煌煌太宗業，樹立甚宏達。」中興之機，實在於此。　如《贈蘇徯》一篇，結句曰：「一請甘飢寒，再請甘養蒙。」失身之戒，令人凜然，皆言外之旨也。　一首中有問答者，如《潼關吏》、《田父泥飲》。　有通篇述詞者，如《新婚别》、《無家别》、《垂老别》。　絶句而逐句分承者，如「鄭虔粉繪隨長夜，曹霸丹青已白頭」，下接「天下何曾有山水」，承鄭虔，「人間不解重驊騮」，承曹霸。　有以文體作詩者，如劍南紀行《龍門閣》、《水會渡》諸詩，湖南紀行《空靈峽》諸詩，用游記體。如《贈王評事》「我之曾老姑」一首，用傳體。如《八哀詩》八首，用碑銘墓誌體。如《北征》、《壯游》諸詩，用記體。餘用《離騷》、樂府體者，非詩本旨，故不載。　酬句之體，原與來詩句句相答，故曰酬也。如《酬高適》、《酬嚴武》、《酬韋迢》，並存原詩，以俟觀覽。　和詩之體，古人止和其意，即一倡三歎之旨也，如《和賈舍人早朝》諸詩可見。外有和韻，則用其原韻。有次韻，則逐字而和之，始於元、白、皮、陸，盛於宋人，而杜集不載。　聯句之體，始於柏梁，然必意旨局度，如出一手，乃佳。杜集止《送宇文石首》一首，可以爲法。　咏物而反起者，如咏畫鶻先咏真鶻曰「高堂見生鶻」，咏畫松先咏真松曰「臨軒忽若無丹青」。　咏事而借客反收者，如《沙苑行》咏馬也，而以中有巨魚結。《枯柟》咏柟也，而以種榆水中結。　以比喻起者，如《贈蘇四徯》一首，以道邊池、爨下桐比興。　以比喻結者，如《小園散病》一首，以飛來雙白鶴寓意。　由近及遠隨所至而偶吟者，則爲《獨步尋花》之七章。自春徂夏，積時日而成咏者，則爲《漫興》之九首。　文章句法參差，隨意易於見工。詩則束於五字七字中，而各有段落轉折，工巧之極，遂成自然，而非纂組雕繪之謂也。亦舉一二以概其餘。　五字句，有五字一句者：「美名人不及，佳句法如何。」　有上一字下四字者：「青惜峰巒過，黄知橘柚來。」　有上二字下三字者：「晚涼看洗馬，森木亂鳴蟬。」　有上三字下二字者：「夜郎溪日煖，白帝峽風寒。」　有上四字下一字者：「風連西極動，月過北庭寒。」有一句作三折看者：「塵中老盡力，歲晚病傷心。」「峽雲籠樹小，湖日落船明」。　七字句，有七字一句者：「豈有文章驚海内，漫勞車馬駐江干。」　有上一字下六字者：「松浮欲盡不盡雲，江動將崩未崩石。」　有上二字下五字者：「朝罷香烟攜滿袖，詩成珠玉在揮毫。」　有上三字下四字者：「漁人網集寒潭下，估客舟隨反照來。」　有上四字下三字者：「香飄合殿春風轉，花覆千官淑景移。」　有上五字下二字者：「五更鼓角聲悲壯，三峽星河影動摇。」　有一句作三折者：「盤飧市遠無兼味，尊酒家貧只舊醅。」「含風翠壁孤雲細，背日丹楓萬木稠」。　五言律有二句一連者：「小子幽園至，輕籠熟柰香。」有四句一連者：「避暑雲安縣，秋風早下來。暫留魚復浦，同過楚王臺。」　七言律有二句一連者：「花徑不曾緣客掃，柴門今始爲君開。」　有四句一連者：「得歸茅屋赴成都，直爲文翁再剖符。但使閭閻還揖讓，敢論松竹久荒蕪。」　餘古風排律，咏物序事多十數句一連者，詳見注中，兹不載。　有下句因上句者，如「野徑雲俱黑，江船火獨明」，以雲之黑益見火之明也。　有上句因下句者，如「風月自清夜，江山非故園」，以故國之不見，悲清夜之空徂也。　有下半句因上半句者，如「水净樓陰直」，樓陰之直以水之净也。　有上半句因下半句者，如「山昏塞日斜」，山之昏以日之斜也。　倒句，如「翠深開斷壁，紅遠結飛樓」，蓋翠而深者乃所開之斷壁，紅而遠者則所結之飛樓，極爲奇秀。　若曰「飛樓紅遠結，斷壁翠深開」，膚而淺矣。　如「緑垂風折笋，紅綻雨肥梅」，蓋緑而垂者風折之笋，紅而綻者雨肥之梅，體物深細。　若曰「緑笋風垂折，紅梅雨綻肥」，鄙而俗矣。　如「紅豆啄殘鸚鵡粒，碧梧棲老鳳凰枝」，蓋言紅豆也，乃鸚鵡啄殘之粒，碧梧也，乃鳳凰棲老之枝，無限感慨。　若曰「鸚鵡啄殘紅豆粒，鳳凰棲老碧梧枝」，直而率矣。　餘可類推。　疊句，如「甚愧丈人厚，甚知丈人真」，兩句中徘徊感荷。　如「人道我卿絶世無，既稱絶世無，天子何不喚取守東都」，兩句中頓挫感歎。　如「得不哀痛塵再蒙，嗚呼！得不哀痛塵再蒙」，二句中哀傷迫切，擊節淋漓，定少一句不得。　反跌之句，如秋砧，爲寄衣也，先曰「亦知戍不返」，比懷人之感更深。　如達行在所，喜生還也，先曰「死去憑誰報」，覺痛定之痛更甚。　借用之句，如「辛苦賊中來」也，而曰「所親驚老瘦」，借傍人目中看出，而己不知。　如「生還偶然遂」也，而曰「鄰人滿牆頭」，借鄰家感歎寫出，而悲愈甚。　反形之句，極荒凉處而以富麗語出之，如「野寺殘僧少」也，而曰「麝香眠石竹，鸚鵡啄金桃」，益見其荒凉。　極貧窮事，而以富貴語出之，如「喬木村墟古」也，而曰「登俎黄柑重，支牀錦石圓」，愈見其貧窘。　極悲傷事，而以歡喜語出之，如北征初歸「老夫情懷惡」也，而曰「瘦妻面復光，癡女頭自櫛。移時施朱鉛，狼籍畫眉闊」，益見以前之悲傷。　極形容之句者，如《揚旗》，舞旗也，曰：「團團轉飛蓋，熠熠迸流星。來纏風飈急，去擘山嶽傾。財歸俯身盡，妙取略地平。虹霓就掌握，舒卷隨人輕。」《劍器行》，舞劍也，曰：「㸌如羿射九日落，矯如群帝驂龍翔。來如雷霆收震怒，罷如江海凝清光。」至今可以想見焉。　疊字之句，如「南京久客耕南畝，北望傷神坐北窗」，「朱櫻此日垂朱實，郭外誰家負郭田」，戲也。　相類之句，如「乾坤一草亭」、「乾坤一腐儒」，如「帝鄉愁緒外，春色淚痕邊」，「弟妹悲歌裏，乾坤醉眼中」，「寇盜狂歌外，形骸痛飲中」。　目前之句，極便而思不能到者，如「翡翠鳴衣桁，蜻蜓立釣絲」，「見輕吹鳥毳，隨意數花鬚」。　寫景之句，極平而筆不能出者，如「荻岸如秋水，松門似畫圖」，「早霞隨類影，寒水各依痕」。　極奇險之句，而寫之詳盡者，如「峽坼雲霾龍虎卧，清江日抱黿鼉遊」，「石出倒聽楓葉下，櫓摇背指菊花開」。　極俗鄙之句，而化爲神奇者，如「攀桂仰天高」，「搗藥兔長生」，舉之不勝舉也。　今人每取一二奇字，争纖鬬巧，故有好句而無好章，豈可復導其流哉。然有得之自然而確不可移者，亦舉其一二而已。　有用仍字者，「山雨尊仍在」，是重過何氏也。「秋月仍圓夜」，是十七夜月也。「蟻浮仍臘味」，是正月三日也。　有用一字者，「乾坤一草亭」，「乾坤一腐儒」，「天地一沙鷗」，於乾坤天地之內，下此一字，寫其孤也，寫其微茫也。　有用似字者，「爐存火似紅」，若以爲有火也，寒也。「掃除似無帚」，不聞其有帚也，静也。　有用抱字者，「有時浴赤日，光抱空中樓」，湯氣上騰，内外氤氳也。「上有蔚藍天，垂光抱瓊臺」，天光下照，四面炳耀也。「清江日抱黿鼉遊」，江波容與，日氣暄和也。　有用不肯字者。「江平不肯流」，若流而實不流者，緩之至也。「秋天不肯明」，應明而故不明者，望之至也。　有用受字者，「吹面受和風」，受之而喜也。「輕燕受風斜」，受之不能也。「修竹不受暑」，暑不能入也。　同一咏月也，「光細絃欲上，影斜輪未安」，初間上半夜之月也。「未缺空山静，高懸列宿稀」，望夕之月也。「舊挹金波爽」，十六夜之月也。「秋月仍圓夜」，十七夜之月也。「蝦蟆動半輪」，望後之月也。「四更山吐月，殘夜水明樓」，將晦下半夜之月也。　同一咏蝶也，「戲蝶過閒幔，風蝶勤依槳」，孤蝶也。「穿花蛺蝶深深見」，雙蝶也。「野畦連蛺蝶」，群飛之蝶也。　用雙字者，襯出上下字也。如「野日荒荒白」，荒荒，無色也，正寫其白。「江流泯泯清」，泯泯，無聲也，正寫其清。　如「急急能鳴雁」，惟鳴，故見其急。「輕輕不下鳴」，不下，故見其輕也。　點一字而神理俱出者，如「國破山河在」，在則興廢可悲。「城春草木深」，深則薈蔚滿目矣。如「碧委牆隅草」，委字，不言雨而雨見。「霜倒半池蓮」，倒字，不言秋而秋深矣。如「燕入非傍舍，鷗歸祗故池」，非字、祇字，則校書亡而荒涼甚。「古牆猶竹色，虛閣自松聲」，猶字、自字，則滕王去而憑弔深矣。　用一字而景物逼肖者，如「兩行秦樹直」，直字，方是秦中之樹。「萬點蜀山尖」，尖字，方是蜀中之山。如「細動迎風燕」，細字寫燕，并寫大江中之燕。「輕摇逐浪鷗」，摇字寫鷗，并寫急流中之鷗。　用一字而反襯見意者，如「山河扶繡户」，扶字，借山河而寫繡户之高。「乾坤繞漢宫」，繞字，借乾坤以寫漢宫之大。如「樓光去日遠」，去字，不寫日遠而寫樓之峻。「峽影入江深」，入字，不寫江深而寫峽之高。　用一字而兩邊雙照者，如《王漢州杜綿州泛池》一首，而曰「使君雙皂蓋」，雙字，王杜二刺史也。如《楊奉先宅會白水崔明府》一首，而曰「鳧舄共差池」，共字、差池字，楊崔二縣令也。如《江漲呈竇使君》一首，而曰「同是一浮萍」，同字，己與竇使君也。如《岳麓道林寺》一首，而曰「壯麗敵」、「清涼俱」、「交響共命鳥」、「雙迴三足烏」、「步步雪山草」、「人人滄海珠」，敵字、俱字、交字、雙字、步步字、人人字，二寺也。　用事重疊，詩家之病也。而《贈韓諫議》一首，如星宫之君、北斗羽人、赤松子、南極老人，并麒麟、鳳凰、芙蓉、旌旗、瓊漿、烟霧，純用神仙事。《魏將軍歌》一首，如星纏、天駟天河、欃槍熒惑、鈎陳玄武，純用天文事。《舍弟觀到江陵》第一首，用荆州峽内、沙頭嶢關、寒江黄牛，八句而用六地名。前題第二首，如庾信、羅含、蔣詡、邵平，八句而用四人名，反以相犯出奇，而不復見其使事之迹。　用虚字，宋人之習氣也。而《螢火》一首中四句，連用忽驚、復亂、却繞、偶經；《花底》一首後六句，連用忽疑、何事、恐是、堪留、深知、莫作，而不見重複爲難。拈一字而縱横出奇者，大家所不屑爲，有時作狡獪者戲，如東西南北，有兩句分用者：「東望西江永，南遊北户開」，「岷嶺南蠻北，徐關東海西」，「嵯峨白帝城東西，南有龍湫北虎溪」。有兩句疊用者：「南京久客耕南畝，北望傷神坐北窗。」有一句總用，而下復分承者：「東西南北更堪論」，下接以遥拱北辰、欲傾東海、邊塞西山、衣冠南渡，然不足爲法。　就唐人而論，杜公已掩有衆長，如「不見李生久，佯狂真可哀。世人皆欲殺，吾意獨憐才」，則元白也。「客醉揮金碗，詩成得錦袍」，「麝香眠石竹，鸚鵡啄金桃」，則温李也。「萬壑樹聲滿，千崖秋氣高」，「眼穿當落日，心死著寒灰」，則賈島也。「崩石攲山樹，清漣曳水衣」，「紅浸珊瑚短，青懸薜荔長」，則錢劉也。「俱飛蛺蝶元相逐，並蒂荷花本自雙」，則韓偓、杜牧也。「王郎拔劍斫地歌莫哀，我能拔爾抑塞磊落之奇才」，「豫章翻風白日動，長鯨跋浪滄溟開」，太白無此雄放。「太常樓船聲嗷嘈，問兵刮寇趨下牢。

牧出令奔飛百艘，猛蛟突獸紛遁逃」，長吉無此奇傑。出其緒餘，已足衣被一代矣。唐人惟摩詰律詩，可以頡頏老杜，然《終南山》一首「太乙近天都，連山到海隅，白雲回望合，青靄入看無」四句，誠與老杜無間。接云「分野中峰變，陰晴衆壑殊」，已覺六句俱景。至落句曰「欲投人處宿，隔水問樵夫」，未免粘帶，而響亦稍落，承載上六句不起。老杜必推開一步，有雄渾句以振之矣。公《進鵰賦表》稱自七歲所綴詩筆，約千餘篇，又云「七齡思即壯，開口詠鳳凰」，而集中天寶十餘年間，東都齊魯不及三十首，而少年及吴越之詩不傳，則天寶以前之詩散失多矣。杜公成都有浣花草堂，夔州有東屯稻畦茅屋、瀼西果園。草堂旅寓安適，尚多悲歎，至荆南飄泊舟中，宗文復夭，而俱無一言，則湖南以後之詩散失多矣。

諸家評論，已載各章之末，其統論綱領及連釋字句者，又附紀此編，庶廣前編所未備耳。癸巳歲兆鰲記。

附進書表

翰林院編修臣仇兆鰲，奏爲恭進《杜詩詳注》事：本年孟夏之月，伏蒙皇上傳諭，翰林諸臣所著詩古文章，抄録呈進，以備御覽。臣伏思俚語蕪詞，本無文理，不足以仰瀆尊嚴，謹録三載以來所著《杜詩詳注》二十五册，須呈進者。臣誠惶誠恐，稽首頓首上言：伏以尼山六籍，風雅垂經内之詩；杜曲千篇，詠歌作詩中之史。上承三百遺意，發爲萬丈光芒。前代詞人，於斯爲盛；後來作者，未能或先。自國風降爲《離騷》，《離騷》降爲漢魏，淵源相接，體製日新。晉宋以還，陶謝之章特古；齊梁而下，陰何之句斯工。其餘月露風雲，但知流連光景，雖有唱酬贈答，奚足陶冶性靈。迄乎三唐，專攻詩學，遡貞觀作人之盛，至開寶右文之時，蔚起人材，挺生李杜。李豪放而才由天授，杜混茫而性以學成。昔人謂其上薄風騷，下該沈宋，言奪蘇李，氣吞曹劉，掩顔謝之孤高，雜徐庾之流麗，千古以來，一人而已。蓋其篤於倫紀，有關君臣父子之經；發乎性情，能合興觀群怨之旨。前塞、後塞諸曲，痛書鋒鏑阽危；三吏、三别數章，慘訴閭閻疾苦。自麻鞋謁帝，而草疏陳言。涕灑青霄，方聽軍前露布；汗趨鐵馬，早瞻陵上雲飛。籌鄴下之師圍，闖專貔虎；看安西之兵過，力搗鯨鯢。李泌歸山，收京而懷商老；汾陽釋甲，赴隴而議築壇。當劍閣初經，已慮英雄據險；及夔江久客，仍憂節鎮争權。平日欲堯舜其君，非虚語也；書生談軍國之事，如指掌焉。以故敦厚温柔，託諸變雅變風之體；沉鬱頓挫，形於曰比曰興之中。宋人得其議論峥嶸，别開堂奥；元世霑其風神秀麗，窺見户庭。後之解杜諸家，非不各據心力，意本淺也，而鑿之使深，事本近也，而推之使遠。引徵古典，但泝流而忘源；採摭稗官，猶得此而遺彼。從前注解，不下百家；近日疏箋，亦將十種。或分類，或編年，今昔互有同異；於分章，於解句，紛紜尚少指歸。世言不讀萬卷書，不行萬里地，皆不可以讀杜，豈知「文章千古事，得失寸心知」，杜已自注其詩乎。臣於退食餘閒，從事少陵詩注。本文先釋，依歐氏之解《詩》；故實附詳，倣江都之注《選》。祇恐面牆等誚，漫然學步貽譏。兹者，恭遇皇帝陛下，聰明天縱，學問海涵。詮釋五經四書，允矣開來而繼往；發揮《通鑑綱目》，洵哉静聖而動王。典訓心傳，創垂萬年謨烈；古文手輯，網羅歷代英華。宸翰勒之岱宗，快覩翔鸞翥鳳；詩章光於孔壁，式瞻復旦卿雲。幸際昌時，躬逢盛事，徒忝清班之末，未窺中秘諸書。臣少習遺經，粗通章句，壯遊藝圃，謬握丹黄。青瑣追趨，何有郊壇之三賦；白頭尸素，曾無春殿之七言。蒙諭獻文，祇慚末學。伏惟少陵詩集，實堪論世知人，可以見杜甫一生愛國忠君之志，可以見唐朝一代育才造士之功，可以見天寶、開元盛而忽衰之故，可以見乾元、大曆亂而復治之機。兼四始六義以相參，知古風近體爲皆合。愚蒙一得，冒達九重。倘邀清燕之鑒觀，以當采風之陳獻，庶前修生色，而新簡垂光矣。謹以所注詩賦二十四卷，并連譜序傳文，繕寫完編，裝潢成帙。臣無任瞻天仰聖，激切屏營之至。謹奉表隨進以聞。

康熙三十二年十一月　日翰林院編修臣仇兆鰲上表。

校勘記

據《續古逸叢書》影印《宋本杜工部集》（簡稱影宋本）、《古逸叢書》影印《杜工部草堂詩箋》（簡稱草堂本）參校

二六頁七行　原注員外季弟執金吾見知於代故有下句　原缺，據影宋本補。草堂本誤入詩題。

三七頁一一行　往來時屢改　「來」，影宋本、草堂本作「還」。

七六頁一三行　題　「二十二韻」原作「二十韻」，據詩改。

一九〇頁一〇行　剌船思郢客　「剌」當作「刺」。按：仇注「郎達切」，亦誤。

三一四頁一行　如今豈無騕褭與驊騮　「騕」原作「腰」，據影宋本、草堂本改。

三八九頁四行　瓢棄樽無緑　「緑」原作「渌」，據影宋本、草堂本改。

一〇〇二頁九行　想見懷歸尚百憂　「懷歸」原作「歸懷」，據影宋本改。草堂本補遺作「想見情懷尚有憂」。

一〇四九頁六行　異方成此興　「成」，影宋本、草堂本補遺作「乘」。
一一六一頁一一行　遺跡涪水邊　「水」，影宋本、草堂本補遺作「江」。
一三二四頁五行　菱荷入異縣　「菱」，影宋本、草堂本作「芰」。
一五六四頁一行　題　影宋本無「文嶷二首」四字。按：仇注稱作「凝」，疑有誤。
一五六八頁七行　氣暍腸胃融　「胃」原作「胄」，據影宋本、草堂本改。
一七七九頁二行　終然學楚吟　「楚」，影宋本、草堂本作「越」。
一八一一頁二行　庾信生平最蕭瑟　「生平」，影宋本、草堂本作「平生」。
一八八六頁三行　寒流江甚細　影宋本、草堂本補遺作「寒江流甚細」。
一九八五頁八行　課隸人伯夷　「伯」原作「柏」，據影宋本、草堂本改。
一九九三頁五行　願隨金騕褭　「騕」原作「腰」，據影宋本、草堂本改。
二一五二頁一一行　本是楚人家　「是」，影宋本作「自」。
二一六九頁七行　巫山終可怪　「終」，影宋本、草堂本作「冬」。
二一九八頁五行　觀者如山色沮喪　「沮」原作「阻」，據影宋本、草堂本改。
二二一一頁一五行　豈惟數盤餐　「餐」，影宋本作「飡」。按：郭知達本作「飧」，疑是。
二二五五頁七行　正月喧鶯末　「末」，影宋本作「未」。

二三二三頁六行　涕泗不能收　「泗」原作「灑」，據影宋本、草堂本改。

二四八五頁二行　題　「蕭十二」，影宋本、草堂本作「蕭二十」。

二六九六頁五行　兄升　按：《舊唐書·文苑傳》、《大唐新語》及《杜并墓誌銘》均作「并」。參看下二七〇〇頁。

杜詩詳註篇目索引

（以篇名首字筆畫爲序）

一　畫

二　畫

三　畫

四　畫

五　畫

六　畫

八　畫

十一畫

十九畫